**10
18**

12, AVENUE D'ITALIE. PARIS XIIIᵉ

# JEAN-FRANÇOIS PAROT

## L'ÉNIGME DES BLANCS-MANTEAUX

*Les enquêtes de Nicolas Le Floch,*
*commissaire au Châtelet*

**10
18**

Grands détectives

créé par Jean-Claude Zylberstein

**JC LATTÈS**

*Du même auteur*
*aux éditions 10/18*

Les enquêtes de Nicolas Le Floch,
commissaire au Châtelet

© Éditions Jean-Claude Lattès, 2000.
ISBN 978-2-264-03177-8

*À Madeleine et à Édouard*

# LISTE DES PERSONNAGES

NICOLAS LE FLOCH : chargé d'une enquête par le lieutenant général de police de Paris.

CHANOINE FRANÇOIS LE FLOCH : tuteur de Nicolas Le Floch.

JOSÉPHINE PELVEN : gouvernante du chanoine Le Floch.

MARQUIS LOUIS DE RANREUIL : parrain de Nicolas Le Floch.

ISABELLE DE RANREUIL : fille du marquis.

M. DE SARTINE : lieutenant général de police de Paris.

M. DE LA BORDE : premier valet de chambre du roi.

GUILLAUME LARDIN : commissaire de police.

PIERRE BOURDEAU : inspecteur de police.

LOUISE LARDIN : épouse en secondes noces du commissaire Lardin.

MARIE LARDIN : fille d'un premier lit du commissaire Lardin.

CATHERINE GAUSS : ancienne cantinière, cuisinière des Lardin.

HENRI DESCART : docteur en médecine.

GUILLAUME SEMACGUS : chirurgien de marine.

SAINT-LOUIS : ancien esclave noir, domestique de Semacgus.

AWA : compagne de Saint-Louis, cuisinière de Semacgus.

PIERRE PIGNEAU : séminariste.

AIMÉ DE NOBLECOURT : ancien procureur.

PÈRE GRÉGOIRE : apothicaire du couvent des Carmes déchaux.

LA PAULET : tenancière de maison galante.

LA SATIN : fille prostituée.

BRICART : ancien soldat.

RAPACE : ancien boucher.

LA VIEILLE ÉMILIE : ancienne prostituée, marchande de soupe.

MAÎTRE VACHON : tailleur.

COMMISSAIRE CAMUSOT : chef du Département des jeux.

MAUVAL : âme damnée du commissaire Camusot.

PÈRE MARIE : huissier au Châtelet.

TIREPOT : mouchard.

CHARLES HENRI SANSON : bourreau.

RABOUINE : mouche.

# Prologue

*Prudens futuri temporis exitum
Caliginosa nocte premit Deus...*

« Un Dieu prudent cache tout ce qui
est futur sous une nuit ténébreuse... »

HORACE

Dans la nuit du vendredi 2 février 1761, un équipage avançait péniblement sur la voie qui conduit de la Courtille à la Villette. La journée avait été sombre et, à la tombée du jour, de lourds nuages avaient éclaté en pluie et en tourmente. Quiconque aurait eu l'idée improbable de surveiller cette route eût remarqué ce chariot tiré par un cheval étique. Sur le banc, deux hommes, enveloppés de capes dont les pans noirs étaient à demi éclairés par la lueur d'un méchant falot, fixaient l'obscurité. Le cheval dérapait sur le sol détrempé et s'arrêtait toutes les dix toises. Déséquilibrés par les secousses des ornières, deux tonneaux s'entrechoquaient sourdement.

Les dernières maisons des faubourgs disparurent et, avec elles, les quelques rares lumières. La pluie cessa et la lune apparut entre deux nuées, jetant une lumière livide sur une campagne envahie par les masses incertaines du brouillard. Des collines couvertes de ronciers s'élevaient maintenant de part et d'autre du chemin. Le cheval, depuis quelque temps déjà, encensait et tirait nerveusement sur les rênes. Une odeur tenace flottait dans l'air froid de la nuit, dont l'insistance douceâtre fit bientôt place à une épouvantable puanteur. Les deux ombres avaient rabattu leurs manteaux sur leurs visages. Le cheval s'arrêta, poussa un hennissement étranglé, ouvrit grands ses naseaux, cherchant à identifier la vague immonde. Flagellé de coups de fouet, il refusa de repartir.

— Je crois bien que cette carne va nous lâcher ! s'écria le nommé Rapace. Pour sûr qu'elle sent la viande. Descends, Bricart, prends-la par le mors et tire-nous de là !

— J'ai déjà vu cela à Bassignano en 1745 quand je servais au Royal Dauphin avec le père Chevert. Les bestiaux qui tiraient les canons refusaient d'avancer devant les cadavres. C'était en septembre, il faisait chaud et les mouches...

— Arrête, on connaît tes campagnes. Tords la gueule à la bête, et dépêche-toi. Vois comme il récalcitre ! s'exclama l'homme en frappant à deux reprises sur la croupe décharnée.

Bricart grommela et sauta à bas du chariot. Il toucha le sol, s'y enfonça et dut s'aider des deux mains pour tirer de la boue le pilon de bois qui terminait sa jambe droite. Il s'approcha de la bête affolée, qui tenta une dernière fois de marquer son refus. Bricart saisit le mors, mais l'animal désespéré balança sa tête qui frappa l'homme à l'épaule. Il chut de tout son long, égrenant à nouveau un chapelet d'horribles jurons.

— Il n'avance plus. On va devoir décharger ici. On ne doit plus être très loin.

— Je ne peux pas t'aider avec cette boue ; cette foutue jambe me lâche.

— Je vais descendre les tonneaux et on les roulera près des fosses, dit Rapace. En deux fois, ce sera fait. Tiens le cheval, je vais en reconnaissance.

— Ne me laisse pas, gémit Bricart, je n'aime pas l'endroit. C'est vrai qu'ici on pendait les morts ?

Il massait sa jambe blessée.

— Il est beau, l'ancien des batailles ! Tu parleras quand nous aurons fini. Nous irons au bouchon chez Marthe. Je te paierai le guinguet et la boucaneuse avec, si le cœur t'en dit ! Ton grand-père n'était pas né qu'on ne pendait déjà plus ici. Maintenant, c'est le bétail mort en ville et ailleurs. L'équarrissage, c'était à Javel et maintenant c'est à Montfaucon. Tu sens pas l'infection ? En été, quand ça tourne à l'orage, même à Paris le nez vous grouille, jusqu'aux Tuileries !

— C'est vrai que ça pue et je sens comme des présences, murmura Bricart.

— Ferme-la. Tes présences, c'est des rats, des corbeaux et des mâtins, gras à faire peur. Toute cette chienlit se dispute les carcasses. Il n'est pas jusqu'aux raclures de crève-la-faim qui ne viennent ici se tailler de quoi garnir leurs pots. Rien que d'y penser, cela m'assèche. Où as-tu caché le cruchon ? Ah ! le voilà.

Rapace en but de longues gorgées avant de le tendre à Bricart qui le vida goulûment. Quelques couinements aigus retentirent.

— Tiens, les rats ! Mais assez bavardé, prends le falot et reste avec moi, tu m'éclaireras. Pour moi, la hache et le fouet : on peut faire des rencontres, sans compter la casse prévue...

Les deux hommes se dirigèrent avec précaution vers des bâtiments qui venaient de surgir sous le faisceau de la lanterne.

— Aussi vrai que je m'appelle Rapace, voilà l'équarrissage et les cuves à suif. Les fosses à chaux sont plus loin. Des murs de pourriture sur des toises et des toises, tu peux m'en croire.

À quelques pas de là, accroupie derrière une carcasse, une ombre avait interrompu la tâche qui l'occupait quand le hennissement du cheval, les jurons des deux hommes et la lueur du falot l'avaient alertée. Elle avait tremblé, croyant dans un premier temps que c'étaient les hommes du guet. Ils patrouillaient de plus en plus souvent afin de débusquer, sur ordres du roi et du lieutenant général de police, les malheureux qui, tenaillés par la faim, venaient disputer aux charognards quelques morceaux du festin.

Ce fantôme tapi n'était qu'une vieille femme en haillons. Elle avait connu des temps meilleurs et, dans son bel âge, fréquenté les soupers de la Régence. Puis la jeunesse s'en était allée et la belle Émilie était tombée dans la plus sale prostitution, celle des quais et des barrières, et même cela n'avait pas duré.

Malade, défigurée, elle vendait désormais, dans une marmite roulante, une soupe infâme en matière d'Arlequin dont l'essentiel était constitué des morceaux dérobés à Montfaucon, au risque d'empoisonner ses pratiques et d'infecter la ville et ses faubourgs.

Elle vit les deux hommes décharger les tonneaux et les rouler avant d'en vider le contenu sur le sol. Comprimant les battements d'un cœur qui l'empêchait d'entendre les propos échangés à l'endroit où se poursuivait une besogne dont elle n'osait comprendre le sens, la mère Émilie écarquillait les yeux pour deviner les deux formes sombres — rouges, lui semblait-il — qui gisaient maintenant près du bâtiment des cuves à suif. Malheureusement, la lumière du falot était pauvre et des retours de la tourmente faisaient vaciller sa flamme.

Sans savoir ce qu'elle voyait, n'osant d'ailleurs rien imaginer, paralysée par une peur sans nom, la vieille était cependant tenaillée par une curiosité qu'accroissait encore l'incompréhension d'un spectacle qu'elle devinait ignoble.

À présent, l'un des deux hommes disposait à terre ce qui ressemblait à des habits. On battit le briquet, et une lueur jaillit, brève et éclatante. Puis un craquement sec se fit entendre. La vieille se tassa davantage contre la charogne dont elle ne sentait même plus l'âcre exhalaison. Elle ne respirait plus, le souffle bloqué, oppressée par une terreur inconnue. Son sang se glaça, elle ne vit plus rien qu'une lueur grandissante et elle se laissa glisser sur le sol en perdant connaissance.

Le silence revint autour de l'ancien gibet des hautes œuvres. Au loin, le chariot s'éloignait, emportant avec lui l'écho étouffé des paroles. La nuit régna de nouveau seule et le vent souffla en tempête. Ce qui avait été abandonné sur le sol fut peu à peu animé d'une vie indépendante. La chose semblait onduler et se dévorer de l'intérieur. De petits cris se firent entendre et des combats confus commencèrent. Dès avant l'aube, les grands corbeaux réveillés s'approchèrent, précédant de peu une troupe de chiens...

# I

## LES DEUX VOYAGES

> « Paris est plein d'aventuriers et de céliba-
> taires qui passent leur vie à courir de maison
> en maison et les hommes semblent, comme les
> espèces, se multiplier par la circulation. »
>
> J.-J. ROUSSEAU

*Dimanche 19 janvier 1761*

Le chaland glissait sur le fleuve gris. Des nappes de
brouillard montaient des eaux et ensevelissaient les berges, résistant aux pâles lueurs du jour. L'ancre, levée
une heure avant l'aube, comme l'exigeait le règlement,
avait dû être remouillée tant était encore impénétrable
l'obscurité. Déjà Orléans s'éloignait et les courants de
la Loire en crue entraînaient rapidement la lourde
embarcation. En dépit des rafales qui balayaient le
pont, une odeur pénétrante de poisson et de sel flottait
à bord. Outre quelques fûts de vin d'Ancenis, on trans-
portait une importante cargaison de morue salée.

Deux silhouettes se dessinaient à l'avant du bateau.
La première était celle d'un membre de l'équipage
scrutant, les traits crispés par l'attention, la surface
trouble des eaux. Il tenait à la main gauche un cornet
semblable à celui dont usaient les postillons ; en cas de

péril, l'alarme serait donnée au patron qui tenait la barre à l'arrière.

L'autre était celle d'un jeune homme en habit noir et botté, le tricorne à la main. Il y avait chez lui, malgré sa jeunesse, quelque chose de religieux et de militaire. La tête haut levée, la chevelure brune rejetée en arrière, son immobilité tendue faisaient de lui comme la figure de proue, impatiente et noble, du bâtiment. Son regard sans expression fixait, sur la rive gauche, la masse de Notre-Dame de Cléry, dont l'étrave grise fendait les nuées blanches des berges et paraissait vouloir rejoindre la Loire.

Ce jeune homme, dont l'attitude volontaire eût impressionné tout autre témoin que le marinier, se nommait Nicolas Le Floch.

Nicolas était tout à sa méditation. Un peu plus d'un an auparavant, il parcourait le même chemin en sens inverse, vers Paris. Comme tout était allé vite ! Maintenant, en route vers la Bretagne, il repassa dans sa mémoire les événements des deux derniers jours. Il avait pris la malle rapide pour Orléans, où il comptait embarquer sur un chaland. Jusqu'à la Loire, le voyage n'avait été émaillé par aucun de ces incidents pittoresques qui distraient généralement le voyageur de son ennui. Ses compagnons de voyage, un prêtre et deux couples âgés, n'avaient cessé de le considérer en silence. Nicolas, habitué au grand air, souffrait de la promiscuité et des odeurs mêlées de la voiture. Ayant tenté d'abaisser une glace, il en avait vite été dissuadé par cinq regards réprobateurs. Le prêtre s'était même signé, ayant sans doute pris cette velléité de liberté pour une possible manifestation du malin. Le jeune homme se l'était tenu pour dit, et s'était encoigné, entraîné peu à peu par la monotonie du chemin, à prendre la voie du rêve. À présent, la même songerie l'envahissait sur le chaland et, à nouveau, il ne voyait ni n'entendait plus rien.

C'était vrai que tout était allé trop vite. Clerc de notaire à Rennes, après avoir fait ses humanités chez les jésuites de Vannes, il avait été rappelé brutalement à Guérande par son tuteur, le chanoine Le Floch. Sans explications superflues, il avait reçu un équipement, une paire de bottes, quelques louis, ainsi que force conseils et bénédictions. Il avait pris congé de son parrain, le marquis de Ranreuil, qui lui avait remis une lettre de recommandation pour M. de Sartine, un de ses amis, magistrat à Paris. Le marquis était apparu à Nicolas à la fois ému et gêné, et le jeune homme n'avait pu saluer la fille de son parrain, Isabelle, son amie d'enfance, qui venait de partir pour Nantes chez sa tante de Guénouel.

Le cœur serré, il avait franchi les vieilles murailles de la cité avec un sentiment d'abandon et de déchirement encore accru par l'émotion visible de son tuteur et par les cris déchirants de Fine, la gouvernante du chanoine. C'était dans un état second que le long périple, par eau et par terre, l'avait acheminé vers son nouveau destin.

Il avait repris conscience à l'approche de Paris. Sa poitrine se serrait encore au souvenir de l'effroi ressenti lors de son arrivée dans la capitale du royaume. Jusquelà, Paris n'était pour lui qu'un point sur la carte de France pendue au mur de la salle d'étude du collège de Vannes. Abasourdi par le bruit et le mouvement qui se manifestaient dès les faubourgs, il s'était senti ahuri et vaguement inquiet devant une vaste plaine couverte d'innombrables moulins à vent aux ailes agitées qui lui avaient fait l'effet d'une troupe de géants emplumés, tout droit sortis du roman, qu'il avait lu plusieurs fois, de M. de Cervantès. Le va-et-vient incessant des foules en haillons aux barrières l'avait saisi.

Encore aujourd'hui, il revivait son entrée dans la grande ville : des rues étroites, des maisons prodigieusement hautes, une chaussée malpropre, boueuse, tant et tant de cavaliers et de voitures, des cris et ces odeurs innommables...

À son arrivée, il s'était égaré de longues heures, butant sans cesse sur des jardins au fond d'impasses, ou sur le fleuve. Au bout du compte, un jeune homme aux yeux vairons et à la mine avenante l'avait mené à l'église Saint-Sulpice et, de là, rue de Vaugirard, au couvent des Carmes déchaux. Là, il avait été accueilli avec force démonstrations par un volumineux religieux, le père Grégoire, ami de son tuteur et responsable de l'apothicairerie. Il était tard et une couchette dans une soupente lui avait été aussitôt attribuée.

Réconforté par cet accueil, il avait sombré dans un sommeil sans rêves. Ce n'est qu'au matin qu'il avait constaté que son cicérone l'avait délesté de sa montre en argent, présent de son parrain. Il avait pris la résolution de se montrer plus circonspect avec les inconnus. Heureusement, la bourse contenant son modeste pécule reposait toujours dans une poche secrète cousue par Fine, à l'intérieur de son sac, la veille de son départ de Guérande.

Nicolas trouva son équilibre au rythme régulier des activités du couvent. Il prenait ses repas avec la communauté, dans le grand réfectoire. Il avait commencé à s'aventurer dans la ville muni d'un plan rudimentaire sur lequel il notait, avec une mine de plomb, ses itinéraires hésitants, afin d'être assuré de pouvoir revenir sur ses pas. Les inconvénients de la capitale le rebutaient toujours, mais son charme commençait à agir. Le mouvement perpétuel de la rue l'attirait tout en l'angoissant. Plusieurs voitures avaient manqué l'écraser. Il était toujours étonné par leur vitesse et par la soudaineté de leurs apparitions. Il apprit bientôt à ne plus rêver debout et à se protéger d'autres menaces : boues infectes dont les taches dévoraient les vêtements, cascades des gouttières se déversant sur les têtes et rues transformées en torrents à la moindre pluie. Il sauta, gambada et esquiva, comme un vieux Parisien, au milieu des immondices et de mille autres écueils. Chaque sortie l'obligeait à brosser son habit et à laver ses bas : il n'en possédait que deux paires, et il réservait l'autre pour sa rencontre avec M. de Sartine.

De ce côté-là, rien n'allait. Il s'était rendu à plusieurs reprises à l'adresse indiquée sur la lettre du marquis de Ranreuil. Un laquais soupçonneux l'avait éconduit après qu'il eut graissé la patte d'un portier tout aussi méprisant. De longues semaines s'écoulèrent. Voyant sa peine, et pour l'occuper, le père Grégoire lui proposa de travailler à ses côtés. Depuis 1611, le couvent des Carmes déchaux fabriquait, à partir d'une recette dont les moines gardaient jalousement le secret, une eau médicinale qui se vendait dans tout le royaume. Nicolas fut affecté au broyage des simples. Il apprit à reconnaître la mélisse, l'angélique, le cresson, la coriandre, le girofle et la cannelle, tout en découvrant des fruits étranges et exotiques. Les longues journées consacrées à manier le pilon du mortier et à respirer les exhalaisons des alambics l'abrutirent à un point tel que son mentor s'en aperçut et l'interrogea sur ses soucis. Il lui promit aussitôt de s'enquérir de M. de Sartine. Il obtint un billet d'introduction du père prieur qui devait permettre à Nicolas de lever tous les obstacles. M. de Sartine venait tout juste d'être nommé lieutenant général de police, en remplacement de M. Bertin. Le père Grégoire agrémenta ces bonnes nouvelles d'un déluge de commentaires dont la précision témoignait suffisamment qu'il s'agissait de connaissances acquises de fraîche date.

— Nicolas, mon fils, te voilà sur le point d'approcher un homme qui pourrait incliner le cours de ta vie, si toutefois tu sais lui plaire. M. le lieutenant général de police est le chef absolu des administrations que Sa Majesté charge de veiller à la sécurité publique et à l'ordre, non seulement dans la rue, mais aussi dans la vie de chacun de ses sujets. M. de Sartine, lieutenant criminel au Châtelet, avait déjà un grand pouvoir. Que ne fera-t-il pas désormais ? On prétend qu'il ne laissera pas de décider arbitrairement... Et dire qu'il vient juste d'avoir trente ans !

Le père Grégoire baissa d'un ton une voix qu'il avait naturellement haute et s'assura qu'aucune oreille indiscrète ne pouvait saisir ses propos.

— Le père abbé m'a confié que le roi avait chargé M. de Sartine de trancher, en dernier ressort, en cas de circonstances graves, en dehors de son tribunal et dans le plus grand secret. Tu ne sais rien, Nicolas, dit-il en mettant un doigt sur sa bouche. Rappelle-toi que cette grande charge avait été créée par l'aïeul de notre roi — que Dieu le garde, ce grand Bourbon. Le peuple se souvient encore de M. d'Argenson qu'il appelait « le damné », tant il en avait le visage et les formes.

Il jeta brusquement un pot d'eau sur un brasero qui s'éteignit en grésillant et en dégageant une fumée âcre.

— Mais assez sur tout cela, je parle trop. Prends ce billet. Demain matin, tu descendras la rue de Seine et tu longeras le fleuve jusqu'au Pont-Neuf. Tu connais l'île de la Cité, tu ne peux t'égarer. Tu traverseras le pont. À main droite, tu suivras le quai de la Mégisserie. Il te conduira au Châtelet.

Nicolas dormit peu cette nuit-là. Sa tête résonnait des propos du père Grégoire et il mesurait sa propre insignifiance. Comment, seul à Paris, coupé de ceux qu'il aimait, doublement orphelin, trouverait-il l'audace d'affronter un homme si puissant, qui approchait le roi et dont tout laissait en effet pressentir qu'il aurait sur son destin un effet décisif ?

Il tenta en vain de chasser la fièvre qui lui martelait le crâne, et chercha à fixer une image paisible qui apaiserait son esprit. Le fin profil d'Isabelle apparut, le replongeant dans d'autres incertitudes. Pourquoi la fille de son parrain, sachant qu'il quittait Guérande pour longtemps, s'était-elle éloignée sans lui dire au revoir ?

Il revoyait la levée de terre au milieu des marais où ils s'étaient tous deux juré foi et amour. Comment avait-il pu la croire et être assez fou pour seulement imaginer que l'enfant trouvé dans un cimetière pouvait lever les yeux sur la fille du haut et puissant seigneur de Ranreuil ? Et pourtant, son parrain avait toujours été si bon avec lui... Cette pensée tendre et amère l'emporta finalement et, aux alentours de cinq heures, il s'endormit.

Ce fut le père Grégoire qui le réveilla une heure plus tard. Après avoir fait ses ablutions, il s'habilla, se coiffa soigneusement et, poussé par le religieux, il se jeta dans le froid de la rue.

En dépit de l'obscurité, cette fois il ne s'égara pas. Devant le palais Mazarin, le jour levant faisait peu à peu sortir de l'ombre l'ensemble des bâtiments. L'agitation était déjà intense sur les rives du fleuve, semblables à des plages boueuses. Çà et là, des groupes se tenaient serrés autour de feux allumés. Les premiers cris de Paris éclataient de toutes parts, signe que la ville s'éveillait.

Il fut soudain bousculé par un garçon limonadier qui, ayant failli faire tomber son plateau de « bavaroises », jura sourdement. Nicolas avait goûté cette boisson, jadis mise à la mode par la princesse Palatine, mère du Régent. C'était, lui avait expliqué le père Grégoire, un thé chaud, sucré avec un sirop de capillaire. Le Pont-Neuf était déjà noir de peuple lorsqu'il s'y engagea. Il admira la statue d'Henri IV et la pompe de la Samaritaine. Les ateliers du quai de la Mégisserie commençaient à ouvrir, les compagnons s'attelant à leur journée de travail dès le lever du soleil. Il parcourut cette berge nauséabonde, le mouchoir sur le nez.

Le grand Châtelet, sévère et sombre, se profila devant lui. Il le devina plus qu'il ne le reconnut. Il s'engagea, indécis, sous une voûte faiblement éclairée par des lanternes à huile. Un homme, en longue robe noire, le dépassa. Nicolas l'apostropha :

— Monsieur, je requiers votre aide. Je cherche le bureau de M. le lieutenant général de police.

L'homme le toisa de bas en haut et, après un examen sans doute concluant, lui répondit, l'air important :

— M. le lieutenant général de police tient son audience particulière. D'habitude il se fait représenter, mais aujourd'hui, M. de Sartine inaugure sa charge et la présidera en personne. Vous savez sans doute que ses services se trouvent rue Neuve-Saint-Augustin, près de la place Vendôme, mais qu'il conserve un bureau au Châtelet. Voyez ses gens au premier étage. Il y a un huissier à la porte, vous ne pouvez vous tromper. Avez-vous l'introduction nécessaire ?

Prudemment, Nicolas se garda de répondre, prit congé poliment et s'en fut vers l'escalier. Au bout de la galerie, une fois franchie la porte vitrée, il trouva une salle immense aux murailles nues. Un homme était assis à une table de sapin, qui semblait ronger ses mains. En s'approchant, Nicolas comprit qu'il s'agissait d'un de ces biscuits, secs et durs, dont usaient les marins.

— Monsieur, dit-il, je vous salue et vous serais obligé de m'indiquer si je puis être reçu par M. de Sartine.

— Voilà bien de l'audace, M. de Sartine ne reçoit pas !

— Permettez-moi d'insister. (Nicolas sentait que tout dépendrait, en effet, de son insistance et il s'efforça d'affirmer sa voix.) J'ai, monsieur, audience ce matin.

Par une habileté instinctive, Nicolas agita devant le visage de l'huissier la grande missive scellée d'un sceau armorié du marquis de Ranreuil. Eût-il montré le petit billet du prieur qu'il aurait sans doute été immédiatement éconduit. Son coup d'éclat ferma la bouche à son interlocuteur qui, bougonnant, saisit respectueusement la lettre et lui désigna un banc.

— Comme vous voudrez, mais vous allez devoir attendre.

Il alluma sa pipe et se cantonna dès lors dans un silence que Nicolas aurait bien voulu rompre pour dissiper son angoisse. Il en fut réduit à considérer la muraille. Vers onze heures, la salle s'emplit de monde.

Un petit homme en tenue de magistrat, un maroquin sous le bras, entra, enveloppé d'un bruissement de propos respectueux. Il disparut par une porte dont l'entrebâillement laissa entrevoir un salon brillamment éclairé. Quelques instants après, l'huissier gratta à la porte et disparut à son tour. Quand il revint, il fit signe à Nicolas d'entrer.

La robe du magistrat gisait à terre et le lieutenant général de police, en habit noir, se tenait debout devant un bureau de bois précieux dont les bronzes luisaient faiblement. Il lisait la lettre du marquis de Ranreuil avec une attention que marquait la crispation de son visage. Le bureau était une pièce disproportionnée, mêlant la nudité de la pierre et du sol carrelé aux splendeurs du mobilier et des tapis. Plusieurs chandeliers allumés, dont les lumières s'ajoutaient aux rayons d'un pâle soleil d'hiver et aux rougeoiements du feu dans la grande cheminée gothique, éclairaient le visage ivoirin de M. de Sartine. Il paraissait plus vieux que son âge. Son front, haut et dégarni, frappait dès l'abord. Ses cheveux naturels, déjà grisonnants, étaient soigneusement coiffés et poudrés. Un nez pointu accentuait la sécheresse des angles d'un visage éclairé de l'intérieur par deux yeux gris fer, pétillants d'ironie. La taille petite, mais redressée, soulignait la sveltesse du personnage sans pour autant diminuer l'autorité et la dignité qui en émanaient. Nicolas sentit la panique l'envahir, mais il se souvint des leçons de ses maîtres et calma le tremblement de ses mains. Sartine, maintenant, s'éventait avec la lettre, considérant son visiteur avec curiosité. De longues minutes s'écoulèrent.

— Comment vous nommez-vous ? demanda-t-il brusquement.

— Nicolas Le Floch, pour vous servir, monsieur.

— Me servir, me servir... Nous verrons cela. Votre parrain me dit de fort bonnes choses sur votre personne. Vous montez, vous êtes habile aux armes, possédez des notions de droit... C'est beaucoup de choses pour un clerc de notaire.

Il se leva et, les mains sur les hanches, se mit à tourner lentement autour de Nicolas qui rougit devant cette inspection accompagnée de ricanements et de petits rires aigus.

— Oui, oui, vraiment, ma foi, c'est fort possible..., poursuivit le lieutenant général.

Sartine considéra la lettre pensivement, puis marcha vers la cheminée et l'y jeta. Elle s'embrasa dans un éclair jaune.

— Peut-on, monsieur, faire fond sur vous ? Non, ne me répondez pas, vous ignorez à quoi cela vous entraîne. J'ai des projets sur vous et Ranreuil vous donne à moi. Savez-vous ? Non, vous ne savez rien, rien.

Il passa derrière son bureau et s'assit, se pinça le nez puis considéra à nouveau Nicolas qui fondait dans son habit, le dos au feu crépitant.

— Monsieur, vous êtes bien jeune et je m'engage beaucoup en vous parlant avec ouverture comme je le fais. La police du roi a besoin d'honnêtes gens et j'ai, moi, besoin de serviteurs fidèles qui m'obéiront aveuglément. Entendez-vous ?

Nicolas se garda bien d'acquiescer.

— Ah ! Je vois que l'on comprend vite.

Sartine se dirigea vers la croisée et parut captivé par ce qu'il voyait.

— Beaucoup à nettoyer..., marmonna-t-il. Avec les moyens du bord... Pas plus, pas moins. N'est-ce pas ?

Nicolas avait pivoté pour faire face au lieutenant général.

— Il convient, monsieur, que vous accroissiez vos connaissances en droit. Vous y consacrerez quelques heures, chaque jour, en guise de distraction. Car vous allez travailler, certes oui.

Il courut à son bureau et saisit une feuille de papier.

D'un geste, il convia Nicolas à prendre place sur le grand fauteuil de damas rouge.

— Écrivez, je veux savoir si votre main est bonne.

Nicolas, plus mort que vif, s'appliqua de son mieux. Sartine réfléchit quelques instants, sortit une petite tabatière d'or de la poche de son habit, y cueillit une pincée qu'il plaça délicatement sur le dos de sa main. Il renifla, une narine après l'autre, ferma les yeux de contentement et éternua bruyamment, projetant des particules noires tout autour de lui et sur Nicolas, qui tint ferme sous l'orage. Le lieutenant se moucha avec de longs soupirs d'aise.

— Allons, écrivez : « Monsieur, il m'apparaît utile pour le service du roi et pour le mien que vous preniez, dès ce jour, comme secrétaire, gagé sur ma caisse, Nicolas Le Floch. Je vous saurais gré de l'accueillir, au pot et au feu, et de me rendre compte exactement de son service. » Portez l'adresse : « À M. Lardin, commissaire au Châtelet, en son logis, rue des Blancs-Manteaux. »

Puis, s'emparant prestement de la lettre, il l'approcha de ses yeux et l'examina.

— Soit, un peu bâtarde, oui, un peu bâtarde, déclarat-il en riant. Mais cela ira pour un début. Il y a la plume, il y a l'action.

Il reprit son fauteuil abandonné par Nicolas, signa la missive, la sabla, la plia, enflamma un morceau de cire aux braises déposées dans un pot de bronze, l'écrasa sur le papier et y imprima son sceau, le tout en un tournemain.

— Monsieur, la charge que je vous veux voir prendre auprès du commissaire Lardin exige des qualités de probité. Savez-vous ce qu'est la probité ?

Nicolas, pour le coup, se jeta à l'eau.

— C'est, monsieur, l'exactitude à remplir les obligations d'un honnête homme et...

— Mais il parle ! Bon. Cela sent encore son collège, mais ce n'est pas faux. Vous devrez être discret et pru-

dent, savoir apprendre et savoir oublier, être capable
d'entrer dans le secret de la confidence. Il vous faudra
apprendre à rédiger des mémoires suivant les choses
qui vous seront commises, leur donner le bon tour. Saisir au vol ce qu'on vous dira et deviner ce qu'on ne
vous dira pas, enfin rebondir sur le peu de mots que
vous aurez saisi.

Il ponctuait ses paroles de son index levé.

— Non seulement cela, mais vous devez aussi être
témoin juste et sincère de ce que vous verrez sans rien
diminuer qui puisse en altérer le sens, ni paraître le
changer en rien. Songez, monsieur, que de votre exactitude dépendront la vie et l'honneur d'hommes qui, fus-
sent-ils de la plus basse canaille, doivent être traités
selon les règles. Vraiment, vous êtes bien jeune, je me
demande... Mais, après tout, votre parrain l'était aussi
lorsqu'à votre âge il franchit la tranchée sous le feu au
siège de Philippsburg avec M. le maréchal de Berwick
qui, lui d'ailleurs, y laissa la vie. Et moi-même...

Il paraissait songeur et, pour la première fois, Nicolas vit briller dans son regard comme un éclair de compassion.

— Il faudra être vigilant, prompt, actif, incorruptible. Oui, surtout incorruptible. (Et il frappait de la
paume sur la précieuse marqueterie du meuble.) Allez,
monsieur, conclut Sartine en se levant, vous êtes désormais au service du roi. Faites en sorte que l'on soit toujours content de vous.

Nicolas s'inclina et prit la lettre qu'on lui tendait. Il
approchait de la porte quand la petite voix moqueuse
l'arrêta avec un ricanement.

— Vraiment, monsieur, vous êtes mis à ravir pour
un bas Breton, mais maintenant vous êtes parisien.
Allez chez maître Vachon, mon tailleur, rue Vieille-du-
Temple. Faites-vous faire plusieurs habits, du linge et
les accessoires.

— Je ne...

— Sur mon compte, monsieur, sur mon compte. Il

ne sera pas dit que j'aurai laissé loqueteux le filleul de mon ami Ranreuil. Beau filleul, en vérité. Disparaissez et obéissez au moindre appel.

Nicolas retrouva les bords du fleuve, avec soulagement. Il respira profondément l'air froid. Il avait le sentiment d'avoir surmonté cette première épreuve, même si certaines phrases de Sartine ne laissaient pas de l'inquiéter un peu. Il regagna presque en courant le couvent des Carmes déchaux où le bon père l'attendait en pilonnant furieusement des plantes innocentes.

Grégoire dut tempérer l'ardeur de Nicolas qui finit par se laisser convaincre de ne pas rejoindre la demeure du commissaire Lardin le soir même. En dépit des rondes du guet, l'insécurité était grande et il craignait qu'il ne s'égare et ne s'attire, dans la nuit propice, quelque mauvaise affaire.

Il tâcha de calmer la fougue du jeune homme en se faisant conter par le menu l'audience du lieutenant général de police, et se fit répéter les moindres détails, n'hésitant pas à relancer le récit par des digressions suivies de nouvelles questions. Il décelait partout des intentions qui nourrissaient d'interminables commentaires.

Le père Grégoire s'émerveilla à part lui, et malgré son pressentiment initial, que, du petit provincial inconnu encore à moitié assommé par la ville, M. de Sartine ait pu faire si vite un instrument de sa police. Il présumait bien qu'il y avait sous ce quasi-miracle, aussi promptement consommé, un mystère dont les arcanes ne lui apparaissaient pas. Aussi contemplait-il Nicolas avec ébahissement, comme une créature qu'il aurait mise en marche et qui lui aurait soudain échappé. Il en éprouvait une tristesse sans aigreur et ponctuait ses remarques de « Miséricorde » et de « Cela me surpasse » répétés à l'infini.

L'heure du dîner surprit les deux complices qui se hâtèrent vers le réfectoire. Puis Nicolas s'apprêta pour une nuit qui ne fut guère plus reconstituante que la précédente. Il devait tenter de maîtriser le vagabondage de son imagination. Elle était souvent fiévreuse et débridée et lui jouait de méchants tours, soit en lui faisant apparaître l'avenir sous de funestes auspices, soit, au contraire, en écartant de son esprit ce qui aurait dû être objet de souci et de précautions. Il prit à nouveau la résolution de se corriger et, pour se rassurer, s'assura qu'il savait tirer profit de l'expérience. Pourtant, il retrouva vite l'angoisse familière en songeant que, le lendemain, commençait une nouvelle existence dont il devait se garder de rien imaginer. À plusieurs reprises, alors qu'il s'assoupissait, cette idée le poigna, et il était bien tard quand il sombra enfin dans le sommeil.

Au matin, après avoir écouté les dernières recommandations du père Grégoire, Nicolas lui fit ses adieux, accompagnés, de part et d'autre, de promesses de se revoir. De fait, le moine s'était attaché au jeune homme et il aurait volontiers continué à l'initier à la science des simples. Il n'avait pas été sans remarquer, au fil des semaines, les qualités sérieuses d'observation et de réflexion de son élève. Il lui fit écrire deux billets pour son tuteur et pour le marquis, qu'il se chargerait d'acheminer. Nicolas n'osa y ajouter un message pour Isabelle, se promettant bien d'user de sa liberté nouvelle pour le faire un peu plus tard.

À peine Nicolas avait-il franchi les portes du couvent que le père Grégoire gagna l'autel de la Vierge et se mit à prier pour lui.

Nicolas reprit le même chemin que la veille, mais son pas était plus allègre. Passant devant le Châtelet, il se remémora l'entrevue avec M. de Sartine et un dialogue auquel lui-même n'avait guère participé. Ainsi, il était sur le point d'entrer « au service du roi »... Il n'avait pas, jusque-là, mesuré l'exacte portée de ces paroles. À bien y réfléchir, elles n'avaient pas de sens pour lui.

Le roi, ses maîtres et le marquis lui en avaient parlé, mais tout cela lui semblait appartenir à un autre monde. Il avait vu des gravures et un profil sur des monnaies et il avait ânonné la liste interminable des souverains, et cela avait autant de réalité pour lui que la succession des rois et des prophètes de l'Ancien Testament. Il avait chanté, dans la collégiale de Guérande, le *Salve fac regum* le 25 août, jour de la Saint-Louis. Son entendement ne faisait pas le lien entre le roi, figure de vitrail et symbole de foi et de fidélité, et l'homme de chair et d'os qui exerçait le pouvoir d'État.

Cette réflexion l'occupa jusqu'à la rue de Gesvres. Là, de nouveau attentif à ce qui l'entourait, il découvrit avec stupeur une rue qui traversait la Seine. Après avoir débouché sur le quai Pelletier, il se rendit compte qu'il s'agissait d'un pont bordé de maisons. Un petit Savoyard attendant la pratique, la marmotte sur l'épaule, lui apprit que c'était le pont Marie. Se retournant plusieurs fois sur ce prodige, il rejoignit la place de Grève. Il la reconnut pour l'avoir vue un jour sur une estampe, apportée par un colporteur, qui représentait le supplice du bandit Cartouche, en novembre 1721, devant un grand concours de peuple. Nicolas, enfant, rêvait devant elle et s'imaginait qu'il entrait dans la scène et qu'il se perdait dans la foule, jeté dans des aventures sans fin. Il eut un choc : son rêve était devenu réalité, il foulait le théâtre des grandes exécutions criminelles.

Laissant le port aux blés à sa droite, il entra dans le cœur du vieux Paris par l'arcade Saint-Jean de l'Hôtel de Ville. Le père Grégoire, en lui indiquant son itinéraire, l'avait vivement mis en garde contre cet endroit : « Voilà, disait-il en joignant les mains, un lieu aussi triste que dangereux par lequel défile tout ce qui vient de la rue Saint-Antoine et du faubourg. » L'arcade était le lieu de prédilection des voleurs et de faux mendiants qui guettaient le passant sous sa voûte solitaire. Il s'y engagea prudemment, mais n'y croisa qu'un porteur d'eau et quelques gagne-deniers qui se dirigeaient vers la Grève pour y trouver du travail.

Par la rue de la Tissanderie et la place Baudoyer, il gagna le marché Saint-Jean. C'était, lui avait dit son mentor, le plus vaste de Paris après les Halles, et il le reconnaîtrait à une fontaine située en son centre, près du corps de garde, ainsi qu'à la foule qui venait s'y approvisionner en eau de Seine.

Nicolas, accoutumé à l'ordre bonhomme des marchés provinciaux, dut se frayer un chemin au milieu d'un véritable chaos. Toutes les denrées étaient entassées pêle-mêle sur le sol, sauf la viande qui bénéficiait d'étals particuliers. La tiédeur de l'automne aidant, les odeurs étaient fortes, et même infectes du côté de la marée. Il ne pouvait croire que puissent exister d'autres marchés plus vastes et plus animés que celui-ci. Les emplacements de vente étaient resserrés, la circulation impraticable, et pourtant des équipages s'y engageaient, menaçant de tout écraser sur leur passage. Les marchandages et les querelles allaient bon train et il remarqua, surpris par les parlers et les tenues, que nombre de paysans de la banlieue venaient ici vendre leurs produits.

Emporté par les courants et les contre-courants, Nicolas fit trois ou quatre fois le tour du marché avant de trouver la direction de la rue Sainte-Croix-de-la-Bretonnerie. Celle-ci le conduisit, sans encombre, rue des Blancs-Manteaux où, entre la rue du Puits et la rue du Singe, il découvrit la demeure du commissaire Lardin.

Indécis, il considérait la petite maison de trois étages, bordée de chaque côté de jardins protégés de hauts murs. Il souleva le heurtoir, qui retomba en éveillant de sourds échos à l'intérieur. La porte s'entrouvrit et un visage de femme apparut, coiffé d'une charlotte blanche, mais si large et si mafflu qu'il semblait le prolongement d'un corps énorme dont le haut était engoncé dans un caraco rouge, le tout encadré par deux bras dégoulinant de lessive et en proportion de l'ensemble.

— Que foulez-vous ? demanda-t-elle avec un accent étrange que Nicolas n'avait jamais entendu.

— Je viens porter un pli de M. de Sartine au commissaire Lardin, dit Nicolas qui se mordit les lèvres aussitôt d'avoir, dès la mise, jeté son seul atout.

— Donnez-moi.

— Je dois le remettre en main propre.

— Berzonne à la maison. Attendez.

Elle repoussa la porte brusquement. Il ne restait donc à Nicolas qu'à faire preuve de cette patience dont il se confirmait qu'elle était la vertu la plus nécessaire à Paris. Sans oser s'éloigner de la maison, il fit les cent pas, tout en examinant les alentours. Sur le côté opposé de la rue, fréquentée par de rares passants, il apercevait des bâtiments, couvent ou église, noyés au milieu de grands arbres dépouillés.

Fatigué par son périple matinal, le bras gourd du poids de son sac, il s'assit sur le perron de la maison. Il avait faim, n'ayant pris le matin, au réfectoire des Carmes, qu'un peu de pain trempé dans une soupe. Une cloche proche sonnait trois heures quand un homme, taillé en force, la tête couverte d'une perruque grise et appuyé sur une canne qui ressemblait beaucoup à un gourdin, lui demanda sèchement de laisser le passage. Présumant à qui il avait affaire, Nicolas s'écarta, s'inclina et prit la parole.

— Je vous demande pardon, monsieur, mais j'attends le commissaire Lardin.

Deux yeux bleus le fixaient intensément.

— Vous attendez le commissaire Lardin ? Moi, j'attends depuis hier un certain Nicolas Le Floch. Vous ne le connaissez pas, par hasard ?

— C'est moi, monsieur, vous me voyez...

— Point d'explications...

— Mais..., bredouilla Nicolas, en tendant la lettre de Sartine.

— Je sais mieux que vous ce que le lieutenant général de police vous a ordonné. Je n'ai que faire de cette lettre que vous pouvez garder en relique. Elle ne m'apprendra rien que je ne connaisse et ne peut que me confirmer que vous ne vous êtes pas plié aux instructions que vous aviez reçues.

Lardin heurta la porte et la femme réapparut dans l'encadrement.

— Monsieur, je n'ai bas voulu...

— Je sais tout cela, Catherine.

Il fit un geste péremptoire, autant pour interrompre sa servante que pour inviter Nicolas à entrer. Il se débarrassa de son manteau, découvrant un pourpoint de cuir épais sans manches, et, retirant sa perruque, dévoila un crâne entièrement rasé. Ils entrèrent dans une bibliothèque dont la beauté et le calme étonnèrent Nicolas. Un feu finissant de se consumer dans une cheminée de marbre sculptée, un bureau noir et or, des bergères tapissées de velours d'Utrecht, les boiseries blondes des murs, les gravures encadrées et les livres, richement reliés, alignés sur leurs rayons — tout concourait à créer une atmosphère que quelqu'un de plus roué que Nicolas eût qualifiée de voluptueuse. Il ressentait confusément que ce cadre raffiné correspondait assez peu à l'apparence fruste de son hôte. Le grand salon, encore à moitié médiéval, du château de Ranreuil avait été, jusqu'à ce jour, sa seule référence dans ce domaine.

Lardin resta debout.

— Monsieur, vous débutez de bien étrange manière dans une carrière où l'exactitude est essentielle. M. de Sartine vous confie à moi et j'ignore ce qui me vaut cet honneur.

Souriant avec ironie, Lardin fit craquer les jointures de ses doigts.

— Mais j'obéis et vous devez obéir aussi, poursuivit-il. Catherine vous conduira au troisième. Je n'ai qu'une mauvaise mansarde à vous offrir. Vous pren-

34

drez vos repas à l'office ou dehors, à votre guise. Chaque matin, vous vous présenterez à moi dès sept heures. Vous devez, me dit-on, apprendre les lois. Pour cela, vous irez chaque jour deux heures chez M. de Noblecourt, ancien magistrat, qui mesurera vos talents. J'attends de vous une assiduité parfaite et une obéissance sans murmure. Ce soir, pour fêter votre arrivée, nous dînerons en famille. Vous pouvez disposer.

Nicolas s'inclina et sortit. Il suivit Catherine qui l'installa dans une petite chambre mansardée. Il fallait, pour y parvenir, traverser un grenier encombré. La pièce le surprit agréablement par son volume et par la présence d'une fenêtre donnant sur le jardin. Elle était simplement meublée d'une couchette, d'une table, d'une chaise, et d'une commode-toilette surmontée d'un miroir, avec sa cuvette et son broc. Le parquet était recouvert d'un tapis élimé. Il rangea ses quelques effets dans les tiroirs, retira ses souliers, s'allongea et s'endormit.

Quand il se réveilla, la nuit était déjà tombée. Il rafraîchit son visage et se coiffa, avant de descendre. La porte de la bibliothèque où il avait été reçu était à présent fermée, mais celles des autres pièces donnant sur le couloir étaient demeurées ouvertes ; il put ainsi satisfaire une prudente curiosité. Il vit d'abord un salon aux teintes pastel à côté duquel la bibliothèque lui parut soudain d'une grande austérité. Dans une autre pièce, trois couverts étaient dressés. Au fond du couloir, une autre porte donnait sur la cuisine, à en juger par les odeurs qui s'en échappaient. Il s'approcha. La chaleur était intense dans la pièce et Catherine s'essuyait le front avec un torchon à intervalles réguliers. Quand Nicolas entra, elle ouvrait des huîtres et, à la surprise du jeune Breton, qui les grugeait vivantes, elle dégageait le contenu de leurs coquilles et le déposait dans une assiette de faïence.

— Puis-je vous demander ce que vous préparez, madame ?

Surprise, elle se retourna.

— Ne m'abelez pas matame, abelez-moi Catherine.

— Bien, dit-il, je m'appelle Nicolas.

Elle le regarda, son visage ingrat illuminé par une joie qui l'embellissait. Elle lui montra deux chapons désossés.

— Je fais un potache de chapons aux huîtres.

Nicolas avait aimé, enfant, regarder Fine cuisiner les plats fins, péché mignon du chanoine. Il avait même appris, peu à peu, à réussir quelques plats, comme le far, le kuign aman ou le homard au cidre. Le marquis, son parrain, ne dédaignait pas, lui non plus, se livrer à cette noble occupation qu'il disait participer des « péchés capiteux », au grand scandale du chanoine.

— Des huîtres cuites ! s'exclama Nicolas. Chez nous, nous les mangeons crues.

— Fi, des bêtes fifantes !

— Et ce potage, vous le préparez comment ?

Nicolas s'attendait à être chassé par la cuisinière, ayant l'expérience des réactions de Fine qu'il avait dû longuement espionner pour découvrir ses recettes.

— Vous si aimable que je vais le dire. Vous prenez deux beaux chapons, et désossez. Vous farcissez un avec chair de l'autre à laquelle vous ajoutez lard, jaunes d'œufs, sel, poivre, muscade, un paquet et des épices. J'attache le tout avec ficelle et je poche au consommé à petits bouillons. Bendant ce temps, je passe mes huîtres à la farine et les fais frire au beurre avec des champignons. Je découpe le chapon, je dispose les huîtres, j'arrose du bouillon et je sers avec un filet de citron et un peu de ciboule, bien chaud surtout.

L'enthousiasme de Nicolas n'avait plus de bornes et cela se voyait. En écoutant Catherine, l'eau lui était venue à la bouche et sa faim s'en était trouvée augmentée. Ce fut ainsi qu'il fit la conquête de Catherine Gauss, native de Colmar, ancienne cantinière à la bataille de Fontenoy, veuve d'un garde-française et cuisinière du commissaire Lardin. La redoutable servante avait définitivement adopté Nicolas. Il avait déjà un allié dans la place et il se sentait rassuré par son pouvoir de séduction.

Le dîner laissa à Nicolas des souvenirs confus. La splendeur de la table avec ses cristaux, son argenterie, le damas éclatant de la nappe, lui procura un sentiment de bien-être. La chaleur de la pièce aux boiseries grises rechampies d'or et les ombres portées par la lueur des chandelles créaient une atmosphère ouatée qui, s'ajoutant à son état de faiblesse, alanguit Nicolas à qui le premier verre de vin monta à la tête. Le commissaire n'était pas là et seules sa femme et sa fille l'entouraient. Elles paraissaient avoir presque le même âge et il comprit assez vite que Louise Lardin n'était pas la mère de Marie, mais sa belle-mère, et que les deux femmes n'éprouvaient guère d'affection l'une pour l'autre. Autant la première paraissait soucieuse de manifester une autorité un peu coquette, autant l'autre demeurait réservée, observant leur invité sous ses cils baissés. L'une était grande et blonde, l'autre menue et brune.

Nicolas fut surpris de la délicatesse des mets servis. Le potage de chapons aux huîtres fut suivi d'un entremets d'œufs marbrés, d'une capilotade de perdrix, d'un blanc-manger et de beignets aux confitures. Nicolas, dont l'éducation dans ce domaine avait été bien faite, reconnut dans le vin de couleur cassis qu'on lui servait un cru de Loire, sans doute un bourgueil.

Mme Lardin l'interrogeait discrètement sur son passé. Il eut le sentiment qu'elle souhaitait surtout éclaircir l'origine et la nature de ses relations avec M. de Sartine. La femme du commissaire avait-elle été chargée par son mari de le faire parler ? Elle lui servait à boire avec tant de générosité que cette idée l'effleura, puis il n'y pensa plus. Il parla beaucoup de sa Bretagne, avec mille et un détails qui firent sourire. Le prenait-on pour un objet de curiosité, pour quelque habitant de la Perse ?

Ce n'est que plus tard, en retrouvant sa mansarde, que des doutes l'envahirent : il se demanda s'il n'avait pas été trop loquace. En réalité, lui-même était si mal informé des raisons qu'avait M. de Sartine de s'intéresser à lui, qu'il se convainquit aisément que rien de compromettant n'avait pu lui échapper ; Mme Lardin avait dû en être pour ses frais. Revinrent aussi à son esprit les mines irritées de Catherine quand elle servait ou écoutait Louise Lardin qui, elle-même, traitait la servante avec distance. La cuisinière marmonnait entre ses dents, l'air furibond. Lorsqu'elle servait Marie au contraire son visage s'adoucissait jusqu'à prendre par instants un air d'adoration. Ce fut sur ces constatations que le jeune homme acheva sa première journée rue des Blancs-Manteaux.

Commença alors pour Nicolas une nouvelle existence, ordonnée par la succession régulière des tâches. Tôt levé, il faisait ses ablutions à grande eau dans un appentis du jardin dont, avec la complicité de la bonne Catherine, il s'était approprié l'usage.

Il avait complété sa modeste garde-robe chez Vachon où le nom de M. de Sartine lui avait ouvert les portes et le crédit d'un tailleur qui avait même un peu forcé la commande, à la grande confusion de Nicolas. Les glaces lui renvoyaient désormais l'image d'un jeune cavalier sobrement mais élégamment vêtu, et le regard insistant de Marie lui avait confirmé son changement d'apparence.

À sept heures, il se présentait au commissaire Lardin, qui lui communiquait son emploi du temps. Les leçons de M. de Noblecourt, petit vieillard bienveillant, magistrat amateur d'échecs et de flûte traversière, étaient des moments de détente appréciés. Grâce aux conseils avisés de son professeur, il devint assidu aux concerts.

Nicolas poursuivit sa découverte de Paris et des faubourgs. Jamais, même à Guérande, il n'avait autant marché.

Le dimanche, il fréquentait les concerts spirituels qui

se donnaient alors dans la grande salle du Louvre. Un jour, il se trouva assis à côté d'un jeune séminariste. Pierre Pigneau, né à Origny, dans le diocèse de Laon, aspirait ardemment à rejoindre la société des Missions étrangères. Il expliqua à Nicolas, admiratif, son vœu de dissiper les ténèbres de l'idolâtrie par les lumières de l'Évangile. Il voulait rejoindre la mission de Cochinchine, qui subissait, depuis quelques années, une terrible persécution. Le jeune homme, un grand gaillard au teint vif qui ne manquait pas d'humour, tomba d'accord avec Nicolas sur la qualité médiocre de l'exécution d'un *Exaudi Deus* par la célèbre Mme Philidor. L'enthousiasme du public les indigna tant qu'ils sortirent ensemble. Nicolas raccompagna son nouvel ami au séminaire des Trente-Trois. Ils se séparèrent en se donnant rendez-vous la semaine suivante.

Les deux jeunes gens prirent bientôt l'habitude d'achever leurs rencontres chez Stohrer, pâtissier du roi, dont la boutique, rue Montorgueil, était un rendez-vous à la mode depuis que l'artisan fournissait la cour en gâteaux de son invention que goûtait particulièrement la reine Marie Leszczyńska. Nicolas se plaisait beaucoup en la compagnie du jeune prêtre.

Au début, Lardin — dont les fonctions n'étaient pas attachées à un quartier particulier — lui ordonna de le suivre dans ses missions. Nicolas connut, au petit matin, les poses de scellés, les saisies, les constats ou plus simplement les arbitrages des querelles, entre voisins, si fréquentes dans les maisons de rapport des faubourgs où s'entassaient les plus nécessiteux. Il se fit connaître des inspecteurs, des hommes du guet, des gardiens des remparts, des geôliers et même des bourreaux. Il dut se cuirasser devant les spectacles insoutenables de la question et de la grande morgue. Rien ne lui fut dissimulé et il comprit que la police devait s'appuyer, pour fonctionner, sur une foule d'indicateurs, de « mouches » et de prostituées, monde ambigu qui permettait au lieutenant général de police d'être l'homme de France le mieux informé des secrets de la capitale. Nicolas mesura aussi de quel précieux réseau de pénétration des consciences disposait M. de Sartine avec le contrôle de la poste et des correspondances particulières. Il en tira, pour lui-même, de sages précautions et demeura prudent dans les billets réguliers qu'il adressait en Bretagne.

Ses relations avec le commissaire n'avaient guère évolué, ni en bien ni en mal. À la froideur autoritaire de l'un répondait l'obéissance silencieuse de l'autre. Durant de longues périodes, le policier paraissait l'oublier. M. de Sartine, au contraire, n'hésitait pas à se rappeler à lui. Parfois, un petit Savoyard lui portait des billets laconiques le convoquant au Châtelet ou rue Neuve-Saint-Augustin. Ces rencontres étaient courtes. Le lieutenant général interrogeait Nicolas. Il semblait à ce dernier que certaines questions tournaient étrangement autour de Lardin. Sartine se fit décrire minutieusement la maison du commissaire et les habitudes de la famille, poussant l'enquête jusqu'au détail de la table. Nicolas était quelquefois un peu gêné de cette inquisition et perplexe sur sa signification.

Le lieutenant général de police lui ordonna d'assister aux audiences criminelles et de lui en résumer les séances par écrit. Un jour, il le chargea de lui rendre compte de l'arrestation d'un homme qui avait mis en circulation des lettres de change dont les signatures avaient été contestées. Nicolas vit en pleine rue les exempts attraper un individu aux yeux vifs, à la figure étonnante et qui parlait français avec un fort accent italien. L'homme le prit à témoin :

— Monsieur, vous qui me paraissez honnête homme, voyez comme on traite un citoyen de Venise. On se saisit du noble Casanova. Témoignez de l'injustice qui m'est faite. C'est un crime contre quelqu'un qui vit et écrit en philosophe.

Nicolas le suivit jusqu'à la prison de For-l'Évêque.

Sartine, quand il lui fit son rapport, se mit à jurer sourdement et s'écria :

— Il sera libre demain : M. de Choiseul protège cet escroc, plaisant homme au demeurant.

L'apprenti policier tira diverses conclusions de cet épisode.

Une autre fois, il dut proposer l'achat de bijoux à un courtier en horlogerie qui se faisait délivrer, pour la revente, quantité d'objets précieux, mais dont la banqueroute était attendue. Nicolas devait se faire passer pour un envoyé de M. Dudoit, commissaire de police au faubourg Sainte-Marguerite, que Sartine soupçonnait d'avoir partie liée avec le courtier. Le chef de la police parisienne tenait son monde serré, ne souhaitant pas qu'éclatent à nouveau, comme en 1750, des émeutes populaires contre la malhonnêteté de certains commissaires. Même le monde du jeu ne resta pas étranger à Nicolas, il sut bientôt faire la différence entre recruteurs, embaucheurs, tenanciers, rabatteurs, receveurs de loterie et tout le monde de la cocange[1] * et du bonneteau.

Tout à Paris, dans le monde du crime, tournait autour du jeu, de la débauche et du vol. Ces trois mondes communiquaient entre eux par d'innombrables canaux.

En quinze mois, Nicolas apprit son métier. Il connut le prix du silence et du secret. Il vieillit, sachant désormais mieux maîtriser ses sentiments en refrénant une imagination toujours trop agitée à son gré. Ce n'était plus l'adolescent que le père Grégoire avait accueilli à son arrivée à Paris. La lettre de Guérande qui lui annonçait l'état désespéré de son tuteur trouva un autre Nicolas. La silhouette sombre et sévère qui, dans ce matin froid de janvier 1761, se tenait à la proue du chaland, face à la Loire sauvage, c'était déjà celle d'un homme.

* Les notes sont regroupées en fin de volume. (N.d.É.)

# II

## GUÉRANDE

*Passion da Vener*
*Maro dar Zadorn*
*Interramant d'ar Zul*
*Dar baradoz hec'h ei zur.*

Agonie le vendredi
Mort le samedi
Enterrement le dimanche
Au paradis ira sûrement.

Dicton de basse Bretagne

*Mercredi 22 janvier 1761*

La Loire se montra clémente jusqu'à Angers. La pluie, mêlée de neige, n'avait pas cessé et pendant la nuit, passée à Tours, le niveau du fleuve avait continué de monter. Parfois, dans une trouée de brume, une cité fantôme surgissait, grise et morte. Les rives défilaient, invisibles. En arrivant à Angers, le chaland fut pris dans des remous contraires. Il heurta la pile d'un pont, tournoya plusieurs fois sur lui-même puis, désemparé, démembré, s'échoua sur un banc de sable. L'équipage et les passagers purent regagner la rive à bord d'une plate.

Après s'être réconforté d'un vin chaud dans une

auberge de mariniers, Nicolas s'enquit des possibilités de gagner Nantes. Plusieurs jours s'étaient écoulés depuis son embarquement. Pourrait-il arriver à Guérande à temps pour revoir son tuteur ? Il mesurait avec angoisse les nouveaux retards qui menaçaient de s'accumuler. Le fleuve était de moins en moins praticable et aucun bâtiment ne se hasarderait en aval pour le moment. La route ne paraissait pas meilleure pour les berlines, et il renonça à attendre la prochaine malle.

Confiant dans ses qualités de cavalier, Nicolas décida de se procurer une monture et de poursuivre son chemin à franc étrier. Il disposait désormais d'économies provenant des gages versés par Lardin. Une quarantaine de lieues le séparaient de sa destination. Il irait au plus direct d'Angers à Guérande. Nicolas se sentait de taille à affronter les brigands. Il devrait aussi compter avec les troupes de loups affamés qui, en cette saison, erraient, à la recherche de proies, et qui n'hésiteraient pas à l'attaquer. Mais, rien ne pouvait ébranler sa volonté d'arriver au plus vite. Il choisit donc un cheval qu'il paya à prix d'or — le maître de poste hésitait, par ce temps, à hasarder ses pensionnaires — et piqua des deux dès qu'il eut franchi les murailles de la ville.

Le soir même, il couchait à Ancenis et, le lendemain, il s'enfonça dans les terres. Il parvint, sans encombre, à l'abbaye de Saint-Gildas-des-Marais, où les moines l'accueillirent avec curiosité, heureux de cette distraction inattendue. Tout près des bâtiments, des loups s'acharnaient sur une charogne ; ils ne prirent pas garde à lui.

À l'aube, il gagna la forêt de la Bretesche. Son parrain, ami des Boisgelin, y courait le sanglier chaque automne. Seules les bases des tours du château se devinaient au loin. Il abordait des paysages connus.

Pendant la nuit, le vent s'était levé en tempête, comme il arrive souvent dans ces régions. Sa monture peinait. La tourmente hurlait de telle manière que Nicolas en était comme sourd. Le chemin détrempé, qui longeait les tourbières, était jonché de branches arrachées. Les nuages volaient si bas que la pointe des grands pins semblait les déchirer.

Parfois, la fureur des éléments cessait d'un coup. Tout se figeait et, dans le silence revenu, on entendait le cri aigu des grands oiseaux de mer qui, chassés du littoral, planaient au-dessus des terres.

Mais la tourmente ne tardait pas à reprendre. Le sol était parcouru de lambeaux d'écume blanche qui se poursuivaient, s'arrêtant puis se dépassant. Certains s'agglutinaient dans les halliers ou dans le creux des souches, comme une neige marine. D'autres glissaient sur la surface encore gelée des marais. Les vagues, à quelques lieues de là, laissaient sur la grève des masses blanches aux reflets jaunes que la tempête dissociait, démembrait, en allégeant les débris qu'elle emportait dans les terres. Nicolas sentit, sur ses lèvres, la trace salée de l'océan.

La vieille cité féodale apparut à travers un bouquet d'arbres. Elle flottait au milieu des marais comme une île détachée des terres blanches et noires qui l'entouraient. Nicolas poussa son cheval et gagna au galop la ceinture des murailles.

Il entra dans Guérande par la porte Sainte-Anne. La ville semblait désertée de ses habitants et les pas de son cheval, répercutés par les vieilles pierres, réveillaient les échos des rues.

Place du Vieux-Marché, il s'arrêta devant une maison de granit, attacha sa monture à un anneau du mur et pénétra, les jambes tremblantes, dans le logis. Il se heurta à Fine qui, ayant entendu du bruit, s'était précipitée pour l'accueillir.

— Ah ! c'est vous, monsieur Nicolas ! Merci, mon Dieu !

Elle l'étreignit en pleurant. Sous la coiffe blanche, le

vieux visage ridé, contre lequel il avait caché ses chagrins d'enfant, se crispait, les pommettes violacées.

— Quel grand malheur, Jésus, Marie, Joseph ! Notre
bon Monsieur s'est trouvé mal le soir de Noël, durant
la messe. Deux jours après, il a pris froid en allant rani-
mer la sainte lampe. Depuis, tout a empiré, la goutte s'y
est ajoutée ; le docteur dit qu'elle est remontée. Le voilà
perdu. Il n'a plus sa tête. Il a reçu les sacrements hier.

Le regard de Nicolas se posa sur un coffre. Le manteau, le chapeau et la canne de son tuteur y étaient
posés. À la vue de ces objets familiers, le chagrin lui
monta à la gorge.

— Fine, allons le voir, fit-il d'une voix étranglée.

Petite et menue, Fine tenait le grand cavalier par la
taille tandis qu'il montait l'escalier. La chambre du
chanoine était dans la pénombre, seulement éclairée par
les flammes de la cheminée. Il reposait immobile, la
respiration hachée et sifflante, les deux mains crispées
sur le haut du drap. Nicolas se jeta à genoux et
murmura :

— Mon père, je suis là. M'entendez-vous ? Je suis
là.

Il avait toujours usé de cette formule pour s'adresser
à son tuteur. En vérité, c'était bien son père qui se trouvait là, mourant. Celui qui l'avait recueilli, qui s'était
occupé de lui avec constance et lui avait manifesté en
toutes circonstances une égale affection.

Désespéré, Nicolas prit conscience de l'amour qu'il
avait toujours porté au chanoine ; et que de cela, il
n'avait jamais parlé, tant la chose allait de soi et que,
jamais plus, il n'aurait l'occasion de le lui dire. Il entendait encore la voix de celui qui gisait là lui dire doucement — avec quelle tendresse, il le comprenait
maintenant — : « Monsieur mon pupille. »

Nicolas prit la main du vieillard et l'embrassa. Ils
restèrent ainsi longtemps.

Quatre heures sonnaient quand le chanoine ouvrit les
yeux. Une larme apparut au coin d'un œil et coula le

long d'une joue amaigrie. Ses lèvres s'agitèrent, il tenta d'articuler quelque chose, soupira longuement et mourut. La main de Nicolas guidée par celle de Fine lui ferma les yeux. Il avait le visage serein.

La fidèle gouvernante prit les choses en main avec une sorte d'acharnement têtu. Comme le voulait la coutume de sa Cornouaille natale, dont le chanoine aussi était originaire, elle fit un signe de croix au-dessus de la tête du mort, puis ouvrit toute grande la croisée, pour aider l'âme à s'échapper du corps. Après quoi, elle alluma un cierge au chevet du lit et envoya la servante prévenir le chapitre et la femme du porte-bannière, experte en ces cérémonies. Lorsqu'elle arriva, le glas sonnait à la collégiale. Les deux femmes firent la toilette du mort, placèrent ses paumes l'une contre l'autre, et nouèrent les mains avec un chapelet. Une chaise fut disposée au pied du lit, sur laquelle on posa une assiette d'eau bénite et un brin de buis.

Les heures qui suivirent parurent interminables à Nicolas. Glacé, il n'avait aucune conscience de ce qui se passait autour de lui. Il dut répondre aux salutations de tous ceux qui se succédaient dans la chambre mortuaire. Des prêtres et des religieuses, se relayant au chevet du mort, récitaient la litanie des trépassés. Comme c'était l'usage, Fine servait crêpes et cidre aux visiteurs dont beaucoup demeuraient dans la grande pièce à parler à voix basse.

M. de Ranreuil était arrivé dans les premiers, sans Isabelle. Cette absence avait troublé l'émotion de Nicolas à revoir son parrain. Sous son ton cavalier, le marquis dissimulait mal son chagrin de voir partir un vieil ami et, avec lui, une complicité de trente ans. Il eut à peine le temps, dans la presse, de dire à Nicolas que M. de Sartine lui avait écrit qu'il était content de lui. Il fut entendu que le jeune homme se rendrait à Ranreuil après les funérailles, qui devaient se dérouler le dimanche.

Au fur et à mesure que s'égrenaient les heures, Nicolas observait les changements sur le visage du disparu.
Le teint cireux des premières heures avait peu à peu
viré au cuivre, puis au noir, et les chairs avalées sculp-
taient maintenant le profil d'un gisant de plomb. La tendresse fuyait devant cette chose qui se défaisait et qui
ne pouvait plus être son tuteur. Il dut se ressaisir pour
écarter cette impression, qui revint pourtant l'envahir
plusieurs fois jusqu'à la mise en bière, le samedi matin.

Le dimanche, le temps fut beau et froid. Dans
l'après-midi, la bière fut conduite sur un brancard à la
collégiale toute proche. Nicolas chercha en vain Isabelle dans la foule qui s'y était rassemblée.
Il suivait machinalement les chants et les prières,
refermé sur lui-même. Il considérait le vitrail qui surmontait le maître-autel et qui représentait les miracles
accomplis par saint Aubin, patron du sanctuaire. La
grande ogive de verre et de pierre, aux dominantes
bleues, perdait peu à peu son éclat dans l'ombre hiver-
nale qui montait. Le soleil avait disparu. Il s'était épa-
noui le matin dans la transfiguration du levant, il avait
resplendi dans la gloire du milieu du jour, il déclinait
maintenant.
Tout homme, pensait Nicolas, devait ainsi parcourir
le cycle de sa vie. Son regard retomba sur la bière
recouverte d'un drap noir orné de flammes d'argent qui
miroitaient faiblement à la lueur incertaine des cierges
du catafalque. Il se sentit à nouveau submergé par le
chagrin et la solitude.
L'église était à présent envahie par les ténèbres. Le
granit, comme il arrive en hiver, pleurait à l'intérieur.
Aux fumées de l'encens et des cierges se mêlait une
vapeur d'eau exsudée par les murailles sombres. Le
*Dies irae* éclata comme une conclusion sans espoir.
Tout à l'heure, et dans l'attente de la sépulture définitive, les pauvres restes seraient déposés dans la crypte,

près des gisants jumeaux de Tristan de Carné et de sa femme.

Nicolas songea que c'était précisément là qu'il avait été abandonné, et que le chanoine Le Floch, il y aurait bientôt vingt-deux ans, l'avait découvert et recueilli. L'idée que son tuteur retrouvait la terre à cet endroit même lui fut comme une mystérieuse consolation.

Le lundi fut morne et Nicolas subit le contrecoup des fatigues et des chagrins. Il ne se décidait pas à rendre visite au marquis qui, à l'issue du service, lui avait renouvelé son désir de le voir.

Fine, oublieuse de sa propre peine, ne savait comment le distraire de ses pensées. Elle eut beau lui préparer les plats préférés de son enfance, il ne consentit pas à y toucher, se contentant d'un morceau de pain. Il passa une partie de la journée à errer à travers les marais, les yeux fixés sur la ligne de la mer qui blanchissait l'horizon. Un désir de départ et d'oubli l'envahissaient. Il poussa même jusqu'au bourg de Batz, montant, comme il le faisait chaque fois avec Isabelle, au sommet du clocher de l'église. Coupé du monde, dominant les marais et l'océan, il se sentit mieux.

Quand il revint, trempé, il trouva maître Guiart, le notaire, qui l'attendait le dos au feu. Il invita Nicolas et Fine à écouter la lecture d'un testament fort court, dont les dispositions essentielles résidaient dans la mention finale : « Je meurs sans richesses, ayant toujours donné aux pauvres le surplus que Dieu avait bien voulu me réserver. La maison que j'habite appartient au chapitre. Je prie la providence de pourvoir au besoin de mon pupille. Il lui sera remis ma montre en or à répétition, pour remplacer celle qui lui fut naguère dérobée à Paris. Quant à mes biens propres, hardes, meubles, argenterie, tableaux et livres, il comprendra qu'ils soient vendus pour constituer une rente viagère, au denier vingt, à Mlle Joséphine Pelven, ma gouvernante qui, depuis plus de trente ans, s'est dévouée à mon service. »

Fine pleurait et Nicolas s'efforçait de la consoler. Le notaire rappela que le jeune homme devait régler les gages de la servante, les frais du médecin et de l'apothicaire, ainsi que les tentures, chaises et cierges des funérailles. Les économies de Nicolas diminuaient à vue d'œil.

Après le départ du notaire, il se sentit étranger dans sa maison, et désespéré de voir Fine prostrée sur une chaise. Ils restèrent longtemps à parler. Elle repartirait chez elle, où elle avait encore une sœur dans un village près de Quimper, mais s'inquiétait surtout de ce qu'il adviendrait de celui qu'elle avait élevé. Un à un, les liens qui attachaient Nicolas à Guérande se rompaient et lui-même dérivait, comme un bateau désamarré, emporté par des courants contraires.

Le mardi, Nicolas se décida enfin à répondre à l'invitation de son parrain. Il voulait fuir le logis de la place du Vieux-Marché où maître Guiart avait commencé l'inventaire et la prisée des biens du défunt, tandis que Fine achevait ses paquets.

Il cheminait lentement, songeur, ayant mis sa monture au pas. Le temps était revenu au beau, mais le gel couvrait les landes d'une résille blanche. La glace des ornières craquait sous les sabots du cheval.

En approchant d'Herbignac, il se remémora les traditionnelles parties de soule. Ce jeu violent et rustique, venu du fond des âges, exigeait un corps vigoureux, du courage, du souffle, et une résistance à toute épreuve quand coups et horions pleuvaient sur les participants. Nicolas en gardait le souvenir sur son corps. Une arcade droite ouverte avait laissé une cicatrice encore visible. Quant à sa jambe gauche, brisée par un coup de galoche, elle se rappelait à lui dès que le temps passait à la pluie.

Il éprouvait pourtant une certaine jubilation au souvenir de ces courses effrénées où le soulet, cette vessie de porc bourrée de sciure et de chiffons, devait être apportée au but. La difficulté tenait à ce que le terrain était illimité, que le porteur du soulet pouvait être poursuivi n'importe où, y compris dans les mares ou les ruisseaux qui abondaient dans cette campagne, et que les coups de poing, de tête et de bâton étaient permis et même encouragés. Les fins de parties voyaient les adversaires épuisés et sanglants se retrouver pour des ripailles fraternelles, après que le baquet les avait débarrassés de la gangue de glaise ou de vase qui les recouvrait. Car il arrivait que la poursuite gagnât parfois jusqu'aux rives de la Vilaine.

Ces méditations avaient rapproché le jeune homme de sa destination. Au fur et à mesure que montaient au-dessus de la lande les grands chênes du lac et le sommet des tours du château, s'affermissait sa volonté d'éclaircir le mystère de la disparition d'Isabelle.

Rien, aucun signe, depuis son départ de Paris. À aucun moment, elle ne s'était manifestée, même pour le deuil de Nicolas. Peut-être l'avait-elle oublié, mais le plus cruel était l'incertitude actuelle. Il appréhendait bien la souffrance d'une séparation définitive, mais il ne parvenait pas à imaginer l'avenir au cas où son amour serait encore partagé. Il n'était rien, et son expérience parisienne lui avait enseigné que la naissance et la richesse l'emportaient toujours sur tout. Ses pauvres talents ne pesaient pas bien lourd.

La vieille forteresse, tapie au milieu des eaux et des arbres, était maintenant à portée de voix. Nicolas franchit un premier pont de bois qui le mena dans la barbacane, protégée de deux tours. Il laissa son cheval aux écuries, puis s'engagea sur un promontoire de pierre jusqu'au pont-levis. Par rapport à la masse énorme de l'édifice, le portail d'entrée était plutôt étroit — vestige des précautions anciennes qui voulaient qu'un cavalier ne puisse entrer à cheval à l'intérieur. La cour centrale, vaste et pavée, donnait toute sa dignité au corps de bâtiment flanqué de deux tours gigantesques qui en occupaient le fond.

Midi sonna à la chapelle. Nicolas, qui avait ses habitudes au château, poussa la lourde porte de la grande salle du logis. Une jeune fille blonde, simplement vêtue d'une robe verte à col de dentelle, travaillait assise près de la cheminée. Au bruit que fit Nicolas en entrant, elle leva la tête de son ouvrage.

— Vous m'avez fait peur, mon père, s'écria-t-elle sans se retourner. La chasse a-t-elle été bonne ?

Comme personne ne répondait, elle s'inquiéta.

— Qui êtes-vous ? Qui vous a permis d'entrer ?

Nicolas repoussa la porte et ôta son chapeau. Elle poussa un petit cri et réprima l'élan qui la portait vers lui.

— Je vois, Isabelle, que désormais je suis bien un étranger à Ranreuil.

— Comment, monsieur, c'est vous ? Vous osez vous présenter, après ce que vous avez fait !

Nicolas eut un geste d'incompréhension.

— Qu'ai-je fait, sinon vous faire confiance, Isabelle ? Il y a quinze mois, j'ai dû obéir à votre père et à mon tuteur, et partir sans vous revoir. Vous étiez, paraît-il, à Nantes, chez votre tante. C'est ce que l'on m'a dit. Je suis parti, et depuis tant de mois, seul à Paris, pas un mot, pas une réponse à mes lettres.

— Monsieur, c'est moi qui devrais me plaindre.

La colère de Nicolas montait devant tant d'injustice.

— Je pensais que vous m'aviez donné votre foi. J'étais bien stupide de croire une infidèle, une...

Il s'arrêta, à bout de souffle. Isabelle le regardait pétrifiée. Ses yeux, couleur de mer, s'emplirent de larmes, de colère ou de honte, il ne savait.

— Monsieur, vous me paraissez bien habile à inverser les rôles.

— Votre ironie me touche, mais l'infidèle, c'est vous qui me fîtes partir.

— Infidèle, comment et pourquoi ? Ces propos me dépassent. Infidèle...

Nicolas se mit à arpenter la pièce, puis s'arrêta soudain devant le portrait d'un Ranreuil qui le considérait sévèrement dans son cadre ovale.

— Tous les mêmes, depuis des siècles..., grommela-t-il entre ses dents.

— Que dites-vous là et de quelle conséquence cela peut-il être ? Croyez-vous qu'il va vous répondre, monsieur le soliloqueur, et descendre de son cadre ?

Isabelle lui parut soudain frivole et détachée.

— Infidèle, oui, vous. Infidèle, répéta sombrement Nicolas en s'approchant d'elle.

Il la dominait, fou de rage, le sang au visage, les poings serrés. Elle eut peur et éclata en sanglots. Il revit la petite fille qu'il consolait de ses peines d'enfant et sa fureur l'abandonna.

— Isabelle, que nous arrive-t-il ? demanda-t-il en lui prenant la main.

La jeune fille se blottit contre lui. Il prit ses lèvres.

— Nicolas, bégayait-elle, je t'aime. Mais mon père m'avait dit que tu allais te marier à Paris. Je n'ai pas voulu te revoir. J'ai fait répondre que j'étais à Nantes, chez ma tante. Je ne pouvais croire que tu avais violé notre serment. J'étais perdue.

— Comment as-tu pu croire une chose pareille ?

La douleur qui le tenaillait depuis tant de mois se dissipa soudain dans une bouffée de bonheur. Il serra tendrement Isabelle contre lui. Ils n'entendirent pas la porte s'ouvrir.

— Cela suffit ! Vous vous oubliez, Nicolas..., fit une voix dans son dos.

C'était le marquis de Ranreuil, son fouet de chasse à la main.

Un instant, les trois personnages parurent figés comme des statues. Était-ce le temps qui s'était arrêté ? Était-ce cela, l'éternité ? Puis, tout se remit en marche. Nicolas conserverait de cette scène un souvenir atroce qui allait désormais hanter ses nuits. Il lâcha Isabelle et, lentement, fit face à son parrain.

Les deux hommes étaient de la même taille et la colère qui les animait les rapprochait douloureusement. Ce fut le marquis qui parla le premier.

— Nicolas, je veux que vous laissiez Isabelle.

— Monsieur, je l'aime, répliqua le jeune homme dans un souffle.

Il se rapprocha d'elle. Elle les regardait tour à tour.

— Mon père, vous m'avez trompée ! s'écria-t-elle. Nicolas m'aime et j'aime Nicolas.

— Isabelle, cela suffit, laissez-nous ! J'ai à parler avec ce jeune homme.

Isabelle mit sa main sur le bras de Nicolas qu'elle serra et, sous ce geste où il y avait tout, il blêmit et chancela. Elle sortit en courant, ramassant dans ses mains les flots de sa robe.

Ranreuil, qui avait repris son calme habituel, dit à voix basse :

— Nicolas, comprends-tu que tout cela m'est très pénible ?

— Monsieur, je ne comprends rien.

— Je ne veux plus que tu voies Isabelle. Entends-tu ?

— J'entends, monsieur, que je ne suis rien d'autre qu'un enfant trouvé, recueilli par un saint homme et que je dois m'effacer.

Il soupira.

— Mais sachez, monsieur, que je me serais fait tuer pour vous.

Il salua et s'apprêtait à sortir, quand le marquis l'arrêta en le saisissant aux épaules.

— Mon filleul, tu ne peux comprendre. Fais-moi confiance, un jour tu sauras. Je ne peux rien t'expliquer maintenant.

Ranreuil parut soudain vieilli et fatigué. Nicolas se dégagea et sortit.

À quatre heures, le jeune homme quittait Guérande

au galop sans espoir d'y revenir jamais. Il n'y laissait qu'un cercueil non encore enseveli et une vieille femme qui pleurait dans une maison dévastée. Il y abandonnait aussi son enfance et ses illusions. Il ne se souviendrait plus de ce voyage de retour insensé.

Tel un somnambule, il franchit forêts et rivières, villes et villages, ne s'arrêtant que pour changer de monture. Épuisé, il dut toutefois se résoudre à prendre la malle rapide à Chartres.

C'était le jour même où la vieille Émilie épiait deux individus suspects à Montfaucon.

# III

# DISPARITIONS

> *Y quieran que adivine*
> *Y que no vea...*
>
> Et veulent qu'il devine
> Sans qu'il voie...
>
> Francisco de Quevedo y Villegas

*Dimanche 4 février 1761*

L'entrée dans Paris ramena Nicolas sur terre comme un réveil brutal. Il émergeait après un long engourdissement.

La nuit était tombée depuis longtemps quand la malle arriva à la poste centrale, place du Chevalier-au-Guet. Sa voiture avait pris du retard en raison des chemins détrempés et, par endroits, inondés. Il retrouva un Paris qu'il ne reconnaissait pas. En dépit du froid et de l'heure avancée, un vent de folie soufflait sur les quartiers. Il fut à l'instant enveloppé, bousculé, étouffé et tourmenté par des bandes hurlantes dont les membres, masqués et ricanants, gesticulaient et se dépensaient en mille folies.

Un convoi en soutanes, surplis et bonnets carrés figurait la pompe funèbre d'un mannequin de paille. Un misérable vêtu en prêtre et portant une étole contrefai-

sait un officiant. Le tout était environné de filles traves-
ties en religieuses qui simulaient des femmes grosses,
pleurant et se lamentant. Tout ce cortège marchait à la
lueur de flambeaux et bénissait le public avec un pied
de porc trempé dans de l'eau sale. Chacun semblait pris
de frénésie et les femmes étaient de loin les plus auda-
cieuses.

Une fille masquée se jeta sur Nicolas, l'embrassa, lui
murmura à l'oreille : « Tu es triste comme la mort » et
elle lui tendit le masque grimaçant d'un squelette. Il
se dégagea vivement et s'éloigna sous un chapelet
d'injures.

Le carnaval avait commencé. Du début de l'année au
mercredi des Cendres, les nuits seraient à la merci
d'une jeunesse déchaînée se mélangeant à la canaille.

Peu avant Noël, M. de Sartine avait réuni tous les
commissaires des quartiers, et Nicolas, à l'écart, avait
assisté à ce conseil de guerre. Échaudé par les scanda-
leux excès qui avaient marqué le carnaval de 1760, le
premier de son mandat, le lieutenant général de police
ne souhaitait pas que se renouvelassent des déborde-
ments dont le roi lui-même s'était inquiété. Les amen-
des et les arrestations ne suffisaient plus. Il était
nécessaire de tout prévoir et de tout maîtriser ; la
machine policière devait mettre en marche ses plus infi-
mes rouages.

Confronté aux réalités de la nuit, Nicolas comprit
mieux les propos de M. de Sartine. Tout au long de son
chemin, la licence régnait sans partage sur la ville. Il
regretta vite de ne pas s'être masqué comme la fille lui
avait conseillé de le faire. Il serait passé inaperçu en
prenant ainsi la livrée de l'autre camp et n'aurait pas eu
maille à partir avec des bandes déchaînées, qui cas-
saient les vitres, éteignaient les lanternes et se livraient
à toutes sortes de dangereuses facéties.

Ce sont de vraies saturnales, pensait Nicolas en cons-
tatant que tout était à l'envers. La prostitution, qui,

d'ordinaire, se cantonnait à quelques lieux réservés, offrait ses divers visages en toute impunité. La nuit devenait le jour, avec ses huées, ses chansons, ses masques, ses musiques, ses intrigues et ses invites.

Le quartier Saint-Avoye, où se situait la rue des Blancs-Manteaux, paraissait plus calme. Nicolas fut étonné de voir le logis des Lardin largement éclairé, car le commissaire et sa femme recevaient peu, et jamais le soir. La porte n'étant pas fermée au verrou, il n'eut pas à utiliser sa clé particulière. Venant de la bibliothèque, les échos d'une conversation animée lui parvinrent. La porte était ouverte, il entra. Mme Lardin lui tournait le dos. Elle se tenait debout et parlait avec véhémence à un homme en manteau, petit et corpulent, que Nicolas reconnut comme étant M. Bourdeau, l'un des inspecteurs au Châtelet.

— Ne pas m'inquiéter ! Mais enfin, monsieur, je vous dis et vous répète que je n'ai pas vu mon mari depuis vendredi matin. Il n'est pas rentré depuis... Nous devions souper hier chez mon cousin le docteur Descart, à Vaugirard. Passe encore que son service l'ait retenu toute une nuit : j'ai le malheur d'être l'épouse d'un homme dont j'ignore toujours l'emploi qu'il fait de son temps. Mais trois jours et bientôt trois nuits sans nouvelles, cela me passe...

Elle s'assit et se tamponna les yeux avec un mouchoir.

— Il lui est arrivé quelque chose ! Je le sais, je le sens. Que dois-je faire, monsieur ? Je suis au désespoir !

— Madame, je crois pouvoir vous dire que M. Lardin avait mission de découvrir une banque de jeu clandestin. C'est une affaire bien délicate. Mais voilà M. Le Floch. Il pourra m'aider demain si votre mari, ce que je me refuse à croire, ne réapparaissait pas.

Louise Lardin se retourna, se leva en joignant les mains, et laissa tomber son mouchoir. Nicolas le ramassa.

— Oh ! Nicolas, vous voilà ! Je suis bien aise de vous voir. Je suis si seule et désemparée. Mon mari a disparu et... Vous m'aiderez, Nicolas ?

— Madame, je suis votre serviteur. Mais je suis de l'avis de M. Bourdeau : le commissaire a sans doute été retenu par cette affaire que je crois connaître et dont les tenants sont en effet délicats. Prenez du repos, madame, il est tard.

— Merci, Nicolas. Comment se porte votre tuteur ?

— Il est mort, madame. Je vous remercie de votre sollicitude.

La mine apitoyée, elle lui tendit la main. Il s'inclina. Louise Lardin sortit sans un regard pour l'inspecteur.

— Vous savez calmer les femmes, Nicolas, commenta celui-ci. Mon compliment. Je suis désolé pour votre tuteur...

— Je vous remercie. Quel est votre sentiment ? Le commissaire est homme d'habitudes. Il découche quelquefois, mais il prévient toujours.

— D'habitudes... et de secret. Mais l'essentiel était de calmer pour ce soir les inquiétudes de sa femme. Vous vous y êtes mieux entendu que moi !

Bourdeau considéra Nicolas en souriant, les yeux pétillants d'une ironie bienveillante. Chez qui Nicolas avait-il remarqué la même expression ? Peut-être chez Sartine qui, souvent, le regardait pareillement. Il rougit sans relever le propos.

Les deux hommes devisèrent encore quelques instants et décidèrent d'aviser à l'aube. Bourdeau prit congé. Nicolas allait gagner sa soupente quand Catherine, qui avait tout écouté dans l'ombre, surgit. La large face camuse paraissait livide à la lumière du bougeoir.

— Bauvre Nicolas, je te blains. Quel grand malheur ! Tu es seul, baintenant. Tout va mal, tu sais, ici auzi. Très mal, très mal.

— Que veux-tu dire ?

— Rien. Je sais ce que je sais. Je n'ai pas les oreilles sourdes.

— Si tu sais quelque chose, il faut m'en parler. Tu n'as plus confiance en moi ? Tu veux ajouter encore à ma peine. Tu es sans cœur.

Nicolas regretta aussitôt sa mauvaise foi à l'égard de la cuisinière, qu'il aimait tendrement.

— Moi, une sans-cœur ! Nicolas ne beut pas dire cela.

— Alors, parle, Catherine. Songe que je n'ai pas dormi depuis plusieurs jours.

— Bas dormi ! Mais, mon betit, il ne faut pas. Voilà, il y a eu une grande querelle entre Bonsieur et Badame jeudi dernier au sujet de Bonsieur Descart, le cousin de Batame. Bonsieur l'accusait d'être coquette avec lui.

— Avec ce dévot hypocrite ?

— Tout juste.

Pensif, Nicolas rejoignit sa chambre. Tout en défaisant son bagage, il réfléchissait aux propos de Catherine. Certes, il connaissait maître Descart, le cousin de Louise Lardin. C'était un grand type efflanqué qui faisait toujours penser Nicolas aux échassiers des marais de Guérande. Il n'aimait pas son profil fuyant, encore accentué par l'absence de menton et par un nez osseux et busqué. Il se sentait mal à l'aise en sa présence : avec son ton prédicant, sa manie des citations obscures tirées des Écritures et ses hochements de tête entendus, le personnage l'agaçait. Comment la belle Mme Lardin pouvait-elle s'en laisser conter par un Descart ? Il s'en voulut de ne pas s'inquiéter davantage du sort de Lardin et, sur ce, il s'endormit.

*Lundi 5 février 1761*

De bon matin, il quitta une maison assoupie où seule Catherine, morose et silencieuse, rallumait son potager. De toute évidence, le commissaire n'était pas rentré. Nicolas gagna le Châtelet par des rues que le désordre, comme une marée qui se retire, avait jonchées des débris de la fête. Il vit même, sous une porte cochère, un pierrot au costume souillé qui ronflait au milieu des ordures. Dès son arrivée, il prit le temps d'adresser deux billets, l'un au père Grégoire et l'autre à son ami Pigneau pour les informer de la mort du chanoine et de son retour. Alors qu'il portait ses billets à la poste, le petit Savoyard habituel apparut avec un message de M. de Sartine lui demandant de venir, toutes affaires cessantes, le rejoindre rue Neuve-Saint-Augustin.

Nicolas fut témoin d'un curieux spectacle lorsqu'il pénétra dans le bureau du lieutenant général de police. Assis dans un fauteuil, l'homme le plus grave de France paraissait plongé dans une méditation qui crispait son front. Il croisait et décroisait sans cesse les jambes et hochait vigoureusement la tête au grand désespoir d'un garçon coiffeur qui tentait de disposer ses cheveux en boucles ordonnées. Deux valets ouvraient des boîtes oblongues et en sortaient, avec précaution, différents types de perruques qu'ils essayaient, l'une après l'autre, sur un mannequin, revêtu d'une robe de chambre écarlate. Nul n'ignorait, dans Paris, que M. de Sartine avait une marotte : il collectionnait avec passion les perruques. Une manie aussi innocente pouvait être tolérée chez un homme à qui on n'attribuait aucune autre faiblesse. Mais ce matin-là, il ne paraissait pas satisfait par la présentation et grommelait dangereusement.

Le garçon coiffeur, après lui avoir protégé le visage d'un écran, lui poudrait la tête d'abondance, et Nicolas ne put s'empêcher de sourire au spectacle de son chef environné d'un nuage blanchâtre.

— Monsieur, je suis bien aise de vous voir, dit Sartine. Ce n'est pas trop tôt. Comment va le marquis ?

Nicolas se garda de répondre, comme il était accoutumé de le faire. Mais, pour une fois, Sartine appuya sa question.

— Comment va-t-il ?

Il dévisageait intensément Nicolas. Le jeune homme

se demanda si Sartine, toujours bien informé, ne savait pas déjà tout ce qui s'était passé à Guérande. Il décida de rester dans le vague.

— Bien, monsieur.

— Laissez-nous, fit Sartine, congédiant d'un geste les serviteurs qui l'entouraient.

Il s'appuya contre son bureau, posture qui lui était familière et, exceptionnellement, invita Nicolas à s'asseoir.

— Monsieur, commença-t-il, je vous observe depuis quinze mois et j'ai toute raison d'être satisfait de vous. N'en tirez aucune gloire, vous savez peu de chose. Mais vous êtes discret, réfléchi et exact, ce qui est essentiel dans notre métier. Je vais aller droit au but. Lardin a disparu. J'ignore ce qu'il en est exactement et j'ai quelques raisons de m'interroger. Je l'ai, vous le savez, commis, sous ma seule autorité, à des affaires particulières desquelles il ne doit de rapport qu'à moi-même. Sur votre tête, monsieur, conservez devers vous ce que je vous confie. Lardin, en tout cela, use d'une grande liberté. D'une trop grande liberté, peut-être. D'autre part, vous êtes trop observateur pour ne point avoir remarqué que je m'interroge quelquefois sur sa fidélité, n'est-ce pas ?

Nicolas opina prudemment.

— Il est sur deux affaires, poursuivit Sartine, l'une particulièrement délicate, car elle engage la réputation de mes gens. Berryer, mon prédécesseur, m'a transmis le mistigri à son départ des affaires. Je m'en serais bien passé. Sachez, monsieur, que mon chef du Département des jeux, rouage essentiel de la police, le commissaire Camusot, est soupçonné, depuis des années, de protéger des officines clandestines. En tire-t-il profit ? Chacun sait que la frontière entre l'utilisation nécessaire des mouchards et des compromissions condamnables est bien étroite. Camusot a une âme damnée, un certain Mauval. Ce personnage est dangereux. Méfiez-vous-en. Il sert d'intermédiaire pour organiser des parties truquées avec des provocateurs. De là, descentes de police et saisies. Et vous savez que les confiscations, suivant les ordonnances...

Il fit un signe de tête interrogateur.

— Une partie des sommes confisquées revient aux officiers de police, dit Nicolas.

— Voilà bien le bon élève de M. de Noblecourt ! Compliments. Lardin travaillait également sur une autre affaire dont je ne peux vous parler. Qu'il vous suffise de le savoir et de vous souvenir qu'elle nous dépasse. Vous ne me paraissez pas, outre mesure, surpris de mes propos. Pourquoi dois-je vous parler ainsi ?

Il ouvrit sa tabatière, puis la referma sèchement, sans priser.

— En fait, reprit-il, je suis entraîné par la nécessité et dois avouer que, dans cette occurrence, il me faut sortir des sentiers battus. Voici une commission extra-ordinaire qui vous donnera tout pouvoir pour enquêter et requérir l'aide des autorités. Je préviendrai de cela le lieutenant criminel et le lieutenant du guet. Quant aux commissaires des quartiers, vous les connaissez déjà tous. Prenez les formes, cependant, tout en restant ferme avec eux, sans rompre en visière. N'oubliez pas que vous me représentez. Élucidez-moi ce mystère, car il y a apparence qu'il en ait un. Mettez-vous à la tâche immédiatement. Commencez par les rapports de nuit, qui sont souvent fort éloquents. Il faudra savoir les rapprocher, joindre les parties cohérentes et tenter de faire cohérer les parties disparates.

Il tendit à Nicolas le document déjà signé.

— Ce sésame, monsieur, vous ouvrira toutes les portes y compris celles des geôles. N'en abusez pas. Avez-vous quelque demande à me soumettre ?

D'une voix calme, Nicolas s'adressa au lieutenant général.

— Monsieur, j'ai deux requêtes...

— Deux ? Vous voilà bien hardi, soudain !

— Premièrement, je souhaiterais pouvoir disposer

62

de l'inspecteur Bourdeau pour me seconder dans ma tâche...

— L'autorité vous vient au grand galop. Mais j'approuve votre choix. Il est essentiel de savoir juger des hommes et des caractères, et Bourdeau m'agrée. Et encore ?

— J'ai appris, monsieur, que les informations ne sont pas marchandises gratuites...

— Vous avez parfaitement raison et j'aurais dû y songer avant vous.

Sartine se dirigea vers l'angle de la pièce et ouvrit la porte d'une armoire-coffre. Il en sortit un rouleau de vingt louis qu'il tendit à Nicolas.

— Vous me rendrez compte exactement et fidèlement de tout ce que vous entreprendrez et tiendrez les comptes de cet argent. S'il vient à manquer, demandez. Allez, il n'est que temps. Faites au mieux et retrouvez-moi Lardin.

Décidément, M. de Sartine surprendrait toujours Nicolas ! Il sortit de son cabinet tellement ému que, si le poids du rouleau d'or n'avait pas autant tiré sur la poche de son habit, il se serait pincé pour vérifier que tout cela n'était pas un songe. La joie d'avoir été distingué et chargé d'une mission importante le cédait pourtant devant une sourde angoisse. Serait-il à la hauteur de la confiance mise en lui ? Il pressentait déjà les obstacles qui ne manqueraient pas de s'accumuler sur sa route. Son âge, son inexpérience et les chausse-trapes que susciterait immanquablement une faveur aussi déclarée compliqueraient encore sa tâche. Et pourtant, il se sentit prêt à affronter cette nouvelle épreuve. Il la comparait à celle des chevaliers dont les aventures emplissaient les ouvrages de la bibliothèque du château de Ranreuil.

Cette idée le ramena vers Guérande ; la douleur était toujours là avec les visages de son tuteur, du marquis et d'Isabelle... Il lut la commission que Sartine lui avait remise.

*Nous vous mandons que le porteur du présent ordre, M. Nicolas Le Floch, est, pour le bien de l'État, placé en mission extraordinaire et nous représentera dans tout ce qu'il fera et jugera bon d'ordonner, en exécution des instructions que nous lui avons données. Mandons aussi à tous les représentants de la police et du guet de la prévôté et vicomté de Paris de lui apporter aide et assistance en toutes occasions, à quoi sommes assuré que vous ne ferez faute.*

Cette lecture emplit Nicolas de fierté et il se sentit investi d'une autorité nouvelle. Il perçut tout d'un coup ce qu'était le « service du roi » et sa grandeur.

Assuré d'être le modeste instrument d'une œuvre qui le dépassait, il rejoignit le bureau de l'Hôtel de police où étaient centralisés les rapports des commissaires et des rondes du guet. Il verrait Bourdeau plus tard et voulait se mettre sans attendre à son travail de recherche, comme Sartine le lui avait ordonné.

Nicolas était connu des commis ; il fut donc reçu sans questions intempestives. On lui communiqua les derniers rapports de nuit, et il se plongea dans la lecture répétitive des petits événements qui émaillaient les nuits et les jours de la capitale, dans cette période agitée du carnaval. Rien n'attira son attention. Il se pencha avec plus d'intérêt encore sur les copies des registres de la Basse-Geôle [1] qui dénombraient les trouvailles macabres rejetées par la Seine, un filet tendu en aval de Paris permettait de retenir les corps flottants, dérivant dans les eaux du fleuve. Là, non plus, la morne répétition des mentions ne lui fournit aucun indice.

*Un cadavre masculin, que l'on nous a dit s'appeler Pacaud, a été suffoqué par les eaux.*
*Un cadavre masculin d'environ vingt-cinq ans, sans plaie ni contusion, mais portant les signes d'une suffocation par les eaux.*

*Un cadavre masculin d'environ quarante ans, sans plaie ni contusion, mais aux signes que nous avons vus estimons que ledit particulier est mort d'apoplexie terreuse.*

*Un corps d'enfant sans tête, que nous estimons avoir servi aux démonstrations anatomiques et avoir séjourné sous les eaux.*

Nicolas repoussa le registre et mesura l'ampleur de la tâche qu'on lui avait confiée. Il retombait dans le doute. Se pouvait-il que M. de Sartine se fût moqué de lui ? Peut-être ne souhaitait-il pas qu'on retrouvât Lardin ? Confier une telle enquête à un débutant était peut-être une façon de l'enterrer. Il écarta ces mauvaises pensées et décida de se rendre au Châtelet, afin d'y visiter la Basse-Geôle et de se concerter avec l'inspecteur Bourdeau.

Les recherches de l'inspecteur avaient été tout aussi infructueuses que les siennes. Nicolas ne savait comment faire part à l'inspecteur des décisions de M. de Sartine. Il trouva plus simple de lui tendre, sans un mot, les ordres du lieutenant général de police. Bourdeau, en ayant pris connaissance, releva la tête et, considérant le jeune homme avec un bon sourire, dit seulement :

— Cela s'appelle une nouvelle. J'ai toujours su que vous iriez vite et loin. Je suis heureux pour vous, monsieur.

Il y avait du respect dans son ton et Nicolas, touché, lui serra la main.

— Cependant, reprit Bourdeau, vous n'êtes pas au bout de vos peines. Il ne faut pas sous-estimer la difficulté. Mais vous avez pleins pouvoirs et, si je puis vous aider, n'hésitez pas à faire fond sur moi.

— Précisément, M. de Sartine m'a autorisé à disposer d'une aide. À vrai dire, j'ai sollicité quelqu'un pour me seconder. J'ai proposé un nom. En fait, le vôtre. Mais je suis très jeune et inexpérimenté et je comprendrais fort bien que vous me refusiez.

Bourdeau était rose d'émotion.

— N'ayez aucun scrupule. Nous sommes hors des règles. Je vous observe depuis que vous nous avez rejoints, et la valeur n'attend pas... Je suis flatté que vous ayez pensé à moi et il me plaît de travailler sous votre autorité.

Ils demeurèrent un moment silencieux, et ce fut Bourdeau qui continua :

— Tout cela est fort bon, mais le temps presse. J'ai déjà parlé au commissaire Camusot. Il n'a pas vu Lardin depuis trois semaines. M. le lieutenant général vous en a-t-il parlé ?

Nicolas se dit, à part lui, que M. de Sartine se faisait des illusions sur le secret des enquêtes et ne répondit pas à la question de l'inspecteur.

— Je voudrais visiter la morgue. Non que j'aie trouvé quelque chose dans les rapports, mais il faut ne rien négliger.

Bourdeau tendit sa tabatière ouverte à Nicolas qui, pour le coup, en usa largement. Il était dans les habitudes bien ancrées du Châtelet de respecter cette petite cérémonie avant d'affronter les puanteurs de la Basse-Geôle. Nicolas connaissait bien ce lieu sinistre pour y avoir accompagné Lardin. C'était une cave hideuse, un réduit infâme, éclairé par une moitié de fenêtre. Un grillage et une rampe séparaient les corps en décomposition du public autorisé à les examiner. Pour éviter une trop rapide destruction des corps, du sel était jeté, à intervalles réguliers, sur les plus décomposés. Ici étaient reconnus — ou rejetés dans l'anonymat — les cadavres rendus par la Seine ou découverts sur la voie publique.

L'heure des visites n'avait pas encore sonné et pourtant un homme était déjà là, dans un angle sombre du caveau. Il considérait avec attention les pauvres restes allongés sur des dalles de pierre parmi lesquels Nicolas reconnut avec saisissement ceux qui avaient été décrits dans les rapports. Mais il y avait une grande différence entre la froideur des registres et la réalité sordide. Il n'avait pas pris garde à cette ombre silencieuse, et ce fut Bourdeau qui lui désigna cette présence insolite par un léger coup de coude et un clin d'œil. Nicolas se dirigea vers l'inconnu.

— Monsieur, peut-on savoir ce que vous faites ici et qui vous a autorisé à entrer ?

L'homme se retourna. Le front contre le grillage, perdu dans ses contemplations, il ne les avait pas entendus s'approcher. Nicolas eut un mouvement de surprise.

— Mais c'est le docteur Semacgus !

— Oui, Nicolas, c'est bien moi.

— Voici l'inspecteur Bourdeau.

— Monsieur... Mais vous-même, Nicolas, quel mauvais vent vous conduit en ces lieux ? Toujours votre apprentissage ?

— Mais oui, et vous ?

— Vous connaissez Saint-Louis, mon domestique ? Il a disparu depuis vendredi et je suis fort inquiet.

— Depuis vendredi... Docteur, l'endroit ne me paraît pas se prêter à la conversation. Regagnons les bureaux, voulez-vous ?

Ils retrouvèrent l'antichambre des audiences dans laquelle Nicolas avait attendu sa première entrevue avec Sartine. Désormais, l'huissier le saluait poliment. Nicolas se revoyait avec attendrissement en petit Breton timide. Il s'en voulut de toujours céder à la nostalgie du passé : c'en était fait de beaucoup de choses de sa première existence ; il fallait qu'il se donnât corps et âme à sa mission actuelle. Ils s'approchèrent d'un méchant bureau qui servait aux policiers de permanence. Nicolas pria Semacgus d'attendre quelques instants et s'isola avec Bourdeau.

— N'est-ce pas une curieuse coïncidence ? fit-il. Vous ne connaissez pas le docteur et, par conséquent, vous ne pouvez être aussi étonné que moi devant la conjonction de deux événements si semblables.

Il resta un moment rêveur, et reprit :

— Guillaume Semacgus est un chirurgien de marine formé à l'école de Brest. Il a beaucoup navigué sur les bateaux du roi, puis s'est embarqué sur les navires de la Compagnie des Indes. Il est resté plusieurs années dans nos comptoirs d'Afrique, à Saint-Louis du Sénégal. C'est un savant et un original, anatomiste réputé. C'est aussi un ami de Lardin, je n'ai jamais compris pourquoi. C'est chez lui que je l'ai rencontré...

Une idée lui traversa l'esprit, qu'il préféra garder pour lui.

— Il est servi par deux esclaves nègres qu'il traite fort bien. Saint-Louis lui sert de cocher et Awa, sa femme, de cuisinière. Il vit en solitaire à Vaugirard.

Une autre idée germa dans son esprit, qu'il repoussa pareillement.

— Allons recueillir officiellement sa déposition.

Nicolas ouvrit la porte et invita Semacgus à entrer. En pleine lumière, l'homme apparaissait de haute stature, et de ceux qui ne passent pas inaperçus. Il était beaucoup plus grand que Nicolas, qui pourtant dominait son monde. Il portait un habit sombre à boutons de cuivre, de coupe militaire, une cravate éclatante de blancheur et des bottes souples, et s'appuyait sur une canne à pommeau d'argent aux sculptures exotiques. Le visage aux yeux bruns était massif et coloré. Il émanait du personnage une autorité tranquille. Il s'assit devant une petite table sur laquelle Bourdeau étalait ses papiers, après avoir taillé sa plume. Nicolas demeura debout derrière le docteur.

— Maître Semacgus, il vous plaira que nous recueillions votre déposition...

— Nicolas, ne le prenez pas mal ; mais d'où vous vient cette assurance et de quel droit...

Ce fut l'inspecteur Bourdeau qui répondit :

— M. Le Floch a reçu délégation extraordinaire de M. de Sartine.

— Soit, mais comprenez ma surprise.

Nicolas ne releva pas.

— Docteur, qu'avez-vous à déclarer ?

— Comme vous voulez... Vendredi soir, j'étais invité par un ami à un médianoche. C'est carnaval, n'est-ce pas. Je me suis fait conduire rue du Faubourg-Saint-Honoré par Saint-Louis, mon domestique, qui me sert à l'occasion de cocher pour un petit cabriolet que je possède. À trois heures du matin, je n'ai retrouvé ni mon cocher ni ma voiture.

La plume grinçait sur le papier.

— Depuis trois jours, j'ai fait le tour des hôpitaux et, en désespoir de cause, je suis venu à la Basse-Geôle, dans le cas où...

— Vous y êtes entré en dehors des heures d'ouverture, observa Nicolas.

Semacgus réprima un mouvement d'agacement.

— Vous savez bien que je me livre à des études d'anatomie et Lardin m'a donné un billet qui me permet d'entrer à tout moment pour examiner les corps déposés à la morgue.

Oui, Nicolas, tout d'un coup, s'en souvenait.

— Pouvez-vous me dire qui était cet ami qui vous avait convié vendredi soir ? demanda-t-il.

— Le commissaire Lardin.

Bourdeau ouvrit la bouche, mais un regard appuyé de Nicolas l'arrêta.

— À quel endroit, cette partie fine ?

Le docteur sourit avec ironie et haussa les épaules.

— Dans un endroit mal famé que la police connaît bien. Chez la Paulet, au *Dauphin couronné*, rue du Faubourg-Saint-Honoré. Au rez-de-chaussée, on soupe ; à la cave, table de pharaon [2] et aux étages, les filles. Un vrai paradis de carnaval.

— Vous y avez vos habitudes ?

— Et quand cela serait ? Mais ce n'est pas le cas. J'étais invité par Lardin, ce qui m'a d'ailleurs surpris. Il m'était bien revenu qu'il était friand de ce genre de

raout, mais il n'avait jamais souhaité que j'y partici-
passe.

— Vous y avez pris plaisir ?

— Vous êtes bien jeune, Nicolas. La chair était fine
et les filles étaient belles. À l'occasion, je ne boude pas
ces sortes de plaisirs.

— À quelle heure êtes-vous arrivé ?

— Onze heures.

— Et vous en êtes sorti ?

— À trois heures, je vous l'ai déjà dit.

— Lardin est sorti avec vous ?

— Il y avait longtemps qu'il avait décampé. Et pour
cause, après tout ce scandale.

— Ce scandale ?

— Vous savez, sourit le docteur, nous étions masqués... Lardin avait beaucoup bu, des vins et du champagne. Peu avant minuit, un homme est entré dans la
salle. Il a bousculé Lardin, ou le contraire. Lardin lui
a arraché son masque. J'eus la surprise de reconnaître
Descart. Il est, vous le savez peut-être, mon voisin à
Vaugirard. Je l'ai connu chez Lardin, Mme Lardin est
sa cousine. C'est grâce à lui que j'ai trouvé une maison,
à mon retour d'Afrique. Descart chez la Paulet ! Nous
naviguions en pleine folie. Ils se sont empoignés tout
de suite. Lardin était hors de lui, il écumait. Il a accusé
Descart de vouloir lui prendre sa femme. Descart s'est
retiré et Lardin est parti peu après.

— Seul ?

— Oui. De mon côté, je suis monté, avec une fille.
Mais tout cela a-t-il vraiment à voir avec la disparition
de Saint-Louis ?

— Le nom de cette fille ?

— La Satin.

— Descart vous a-t-il reconnu ?

— Non, il n'était pas minuit et j'avais donc encore
mon masque.

— A-t-il été reconnu ?

— Je ne crois pas, il s'est remasqué immédiatement.

Nicolas éprouvait quelque gêne à retourner ainsi sur la sellette un homme pour lequel il avait toujours éprouvé des sentiments de sympathie qui répondaient tout naturellement à l'attention bienveillante que Semacgus n'avait cessé de lui porter.

— Je dois vous prévenir d'une autre disparition, dit-il. Le commissaire Lardin n'a pas été revu depuis vendredi soir. Vous êtes, apparemment, la dernière personne à l'avoir vu.

La réponse de Semacgus fut simple et surprenante.

— Cela devait arriver.

La plume de Bourdeau se remit à crisser de plus belle.

— Que voulez-vous dire ?

— Que Lardin, à force de mépriser le genre humain, devait s'attirer des ennuis.

— C'est votre ami...

— L'amitié n'empêche pas la lucidité.

— Puis-je me permettre de vous faire observer que vous parlez de lui comme s'il était mort...

Semacgus regarda Nicolas avec commisération.

— Je vois que le métier rentre, monsieur le policier. L'apprentissage est apparemment terminé.

— Vous ne m'avez pas répondu.

— C'est juste une intuition. Mon souci va beaucoup plus au sort de mon domestique, que vous semblez bien oublier.

— Saint-Louis est un esclave. Le propre des esclaves est de prendre la fuite.

Les yeux bruns regardèrent Nicolas tristement.

— Voilà des idées bien convenues dans une jeune tête, et qui ne vous ressemblent guère, Nicolas. D'ailleurs, Saint-Louis est libre ; je l'ai affranchi. Il n'a aucune raison de s'enfuir. D'autant plus que sa femme, Awa, est toujours à la maison.

— Vous donnerez son signalement exact à M. Bourdeau. Nous allons le faire rechercher.

— Je souhaite qu'on le retrouve, j'y suis fort attaché.

— Encore une question. Lardin avait-il son sempiternel gourdin, vendredi soir ?

— Je crois bien que non, répondit le docteur.

Il regarda à nouveau Nicolas avec, cette fois, une lueur de curiosité amusée.

— Ce sera tout, docteur, fit celui-ci. Voyez avec Bourdeau pour Saint-Louis.

Quand Semacgus se fut retiré, les deux policiers restèrent un long moment plongés dans leurs réflexions. Bourdeau tapotait le bureau du bout des doigts.

— Pour un premier interrogatoire, personne n'aurait pu faire mieux, dit-il enfin.

Nicolas ne releva pas cette remarque, qui pourtant lui fit plaisir.

— Je retourne rue Neuve-Saint-Augustin, fit-il. M. de Sartine doit être immédiatement avisé de tout cela.

Bourdeau hocha la tête négativement.

— Pas de zèle, jeune homme, il est surtout l'heure d'aller déjeuner ! Elle est même passée de beaucoup. D'ailleurs, le lieutenant général n'est pas visible l'après-midi. Je vous invite. Je connais un petit cabaret où le vin est bon.

Après avoir longé la Grande Boucherie, dont les bâtiments étaient situés à l'arrière du Châtelet, ils s'engagèrent dans la petite rue du Pied-de-Bœuf. Nicolas avait fini par s'accoutumer aux habitudes et même aux odeurs du quartier. Les bouchers abattaient le bétail dans leurs boutiques et le sang ruisselait au milieu des ruelles, où il caillait sous les pieds des passants. Mais cela n'était rien à côté des exhalaisons qui sortaient des fonderies de suif animal. Bourdeau sautait d'ornières en flaques, insensible à la puanteur. Nicolas, qui rentrait tout juste de sa Bretagne et avait encore sa peau le souffle des tempêtes, mit son mouchoir sur son visage, au grand amusement de son compagnon.

Le tripot était accueillant. Il était fréquenté par des

commis d'échoppes et par des clercs de notaires. L'aubergiste était du même village que Bourdeau, près de Chinon. Il en vendait le vin. Ils s'attablèrent devant une fricassée de poulet, du pain, des fromages de chèvre et un pichet de vin. En dépit du caractère peu ragoûtant de la promenade, Nicolas fit honneur à l'ambigu[3] et s'y attaqua gaillardement. La conversation consista en plans de campagne : prévenir M. de Sartine, mener des enquêtes à Vaugirard et rue du Faubourg-Saint-Honoré, interroger Descart et la Paulet, et poursuivre l'examen des rapports de police.

Il était près de cinq heures quand ils se séparèrent. Nicolas ne trouva pas Sartine à son hôtel ; il était à Versailles, appelé par le roi. L'idée lui vint d'aller rendre visite au père Grégoire, mais le couvent des Carmes était bien loin, la nuit tombait et il décida de rentrer sagement rue des Blancs-Manteaux.

La maison était décidément fort agitée en son absence. À peine y avait-il pénétré qu'il entendit à nouveau deux personnes converser, cette fois dans le salon de Mme Lardin.

— Il savait tout, Louise, disait une voix d'homme.

— Je sais, il m'avait fait une scène affreuse. Mais enfin, Henri, expliquez-moi, si vous le pouvez, la raison de votre présence dans cette maison ?

— C'était un piège. Je ne peux rien vous dire... Vous n'avez pas entendu un bruit ?

Ils se turent. Une main s'était plaquée sur la bouche de Nicolas, une autre le poussait dans l'obscurité et l'entraîna dans l'office. Il ne voyait rien et n'entendait qu'une respiration haletante. On le lâcha. Il sentit un souffle et respira un parfum qui ne lui était pas étranger, puis des pas s'éloignèrent et il se retrouva seul dans le noir, attentif et immobile. Peu après, la porte d'entrée se referma et il entendit Louise Lardin qui regagnait ses appartements au premier. Il attendit encore quelques instants et monta dans sa soupente.

# IV

# DÉCOUVERTES

> « À mesure qu'on est plus éclairé,
> on a moins de lumière. »
>
> Prince de Ligne

*Mardi 6 février 1761*

À son réveil, Nicolas tenta de se remémorer dans les plus petits détails la scène qui avait marqué son retour rue des Blancs-Manteaux. Le parfum fugace qu'il avait respiré ne pouvait être que celui de Marie Lardin. Si Catherine, la cuisinière, l'avait ainsi saisi, il l'aurait reconnue à l'instant par l'odeur composite dont son vêtement était toujours imprégné. Mais pourquoi Marie l'avait-elle entraîné ainsi ? Elle voulait sans doute le protéger, mais contre qui ? Il avait bien reconnu les voix de Descart et de Mme Lardin, et leurs propos n'avaient pour lui rien de mystérieux. Plusieurs conclusions en découlaient toutefois. Descart avait avec Louise Lardin des relations particulières. Il lui avait raconté l'incident du *Dauphin couronné*, et elle avait été scandalisée par sa présence dans cette maison. Mais pourquoi avait-il parlé de « piège » ? Était-ce manière de se disculper d'avoir été là ?

Pour Nicolas, ce court dialogue prenait un sens spécial à la lumière de l'agression protectrice dont il avait fait l'objet. Le fait que quelqu'un — Marie Lardin — avait jugé qu'être témoin de cet entretien constituait un danger donnait à tout cela une dimension inquiétante. Le mieux, désormais, était de jouer l'innocent et de ne marquer sa curiosité à aucun des habitants de la maison. Chacun apprendrait bien assez vite, si cela n'était déjà fait, qu'il était l'enquêteur désigné par Sartine pour résoudre l'affaire de la disparition du maître de maison.

Tout en songeant, Nicolas se surprit à chantonner un air du *Dardanus* de Rameau. Cela ne lui était pas arrivé depuis son départ de Guérande. La vie reprenait donc ses droits. Il était impatient de commencer sa journée. Cette carrière de policier, il l'avait épousée sans le vouloir. Jeté dans Paris, pris en main par Sartine, tout s'était enchaîné. Maintenant l'action et ses rebonds, ses surprises, ses découvertes et parfois ses embûches l'animaient d'une énergie nouvelle, même si certaines questions demeuraient pour lui sans réponses et si des scrupules apparaissaient dans le feu de la manœuvre. L'interrogatoire de Semacgus lui laissait un sentiment confus d'amertume. Il se demanda s'il devait demeurer chez les Lardin, alors que tout conduisait à penser qu'il serait contraint de les interroger un jour, eux aussi.

Tandis qu'il achevait une toilette rapide à l'eau glacée, le silence de la maison le frappa soudain. Certes, le quartier était calme, mais il semblait tout d'un coup étouffé comme sous une chape. Un coup d'œil au-dehors l'éclaira : l'aube qui montait jetait une lumière jaunâtre sur un jardin recouvert de neige.

La montre du chanoine sonna la demie de sept heures. Quand Nicolas descendit, Catherine n'était pas là, mais elle avait laissé, sur un coin du potager, un poêlon de soupe qu'il savait lui être destiné. Du pain frais l'attendait sur la table. Le mardi, la cuisinière quittait la maison de bonne heure avec deux immenses paniers d'osier, pour se rendre au marché Saint-Jean. Elle se hâtait autant que le lui permettait sa corpulence, afin de profiter de l'heure matinale, car, avec un peu de chance, elle pourrait trouver le poisson encore vivant, les chalands qui rapportaient la marée de basse Seine étaient pourvus de viviers d'eau de mer pour le transport des belles pièces.

Il s'apprêtait à sortir quand la voix de Louise Lardin l'appela. Assise au bureau de la bibliothèque, elle écrivait dans la pénombre. Seul un bougeoir, dont la chandelle était presque consumée, éclairait un visage défait et fatigué.

— Bonjour, Nicolas. Je suis descendue très tôt, je ne pouvais pas dormir. Guillaume n'est toujours pas là. Je ne vous ai pas entendu rentrer hier soir. Quelle heure était-il ?

La préoccupation était nouvelle et la question directe.

— Bien après huit heures, mentit Nicolas.

Elle le regarda avec une expression dubitative et il remarqua pour la première fois l'absence de son sourire habituel, et à quel point ce visage, ni coiffé ni maquillé, pouvait être dur avec ses lèvres serrées.

— Où peut-il être ? demanda-t-elle. Avez-vous vu Bourdeau, hier ? On ne me dit rien.

— Les recherches continuent, madame, soyez-en assurée.

— Nicolas, il faut tout me dire.

Elle s'était levée et souriait à présent. Oubliant sa tenue négligée, elle revenait à son attitude habituelle de séduction. Elle lui fit penser soudain à la magicienne Circé et son esprit se mit à vagabonder. Il s'imagina soudain transformé en pivert comme le roi Picus ou en pourceau comme les compagnons d'Ulysse. La soupe de Catherine ne lui semblait pas de nature à le protéger des maléfices de Louise. Cette rêverie mythologique, qui sentait encore un peu son pédant de collège, lui fit perdre son sérieux.

— Cela vous fait rire ? demanda Louise Lardin.

Nicolas se ressaisit.

— Non madame, aucunement. Pardonnez-moi, je dois sortir.

— Allez, monsieur, allez, personne ne vous retient. Peut-être rapporterez-vous de bonnes nouvelles. Mais plus je vous examine et plus je me persuade que je n'ai rien à espérer de vous.

Il franchissait le seuil de la porte quand elle le rappela et lui tendit la main.

— Pardonnez-moi, Nicolas, je ne voulais pas dire cela. Je suis nerveuse et inquiète. Vous êtes mon ami, n'est-ce pas ?

— Je suis votre serviteur, madame.

Il s'empressa de prendre congé de cette femme dont l'évidente duplicité l'intriguait. Il ne discernait pas la nature exacte des sentiments qu'elle lui inspirait.

La neige avait cessé de tomber, le froid était vif mais la journée promettait d'être belle. À l'Hôtel de police, Nicolas rencontra M. de Sartine dans l'escalier. Le lieutenant général était pressé et impatient et ce fut sur une marche que Nicolas dut rendre compte des premiers résultats de ses investigations. S'il s'était attendu à une approbation flatteuse, il lui fallut déchanter : il dut se contenter d'un grognement indistinct.

Nicolas, qui voulait se rendre à Vaugirard pour y interroger le docteur Descart, se hasarda pourtant à solliciter la permission d'emprunter une monture dans les écuries du service. Il lui fut répondu, sur un ton fort crêté, par un personnage écarlate, qu'ayant reçu une commission, dont on commençait à regretter de l'avoir octroyée, il n'avait qu'à en faire bon usage sans excéder le monde avec de bas détails et qu'il pouvait bien prendre un, douze ou cent chevaux, ânes ou mulets, pourvu que cela fût pour le service du roi.

Mortifié, Nicolas alla rejoindre Bourdeau. Il lui fit le récit de l'algarade, ce qu'il regretta aussitôt comme une faiblesse qui lui aurait échappé. L'inspecteur l'écoutait avec amusement et tenta de le persuader de l'insignifiance de la chose, dans laquelle seul son amour-propre était en cause. Nicolas rougit et l'admit volontiers.

Bourdeau lui fit observer que M. de Sartine avait cent affaires sur les bras, que la disparition de Lardin n'était sans doute pas la plus grave, qu'il avait à compter avec M. le comte de Saint-Florentin, ministre de la Maison du roi, qui avait Paris dans son portefeuille et, au-dessus, avec les principaux ministres qui avaient leur mot à dire et, enfin, avec le roi lui-même qu'il approchait directement, et duquel il tenait ses ordres. Pouvait-on imaginer position plus délicate et soucis plus constants ? Cela justifiait amplement quelques sautes d'humeur et un amour immodéré pour les... perruques. Qu'étaient-ils eux-mêmes, au regard de cela, sinon de misérables rouages de l'immense machine policière ? Que Nicolas entende la leçon et enfonce son chapeau par-dessus.

Le jeune homme, encore marri, se le tint pour dit et changea de sujet en remerciant le ciel de lui avoir commis un compagnon qui sache lui dire la vérité. Après avoir chargé Bourdeau de lire les derniers rapports, il alla choisir un cheval aux écuries, où il n'y avait ni mulets ni ânes, et se mit en route pour Vaugirard.

Nicolas franchit la Seine par le pont Royal et gagna l'esplanade des Invalides. Là, il s'arrêta, saisi par la splendeur du spectacle. Le soleil jetait de côté des traits de lumière qui traversaient de sombres nuées. Aidé par le vent, un maître de ballet invisible animait des changements incessants qui balayaient cet immense panorama d'éclairages successifs et opposés. Le rideau d'ombre percé d'éclairs cédait, à chaque instant, la place à son contraire : la clarté vacillait alors, dévorée d'obscurs incendies.

Au centre, dominant la scène, et vraiment royal, le dôme de l'église Saint-Louis, reflétant les ombres intermittentes, paraissait pivoter autour de son axe de pierre.

La partie resplendissante du dôme était encore soulignée par la ligne horizontale des toitures où l'ardoise
humide brillait aux endroits où la neige avait déjà
glissé. Des masses blanches s'accumulaient autour des
mansardes et des cheminées et s'effondraient par
paquets, couronnant l'édifice de volutes poudreuses.
Nicolas, rêveur impénitent devant les ciels océaniques,
était émerveillé par la palette composite des gris, des
noirs, des blancs, des ors et des bleus profonds. Tant de
beauté le paralysait et son cœur battait de bonheur. Il se
surprit à aimer Paris qui lui offrait cette émotion, et il
comprit pour la première fois le sens profond de la
phrase des Écritures : « Et la lumière fut. »

Le vent qui lui giflait le visage le tira de ses songes et
le replongea dans la sourde crainte d'affronter Descart.
Ayant mis son cheval au galop, il s'enivrait maintenant
d'air glacé. Le chapeau à la main, de peur qu'il ne s'en-
vole, il redressait le buste, le visage haut levé. Sa chevelure libre flottait, comme la crinière brune de sa
monture, et, de loin, cet assemblage mouvant de mus-
cles, de tissus et de cuirs devait figurer quelque cen-
taure fantôme. Le choc répété des sabots sur la neige
produisait des chuintements assourdis dont l'irrégula-
rité accentuait l'étrangeté de l'apparition qui traversait
vaporeusement l'esplanade. Une fois franchie la barrière de Vaugirard, de mornes collines s'échelonnaient
depuis le chemin de ronde jusqu'aux hauteurs de Meu-
don. Les moulins, semblables à des tours de glace,
montaient la garde ; de leurs ailes dentelées de givre
pendaient de fines lances de cristal. Tout était blanc,
soyeux et cassant. L'ivresse de la course et la réverbé-
ration du ciel engourdirent à nouveau Nicolas, éclair
sombre d'un monde incolore.

Au milieu d'une armée pétrifiée de pieds de vigne
apparurent des masures ensevelies et de petites maisons
de maître. Il eut l'impression d'être à cent lieues de la
capitale. Au lieu dit « la Croix-Nivert », un carrefour

l'obligea à s'orienter. Il était déjà venu une fois chez le docteur pour lui remettre un pli de Lardin. Descart l'avait reçu sur le pas de la porte, sans daigner lui dire un mot.

Nicolas repéra finalement la demeure. C'était une large bâtisse entourée de hauts murs dont le faîte était couronné d'éclats de verre pris dans le mortier. Un chien se mit à hurler et le cheval fit un tel écart qu'un cavalier moins expérimenté que Nicolas eût été désarçonné sur-le-champ. Il calma la bête furieuse en lui flattant l'encolure et lui murmura des paroles apaisantes.

Sautant à terre, Nicolas hésita un instant, pour finir par tirer une poignée qui fit retentir une cloche au loin. Le chien reprit ses hurlements. Il ne venait personne. Nicolas s'aperçut alors que le portail était entrouvert, et il s'engagea dans le jardin par une allée bordée de buis. Les volets étaient clos, mais la porte céda à la première pression qu'il exerça sur sa poignée.

Il fut surpris de se retrouver sur une sorte de terrasse intérieure qui se révéla être la partie supérieure d'un escalier de pierre descendant dans une vaste salle par deux révolutions symétriques. Une odeur étrange le saisit, comme un remugle de moisi, de feutre mouillé, d'encens refroidi et de chandelle éteinte, le tout dominé par un effluve douceâtre, métallique et acide que Nicolas ne parvenait pas à identifier.

Le jeune homme considéra la scène qui se déroulait au-dessous de lui, dans une pièce carrelée percée aux deux bouts de croisées dissimulées par de lourds rideaux, avec une cheminée faisant face à l'escalier. Des poutres apparentes noircies formaient un plafond élevé. Des étagères de bois couvraient la presque totalité des murs. Au-dessus de la cheminée, un grand crucifix offrait la vision tourmentée d'un Christ d'ivoire aux bras allongés vers le haut. Il attira l'attention de Nicolas : son tuteur, le chanoine, aurait réclamé, sinon un billet de confession, du moins une bonne et entière profession de foi à tout paroissien qui en eût possédé un semblable[1]. Dans un angle de la pièce, Descart, un tablier maculé couvrant son habit, achevait la saignée d'une femme âgée dont le bras droit, maintenu par des bandages et des attelles, paraissait brisé. Le contenu d'une cuvette de métal où miroitait sombrement un lac pourpre indiquait que plusieurs palettes avaient déjà été tirées. La patiente, le visage cireux, renversée sur le dossier du fauteuil, se trouvait mal et Descart lui tamponnait les tempes avec du sel de vinaigre. Nicolas s'éclaircit la gorge et toussa. Le docteur se retourna.

— Ne voyez-vous pas que j'opère ? fit-il d'un ton furieux. Sortez.

La femme revenait à elle et se mit à geindre sourdement, accaparant l'attention du médecin.

— Monsieur, dit Nicolas, une fois achevé ce que vous faites, je souhaiterais vous entretenir. Vous interroger, en fait.

Il s'en voulut une fois de plus de cette impossibilité, qu'il avait notée déjà chez lui, à user du bon terme dès l'abord, comme un cheval qui renâcle devant l'obstacle.

— M'interroger ? s'exclama le docteur. M'interroger ! Un laquais m'interroger ! Je vous ordonne de sortir.

Nicolas, blême, dévala l'escalier et se campa devant Descart qui rompit d'un pas, le visage pris de tremblements.

— Monsieur, dit Nicolas, je vous prierai de ne pas m'insulter. Il pourrait vous en cuire de diverses manières. Je ne sortirai pas et vous m'écouterez.

La femme, ahurie, regardait alternativement les deux hommes.

— Je vais lâcher mon chien et vous partirez, je vous le prédis, gronda Descart.

Il releva sa patiente, la soutint par le bras valide et la dirigea vers la porte.

— Madame, regagnez votre logis. Il vous faut repos entier et diète absolue. Je vous verrai demain. De nouvelles saignées seront nécessaires. Tout est dans la révulsion par les antagonistes. Allez.

Personne n'avait entendu l'homme qui s'était introduit sans bruit et qui, depuis quelques instants, dominait la scène dans la pénombre.

— À ce régime-là, mon distingué confrère, vous n'aurez bientôt plus de malades vivants.

Nicolas avait aussitôt reconnu la voix de Semacgus.

— Il ne manquait plus que le diable s'y mît ! s'écria Descart, en poussant la femme hors de la pièce.

Semacgus descendit dans la salle et salua Nicolas, d'un clin d'œil. Il marcha sur Descart.

— Cher confrère, j'ai quelques mots à vous dire.

— Vous aussi ! Mais « confrère » est vite dit. Vous vous parez des plumes du paon, monsieur le garçon chirurgien[2] ! Je finirai par vous faire interdire. Un homme qui rejette la saignée, qui s'en remet à la nature et qui soigne sans titres !

— Laissez mes titres qui valent bien les vôtres. Quant à la saignée, vous êtes, en ce siècle éclairé, le fruit sec des vieilles doctrines.

— Vieilles doctrines ! Il insulte Hippocrate et Galien. « L'enseignement du sage est source de vie. »

Semacgus prit une chaise et s'assit. Nicolas pressentit qu'il souhaitait ainsi se prémunir contre la violence de son tempérament. Cette position, il l'avait observé, préservait des excès, et la colère montait moins vite assis que debout.

— Votre enseignement à vous est source de mort. Quand entendrez-vous donc que la saignée, utile en cas de pléthore, est néfaste dans beaucoup d'autres ? Comment pouvez-vous soigner la fracture de cette pauvre femme, en l'affaiblissant ? Et, de surcroît, vous l'affamez, alors qu'il faudrait lui prescrire bonne chère et vin de Bourgogne. Cela aiderait à sa guérison.

— Il blasphème avec les Écritures ! glapit Descart. « Dans le forfait des lèvres, il y a un piège funeste. »

Si vos médiocres réflexions se voulaient un peu pour pensées[3], vous sauriez, comme l'enseigne Batalli[4], que « le sang, dans le corps humain, est comme l'eau dans une bonne fontaine : plus on en tire, plus il s'en trouve ». Moins de sang, plus de sang. Tout est évacué et tout se dissout, les fièvres, les humeurs, l'âcreté, les acrimonies et la viscosité. Plus on saigne, mieux on se porte, pauvre ignorant !

Un peu d'écume apparaissait à la commissure de ses lèvres minces. Machinalement, il avait saisi sa lancette et traçait des volutes sur le miroir sanglant de la bassine.

— Brisons là, monsieur, l'exemple est fort mauvais. Le pauvre Patin[5] exigea d'être saigné sept fois et il mourut. Auteur pour auteur, je préfère m'en remettre à notre ami Sénac, le médecin du roi, que vous connaissez sans doute ? Quand on prétend détourner le sang de la tête, on le détourne du talon. Vous n'êtes ni savant, ni civil, ni honnête, et je m'en vais vous demander très directement...

Nicolas décida d'interrompre cette querelle qui le dépassait, bien qu'il comprît confusément que les arguments de Semacgus étaient frappés au coin du bon sens. Cette réaction n'était sans doute pas équitable, car sa préférence pesait sur son jugement. Mais il était aussi gêné de voir Semacgus se prendre au jeu, répondre aux provocations de Descart, et s'engager dans cette controverse ridicule.

— Messieurs, cela suffit, jeta-t-il, vous débattrez un autre jour. Monsieur Descart, si je suis ici, c'est au nom de M. de Sartine, lieutenant général de police, de qui je tiens tout pouvoir pour enquêter sur la disparition du commissaire Guillaume Lardin. Nous savons que vous fûtes parmi les derniers à l'avoir rencontré.

Descart fit quelques pas et tisonna le feu qui repartit en crépitant avec un vif éclat.

— Tout arrive dans ce monde d'iniquités, soupira-t-il. Ce petit jeune homme...

— J'attends votre réponse, monsieur.

— J'ai, en effet, dîné chez les Lardin, il y a dix jours.

Semacgus fit un mouvement, Nicolas le retint, une main sur son bras. Il sentit le bouillonnement intérieur qui l'agitait.

— Vous ne l'avez pas revu depuis ?

— Je vous ai répondu. « Vous êtes mes témoins, oracle de Dieu. »

— Avez-vous rencontré Lardin depuis ?

— Pas le moins du monde. Quelle est cette inquisition ?

Semacgus ne put s'empêcher de prendre la parole, mais sa question ne fut pas celle que Nicolas redoutait.

— Descart, qu'avez-vous fait de Saint-Louis ?

— Rien du tout, Votre nègre ne m'intéresse pas. Il souille la terre du Seigneur.

— On m'a dit..., intervint Nicolas.

Et il fut à nouveau surpris par la réponse de Descart.

— Que j'ai tiré dessus, à la Saint-Jean ? Ce diable volait des cerises dans mon jardin. Il n'a eu que ce qu'il méritait, une volée de gros sel.

— J'ai mis deux heures à les lui retirer, vos grains de sel, s'emporta Semacgus. Mon domestique ne vous avait pas volé, il passait devant chez vous. Maintenant, il a disparu. Qu'en avez-vous fait ?

Nicolas observait avec intérêt la tournure que prenait la confrontation. Deux morceaux de silex frappés l'un contre l'autre produisent une étincelle. Laissons les hommes débattre, se disait-il, la vérité en jaillira peut-être.

— Expliquez donc plutôt à ce petit jeune homme ce que vous faites avec la femelle de cet esclave ! ricana Descart. « Leur visage est plus sombre que la suie. » Tout le monde sait dans quelle fange vous vous roulez avec elle. La bête jalouse vous a menacé et vous l'avez tuée, voilà tout !

84

Semacgus se leva. Nicolas, lui pressa fortement le bras ; il se rassit.

— La calomnie fait bon ménage chez vous avec la dévotion, à ce qu'il paraît, monsieur le Décalogue. Sachez que je ne vous laisserai pas un instant tranquille, que je n'aie retrouvé mon serviteur, dont je vous apprends qu'il n'est pas esclave, mais un être humain comme moi, comme M. Le Floch et peut-être même comme vous, monsieur le saigneur.

Descart serrait convulsivement la lancette qu'il avait toujours à la main. Les trois hommes se turent jusqu'au moment où Nicolas, d'une voix froide et avec une autorité qui les surprit, abaissa le rideau sur la scène.

— Docteur Descart, je vous ai entendu. Sachez que vos propos seront vérifiés et que vous aurez à comparaître devant un magistrat qui vous interrogera sur la disparition du commissaire Lardin, mais aussi sur celle de Saint-Louis. Monsieur, je suis votre serviteur.

Et entraînant rapidement Semacgus, il entendit Descart proférer une dernière citation :

— « J'ai été en opprobre à mes voisins et en horreur à ceux de ma connaissance. »

L'air froid leur fit du bien. Le visage de Semacgus, déjà naturellement coloré, était rouge brique et une veine violacée battait fortement à sa tempe.

— Nicolas, je n'ai pas tué Saint-Louis. Vous me croyez, n'est-ce pas ?

— Je vous crois. Mais je voudrais vous croire aussi pour Lardin. Vous figurez parmi les suspects, vous en conviendrez.

— C'est vous, maintenant, qui parlez comme si Lardin était mort.

— Je n'ai pas voulu dire cela.

— Mais pourquoi m'avoir empêché de lui parler de la soirée chez la Paulet ?

— Vous me l'avez dit vous-même : rien n'indique qu'il y ait été reconnu. Ce serait votre parole contre la

sienne. J'attends d'autres témoignages qui corrobore-
ront votre déclaration. Mais pourquoi vous hait-il
autant, au-delà de vos controverses médicales ?

— Ne les sous-estimez pas, Nicolas. Elles partici-
pent de la vieille rivalité entre médecins et chirurgiens.
Je soigne quelques pauvres gens ; il estime que j'em-
piète sur son territoire et détourne sa pratique...

— Mais vous avez été amis ?

— Des connaissances, tout au plus. À cause de
Lardin.

— Répondez-moi, y a-t-il eu quelque chose entre
Louise Lardin et vous ?

Semacgus leva la tête vers l'azur éclatant. Il cligna
les yeux, les reporta sur le visage tendu de Nicolas, soupira et, posant la main sur l'épaule du jeune homme, se
mit à parler à voix basse.

— Nicolas, vous êtes bien jeune, je me répète. Pour
dire le vrai, je crains que Louise Lardin ne soit une
femme dangereuse dont il faudra, vous aussi, vous
méfier.

— Est-ce une réponse ?

— La réponse est que je lui ai cédé une fois.

— Lardin le savait ?

— Je l'ignore, mais Descart nous a surpris.

— Il y a longtemps ?

— Un an à peu près.

— Pourquoi Descart n'en parle-t-il pas ?

— Parce qu'il est lui-même dans la même situation.
Qu'il m'accuse et cette accusation pourra être retournée
contre lui.

— Qui le sait, pour Descart ?

— Interrogez Catherine, elle sait tout. Et si Catherine le sait, Marie l'apprendra très vite, elle ne lui cache
rien.

Nicolas tendit la main à Semacgus avec un sourire
lumineux.

— Nous sommes toujours amis, n'est-ce pas ?

— Bien sûr, Nicolas. Personne ne souhaite plus que

86

moi que vous aboutissiez et n'oubliez pas, par Dieu, le pauvre Saint-Louis.

Nicolas revint rue Neuve-Saint-Augustin, grave de ce qu'il venait d'apprendre, mais le cœur léger d'avoir retrouvé l'amitié de Semacgus. Il songea gaiement que M. de Sartine serait privé d'informations et qu'il ne lui ferait rapport que lorsqu'il aurait aliment plus substantiel à lui mettre sous les yeux. Il lui conservait toujours une petite rancune de leur dernière rencontre.

Bourdeau l'attendait, l'air affairé et mystérieux. Un rapport du guet l'avait intrigué. Une certaine Émilie, marchande de soupe, avait été arrêtée le samedi 3 février vers six heures du matin par une ronde de la garde des barrières. Interrogée au commissariat du Temple, les détails qu'elle avait donnés étaient si extravagants qu'on avait supposé l'histoire inventée et qu'on ne les avait relevés que pour la forme. La vieille femme avait été relâchée. Bourdeau avait fait son enquête. Elle était connue de la police pour de menus délits et comme ancienne fille galante tombée, avec l'âge, dans la crapule, puis dans la misère. Bourdeau avait sauté dans une voiture, retrouvé la vieille Émilie et venait de l'interroger au Châtelet où elle était retenue. Il tendit son rapport à Nicolas.

### Du mardi 6 février 1761

Par-devant nous, Pierre Bourdeau, inspecteur de police au Châtelet, est comparue Jeanne Huppin, dite « la vieille Émilie », marchande de soupe et ravaudeuse en chambre, demeurant en meublé, rue du Faubourg-du-Temple, près de la Courtille.

Interrogée, a dict, en ces mots : « Hélas, mon Dieu, où en suis-je réduite, ce sont mes péchés qui ont fait tout cela. »

Enquis si elle s'était portée au lieu dit « la Villette », au Grand Équarrissage de Montfaucon pour y dérober viande pourrissante qu'on a trouvée sur elle et cela de manière illicite et contrairement aux ordonnances.

A répondu à ce que nous lui demandions, s'être bien rendue à Montfaucon pour y recueillir quelque aliment.

Interrogée si cette viande n'était pas destinée à son commerce de soupe.

A répondu qu'elle avait l'intention d'en user pour elle-même et que misère et besoin créant nécessité l'y avaient contrainte.

A dict qu'elle voulait faire révélation à condition qu'on lui promette d'en tenir compte et cela non pour excuser son geste mais pour faire acte de bonne chrétienne qu'elle était et décharger sa conscience d'un lourd secret.

A dict qu'étant occupée à couper, avec un grand tranchoir, un morceau de bête morte, elle avait entendu un cheval hennissant et deux hommes approcher. Qu'elle s'était dissimulée par peur et crainte d'être surprise par ce qu'elle prenait pour une ronde du guet qui surveille quelquefois ces lieux. A vu lesdits hommes, s'éclairant d'un falot, vider deux tonnelets d'une matière qui lui parut sanglante, le tout accompagné de vêtements. A ajouté qu'elle avait entendu comme un craquement et vu quelque chose brûler.

Interrogée pour savoir si elle avait distingué ce qui avait brûlé.

A répondu qu'elle avait trop peur et que son épouvante lui avait ôté le sens. Le froid l'ayant ranimée, elle s'était enfuie sans rien vouloir examiner de crainte d'attirer sur elle une bande de chiens errants qui s'étaient rassemblés. Elle franchissait la barrière de la ville, quand la garde l'avait arrêtée et interrogée.

Bourdeau proposait de se porter rapidement à Montfaucon, afin d'examiner ce qu'il en était. La vieille Émilie devait être du voyage et justifier sur place l'exactitude et la cohérence de ses propos. Si ceux-ci étaient vérifiés, cela indiquerait en tout cas qu'un drame sanglant avait eu lieu au cours de la nuit durant laquelle Lardin avait disparu. Nicolas objecta que la capitale recelait, la nuit, bien des mystères et qu'il n'y avait aucune raison de penser qu'il existait un lien entre cette affaire et leur enquête. Il accepta pourtant d'accompagner Bourdeau.

D'un naturel généreux, Nicolas était néanmoins économe des deniers qu'on lui avait confiés et il hésita à écorner le pécule de M. de Sartine, pour louer une voiture de place. La vieille Émilie fut extraite de sa cellule du Châtelet et ils la laissèrent ignorer le but de leur déplacement. Nicolas comptait sur les affres de l'incertitude pour affoler la miséreuse et saper ses défenses. Elle était maintenant assise à côté de Bourdeau. Nicolas, qui lui faisait face, pouvait à loisir observer l'ancienne fille galante. Jamais il n'avait vu spectacle plus lamentable que ce reste dérisoire de splendeurs passées. La vieille portait des hardes disparates, les unes sur les autres. La pauvre femme craignait-elle qu'on ne les lui dérobât, ou cherchait-elle à se préserver du froid ? Cet amoncellement de tissus, déchirés et crasseux, était comme empaqueté dans une sorte de houppelande faite d'une matière inconnue qui aurait pu être du feutre si le temps ne l'avait transformée en une sorte de couverture floconneuse. Ce vêtement laissait par endroits resplendir des vestiges préservés de riches étoffes, de bouts de dentelles jaunies, de strass et de broderies de fils d'or et d'argent. Tout un passé défilait ainsi dans les strates qui recouvraient ce naufrage humain. D'un bonnet informe serré par un ruban surgissait une face à la fois étroite et bouffie dans laquelle deux yeux gris souris, agités par l'inquiétude, ne cessaient de se mouvoir, soulignés plus que de raison par un noir presque bleu qui rappela à Nicolas les moustaches dessinées au charbon de son enfance. Une bouche déformée, à demi ouverte sur quelques chicots, laissait passer un bout de langue étonnamment rose.

Le regard grave que Nicolas posait sur elle finit par intriguer la vieille Émilie. Par habitude, elle lui décocha une œillade qui le fit rougir jusqu'aux cheveux. Il était horrifié de ce que ce geste pouvait signifier. Elle comprit aussitôt qu'elle faisait fausse route et reprit son attitude affaissée. Puis, elle fourragea dans une sorte de réticule de satin vert, qui avait connu des jours meilleurs, pour étaler sur ses genoux ses derniers trésors :

un quignon de pain noir, un éventail de jais cassé, quelques sols, un petit couteau de corne, une boîte à rouge en laiton et une brisure de miroir. D'un doigt sale, elle recueillit un peu de rouge et, se considérant dans le triangle de glace, se mit à maquiller ses pommettes. Elle retrouvait, peu à peu, les gestes habituels et émouvants de la femme qu'elle avait été. Elle clignait des yeux, reculait la tête pour mieux apprécier le soin de ses efforts, pinçait les lèvres, souriait et essayait de retendre son front ridé. À la pauvresse qui lui faisait face, Nicolas crut voir se substituer la silhouette de la jeune fille charmante et enjouée qui, quarante ans plus tôt, approchait chaque soir le Régent. Ému, Nicolas détourna le regard.

Ils furent bientôt hors les murs et la vieille Émilie, qui, depuis quelque temps, observait le paysage par la glace de la voiture, reconnut la direction prise. Elle les regardait l'un après l'autre, pitoyable dans son angoisse. Nicolas regretta aussitôt de ne pas avoir tiré les rideaux de cuir et se promit de mieux veiller, à l'avenir, à ce genre de détails. C'est ainsi qu'il se forgeait sa propre doctrine au gré des événements et que les règles non écrites de son métier s'inscrivaient dans sa mémoire jour après jour. Il progressait dans la domination de la matière criminelle en y apportant sa sensibilité, son sens de l'observation, la richesse de son imagination et ses mouvements inattendus dont la justification lui apparaissait après coup. Il était son propre maître, se décernant à lui-même blâme ou louange. Il avait surtout retenu que seule une méthode souple, fondée sur l'expérience, permettait l'approche de la vérité.

La voiture s'arrêta et Bourdeau descendit pour parlementer avec des manœuvres qui s'étaient approchés, intrigués par leur arrivée. Sur une colline proche, un cavalier solitaire les observait près d'un grand chêne dont les branches portaient une multitude de corbeaux. Nicolas nota la chose sans s'y attarder et aida la vieille à descendre. Sa main était moite et brûlante, elle tenait à peine sur ses jambes et paraissait en proie à la plus vive terreur.

— Mon Dieu, je ne peux pas...

— Allons, un peu de courage, madame. Nous sommes avec vous. Vous n'avez rien à craindre. Montrez-nous l'endroit où vous étiez dissimulée.

— Je ne reconnais rien, avec toute cette neige, mon brave monsieur.

Le ciel était sans nuages, mais le froid, ici, était plus vif qu'à Paris. La neige craquait sous leurs pas. Ils avancèrent à l'aveuglette et finirent par tomber sur des monticules informes d'où sortaient des sabots couverts de givre. Bourdeau interrogea l'un des équarrisseurs.

— Depuis combien de temps ces carcasses sont-elles là ?

— Quatre jours, au moins. Avec le carnaval, nous n'avons travaillé ni samedi ni dimanche. De toute façon, entre-temps, le gel s'y était mis. À cette heure, il faut attendre le redoux pour manier la viande morte.

La vieille Émilie tendit une main et désigna l'une des masses. Bourdeau balaya la neige qui la recouvrait et dégagea le corps d'un cheval. L'une de ses cuisses avait été entamée.

— C'est celui-là ? Au fait, qu'avez-vous fait de votre tranchoir ?

— Je ne sais plus.

Bourdeau continuait à travailler, agenouillé sur le sol. Un éclair bleuté brilla dans la neige. Il leva un grand coutelas de boucher.

— Ce ne serait pas votre outil, par hasard ?

Elle s'en saisit, le serra contre elle comme s'il s'était agi d'un objet précieux.

— Oui, oui, c'est bien lui, mon couteau.

Bourdeau dut la forcer un peu pour le lui reprendre.

— Je ne peux vous le laisser, pour le moment.

Nicolas intervint.

— Rassurez-vous, on vous le rendra. Dites-moi simplement où vous étiez placée.

Cette voix tranquille la calma. Comme une automate, elle se pencha vers le sol et se tapit contre la carcasse, le regard tendu vers l'angle d'un bâtiment de brique situé à quelques toises.

— C'est là-bas, murmura Nicolas sourdement, en la relevant et en époussetant la neige qui la couvrait. N'ayez crainte, l'inspecteur et moi, nous irons seuls. Restez là et attendez-nous.

Ils butèrent assez vite contre plusieurs monticules neigeux. Nicolas s'arrêta, réfléchit et pria Bourdeau d'aller chercher un instrument pour dégager la neige. D'évidence, il ne s'agissait pas de carcasses d'animaux. Pour tromper son attente, il creusa un peu dans l'un des tas. Ses doigts touchèrent une matière dure, en plusieurs morceaux, comme les dents d'un râteau géant. Il se contraignit à saisir cela à pleines mains et tira fermement. Une chose lourde se décolla de la terre gelée et, horrifié, il vit monter vers lui une charogne qu'il reconnut aussitôt comme les restes d'un thorax humain. Quand Bourdeau revint avec un balai de brins de bruyère noués, Nicolas, blême, se frottait vigoureusement les mains avec de la neige.

Un coup d'œil suffit à l'inspecteur pour comprendre l'émotion du jeune homme. Sans échanger une parole, ils dégagèrent avec soin le terrain alentour, mettant au jour plusieurs débris humains, mêlés de paille, et des ossements presque entièrement décharnés auxquels ne demeuraient attachés que quelques lambeaux gelés et noircis.

Ils déposèrent ces restes les uns à côté des autres et reconstituèrent peu à peu ce qui avait été un corps. L'état du squelette sorti de sa gangue de neige montrait assez combien la vermine des rats et des bêtes de proie s'était acharnée sur lui. Il ne fallait pas être grand anatomiste pour constater que de nombreux ossements manquaient, mais la tête était là, mâchoire fracassée.

Près de l'endroit où Nicolas avait fait sa première découverte, ils recueillirent des vêtements, un pourpoint de cuir, une chemise noirâtre et lacérée, qui paraissait trempée de sang.

Leur dernière trouvaille confirma les craintes de Nicolas. Le gourdin de Lardin apparut, avec ses motifs étranges sculptés sur l'argent du pommeau et cette espèce de serpent qui s'enroulait autour de sa hampe. L'inspecteur hocha la tête ; lui aussi avait compris. D'autres indices suivirent : une culotte de calmande grise et des bas, poisseux d'une matière sombre, et deux souliers dont les boucles avaient disparu. Nicolas décida de joindre ces objets à tout ce qu'ils avaient trouvé et de procéder plus tard à leur examen minutieux. Il chargea à nouveau Bourdeau de trouver quelque chose qui permette d'emporter leur macabre moisson. Celui-ci revint assez vite avec une vieille malle en osier achetée à un équarrisseur qui en usait pour garder son tablier de travail et ses instruments. Elle fut aussitôt remplie, les os soigneusement enveloppés dans les vêtements.

Cependant, Nicolas paraissait chercher autre chose et furetait, accroupi, le nez au sol. Soudain, il demanda à Bourdeau de lui donner un morceau de papier, et se mit à estamper de petits cratères qui marquaient un peu partout le sol et s'étaient imprimés dans la glaise avant qu'elle ne soit recouverte de neige et durcie par le gel. Nicolas ne fit aucune remarque particulière. Il ne souhaitait pas transmettre le fruit de sa réflexion, même à Bourdeau. Il ne s'agissait pas de méfiance, mais il ne lui déplaisait pas d'envelopper de quelque mystère la subordination dans laquelle les événements avaient placé l'inspecteur. Il s'en voulut un peu de cette précaution qu'il jugea pourtant préférable aussi longtemps que lui-même restait dans le vague et ne s'était pas encore expliqué certaines de ses observations.

À un regard interrogateur de son compagnon, il répondit par un coup de menton et par une mimique sceptique. Ils emportèrent la malle. Ils avaient oublié la vieille Émilie qui les considérait, l'air hébété, et reculait devant leur cortège. Nicolas, au passage, la prit par un bras et la ramena à la voiture. Elle pleurait silencieusement et les larmes, délayant ses fards, transformaient si atrocement son visage que Nicolas sortit son mouchoir et lui essuya, avec une infinie douceur, les traînées noires et rouges qui coulaient le long de ses joues.

Le retour fut morne. Nicolas restait silencieux, plongé dans ses pensées. La nuit tombait quand ils franchirent la barrière. Nicolas ordonna brutalement au cocher de s'engager dans une ruelle perpendiculaire et d'éteindre le falot. Il n'eut que le temps de sauter à terre pour apercevoir un cavalier qui passait au galop dans la rue principale ; c'était le même homme qui les observait au Grand Équarrissage.

Au Châtelet, Nicolas fit mettre en sûreté, à la Basse-Geôle, la malle contenant les restes présumés du commissaire. Il entendait aussi conserver sous la main la vieille Émilie pour l'interroger lui-même à nouveau et il lui fit donner une cellule à pistole[6], qu'il paya avec recommandation d'y servir un repas chaud. Il se retira ensuite dans le bureau de permanence pour y rédiger un rapport succinct à l'intention de M. de Sartine, relatant sa visite à Descart et le transport à Montfaucon, en omettant sa conversation avec Semacgus. Il concluait, sous réserve des vérifications qu'il se proposait de poursuivre, sur la possibilité que les restes découverts fussent bien ceux de Guillaume Lardin.

# V

# THANATOS

« Mais voici pour notre victime le chant sans lyre qui sèche les mortels d'effroi. »

ESCHYLE

Nicolas était rentré tard rue des Blancs-Manteaux. La maison était silencieuse et il espérait que Catherine, comme elle était accoutumée de le faire, lui avait laissé quelque fricot dans un plat qu'elle maintenait sur le potager éteint qui conservait longtemps sa chaleur. Il trouva en effet son couvert mis sur la table avec du pain et une bouteille de cidre. Il aperçut un ragoût d'un légume étrange — une racine que Catherine avait découverte lors de ses campagnes en Italie et en Allemagne et dont elle cultivait un carré dans le jardin derrière la maison. Ces « pommes de terre[1] » en civet embaumaient l'office. Il s'attabla, se versa à boire et emplit son assiette. L'eau lui venait à la bouche à la vue des légumes noyés dans une sauce brillante que rehaussaient les pelures de persil et de ciboulette. Catherine lui avait donné la recette de ce plat succulent. Il fallait choisir des pommes de terre de bonne taille, puis procéder avec une extrême lenteur, laisser le temps transformer les divers éléments et surtout ne manifester aucune impatience si on voulait aboutir aux résultats espérés.

95

Tout d'abord elle « belait » ses grosses, comme elle disait, avec soin et en favorisant les arrondis sans angles. Ensuite, il convenait de tailler des carrés de lard gras qu'on laissait fondre insensiblement et qui devaient être retirés du plat ayant exprimé tout leur suc et surtout avant de prendre couleur. Alors, précisait-elle, il fallait coucher les pommes de terre dans la graisse brûlante et les laisser blondir et dorer lentement avec des gousses d'ail non épluchées et une jetée de thym et de laurier. Ainsi, les légumes s'enroberaient d'une couche croustillante. La cuisson se prolongeant, ils s'attendriraient jusqu'au cœur, alors et alors seulement, une franche cuillère de farine les recouvrirait, le plat serait vigoureusement agité à la main et, quelques minutes après, une demi-bouteille de bourgogne inonderait le tout. Il faudrait encore saler, poivrer et laisser mijoter à petits bouillons pendant deux bons quarts d'heure. La sauce prendrait consistance, elle deviendrait douce et veloutée, satinée, nappant sans lourdeur ni fluidité excessives des pommes de terre qui demeureraient blondes et fondantes sous une croûte parfumée. L'amour seul, disait Catherine, faisait la bonne cuisine.

L'assiette de Nicolas n'était pas d'aplomb et il s'aperçut qu'elle dissimulait un papier sur lequel il reconnut l'écriture difficile et presque enfantine de la cuisinière. Le message était bref : « La putain m'a insultée ce soir, demain je dirai tout. » Il termina rapidement son repas. Il était hors de question d'aller trouver Catherine sur-le-champ pour la questionner ; elle logeait dans une chambre garnie à quelques maisons de là. Il constata avec remords que, habitant chez Lardin depuis plus d'un an, il n'avait jamais eu la curiosité de savoir où demeurait précisément son amie. Il montait l'escalier quand Marie surgit sur le palier et l'entraîna quelques marches plus haut. Elle se serra contre lui, à tel point qu'il sentit son parfum. Sa joue effleurant la sienne, il constata qu'elle pleurait.

— Nicolas, murmura la jeune fille, je ne sais plus

que faire. Cette femme me fait horreur. Catherine lui a dit des choses affreuses que je n'ai pas comprises. Elles se sont battues. Elle a chassé Catherine. C'était une deuxième mère pour moi. Et mon père, où est-il ? Avez-vous des nouvelles ?

Elle se tenait agrippée à son habit. Il lui caressait les cheveux pour la calmer, quand un bruit les fit sursauter. Elle s'arracha de lui, le poussa vers le haut et se colla au mur. Une ombre portant une lumière arpenta le palier, puis tout rentra dans l'ordre.

— Bonsoir, Nicolas, chuchota-t-elle.

Elle s'enfuit vers sa chambre, légère comme un oiseau, et Nicolas regagna sa soupente, en se promettant d'avoir avec elle une longue conversation. D'ordinaire, quand des soucis occupaient son esprit, il avait du mal à trouver le sommeil. Pour le coup, ceux-ci étaient si nombreux qu'il ne put se fixer sur aucun d'eux en particulier et qu'il sombra aussitôt dans un repos réparateur.

*Mercredi 7 février 1761*

Nicolas quitta la maison de bon matin. Elle semblait étrangement silencieuse. Remettant à plus tard le soin d'élucider les événements de la nuit, il se hâta vers le Châtelet, impatient de relancer l'enquête. Il avait fait déposer les restes trouvés à Montfaucon dans un petit réduit situé à côté de la Basse-Geôle et souvent utilisé pour dissimuler, aux yeux du public autorisé à morguer les cadavres, les spectacles par trop effroyables ou défiant l'honnêteté. Interdiction avait été donnée d'en ouvrir la porte à tout autre visiteur que Nicolas ou Bourdeau.

Cette précaution n'était pas inutile car, dès son arrivée, il apprit qu'un homme s'était présenté, tard dans la soirée, à l'inspecteur de permanence. Il venait, avait-il dit, mandaté par le commissaire Camusot, pour examiner le dépôt. Il avait eu beau mener force débats, menacer et tempêter, il n'avait pu obtenir d'être introduit auprès des pièces à conviction. Cet incident conforta Nicolas dans l'idée qu'il était surveillé et, cela, dès l'instant où M. de Sartine lui avait confié cette mission, et que l'individu en question était certainement le cavalier mystérieux qui les épiait au Grand Équarrissage. La première idée qui lui vint fut qu'il s'agissait de ce Mauval, le confident du commissaire Camusot. Si son hypothèse était fausse, il n'excluait pas que l'espion pût être une créature du lieutenant général de police chargée d'opérer un contrôle en partie double sur sa propre enquête.

Nicolas persistait à penser que M. de Sartine ne jouait pas franc-jeu avec lui. Il pouvait le comprendre, mais mesurait les conséquences de cette incertitude, marque de sa subordination et de son peu de poids. Son chef ne pouvait lui exposer certains faits, au mieux pour des raisons supérieures, au pire parce que lui, Nicolas, n'était qu'un jouet pris dans les engrenages d'intérêts politiques supérieurs, un pion aveugle qu'on se plaisait à promener d'un bout à l'autre de l'échiquier pour tromper l'adversaire. De fait, M. de Sartine lui avait ouvert la voie sans pour autant peser sur la conduite de l'enquête.

Une fois de plus, le dévergondage de sa pensée conduisait Nicolas à des remises en cause incessantes, incapable qu'il était d'attendre sans imaginer et d'espérer sans craindre. Nicolas comprit qu'il avait encore beaucoup à apprendre, mais il se promit de devenir loup parmi les loups, avec ses propres armes.

Cette résolution le réconforta et, sur les conseils de Bourdeau, il ordonna de faire procéder à l'examen des débris humains dans la salle de la question, qui jouxtait le greffe du tribunal criminel. C'était une sombre pièce ogivale, seulement éclairée par d'étroites croisées à meneaux, dont les ouvertures étaient munies de hottes en métal disposées de telle sorte qu'elles empêchaient tout cri d'être perçu de l'extérieur, tout en interdisant au regard de plonger trop directement sur les séances sanglantes de l'instruction criminelle. Plusieurs tables de chêne massif, des fauteuils, des tabourets offraient un confort sévère aux magistrats, policiers et greffiers qui fréquentaient ce lieu. Soigneusement rangés le long des murailles, les instruments du bourreau attiraient le regard. Chevalets, planches de bois, coins, marteaux, maillets — tous de tailles différentes —, tenailles, pinces, seaux, entonnoirs, lits de sangle, barres à rompre, glaives et haches d'exécution, tout l'arsenal de cauchemar de la question et de la mort judiciaire s'étalait ici. Nicolas ne put s'empêcher de frémir à la vue de cet appareil d'autant plus menaçant qu'il paraissait avoir été bien rangé par un bon artisan après sa journée de travail.

La mine gourmée et l'air impatient, Bouillaud, médecin ordinaire du Châtelet en quartier[2], et son acolyte Sauvé, chirurgien, attendaient Nicolas. Bourdeau les avait fait chercher au petit matin, le premier rue Saint-Roch et l'autre rue de la Tisseranderie. Tous deux avaient déféré de mauvaise grâce à cette invite qui heurtait les règles routinières de leur emploi. Ils semblaient irrités et toisaient Nicolas. Celui-ci comprit aussitôt qu'il ne s'imposerait qu'en montrant sa force dès l'abord ; il ne devait surtout pas se perdre dans des paroles inutiles. Considérant d'un œil noir les deux importants personnages, il tira de sa poche la commission du lieutenant général de police, qu'il déploya et tendit aux deux praticiens. Ils la parcoururent, l'air pincé.

— Messieurs, commença Nicolas, je vous ai demandé de venir m'aider de vos lumières. Je dois vous dire en premier lieu que les avis que vous me rendrez ne devront, en aucun cas, être divulgués. Ils sont destinés à M. de Sartine qui se réserve cette affaire et qui compte sur votre discrétion. Me suis-je bien fait comprendre ?

Les deux médecins acquiescèrent en silence.

— Vos vacations habituelles vous seront payées.

Un double soupir d'aise détendit l'atmosphère.

— Messieurs, reprit Nicolas, voici ce qui a été découvert hier, en fin d'après-midi, à Montfaucon, sous plusieurs couches de neige. Les vêtements que vous voyez n'enveloppaient pas les membres. Nous avons quelques raisons de penser que ces restes appartiennent à un homme assassiné dans la nuit de vendredi à samedi dernier. Nous allons procéder tout d'abord à l'inventaire des vêtements, puis vous nous direz votre sentiment sur les ossements.

Tous s'approchèrent de la grande table. Bouillaud et Sauvé, saisis par l'odeur qui se dégageait, déployèrent de grands mouchoirs blancs et Bourdeau prisa. Nicolas aurait bien voulu faire de même, mais c'était à lui d'opérer sur les vêtements et il retint sa respiration.

— Une culotte déchirée, tachée d'une matière noirâtre. *Item* pour une chemise, deux bas noirs, un pourpoint de cuir noir...

Pris d'une soudaine inspiration, il fouilla d'une main discrète les poches du vêtement. Dans celle de droite, il sentit sous ses doigts un fragment de papier et une rondelle de métal. Il allait les examiner, mais décida de les dissimuler dans sa main. Il reprit son inventaire.

— Deux souliers de cuir appartenant, semble-t-il, à une même paire. Les boucles ont été arrachées. Enfin, une canne de bois sculpté à pommeau d'argent. Messieurs, je vous écoute.

Bouillaud, hésitant, regarda son collègue et, après un geste d'encouragement de ce dernier, joignit ses deux mains, ferma les yeux et décréta :

— Nous sommes en présence de restes humains. D'un cadavre, si vous préférez.

Nicolas le considéra, goguenard.

— Je suis dans le plus grand plaisir de constater que vos hypothèses coïncident avec les miennes. Nous avançons donc à grands pas. L'essentiel étant dit, pourriez-vous avoir l'obligeance extrême d'en venir aux

100

détails ? Prenons la tête, par exemple. Je constate que le haut du crâne est intact, lisse, sans trace de chevelure...

Il se pencha vers la table, narines et lèvres pincées, et désigna une zone précise au sommet du crâne : une tache plus noire, avec une sorte de dépôt.

— Selon vous, de quoi peut-il s'agir ?

— Sang coagulé, sans aucun doute.

— La mâchoire semble brisée, les dents n'ont pas été retrouvées, sauf les molaires restées sur l'os. La tête était séparée du tronc. Quant à celui-ci, il est comme écorché. D'où provient cette apparence ?

— Décomposition.

— Pouvez-vous me dire s'il s'agit d'un homme ou d'une femme, et surtout à quand remonte la mort ?

— Cela est difficile à dire. Il était recouvert de neige, avez-vous dit ? Il a sans doute été gelé.

— Que pouvez-vous donc conclure ?

— Nous ne souhaitons pas nous engager dans une affaire qui sort d'une manière aussi patente de l'ordre des choses habituelles.

— Vous pensez qu'un crime est une chose normale ?

— Nous trouvons anormales, monsieur, les conditions que vous imposez à l'exercice de notre ministère. Ce secret, ce mystère, ne nous conviennent point. En un mot comme en cent, vous avez là les pièces d'un corps mort décharné et rongé par le gel, nous n'en pouvons dire plus. Cela, d'ailleurs, n'est pas inhabituel et vous semblez ignorer, monsieur, que nous alignons, chaque année, dans les registres de la Basse-Geôle, les descriptions de restes humains trouvés sur les berges de la Seine, misérables vestiges de corps ayant servi aux étudiants en médecine pour les démonstrations anatomiques.

— Mais les vêtements, le sang ?

— Le corps avait été volé, on s'en est débarrassé à Montfaucon.

Le chirurgien n'avait cessé d'opiner mécaniquement de la tête aux phrases sonores de son collègue.

— Je relève l'aide précieuse que vous avez consenti à m'apporter, dit Nicolas. Soyez assurés que M. de Sartine sera informé de votre zèle à servir sa justice.

— Nous ne dépendons pas de M. de Sartine, monsieur, et n'oubliez pas nos vacations.

Ils quittèrent la salle d'un air compassé ; Bourdeau dut s'effacer pour les laisser passer.

— Nous voilà bien, Bourdeau, soupira Nicolas. Comment pourrons-nous prouver l'identité de notre cadavre ?

Il avait oublié le papier et la pièce de métal qu'il avait enfouis dans sa poche.


— Messieurs, peut-être puis-je vous être utile ?

Nicolas et l'inspecteur se retournèrent, surpris par une voix douce qui venait du fond obscur de la pièce. Elle reprit :

— Je suis au désespoir de vous avoir surpris. J'étais là bien avant vous et, par discrétion, je n'ai pas cru devoir vous interrompre. Vous savez, je fais partie des murs.

Le personnage s'avança dans la lumière qui se déversait de l'une des croisées. C'était un jeune homme, de taille moyenne, d'une vingtaine d'années, déjà corpulent. Il avait un beau visage plein, aux yeux candides, qu'une perruque blanche et strictement coiffée ne parvenait pas à vieillir. Il portait un habit couleur puce, avec des boutons de jais, gilet noir, culotte et bas de la même couleur. Ses souliers cirés reflétaient la lumière sur leur surface.

Bourdeau s'approcha de Nicolas et lui murmura à l'oreille.

— C'est « Monsieur de Paris », le bourreau.

— Vous me connaissez sans doute, reprit celui-ci. Je suis Charles Henri Sanson, exécuteur des hautes œuvres. Ne vous présentez pas, je sais qui vous êtes depuis longtemps, monsieur Le Floch, et vous aussi, inspecteur Bourdeau.

Nicolas fit un pas en avant et lui tendit la main. Le jeune homme recula.

— Monsieur, vous m'honorez, mais ce n'est pas la coutume.

— Monsieur, j'insiste.

Ils se serrèrent la main. Nicolas sentit celle du bourreau trembler dans la sienne. Son mouvement avait été instinctif ; il avait éprouvé une sorte de solidarité avec un garçon de son âge qui, certes, exerçait un terrible emploi, mais qui participait avec lui du service du roi et de sa justice.

— Je crois pouvoir vous être utile, dit Sanson. Il se trouve que, dans ma famille, et pour des raisons que vous comprendrez, nous sommes versés dans l'étude et la connaissance des corps humains. Nous soignons à l'occasion, et redressons les membres démis. Moi-même, dans une circonstance atroce, qui me valut d'ailleurs plusieurs heures de cachot et contraignit mon oncle Gilbert, bourreau de Reims, à résigner sa charge, j'ai appris à mes dépens l'utilité de cette science.

Il ajouta avec un sourire triste :

— Les gens se font une curieuse idée du bourreau. Pourtant, ce n'est qu'un homme comme les autres, contraint par son état à de plus grands devoirs et à une plus grande rigueur.

— De quelle atroce circonstance parlez-vous, monsieur ? demanda Nicolas, intrigué.

— De l'exécution du régicide Damiens en 1757[3].

Nicolas revit en un éclair la gravure de son enfance représentant le supplice de Cartouche.

— En quoi cette exécution différa-t-elle des autres ?

— Hélas, monsieur. Il s'agissait d'un homme qui avait porté la main sur la personne sacrée de Sa Majesté. Il était passible de supplices particuliers observés en cette occurrence. Je nous revois, mon oncle et moi, revêtus, comme c'est l'usage, de la tenue des exécuteurs. Nous avions la culotte bleue, la veste rouge brodée d'une potence et d'une échelle noires avec le bicorne incarnat sur la tête et l'épée au côté. Nos quinze valets et aides étaient revêtus, eux, de tabliers de cuir fauve.

Il s'interrompit un moment comme s'il laissait venir à lui des souvenirs très lointains.

— Sachez, monsieur, que Damiens — que Dieu ait son âme, il a par trop souffert — non seulement avait tenté de se suicider en se tordant les parties naturelles, mais, en préalable de son exécution, dut subir la question ordinaire et extraordinaire, dans cette même salle. On souhaitait qu'il dénonçât ses complices, mais d'évidence il n'en avait pas et ne faisait que répéter : « Je n'ai pas eu l'intention de tuer le roi, sinon je l'aurais fait. Je n'ai porté le coup que pour que Dieu le touche et l'engage à remettre toutes choses en place et la tranquillité dans ses États. » Jamais il ne fit allusion à autre chose, et pourtant il avait l'estomac distendu par les eaux, les chevilles brisées par les brodequins et la poitrine et les membres brûlés par les fers rougis au feu. Il ne pouvait plus faire un geste ni se tenir debout.

Nicolas écoutait, fasciné, le récit que ce jeune homme, qui sans doute serait passé inaperçu dans la rue, faisait d'une voix douce. Il donnait à la fois l'impression de prendre une grande distance avec son récit, tout en trahissant son émotion par le tremblement de ses mains et les gouttes de sueur qui lui perlaient au front.

— Arrivé place de Grève et étendu sur l'échafaud, Damiens eut à subir la peine des régicides. La main qui avait tenu le canif criminel fut consumée au-dessus d'un brasero de soufre ardent. Il redressa la tête et poussa un hurlement en considérant son moignon. Il supporta ensuite les tenailles. Celles-ci arrachaient des morceaux de chair, laissant d'horribles plaies sur lesquelles étaient versés le plomb fondu, la poix enflammée et le soufre en fusion. Messieurs, il hurlait, écumait et même, dans l'excès de ses douleurs, criait : « Encore ! Encore ! » Je revois ses yeux qui semblaient sortir de ses orbites.

Sanson se tut un instant ; il avait la gorge serrée.

— Je ne sais pourquoi je vous raconte tout cela, reprit-il difficilement, je n'en avais jamais parlé à personne. Mais nous sommes du même âge et je sais M. Bourdeau homme d'honneur et de probité.

— Nous sommes sensibles, monsieur, à votre confiance, dit Nicolas.

— Le pire cependant était à venir. Le supplicié fut placé sur deux madriers cloués en forme de croix de Saint-André. On lui enserra étroitement le buste entre deux planches, elles-mêmes fixées à la croix afin d'éviter qu'aucun des chevaux attachés à chacun de ses membres ne puisse le tirer en entier. Il s'agissait, vous le devinez, de procéder à l'écartèlement.

Sanson s'appuya sur un fauteuil et s'essuya le front.

— Un aide armé d'un fouet dirigeait les chevaux, quatre bêtes formidables que j'avais achetées la veille pour quatre cent trente-deux livres. C'est moi qui donnai le signal des opérations. Les chevaux partirent dans quatre directions opposées, mais les attaches du corps tenaient ferme et les membres s'allongeaient démesurément, tandis que le patient faisait entendre un hurlement atroce. Au bout d'une demi-heure, je dus ordonner qu'on fasse changer de direction aux deux chevaux qui étaient attachés aux jambes afin de faire subir au condamné ce que nous appelons dans la profession « l'écart de Scaramouche ». Pour cela, les quatre chevaux devaient tirer parallèlement dans la même direction. Enfin, les os des fémurs se déboîtèrent, mais les membres continuèrent à s'étirer sans se rompre. Au bout d'une heure, les chevaux étaient si fatigués que l'un d'eux s'abattit et que les aides eurent le plus grand mal à le faire se relever. Je me concertai avec mon oncle Gilbert. On décida de les aiguillonner par le fouet et par les cris. Ils repartirent à la tâche. Dans la foule, des spectateurs s'évanouissaient, notamment le curé de Saint-Paul qui récitait la prière des agonisants. D'autres, hélas, prenaient plaisir à ce sacrifice[4].

Il s'arrêta, le regard fixé sur le sol.

— N'y avait-il pas moyen, demanda Nicolas, d'abréger les souffrances du condamné, tout en respectant les formes de la loi ?

— C'est ce que je me décidai de faire. Je chargeai M. Boyer, le chirurgien de service, de courir à l'Hôtel de Ville dire aux juges que le démembrement était impossible, que rien ne pouvait être attendu si l'on n'emportait pas les gros nerfs. Je sollicitai donc l'autorisation de les faire trancher. Boyer revint, ayant emporté l'assentiment des magistrats. Le problème se posa alors de trouver l'instrument nécessaire. Il fallait rechercher un couteau aiguisé pour trancher dans la chair, à la manière des bouchers. Le temps pressait et j'ordonnai à Legris, un de mes valets, de prendre une hache et de tailler à la jointure des membres. Il fut inondé de sang. Je fis repartir le quadrige. Les chevaux, pour le coup, emportèrent deux bras et une jambe. Cependant Damiens respirait encore. Ses cheveux s'étaient dressés sur sa tête et passèrent du noir au blanc en quelques instants ; son tronc se convulsait et ses lèvres tentaient de dire quelque chose, qu'aucun d'entre nous n'entendit. Il respirait encore, messieurs, quand il fut jeté dans le bûcher. C'est pourquoi, depuis, n'ayant rien oublié de ce jour funeste, j'ai décidé d'étudier l'anatomie et le fonctionnement du corps humain, afin de remplir ma tâche le mieux possible, sans excès inutile de cruauté. Je prie, chaque jour, le ciel, messieurs, que plus jamais un Français ne porte la main sur la personne sacrée de nos rois. Je ne veux pas revivre tout cela[5].

Un long silence suivit cette déclaration. Ce fut Sanson lui-même qui le rompit en s'approchant de la table.

— Je m'étais permis, avant votre arrivée, d'examiner les restes que vos deux bonnets carrés ont si prestement classés dans leur registre habituel. Je comprends votre désappointement et vais tenter de vous ouvrir quelques voies. Premièrement, je puis vous dire, sans risque de me tromper, que l'état de ce corps n'est pas dû au gel. Celui-ci, tout au plus, dessèche et fixe l'état dans lequel le corps se trouvait à l'origine. En fait, il a été dévoré par des bêtes de proie, rats, chiens et corbeaux.

Il se retourna et les invita à se rapprocher.

— Voyez ce qu'il reste de cet os d'une jambe. Ce morceau a été broyé par une mâchoire puissante, celle d'un chien ou d'un loup. En revanche, le tronc, presque intact, a été rongé par des milliers de petites dents — les rats. Si vous observez maintenant la tête, vous pouvez encore apercevoir les coups des becs acérés. Les corbeaux, messieurs. Le lieu où vous avez retrouvé le corps est un élément de plus qui recoupe ces faits indubitables et la lecture que nous en faisons.

— Et la tête, qu'en pouvez-vous dire, monsieur ? demanda Nicolas.

— Beaucoup de choses. Tout d'abord, qu'il s'agit d'un homme. Considérez ici, à la base de la boîte crânienne, ces deux éminences osseuses que nous appelons apophyses. Chez l'enfant et chez la femme, elles sont peu marquées. La tête de l'enfant se reconnaît, en outre, à ses fontanelles, non encore ou pas suffisamment fermées, et à sa dentition incomplète. Or, nous sommes devant une tête d'individu dans sa maturité : voyez que je peux la saisir par les deux apophyses et la soulever. Il s'agit donc d'un homme. En outre, comme vous l'aviez vous-même observé, monsieur Le Floch, la mâchoire a été brisée, un morceau en a été emporté par les bêtes de proie et la partie qui subsiste possède une brisure franche due à un outil d'acier ou de fer, épée ou hache. Croyez-m'en. Enfin, la vermine ne dévorant pas les cheveux, la victime ne pouvait être que chauve ou scalpée, à la manière des Iroquois, mais la chose paraît peu vraisemblable. Toutefois, je ne m'explique pas la tache noire au sommet du crâne.

Nicolas et Bourdeau ne cachaient plus leur admiration.

— Et le tronc ?

— Même observation, il a été séparé du corps par un instrument tranchant, le même vraisemblablement qui a fracassé la mâchoire. Il est vide d'organes, ne subsistent que quelques lambeaux desséchés. La *cavitate pectoris* est également vide de sang, même coagulé. Le cadavre était donc vidé de son sang quand il a été déposé à Montfaucon. Voulez-vous mes conclusions ?

— Monsieur, nous vous en prions.

— Nous sommes en présence des restes d'un individu chauve, de sexe masculin, dans la force de l'âge. Il a sans doute été tué par une arme tranchante ou piquante. Lorsqu'il a été déposé à Montfaucon, il avait été découpé auparavant au moins en deux parties, sinon vous eussiez remarqué un flot de sang sur le sol. Le corps, ou ce qu'il en restait, a été maltraité par les bêtes ignobles, lesquelles ont dispersé nombre de pièces anatomiques qui manquent. La chose n'est pas étonnante, nous savons que la carcasse d'un cheval est, en ce lieu immonde, décapée en une nuit. La mâchoire a été volontairement fracassée. Enfin, permettez-moi, messieurs, de vous rappeler ce que vous aviez vous-mêmes constaté : les vêtements n'enveloppaient pas les restes. Je crois que le mort ne pouvait pas les porter au moment de son assassinat, autrement ils eussent été bien plus largement imprégnés de sang. Enfin, je crois que votre hypothèse est la bonne : ce corps mutilé a été recouvert par la neige et le gel qui l'ont conservé jusqu'aujourd'hui dans un état que je qualifierais de fraîcheur — la teinte rouge sombre en est la preuve. Le processus de décomposition n'a commencé que depuis que vous l'avez fait déposer à la Basse-Geôle. Je peux toujours me tromper, mais je crois que l'homme, dont nous avons ici les restes, a bien été assassiné dans la nuit de vendredi à samedi, puis abandonné à Montfaucon immédiatement avant que tombe la neige du carnaval.

— Je ne sais, monsieur, comment vous remercier de votre aide et vous dire...

— Vous l'avez déjà fait en m'écoutant et en me serrant la main. Messieurs, je vous salue et demeure votre serviteur si vous veniez à souhaiter consulter mes pauvres connaissances.

Il s'inclina et sortit. Nicolas et Bourdeau se regardèrent.

— Voilà un moment que je n'oublierai pas, dit l'inspecteur. Ce petit jeune homme m'a étonné. La jeunesse, décidément, me surprend par le temps qui court.

— Monsieur Bourdeau, vous êtes un flatteur.

— Il nous a réglé la chose en deux temps trois mouvements. Il s'agit bien de Lardin : un homme chauve, force de l'âge, la canne, le pourpoint de cuir. Que vous en semble ?

— Tout concourt, en effet, à rassembler un faisceau de présomptions qui nous entraîne naturellement vers cette hypothèse.

— Vous devenez bien prudent !

Nicolas était à l'écoute d'une voix secrète qui l'engageait à la réflexion. Elle lui soufflait que l'apparence ne conduisait pas toujours à la vérité. Il regrettait que tout cela devînt soudain trop simple, que tout parût s'imbriquer comme dans une construction. Il ressentait une sorte d'enfermement de son esprit qui se rebellait contre les certitudes, alors que tant d'éléments du drame demeuraient encore obscurs. Il songea soudain à ce qu'il avait découvert dans la poche du pourpoint de cuir et, fiévreusement, sous le regard interloqué de Bourdeau, déposa sur la table une feuille de papier plié et une pièce de métal.

— D'où sortez-vous tout cet attirail ? demanda l'inspecteur.

— Du pourpoint du mort.

— De celui de Lardin ?

— Celui du mort, pour le moment. Ceci est un morceau de billet déchiré, sans cachet ni adresse.

Nicolas se mit à lire.

*pour vous assurer de mes respects et pour
personne qui surpasse infiniment celle dernière
st fort jolie, grande et bien faite, car il semble qu'elle
que sa vue vous fera plaisir car, de surcroît, elle a beaucoup
d'entretenir par sa conversation. Aussi, j'attends votre visite pour
endredi et vous prie de tenir ci-joint le déguisement nécessaire en
arnaval. Je suis, monsieur, votre humble servante.*

*La Paulet*

Bourdeau, au comble de l'excitation, se mit à sauter sur place, en criant :

— La preuve, la voilà la preuve ! C'est le papier qui était dans la poche de Descart, lorsqu'il en est venu aux mains avec Lardin au *Dauphin couronné*.

Nicolas jeta un œil sur la pièce métallique. Elle était un peu oxydée et il dut la frotter sur sa manche pour qu'apparaisse le dessin d'un poisson surmonté d'une couronne.

— Curieuse monnaie de singe ! Encore le *Dauphin couronné* !

— Il s'agit d'une tout autre volaille, monsieur. Ceci est un jeton de maison galante. Vous entrez, vous payez à la mère maquerelle, en échange elle vous donne un jeton que la fille vous réclamera une fois... une fois... la bouteille vide. Je vous l'apprends ?

Nicolas rougit et ne répondit pas à cette question directe.

— Il paraît donc bien que ce jeton provient du *Dauphin couronné*. Les présomptions s'accumulent, les preuves nous sont offertes. Le destin nous est par trop propice.

— Plaît-il ?

— Je vous dis que la voie facile n'est pas la voie de la vérité et que le destin nous fait des cadeaux douteux.

Il reste que tout cela doit être précisément vérifié. Bourdeau, faites libérer la vieille Émilie ; elle ne peut rien nous apprendre de plus, pour le moment. Remettez-lui cette petite somme de ma part. Ensuite, courez rue des Blancs-Manteaux et tâchez de retrouver Catherine Gauss, la cuisinière des Lardin. Elle veut me parler et, comme elle a été chassée, je n'ai pu la voir ce matin. Quant à moi, je file de ce pas rue du Faubourg-Saint-Honoré faire connaissance de la Paulet.

— Doit-on annoncer à Mme Lardin la mort de son époux ?

— Provisoirement.

— Provisoirement ?

— Oui, mais je m'en chargerai. Quant aux pièces — et il désignait ce qu'il y avait sur la table — faites-les enfermer dans un endroit frais. Je garde le billet et le jeton. À bientôt, Bourdeau.

Nicolas décida de se rendre à pied rue du Faubourg-Saint-Honoré. La promenade serait longue, mais le temps froid se maintenait au beau. Le gel avait de nouveau durci le sol et le jeune homme arpentait gaillardement le pavé inégal et les fondrières gelées des rues de la capitale. Il avait toujours aimé marcher ; cet exercice était, pour lui, inséparable de la réflexion. Dans sa Bretagne natale, il aimait, sur les grèves désertes, voir se profiler à l'horizon les pointes des plages perdues dans les brumes. Il s'agissait de les atteindre et d'en découvrir une nouvelle qu'il faudrait à son tour rejoindre. Cette marche matinale lui fit du bien. Elle lui nettoyait l'âme. L'image des restes présumés du commissaire Lardin hantait son esprit et se mêlait au récit terrible de Sanson.

Quelque chose n'allait pas. Pourquoi ce corps tronçonné, ces vêtements dispersés, ce dépôt à Montfaucon, alors qu'il eût été si facile de le jeter à la Seine ? Pourquoi le ou les assassins n'avaient-ils pas soigneusement fouillé les poches du pourpoint de cuir, afin d'en retirer ce qui pouvait constituer des indices et les faire accuser ? Indices qui semblaient au contraire avoir été placés là pour qu'on les découvre aisément. Pourquoi cette mâchoire volontairement brisée et cette tache inexplicable sur le crâne ? Et, pour faire bonne mesure, que se passait-il rue des Blancs-Manteaux ? Quels desseins poursuivait Mme Lardin ? La haine de Catherine avait-elle pour seule raison le rejet d'une marâtre ayant usurpé la place de la mère de Marie ? Et ce cavalier insistant et omniprésent auquel répondait, plus lointaine, l'image menaçante du commissaire Camusot ? Et par-dessus tout cela, M de Sartine, proche et inaccessible, dont il sentait la volonté de le pousser dans des chemins de traverse incertains...

Nicolas avait atteint un espace immense où commençait à s'organiser, en lieu d'un ancien marécage, une place sur laquelle les échevins de Paris souhaitaient ériger une statue équestre du monarque régnant. L'endroit était toujours animé comme une fourmilière, mais la rigueur de l'hiver avait interrompu les travaux. Au bord du fleuve, et tout autour du périmètre, commençait à prendre forme l'enceinte octogonale d'un large fossé. Vers la ville, deux immenses bâtiments symétriques[6] sortaient de terre. Les échafaudages de bois, couverts de givre, leur donnaient l'aspect d'éphémères palais de cristal. Le tout formait un chaos de blocs titanesques à demi dissimulés sous la neige, glacier urbain sillonné de failles, de cavernes, de couloirs et de précipices. Sous le soleil éclatant, cela miroitait et transpirait une eau glacée qui, dans sa diffraction, jetait çà et là les feux multicolores du prisme.

Nicolas fit un long détour par la berge et traversa les jardins pour rejoindre la rue de la Bonne-Morue qui coupait, à angle droit, celle du Faubourg-Saint-Honoré. À quelques maisons de là, il repéra un immeuble de bonne apparence, à deux étages, que seule une enseigne de fer forgé, représentant un dauphin couronné, distinguait des autres demeures.

Il souleva le marteau de la porte.

# VI

# ÉROS

Ici, nulle pudeur et nulle retenue :
Sans honte, à vos regards, Cybèle paraît nue,
Modulant à son gré sa lascive chanson.
Chaque convive, ici, nomme tout par son nom.

JUVÉNAL

Une négrillonne, tout enveloppée de madras, ouvrit la porte et lui demanda, en zézayant, ce qu'il désirait. Un petit singe travesti en arlequin sautait autour d'elle. Quand il vit Nicolas, il se hissa prestement sur les épaules de la fillette, agrippant le tissu de ses petites mains. Une fois sur la coiffe, il s'y cramponna et, pétillant de colère, se mit à lorgner le visiteur en crachant et en hurlant. La demoiselle rappela à l'ordre le fagotin[1] en le tirant par la queue. Il cessa son manège et poussa un jappement bref auquel répondit assourdi, de l'intérieur de la maison, un cri rauque suivi d'un : « Entrez, beaux Messieurs. »

Informée qu'il souhaitait s'entretenir avec la Paulet, la servante, sans marquer de surprise, le fit entrer dans une antichambre au carrelage ciré et aux murailles nues. Une frise géométrique courant le long de la corniche et un grand lustre à pendeloques de cristal égayaient un espace seulement occupé par deux ban-

quettes en vis-à-vis, recouvertes de velours gris. Elle
écarta une portière du même tissu et l'invita à pénétrer
dans un salon où, sans un mot, elle le laissa.

La pièce était de bonne dimension et cette impression était renforcée par la profusion de grandes glaces
qui couvraient les murs. Les plinthes et les corniches
étaient enrichies de sculptures dorées. D'épais tapis
étouffaient les bruits de la rue. Des ottomanes et des
bergères tapissées en pékin jonquille, blanc, rose, bleu
et vert donnaient à l'ensemble un éclat allègre et printa-
nier. Les murs dépourvus de glaces étaient tendus de
damas gris et décorés de gravures encadrées dont les
sujets, plus que lestes, surprirent Nicolas. Du côté
opposé aux fenêtres, un grand rideau de velours gris
dissimulait une sorte d'estrade. Nicolas, dont le goût
naturel s'était peu à peu affiné, ne fut pourtant pas dupe
de l'éclat de cette décoration. Il eut le loisir de constater
que ce luxe ostentatoire couvrait une réalité plus
modeste. La qualité médiocre des tissus constellés de
taches, l'or des sculptures qui n'était que de la peinture
et l'usure des tapis pouvaient passer inaperçus à un
rapide coup d'œil d'un visiteur attentif à d'autres
tableaux, mais un examen de détail démentait vite la
splendeur de ce spectacle rutilant.

— Vous plaît-elle ? Vous plaît-elle ? Bougre de !
Bougre de !

Il se retourna. Sur un perchoir dans l'embrasure de la
fenêtre, une patte levée et sa petite tête penchée de côté,
un volatile qu'il reconnut comme étant un perroquet le
considérait. Mme de Guénouel, la tante d'Isabelle, en
possédait un qui ne la quittait jamais. Mais il était
vieux, déplumé, acariâtre et attaché à sa seule maîtresse. Celui-ci était fort beau, le gris brillant de son
corps contrastant avec le rouge éclatant de sa queue.
Ses yeux pailletés d'or paraissaient plus curieux
qu'agressifs. Il se mit à arpenter gravement sa barre,
tout en modulant des sons roulants et câlins. Nicolas,
qui avait naguère éprouvé quelques déconvenues avec

son semblable, lui tendit prudemment le dos de sa main afin d'offrir une moindre prise à une éventuelle attaque. L'oiseau s'arrêta, perplexe, s'ébroua en gonflant son plumage, puis frotta son bec contre la main offerte en poussant de petits cris pâmés.

— Je vois que Sartine vous fait confiance. C'est bon signe.

Surpris, Nicolas fit volte-face.

— Il sait choisir ses amis. Je lui fais toute confiance, c'est mon lieutenant général à moi. Mais qu'est-ce qui vaut à la Paulet la visite d'un aussi beau jeune homme ?

Nicolas, qui s'attendait à tout, n'aurait pu imaginer la maquerelle telle qu'elle s'offrait à son regard. D'un volume presque monstrueux, accru par sa taille courte et ramassée, elle l'emportait de beaucoup sur la bonne Catherine, déjà forte femme. Ce ragot[2] de graisse accumulée possédait un visage enflé dans lequel les yeux paraissaient enchâssés. Une palette de fards violents le couvrait en couches épaisses sous le foulard noué. Le corps disparaissait dans une robe informe de mousseline violette à raies rouges. Le collier de pierres noires tenait plus de la ceinture que de la parure. Les doigts boudinés éclataient hors des mitaines de soie. Enfin, les flots de tissus laissaient, par instants, entr'apercevoir des pieds d'hydropique débordant de vieux souliers de castor usés et distendus comme des savates. Cette caricature était animée, quand les chairs laissaient passer le regard, par des yeux sans cesse en mouvement, froids comme ceux d'un reptile sur le qui-vive. Le perroquet, irrité du peu d'attention qu'on lui prêtait, se mit à pousser des cris stridents et à battre violemment des ailes.

— Coco, la paix ou j'appelle le guet, dit la Paulet en ricanant.

Nicolas, qui n'avait pas préparé de plan, et qui, pour une fois, était parvenu à ne pas imaginer à l'avance sa rencontre avec la Paulet, envisagea, en un éclair, une ouverture possible. La chose était risquée, mais il n'avait pas le choix. Avec un sourire charmant, il s'écria :

— Madame, vous voulez la police, elle est à vos pieds.

La réaction de la maquerelle dépassa tout ce que Nicolas aurait pu espérer.

— Foutre ! Camusot est bien pressé pour son petit cadeau du mois. Il précède le terme. Mais il a voulu se faire pardonner en vous envoyant et je ne perds pas au change. Le gaillard habituel, ce Mauval d'enfer, a un regard qui me glace, et il en faut beaucoup pour m'effrayer ! Il est si mal disant que je me retiens des quatre fers pour ne pas rompre en visière avec lui. Quand il vient, il s'impatronise, lutine les filles, boit mon vin et dérange la pratique. Toute bonne fille que je sois, il faut que j'aime la police pour supporter ce tiercelet de maquereau !

Elle lui décocha une œillade grimaçante qui lui rappela celle de la vieille Émilie dans le fiacre qui les conduisait à Montfaucon.

— Je sais, madame, ce que nous vous devons. Et la police vous le rend bien.

— Ouais, ouais, j'aime mieux les preuves ! Il faut vivre, rien n'est parfait. Je rends service, j'écoute, je m'informe, je rapporte, je préviens et je prête la main. On me protège. C'est un très honnête marché pour moi, où je trouve mon compte et vous aussi. Un peu cher cependant !

— Mes chefs vous tiennent en haute estime. Vous connaissez d'autres commissaires, madame ?

La pointe était un peu directe et la feinte sans finesse. Il comptait sur son air innocent et son pouvoir de séduction pour endormir la méfiance de la Paulet. Elle le fixa un moment sans répondre, mais le visage du jeune homme ne reflétait qu'un air de candeur naïve et elle s'y laissa prendre.

— De vieux amis, nous sommes tous de vieux amis,

Cadot, Thérion, ce sacré Camusot et ce coquin de Lardin, un sacré numéro celui-là !

— Un client à vous aussi ?

— À moi ? Vous êtes bien urbain. Moi, je suis une bête de réforme, encore qu'à l'occasion... Non, Lardin, c'est un joueur, vous le savez, vous êtes de la Maison Camusot.

— Certes, mais comment tout cela est-il arrivé ? Je n'ai eu que le gros du récit sans les détails, et vous êtes si aimable...

— Je veux bien vous le conter, il faut instruire les jeunes gens, mais auparavant faites-moi l'honneur de vous asseoir. Je fatigue vite debout, c'est mauvais pour mon teint.

Nicolas se demanda ce que le teint venait faire là ; sous la couche de blanc plâtreux qui recouvrait ce visage, sa couleur naturelle ne devait d'ailleurs pas transparaître souvent. Paulet se carra dans une large bergère qu'elle emplissait toute et l'invita à s'asseoir près d'elle, sur une ottomane. Elle attira d'une main un petit cabaret en bois des îles, placé sur un guéridon, et l'ouvrit. Plusieurs carafes de liqueurs apparurent, flanquées de leurs petits verres.

— Le récit va être long. Je prends des forces et vous m'accompagnerez en galant homme. J'ai là un ratafia qui me vient directement de l'île Saint-Louis. Un planteur de mes amis m'en fait tenir chaque année. Allons, le diable n'est pas au fond de la bouteille, et vous m'en direz des nouvelles !

Elle emplit deux verres et lui en tendit un.

— Madame, je suis confus de vos bontés.

— Mon mignon, avec des manières comme les tiennes, tu iras loin ou tu n'iras nulle part. Mais revenons à nos oiseaux. Le Lardin, c'est un cas. Il a voulu venir brouiller les cartes, c'est le cas de le dire. Mais il n'était pas de taille, en dépit des Berryer et des Sartine. On voulait qu'il nettoie un piège dans lequel il était déjà pris jusqu'au cou. Quand il a été chargé par Berryer d'enquêter sur nos petits accords, Camusot a pris peur. Mais moi, la Paulet, j'ai gardé la tête froide. Le Lardin, il jouait gros jeu ici même. Il gagnait, il perdait, c'est la règle. Mais au pharaon, son jeu préféré, le banquier n'est qu'un fripon avoué et le ponte une dupe dont il est convenu de ne pas se moquer. On peut toujours changer les règles ou du moins orienter le hasard... Alors, plus son enquête se resserrait, plus sa chance au jeu tournait. Couic !

Elle but son verre et se resservit aussitôt.

— Couic ?

— Oui, mon croupier de pharaon lui avait long-temps bouilli le lait[3]. Il ne se sentait plus, il jouait de plus en plus gros. Un jour, il a tenté de faire sauter la banque. Un saut que, foi de commère, je n'avais jamais vu, un saut mortel...

— Mortel ?

— La somme était telle qu'il ne pouvait se refaire. Il était ruiné et il devait payer coûte que coûte. Je lui ai mis Camusot aux basques. En voilà un qui jubilait ! Sur ce coup-là, nous ferons part à deux, enfin, deux pour lui, un pour moi.

— Mais pourra-t-il payer ? Vous le dites ruiné.

— Il trouvera et il paiera ou alors...

Nicolas préféra ne pas relever ce que ce mot recelait de menaces.

— Mais enfin, qu'avait-il besoin de jouer autant ?

— Allons, un beau grand corps comme le vôtre doit être arrosé.

Elle lui versa une nouvelle rasade et remplit son propre verre.

— C'est une ancienne histoire. Lardin et moi sommes de vieux complices. Il y a dix ans de cela, après la mort de sa première femme, il s'est trouvé bien seul. Il a pris l'habitude de venir au *Dauphin couronné*. Mon établissement reçoit le meilleur monde. J'ai des hommes de la Cour qui viennent ici en carrosses sans écussons ni armoiries, avec des laquais sans livrées. La maison est courue par la plus riche pratique. Achalandée comme je le suis, je réservais toujours à Lardin quelque nouvelle caillette, des morceaux de roi. On n'imagine pas le soin que je me donne pour contenter les honnêtes gens ! Il dînait, faisait une partie gentille, puis montait avec l'une ou l'autre de mes filleules.

— Sans payer ?

— Cela faisait partie de nos habitudes. Le secret de la réussite est d'avoir quelques amis bien placés. Un soir, il y avait théâtre...

— Théâtre ?

— Oui, mon mignon, ne prenez pas cet air ahuri. Voyez ce rideau, il s'ouvre sur une scène où se donnent de petits spectacles de genre, enfin... un peu relevé. Vous n'avez pas l'air très dégourdi !

— Je bois vos paroles, madame.

— Buvez plutôt votre verre. Certains riches amateurs se plaisent à voir représentées au naturel de petites pièces équivoques et galantes. Ces représentations excitent les sens des plus blasés. Cela tourne à la... M'entendez-vous, à la fin, avec vos yeux innocents ? À la débauche la plus crapuleuse. Bref, pour dire les choses, des scènes qui auraient fait bander M. le duc de Gesvres[4] lui-même. Un soir, le mélange des genres fut tel que Lardin se trouva apparié avec un tendron au charme irrésistible. Il m'avait déjà étouffé un demi-panier de bouteilles de champagne. Il en tomba sur-le-champ éperdument amoureux. Lui offrir un tel bijou à bon marché eût été offenser Dieu ou le diable, comme vous voulez. Sur mes conseils, la fille le fit languir et lanterner. Il séchait sur pied. Ce grand malin me pria de m'entremettre, les hommes sont comme cela. Une somme rondelette me revint, nous avions prétexté de petites dettes à régler. Il l'a épousée, et il est entré en enfer. Elle lui a mis autant de cornes que Paris a de clochers. Et la garce est gourmande, vorace, coquette, aimant les beaux atours, son bien-être et la bonne chère !

— Mais, dit Nicolas, n'est-elle pas de bonne famille ? Un homme fortuné est son parent, à ce qu'on dit ?

Les yeux de la Paulet s'ouvrirent et le fixèrent froidement. Elle s'humecta les lèvres.

— Mon mignon, vous avez l'air d'en savoir aussi long que moi sur la question...

Nicolas se sentit envahi d'une sueur froide.

— Le commissaire Camusot m'avait dit qu'un sien cousin était docteur...

Le nom du commissaire parut la rassurer.

— C'est avec raison que Camusot vous a dit cela. Les parents de la Lardin sont morts de la petite vérole alors qu'elle n'avait que quatorze ans. Son cousin Descart, le docteur, s'est arrangé pour capter l'héritage et mettre l'enfant en apprentissage chez une modiste. Arriva ce qui devait arriver, elle se trouva dans la situation de s'offrir et de céder au premier venu. C'est ainsi qu'elle arriva chez moi, ayant, pour le moins, rôti le balai[5]. Et moi, dont le cœur est si tendre, je lui ai ouvert les bras et l'ai lancée dans le monde.

Elle s'essuya avec insistance le coin d'un œil où perlait une larme improbable et vida son verre d'émotion.

— Elle doit bien haïr ce parent dénaturé ? risqua Nicolas.

— Quand vous connaîtrez mieux les femmes, mon mignon, vous apprendrez qu'avec elles le probable n'est jamais tout à fait certain. Elle serait au contraire du dernier bien avec lui. Elle sait où elle va et m'est avis qu'elle récupérera un jour son héritage, d'une manière ou d'une autre. La connaissant, je la crois capable de se venger plus cruellement encore, d'autant que le bougre en question, autre client de ma maison, ne vaut pas la corde pour le pendre. Un paillard honteux, un puant de sacristie à qui il faut servir du chocolat à l'ambre et à la cantharide[6] pour lui permettre de mener à bien son affaire. Ce matagot qui dispute le moindre denier et à qui il faut organiser des rendez-vous discrets, à précautions, à simagrées et à masques, à qui il ne faut que des morceaux friands de premier choix qu'il n'est pas même foutu d'honorer...

— À ce point ?

— Pire. Imaginez qu'il est venu, vendredi dernier, et a trouvé moyen de se prendre de querelle avec ce coquin de Lardin. Ils m'ont mis un beau gâchis !

— Était-ce bien prudent pour un homme que vous me décrivez comme si soucieux de sa réputation de venir ici un soir de carnaval ?

— Justement, mon mignon, un soir de carnaval il est d'usage d'être masqué et personne n'aurait dû le reconnaître. Je ne sais comment tout cela est arrivé. Enfin, le plus curieux, c'est que... Mais assez sur ce jean-foutre. Examinons plutôt nos affaires.

Plus tard, Nicolas revivrait cet instant comme celui de sa véritable entrée dans la police. En quelques minutes, il avait en effet franchi la frontière qui sépare l'honnête homme, ancré sur des vérités solides, aux contours délimités, et la créature de police qui ne doit jamais perdre de vue le but ultime de sa recherche. Cet art difficile impose des reniements, des calculs et... des scrupules à écarter. Il comprit que, pour marcher avec efficacité dans la voie difficile qu'il avait choisie, il devait sacrifier tout ce qu'il croyait jusque-là être beau et noble. Il mesura avec effroi les choix que cela impliquait.

Il réfléchit si vite qu'il n'eut pas vraiment le sentiment de ce marchandage intime. Jamais, par la suite, il ne parviendrait à reconstituer le fil de sa méditation et l'étincelle qui l'avait déclenchée. Une voix intérieure, et pourtant étrangère, lui soufflait ce qu'il devait faire. Il céda à son impulsion, se pencha vers la Paulet et, lui saisissant les deux mains, lui dit d'un air sarcastique :

— Le plus curieux, en effet, madame, c'est que vous savez parfaitement que cette rencontre n'était pas fortuite et que, si Descart était là, c'est qu'il y était invité.

Sans doute sensible au changement de ton de Nicolas, le perroquet se mit à piailler, tandis que la Paulet s'agitait et tentait, sans succès, d'échapper aux poignes de fer qui enserraient ses bras. Elle remuait la tête, la bouche vermillon s'ouvrait comme si elle ne parvenait pas à reprendre sa respiration. Un fragment de blanc tomba sur la robe et se dissipa en un léger nuage. Sous l'effet de la surprise et de la colère, son masque se fissurait en débâcle.

— Sale petit pouacre. Lâche-moi, tu me fais mal ! Qu'as-tu à fouiller ainsi ? Tu es plus mouchard que les mouches ! C'est Descart qui t'a dit cela ? Je lui réserve un chien de ma chienne.

— Non, c'est Lardin, jeta Nicolas qui attendit la réaction.

Elle le regardait, hébétée.

— Ce n'est pas possible.

— Et pourquoi donc ?

— Mais... je ne sais pas.

— Moi, je sais quelque chose, lâcha en rafale Nicolas, c'est que la Paulet file un mauvais coton, que la Paulet, croyant parler à un acolyte du commissaire Camusot, s'est trompée de public, qu'elle a lâché beaucoup de propos graves et circonstanciés qui font qu'il y a mille raisons de fermer le *Dauphin couronné*, d'arrêter ladite Paulet, de la transférer au Châtelet, de l'y faire interroger par le bourreau, de la faire condamner et enfermer à vie, toute brisée et sanglante, à l'Hôpital général ou à la Grande Force. Que toutes ses prétintailles d'arguments n'y feront rien, ni ses protections qui s'évanouiront à l'annonce de son arrestation. En un mot, madame, vous avez eu le malheur de me prendre pour qui je ne suis pas.

— Mais enfin, qui êtes-vous ?

— Je suis l'envoyé de M. de Sartine, lieutenant général de police, madame.

Nicolas, à la vue de la Paulet effondrée, sut que le poisson était ferré et qu'il devenait politique de laisser un peu de mou dans la prise. Il revit une petite anse rocheuse, dans l'embouchure de la Vilaine, entre

122

Camoël et Arzal, où il allait, avec des coquins de son âge, pêcher les grands saumons qui remontaient le courant. La Paulet était prise, il fallait la forcer à cracher le morceau.

— Que voulez-vous de moi, monsieur ?

— Allons, allons, nous ne sommes pas mauvais garçon. Vous m'avez très aimablement accueilli ; vos bontés n'ont pas touché un ingrat. Mais il faut être sérieux. Si vous voulez que j'arrange vos affaires, vous devez, sans barguigner, vous ranger du bon côté, c'est-à-dire du côté du plus fort, du côté où les sûretés seront les plus assurées. Voilà, dans votre situation, un argument à ne pas négliger.

Le poisson reprit mouvement et tenta de faire diversion.

— Je ne peux vous aider en rien. Je ne suis qu'une pauvre femme victime des méchants. J'ai obéi à la police. Réglez vos comptes entre vous.

— J'écarte cette affaire-là, que nous reprendrons plus tard. Ce que je veux savoir, c'est pourquoi et comment Descart s'est trouvé là vendredi soir.

— Je n'en sais rien.

— Il avait coutume de venir à l'improviste ?

— Sans doute.

Le poisson gagnait du terrain, sa nage était plus ample et il songeait à rompre la ligne. Il n'était que temps de faire à nouveau sentir la pointe. Il sortit la montre de son tuteur, qui venait de sonner onze heures.

— Je vous donne trois minutes pour me dire, de la manière la plus précise et la plus exacte, les conditions de la visite, ici, vendredi soir, du docteur Descart. Ce délai écoulé, je vous traîne au Châtelet.

— Le commissaire Lardin l'avait invité.

— Pour se battre ensuite avec lui ? Cela n'a pas le sens commun.

— C'est tout ce que je sais.

— Ou c'est tout ce que vous voulez dire ?

La Paulet paraissait butée. Le visage fermé, tassée

sur elle-même, elle ressemblait à une de ces idoles païennes dont l'ami Pigneau avait montré des gravures à Nicolas, un jour qu'il rêvait à son voyage futur dans les Indes orientales. Le jeune homme décida de sortir le poisson de l'eau. Il brandit, sous les yeux de la Paulet, le morceau de billet trouvé dans le pourpoint de cuir de l'inconnu de Montfaucon. Il le tenait de telle manière qu'elle ne puisse voir qu'il n'avait que la moitié du document.

— Vous reconnaissez votre écriture et votre signature, madame ?

La Paulet se tordit en arrière et poussa un hurlement strident. Prise de frénésie, elle déchirait ses vêtements. Le salon cossu se transforma d'un coup en pandémonium. Le perroquet s'envola, se cogna aux murs et au lustre dont les tintements cristallins ajoutèrent à la cacophonie ambiante. La négrillonne entra en coup de vent, hurlant elle aussi, et criant à l'assassin. Elle était suivie du singe qui se mit à sauter et à tourner sur lui-même comme un derviche de la Porte. Nicolas, impassible, se leva, saisit un des carafons du cabaret et, visant un espace de carrelage entre deux tapis, le fracassa sur le sol. Le geste et le bruit les frappèrent de stupeur.

La Paulet se redressa, le perroquet se posa sur le Cupidon qui surmontait la pendule de la cheminée et entreprit de mettre en pièces la chandelle d'un bougeoir ; le singe se réfugia sous la jupe de sa petite maîtresse, qui se figea, les mains sur la tête et la bouche grande ouverte sur des dents éclatantes de blancheur. Ce visage frappa Nicolas, qui ne parvint pas à saisir la pensée furtive que sa vue suscitait en lui.

— Il suffit, dit-il. Jeune fille, apportez-moi de quoi écrire.

Ce fut le singe qui quitta la pièce le premier. Il jaillit de la jupe et, ventre à terre, fila dans le vestibule. La négrillonne obéit et sortit à son tour.

— Madame, reconnaissez-vous ce papier ?

— Je n'ai été qu'un instrument, mon bon jeune

homme, répondit la Paulet, qui reprenait ses esprits. Lardin m'a demandé un service. Il s'agissait d'inviter Descart, sous le prétexte de rencontrer une nouvelle fille. Le billet était accompagné de l'envoi d'une lévite noire et d'un loup à chute de satin. J'ai obéi. C'est tout, foi de Paulet. Je vous conjure de me croire. Je suis, dans mon genre, une honnête femme. Je donne aux pauvres et fais mes Pâques.

— Je ne vous en demande pas tant. Vous êtes désormais sous ma protection. Protection gracieuse, voyez comme vous gagnez au change.

La servante lui tendit un plateau avec du papier, une plume et un encrier. Il écrivit quelques mots et tendit la feuille à la Paulet.

— Si vous avez besoin de moi, ou s'il advient quelque chose que vous jugez utile de me faire connaître, envoyez-moi ce message sans signature.

Elle lut le papier où étaient inscrits ces mots : « Le saumon est sur la berge. »

— Que signifie...

— Peu vous importe, cela signifie beaucoup pour moi. Une dernière chose. Écrivez : « Je reconnais être l'auteur du billet adressé à M. Descart, l'invitant au *Dauphin couronné*, le vendredi 2 février 1761. »

Elle s'évertuait, en tirant la langue, à former des mots d'une écriture enfantine.

— « Et cela à la demande expresse du commissaire Lardin. » Signez... Je vous remercie, madame, notre entretien fut des plus fructueux.

Nicolas quitta les lieux très satisfait de lui-même et avec le sentiment du devoir accompli. Son enquête avait considérablement progressé, d'autant plus que l'affaire des jeux et celle de la disparition de Lardin paraissaient désormais s'articuler entre elles. Il disposait à présent d'un témoin précieux. Les manigances de Camusot s'éclairaient d'un jour nouveau, dévoilant la collusion entre les deux magistrats de police. Il s'avérait que Lardin était bien tombé dans un piège lié à l'enquête qu'il menait dans les milieux du jeu et qu'un chantage s'exerçait sur lui. Son image ressortait bien abîmée de ces découvertes successives.

Quant à sa femme, les impressions de Nicolas se confirmaient et il comprenait mieux la raison du malaise où le plongeait chacune de leurs rencontres. Si son mari avait vraiment été assassiné, plusieurs hypothèses apparaissaient plausibles. Soit qu'il ait été dans l'impossibilité de faire face à ses dettes et que les menaces de ses créanciers aient été mises à exécution, soit encore que Descart, démasqué dans ses turpitudes, se soit vengé en le tuant. Quels étaient, dans ce cas, le rôle et la responsabilité de Louise Lardin ?

L'avantage de tout cela c'était que Semacgus paraissait hors de cause, n'ayant été ni de près ni de loin compromis dans ces affaires, à l'exception de sa passade avec Mme Lardin. Enfin, Nicolas comprenait maintenant les réticences et la discrétion de M. de Sartine, incertain de la loyauté de Lardin et soucieux de ne pas donner l'alarme au commissaire Camusot.

Guilleret, Nicolas courait presque, sautant les monticules de neige et glissant joyeusement sur les plaques de glace. Il était impatient, pour le coup, de faire un compte rendu complet à M. de Sartine dont il imaginait déjà la surprise et la satisfaction.

Pour rejoindre au plus vite le Châtelet, où le lieutenant général tenait son audience du mercredi, il décida de prendre un fiacre. Comme il observait la rue afin de trouver quelque voiture disponible, il entendit derrière lui, assourdi par la neige, le bruit d'un véhicule qui menait grand train. Il remarqua, en un éclair, le cocher au visage emmitouflé. Il lui fit signe d'arrêter mais, à vingt pas, le conducteur fouetta son cheval qui partit au galop. La voiture fonçait maintenant sur lui. Son dernier geste conscient fut de tenter de s'écarter, mais l'espace entre lui et les maisons était trop restreint ; il fut brutalement heurté à l'épaule, projeté en l'air et retomba sur le pavé glacé où sa tête rebondit. Un grand éclair jaillit devant ses yeux, puis il sombra dans l'inconscience.

# VII

## BRUITS ET FUREURS

*I pall in resolution, and begin*
*To doubt the equivocation of the fiend*
*That lies like truth...*

Ma résolution s'affaiblit, et je commence
À soupçonner une équivoque du démon
Qui ment tout en semblant dire vrai...

SHAKESPEARE


— Eh bien, Nicolas, comment te sens-tu ? Tu m'as fait une jolie peur !

Il tenta d'ouvrir les yeux, porta la main à sa tête et sentit, derrière l'oreille gauche, une énorme bosse recouverte d'un morceau de taffetas. Il était allongé, nu, dans un lit. Une jeune femme en chenille[1], assise sur une chaise auprès de lui, le regardait en souriant. Il remonta le drap jusqu'au cou et l'interrogea du regard.

— Tu ne me reconnais pas ? Antoinette, ton amie.

— Mais oui... Que m'est-il arrivé ? Je rêvais d'une chute de cheval.

— Il s'agit bien d'un cheval ! Ce matin, au sortir de chez moi, j'ai vu un fiacre essayer de t'écraser. Tu peux m'en croire, on voulait te tuer, et le cocher a dirigé sur toi. Tu as été renversé et il ne s'est pas arrêté. J'ai couru, tu perdais du sang et tu étais si blanc que j'ai eu

128

peur. Je t'ai fait porter dans ma chambre et j'ai appelé un voisin barbier qui t'a pansé et saigné. Il a dit que tu n'étais qu'assommé. Et te voilà réveillé, j'en suis bien heureuse.

— Qui m'a dévêtu ?

— Eh quoi ! Toujours aussi pudique ! C'est moi, et ce n'est pas la première fois... Tu ne voulais pas que je gâche ma couchette avec tous tes vêtements boueux et sanglants ?

Il rougit. Antoinette avait été, au début de son premier séjour à Paris, une petite distraction dont il s'accusait souvent en pensant à Isabelle. La gentillesse et la simplicité de la jeune fille l'avaient séduit et ému. Elle travaillait comme femme de chambre chez l'épouse d'un président au Parlement. Toujours rieuse et discrète. Elle ne lui avait jamais rien demandé. Il éprouvait pour elle une tendre amitié et lui avait fait de petits cadeaux — un châle, un bouquet, un dé à coudre en argent — et l'avait quelquefois emmenée, aux beaux jours, déjeuner dans une guinguette des faubourgs.

— Quelle heure est-il donc ?

— L'Angélus vient de sonner à Saint-Roch.

— Comment, si tard ? Il faut que je parte.

Il tenta de se lever, mais un vertige le rejeta sur sa couche.

— Tu dois te reposer encore un peu, Nicolas.

— Mais, toi ? Ton service ?

Elle détourna le regard et ne répondit pas. Elle frissonna, la chambre n'étant pas chauffée. Elle entra dans le lit et se blottit contre lui. Il éprouvait une grande reconnaissance pour elle. Il retrouva son parfum, sa douceur, et il lui sembla rejoindre un rêve interrompu. Il ne la vit pas se dévêtir et n'eut pas le courage de la repousser. Il se laissa aller aux gestes habituels et toujours nouveaux, mais il n'avait jamais ressenti pareille langueur. Ses gestes étaient ralentis et ses sensations exacerbées. Avant de s'abandonner à une torpeur heureuse, il éprouva sans remords le bonheur de ce moment d'apaisement.

*Jeudi 8 février 1761*

Une odeur de café[2] réveilla Nicolas. Il se sentait dispos, même si sa blessure à la tête se rappelait à son souvenir par des élancements douloureux. Antoinette, déjà vêtue, lui tendit un bol de café et un petit pain. Elle était descendue faire ses emplettes au petit matin. Nicolas l'attira vers lui et l'embrassa. Elle se dégagea en riant.

— Les chutes te réussissent, tu n'étais pas le même hier soir. Plus tendre, plus...

Il buvait son café sans répondre. Il la considérait avec un mélange d'attendrissement et de confusion.

— Antoinette, tu n'es plus logée chez le président ?

Il se souvenait d'une petite chambre et d'un escalier de service en colimaçon qu'il gravissait, les souliers à la main, tremblant d'être découvert.

— C'est une longue histoire, répondit la jeune fille. J'étais heureuse depuis deux ans dans cette maison. La tâche n'était pas rude et Madame était douce avec moi. Mais, il y a un an, un cousin de Monsieur s'est installé dans leur hôtel et a commencé à me tenir des propos de galanterie. Au début, j'ai ri et les ai ignorés en lui disant que je n'étais pas entrée dans cette maison pour y trouver mon déshonneur et que je n'étais pas faite pour le libertinage, qu'il avait d'ailleurs une femme, jeune et jolie, à laquelle il devait se consacrer...

Nicolas s'en voulut de penser que, sa vertu, elle l'avait jetée par-dessus les moulins en sa compagnie.

— Dès lors, reprit-elle, il n'a cessé de me poursuivre, tellement qu'un soir de janvier de l'année dernière, alors que je sortais de la chambre de Madame et regagnais ma mansarde, il m'a suivie dans ma chambre, m'a prise à bras-le-corps et je me suis évanouie...

— Et alors ?

— Il a profité de ce moment. Quelque temps après, j'ai eu la suppression de mes mois. J'ai tout avoué à la présidente qui, très dévote, m'a turlupinée sur cette affaire. Elle n'osait en parler à son mari, tant il était entiché de son cousin. Finalement, j'ai été chassée et jetée à la rue. J'ai fait mes couches en décembre et le coupable a refusé de m'aider. J'ai placé l'enfant en nourrice à Clamart. Que pouvais-je faire, seule, sans appui et sans recommandations ? Madame m'avait tout refusé.

— Pourquoi ne m'as-tu pas prévenu ? Et l'enfant, es-tu assurée qu'il n'est pas de moi ?

— Tu es gentil, Nicolas. J'ai fait mes comptes et il y avait longtemps déjà que tu ne me voyais plus. C'est ainsi que j'ai dû m'abandonner à une nouvelle vie. Tu n'apprendras que trop vite, dans ton office, que je travaille pour la Paulet. On m'appelle désormais « la Satin ».

Nicolas se redressa brusquement et lui saisit les poignets. Toujours spectateur de lui-même, il nota que cette manière d'imposer sa volonté aux femmes qu'il interrogeait devenait une habitude. À cette constatation ironique se mêlait le sentiment d'effroi dans lequel l'avait plongé ce que venait de dire Antoinette. Quel génie malicieux et pervers orientait ainsi sa vie, pour qu'à la coïncidence de son accident, sous les yeux de la jeune femme, s'ajoute le fait qu'elle se trouvait être un témoin important de son enquête ?

Prompt à tirer les leçons de ses erreurs, il s'en voulut aussitôt de ne pas avoir poussé plus avant l'interrogatoire de la Paulet. Il aurait pu ainsi vérifier l'exactitude des dires de Semacgus sur le détail de la soirée du 2 février. Il était bien revenu de sa première satisfaction ; c'était vraiment du travail d'apprenti et il était encore un enfant dans ce métier difficile ! Il obéissait trop à des impulsions qu'il qualifiait vite d'intuitions. Rien de tout cela ne remplaçait une bonne méthode...

Ainsi, la fille avec laquelle Semacgus avait passé la

nuit, c'était Antoinette ! Il en éprouva un malaise confus où se conjuguaient un peu de honte sur lui-même et de la compassion pour son amie que le destin contraignait à mener cette vie.

Antoinette, pâle et effrayée, était redevenue la petite fille qu'elle était il n'y avait pas si longtemps. Les cheveux blond cendré relevés laissaient voir la nuque délicate où il aimait tant presser les lèvres. Son visage se marbrait de plaques rouges.

— Tu m'en veux, Nicolas ? Je le vois bien, tu me méprises.

Il desserra son étreinte et lui caressa la joue.

— Antoinette, ce que je te demande est très important. Tu vas me promettre de répondre avec la plus grande sincérité. Il y va de la vie et de l'honneur d'un homme.

— Je te le promets, répondit Antoinette, surprise.

— Qu'as-tu fait vendredi dernier ? Plus exactement dans la nuit de vendredi à samedi ?

— La Paulet m'avait demandé d'attendre un client.

— Tu le connaissais ?

— Non, elle m'avait seulement recommandé d'avoir l'air innocent, et un peu fille de qualité. J'en aurais profité pour essayer de lui tirer quelques deniers de plus ; c'était un peu particulier...

— Que s'est-il passé cette nuit-là ?

— Le visiteur prévu n'est pas venu et quelqu'un d'autre est monté.

— Et celui-là, tu le connaissais ?

— Non plus. Pourquoi ?

— Peux-tu le décrire ? fit Nicolas sans répondre.

— Un grand homme rubicond, un vieux dans les cinquante ans, mais je n'ai pas eu le temps de le dévisager. Il m'a remis le jeton et m'a donné un louis en me demandant de dire que nous étions restés ensemble jusqu'à trois heures du matin, et puis il est parti.

— Qui l'a vu sortir ?

— Personne, il a pris la porte dérobée du jardin par

laquelle les joueurs se retirent en cas de descente de police.

— Il était quelle heure ?

— Un quart d'heure passé minuit. Je n'ai rien dit à personne, même à la Paulet. À l'aube, je suis rentrée ici.

— Où sont mes habits ?

— Tu me quittes déjà, Nicolas ?

— Il le faut. Mes vêtements.

Il était fébrile et impatient de quitter cette chambre où, depuis quelques instants, il étouffait en dépit du froid.

— Je les ai brossés ce matin et recousus par endroits, dit timidement Antoinette.

Il sortit du lit pour s'habiller, puis il fouilla dans ses poches et en sortit le jeton trouvé dans le pourpoint de cuir. Il le lui montra.

— Tu reconnais cela ?

Elle éleva l'objet au-dessus du bougeoir pour l'examiner.

— C'est un jeton du *Dauphin couronné*, mais pas celui habituel. Ce modèle est donné par la Paulet à ses amis pour s'amuser gratis. Tu vois, il n'y a pas de numéro à l'envers.

— Celui de ton client en portait-il un ?

— Oui, le 7.

— Je te remercie, Antoinette. Voici quelque argent pour la nourrice...

Il s'arrêta, confus, et la reprit dans ses bras.

— Ce n'est pas pour cette nuit, tu comprends cela ? Je ne voudrais pas que tu croies... C'est pour l'enfant.

Elle lui sourit gentiment et tapota son habit.

Lorsque Nicolas se retrouva dans la rue, quelque chose s'était brisé en lui. Il était loin de la fébrilité joyeuse qui l'avait saisi au sortir de chez la Paulet. Il subissait le contrecoup des derniers événements et éprouvait un remords qu'il ne parvenait pas à s'expliquer. Il était également obsédé par l'idée que Semacgus l'avait trompé : le chirurgien redevenait un suspect, et non des moindres, s'il s'avérait que le corps retrouvé était bien celui de Lardin.

Le jour tardait à se montrer. Le dégel commençait et Nicolas ne voyait pas à trois pas. La rue était une sorte de tunnel noir empli d'un épais brouillard. Il marchait à l'aveuglette, pataugeant dans des gadoues immondes, heurtant des ombres blafardes, incertaines, qui se hâtaient ou semblaient piétiner en silence. Parfois, la nappe s'entrouvrait, laissant apparaître les murailles brunes des maisons ; il fut contraint, un long moment, de les suivre en tâtonnant.

La traversée des rues était périlleuse, et Nicolas conservait de l'agression de la veille la peur d'entendre surgir derrière lui une voiture qui tenterait à nouveau de l'écraser. Il n'avait jamais autant songé à sa mort qu'aujourd'hui. Il mesurait, plus encore que dans l'église de Guérande, lors des funérailles de son tuteur, la fragilité de l'être humain. Que sa tête eût porté un peu plus rudement sur le pavé, et il serait, à cette heure, un de ces débris disloqués et sanglants que la pierre froide de la Basse-Geôle recueillait chaque matin. Il aurait voulu prendre un fiacre, mais où en trouver au milieu de ces nuées ? Il se souviendrait longtemps de cette errance, qui lui parut durer des siècles. L'aube, peu à peu, s'ébauchait avec effort. Une clarté pâle dominait les ténèbres des rues. Nicolas retrouva des visages et un semblant de vie reprit autour de lui avec ses cris et ses appels habituels. Après s'être égaré plusieurs fois, il finit par se retrouver rue Saint-Germain-l'Auxerrois et, de là, regagna le Châtelet par la Grande Boucherie et la rue Saint-Leuffroy.

Au moment où il s'engageait sous le porche obscur de l'édifice, une voix l'appela par son nom. Il se retourna et se trouva devant une sorte de trapèze ambulant dont le centre était constitué par un homme coiffé d'un haut chapeau. Il semblait avoir des ailes repliées de chaque côté de son corps. Nicolas reconnut Jean, un Breton de Pontivy, et son chalet de nécessités. Plus connu sous le nom de « Tirepot », ce personnage s'était pris d'amitié pour lui et le faisait profiter des observations que son occupation lui permettait de recueillir au cours de ses déambulations à travers la ville. Ce n'était pas une mouche attitrée, mais une sorte d'officine de renseignements et d'anecdotes, une chronique vivante de la capitale. Ses informations s'étaient souvent révélées fort utiles.

Les latrines publiques manquaient cruellement à Paris et le promeneur était fort embarrassé, dans les rues populeuses, quand le besoin le pressait. Sauf à chercher un endroit désert, difficile à trouver, ou à se soulager dans une maison inconnue, avec tous les risques que cela comportait, on avait recours à ce personnage curieux, qui dissimulait, sous une ample robe de toile, deux seaux suspendus à une barre transversale portée sur les épaules. Tirepot avait perfectionné le système en se fixant, en bas du dos, un tabouret qui lui permettait de s'asseoir pendant que ses pratiques officiaient, ce qui facilitait la conversation.

— Nicolas, installe-toi, j'ai des choses graves à te conter.

— Je n'ai pas le temps. Mais reste dans les parages, je te verrai tout à l'heure.

Jean acquiesça et reprit sa tournée. Son cri habituel : « Chacun sait ce qu'il a à faire » résonna sous les voûtes. Nicolas entra au Châtelet. Jamais l'édifice de police et de justice, baignant dans sa lumière livide de crypte, avec ses relents de moisissure, ne lui avait paru aussi sinistre et conforme à sa réputation. Une lourde torpeur commençait à l'engourdir ; il était las de corps et d'esprit, et savait cependant qu'une journée difficile l'attendait. Il tenta de se ressaisir et de chasser les pensées sinistres qui le tourmentaient.

Comme il s'engageait dans le grand escalier, il ne

prit pas garde à un personnage immobile, campé sur un degré, qui le regardait monter. La suite fut rapide et brutale. Une ombre surgit devant lui, dont il ne perçut, au début, qu'un remugle aigre de sueur et de cuir mouillé. Il fut jeté contre la muraille, son chapeau tomba et sa tête, encore douloureuse, heurta la paroi. Sa blessure se rouvrit et une main le saisit à la gorge. Il distinguait maintenant le visage de son agresseur, que celui-ci ne cherchait d'ailleurs pas à dissimuler. C'était celui d'un homme encore jeune, le crâne aux cheveux courts sillonné d'une cicatrice. Au premier regard, il offrait une impression d'équilibre et de douceur, mais cette première image était aussitôt détruite par la lueur implacable des yeux immobiles. La bouche aux lèvres minces se serrait si fort, quand elle se crispait, que l'ensemble du visage, vide de sang et de vie, était celui de la mort.

L'homme tenait fermement Nicolas. Ses traits se remodifièrent du tout au tout, reprenant leur beauté première. Nicolas fut terrifié d'être à la merci de cet être double.

— Un conseil, monsieur le Breton ; tu y as échappé hier, tu ne t'en tireras pas aussi bien la prochaine fois. Oublie ce que tu sais, ou alors...

L'homme fit un geste plus violent et Nicolas sentit qu'une arme le blessait à hauteur des côtes, mais sans pénétrer vraiment. Il fut lâché, repoussé contre la muraille où sa tête se heurta à nouveau. L'homme bondit, dévala les degrés et disparut.

Nicolas sut qu'il n'oublierait jamais ces yeux pâles et verts. Ce regard sans vie, il l'avait reconnu, c'était celui d'un reptile. Il se revit enfant, accroupi dans le marais près de Guérande, s'apprêtant à saisir au bond une grenouille qu'un pétale de coquelicot, accroché au bout d'un fil, avait attirée. Une couleuvre monstrueuse s'était dressée qui, avant de s'emparer de la proie, avait froidement fixé Nicolas de son regard immobile.

Cette nouvelle agression, accomplie de sang-froid dans l'édifice même des lois, prouvait en tout cas à quel point son enquête menaçait de sombres intérêts et combien ceux qui avaient armé son agresseur se sentaient intouchables pour le frapper ainsi, en plein jour.

Nicolas se traîna jusqu'au palier. Son cœur battait à coups si précipités qu'il ne parvenait pas à reprendre son souffle. Dans l'antichambre du lieutenant général, son vieil ami l'huissier, assis à sa table de sapin, ne le vit pas entrer. Il était absorbé tout entier par l'une de ses occupations favorites : il râpait une carotte de tabac et le produit de cette opération était ensuite récupéré avec soin, de manière à n'en perdre aucune miette, et placé dans une petite boîte d'étain. La respiration précipitée de Nicolas lui fit lever la tête et il poussa une exclamation de surprise en découvrant le jeune homme tout ensanglanté.

— Ma Doué, comme vous voilà fait, monsieur Nicolas ! Je vais quérir du secours. M. Bourdeau vous cherche et il ne doit pas être loin. Marie, Joseph, que vous est-il arrivé ?

— Ce n'est rien, une blessure à la tête qui s'est rouverte. Cela saigne toujours beaucoup à cet endroit. Il faut que je voie M. de Sartine sur-le-champ. Est-il là ?

Nicolas dut s'appuyer des deux mains sur la table pour ne pas piquer du nez ; sa vue se troublait et tout vacillait autour de lui. L'huissier sortit d'une de ses poches une fiole de verre et, après avoir vérifié d'un coup d'œil qu'ils étaient bien seuls, l'invita à boire.

— Buvez, c'est du bon ! Dame, par ces froids, j'ai toujours sur moi ma petite réserve de rhum, comme tout vieux matelot. Allez, cela vous requinquera.

L'infâme tord-boyaux fit tousser Nicolas, mais le contrecoup de l'alcool lui remit de la chaleur au corps et lui rendit ses couleurs.

— À la bonne heure, vous avez déjà meilleure mine ! Vous êtes plus gaillard, hein ? Voulez voir M. de Sartine, cela tombe bien. Il m'a ordonné de vous introduire sans lambiner si vous paraissiez. Il n'était guère de bonne humeur, lui toujours si égal. Il tourmentait sa perruque, c'est tout dire...

Décidément, tout le monde l'attendait, ce matin !

L'huissier gratta la porte, guetta une invite qui ne vint pas, passa outre et s'effaça devant Nicolas.

La pièce familière paraissait vide. Seuls, le ronflement du feu dans la cheminée et le craquement d'une bûche qui s'effondrait en projetant une pluie d'étincelles troublaient le silence du cabinet. La chaleur saisit Nicolas, accompagnée d'une langueur bienfaisante. Depuis qu'il avait quitté Antoinette, c'était le premier instant de bien-être qu'il connaissait. Immobile et proche de l'engourdissement, il aperçut tout à coup, dépassant des dossiers des fauteuils placés devant le bureau, les sommets de deux perruques. Incapable de faire un geste, il entendit, plus qu'il n'écouta, la conversation qui se déroulait.

— Mais, mon bon, comment en sommes-nous arrivés là ? s'écriait Sartine. Et j'apprends ce matin, par un courrier, une rumeur courant à Londres : Lally, assiégé dans Pondichéry, aurait capitulé[3] ! Nos possessions de l'Inde menacées après celles du Canada, il y a un an...

Une voix aigrelette interrompit le lieutenant général de police.

— Que voulez-vous, nous avions déjà la guerre avec l'Angleterre et il a fallu y ajouter l'alliance avec l'Autriche. À la guerre maritime s'est jointe la guerre terrestre. À courir deux lièvres à la fois... De plus, tout cela demande de l'or, beaucoup d'or, et des chefs. Oui, surtout des chefs. Dans le chaos où le militaire est plongé par le nombre et l'inexécution des lois, par l'avilissement des gradés, l'incapacité des supérieurs et le dégoût des subalternes, il n'y a que désordres, ambitions effrénées et querelles de cour...

— Mais tout cela n'a-t-il pas été bien pesé ?

— Pesé et pourpensé, monsieur. Mais le chant des sirènes a été le plus fort. Et quand je dis les sirènes...

M. de Kaunitz[4], alors ambassadeur de son impériale souveraine, a été la coqueluche de Paris et de Versailles, il a amusé la galerie avec ses valets enfarineurs de perruques...

Une main surgit au-dessus d'un dossier qui vérifia la tenue d'une perruque.

— ... Il a fait le joli cœur auprès de la bonne dame[5] à qui on a fait miroiter la reconnaissance impériale. Elle s'est alors découvert des talents de diplomate et un nouveau rôle à jouer, ceux des saynètes des petits appartements ne lui suffisant plus. La dévotion feinte et les grandes affaires, voilà l'avenir des favorites royales vieillissantes ! Pour moi, si je prenais la liberté de juger de l'état de la France, je conclurais que ce royaume ne se soutient plus que par miracle et que c'est une vieille machine délabrée qui achèvera de se briser au premier choc. Je suis tenté de croire que notre plus grand mal est que personne ne voie le fond de notre état. Que c'est même une résolution prise de ne le vouloir pas.

— Mon ami, vous êtes bien imprudent.

— Nous sommes seuls et, en vous parlant, Sartine, je me parle à moi-même ; nous sommes de vieux complices. On dit à Paris que la bonne dame fait rassembler tout ce qui a été écrit sur Mme de Maintenon...

— On le dit et cela est vrai.

— Vous êtes le mieux placé pour le savoir... Mais je m'égare. De fait, il fallait choisir ou la guerre avec l'Angleterre et les charges que cela imposait, ou le retournement hasardeux des alliances avec le risque de la guerre sur terre. Mais ces têtes légères imaginaient que la guerre serait courte. Et les avantages escomptés pour le royaume ? Du vent, de la poudre aux yeux...

— Comment cela ?

— Mais oui ! Chacun a piqué au triple galop enfourchant des chimères. Ah ! Têtes françaises, têtes légères. L'Autriche faisait miroiter tant de choses ! L'infant don Philippe, le gendre du roi, échangeant ses petits duchés italiens contre un établissement aux Pays-Bas. Ostende et Nieuport donnés en gage à la France et occupés par nous, protégeant notre frontière du nord, si vulnérable. Que n'a-t-on promis pour cet accord, et même des avantages pour nos alliés de Suède, du Palatinat et de la Saxe ! Enfin, l'Autriche, prodigue en belles paroles, s'engageant à ne pas s'opposer aux prétentions du prince de Conti au trône de Pologne. La bonne dame se figurait déjà tenant ces fils fragiles. La fin des hostilités avec l'ennemi Habsbourg était considérée comme un chef-d'œuvre exemplaire de prudence et de politique. Que ne disait-on pas ? Que la paix serait fondée et que l'alliance l'affermirait ! « On » s'est empressé de graver des pierres et des médailles... C'était sans compter avec les Anglais et ce « Salomon du Nord [6] », tant vanté par M. de Voltaire, pour qui le sang français versé est prétexte à églogues.

— La guerre avec l'Angleterre n'a pas dépendu de nous, observa Sartine.

— C'est bien vrai, ils ne nous ont pas laissé le choix. Des pirates, oui des pirates...

Le bruit d'un poing martelant le rebord du bureau fit sursauter Nicolas, qui se demandait s'il devait ou non signaler sa présence.

— Ils nous ont saisi trois cents navires et enlevé six mille marins, sans déclaration, reprit la voix aigre. Et aujourd'hui, notre marine, vous le savez, est entre les mains d'un incapable. Ce Berryer, votre prédécesseur, qui s'est forgé une réputation auprès de la bonne dame, en caressant ses marottes, en lui rapportant les ragots de la ville et en déjouant d'imaginaires complots, est ministre en charge de ce département. Et M. de Choiseul a voulu un débarquement en Écosse. Un mien ami, qui a servi sur les vaisseaux du roi, m'avait démontré, cartes en main, l'inanité d'un tel projet. De plus...

L'une des perruques disparut, la voix se fit confidentielle.

— De plus, nous étions trahis.

— Comment cela, trahis ?

— Oui, Sartine. L'un de mes collègues, commis aux Affaires étrangères, vendait nos plans aux Anglais.

— A-t-il été arrêté ?

— Que non ! Il ne fallait pas donner l'éveil à Londres. Nous le contrôlons maintenant, mais c'est trop tard. Le mal est fait, le désastre a eu lieu et nous avons encore des vaisseaux de ligne bloqués dans l'estuaire de la Vilaine par la croisière anglaise.

Nicolas se souvint que, dans une de ses dernières lettres, le chanoine Le Floch lui avait conté être allé, avec le marquis de Ranreuil, voir les bateaux français à l'ancre du côté de Tréhiguier.

— Mon ami, demanda Sartine à voix basse, cette trahison a-t-elle un lien avec l'affaire qui nous occupe ?

— Je ne le crois pas, mais le résultat serait le même. La situation est telle que rien ne doit venir compromettre les intérêts de Sa Majesté ou ceux de son entourage. Hélas, depuis notre défaite à Rossbach [7], il convient de ne rien négliger. On a pris le roi de Prusse pour un imbécile et un inconséquent, et voyez le résultat. Tout fut gâché le jour où ce pillard de Richelieu — vous savez que ses soldats l'appellent « le père la maraude » — négocia avec Frédéric au lieu de l'écraser.

— Vous êtes injuste avec le vainqueur de Port-Mahon.

— À quel prix, Sartine, à quel prix ! L'attitude du maréchal en Allemagne a été pire qu'une trahison, c'était de la bêtise. Voilà ce qui arrive, quand on laisse une femme diriger les affaires de son boudoir. La bonne dame voulait laisser à son ami Soubise tout le mérite d'une probable victoire sur Frédéric. Quel autre résultat voulez-vous espérer d'une tactique préparée à trois cents lieues du champ de bataille par son protégé et munitionnaire aux armées, Paris-Duverney [8] ? Depuis, succès et revers alternent avec une désespérante régularité. Et pour quoi, pour quels enjeux, désormais ? Je suis las et triste.

— Allons, allons, vous ne m'avez pas accoutumé à cela. Nous finirons par l'emporter et le roi...

— Parlons-en ! Vous qui le rencontrez, comment le trouvez-vous ?

— Je l'ai vu à mon audience hebdomadaire, dimanche soir à Versailles. Il m'est apparu également bien las et triste. Il avait le visage bouffi, le teint jaune...

— Les petits soupers, les venaisons, le vin... Ce n'est plus de son âge.

— L'humeur était morose, reprit Sartine. Il ne prêtait même pas attention aux petites anecdotes galantes pour lesquelles il a tant de goût et dont je lui apporte toujours de nouvelles. Ce soir-là, ce n'était que considérations sur des morts récentes, de préférence subites, prières des agonisants et autres sujets funèbres. Cela tourne souvent à l'obsession, chez Sa Majesté.

— Surtout depuis l'attentat.

— Vous êtes dans le vrai. Vous connaissez la réponse qu'il fit à La Martinière, son médecin, venu sonder la plaie faite par le canif de Damiens et qui le rassurait en lui disant que la blessure n'était pas profonde ? « Elle l'est plus que vous le croyez, car elle va jusqu'au cœur. » Il m'a également cité son aïeul en me confiant « que l'on n'était plus heureux à son âge ». Il est pourtant beaucoup plus jeune que Louis le Grand, lors des revers de la fin du dernier règne. Enfin, il a longuement évoqué Saint-Denis, « que ne voient jamais les rois, car seuls leurs cercueils les y conduisent le jour de leur pompe funèbre ». Il m'a, bien sûr, pressé sur ce que vous savez...

— La bonne dame a sa responsabilité dans tout cela. Sous le prétexte de divertir le roi de ses idées noires, elle multiplie les occasions de distractions, quand elle ne les organise pas elle-même, dans un certain domaine.

— L'esprit public la prendra en horreur, si nos malheurs continuent. La guerre, la lutte avec les parlements et nos affaires religieuses, tout cela fait beaucoup.

— Pour en revenir à nos affaires, fit l'inconnu, y a-t-il du nouveau ? Je suis perclus d'angoisse à l'idée que... Pouvez-vous me donner espoir ?

Un long silence suivit. Nicolas n'osait plus respirer.

— J'ai mis un de mes gens sur l'affaire. Il ne sait pas ce qu'il cherche. Il est à la fois mon chien et mon lièvre. Il a surtout l'avantage de n'être point connu et de ne pas connaître.

Nicolas sentit ses jambes se dérober sous lui, il se rattrapa de justesse, mais sa main heurta le sol. Ce faible bruit fit l'effet de la foudre tombant dans la pièce. En deux mouvements inversement symétriques, M. de Sartine se retourna et découvrit Nicolas pétrifié, tandis que son hôte tournait le dos tout en dissimulant son visage derrière un chapeau. Puis, le lieutenant général fit un geste impérieux, désignant une bibliothèque derrière son bureau. Le visiteur y courut en sautillant, appuya sur les moulures dorées du meuble. Les rangées de livres pivotèrent, ouvrant un passage dans lequel l'homme s'engouffra et disparut. La scène n'avait pas duré trois secondes.

Maintenant, bras croisés, M. de Sartine considérait Nicolas en silence.

— Monsieur, je ne voulais pas...

— Monsieur Le Floch, ce que vous venez de faire est sans excuses ! Moi qui vous faisais confiance... Sur votre vie, vous n'avez rien entendu. Mais dans quel état êtes-vous ? Voilà ce qu'il en coûte de se vautrer chez les filles. Eh bien, monsieur, qu'avez-vous à dire ?

M. de Sartine se redressa, avec ce petit air vainqueur que lui donnait toujours la satisfaction de prouver qu'il demeurait l'homme le mieux renseigné de France.

— Monsieur, puis-je vous dire très humblement que je ne mérite ni votre colère ni votre ironie. Vous me voyez au désespoir de ce qui vient d'arriver. Je ne l'ai ni cherché ni voulu. L'huissier m'a fait entrer, me disant que vous me cherchiez et aviez ordonné de m'introduire sans désemparer. Étourdi par ma blessure et quasiment en faiblesse, j'ai cru votre bureau vide, et quand je me suis aperçu que vous étiez là avec votre visiteur, je n'ai pas cru devoir me manifester, je ne savais que faire.

Le lieutenant général demeurait silencieux, manifestant ce laconisme dont on disait à Paris qu'il faisait parler les muets et trembler les plus décidés. Nicolas n'en avait jamais éprouvé les effets, son chef ayant toujours été, jusque-là, disert et courtois, avec certains accès de brusquerie ou d'impatience.

— Vous êtes mal renseigné, monsieur...

Nicolas attendit, en vain, une réaction à sa pointe.

— Je n'étais pas chez les filles, comme vous le dites. Hier, mon enquête sur la disparition du commissaire Lardin m'a conduit dans une maison de plaisir tenue par une maquerelle appelée la Paulet. Vous connaissez, sans doute, le *Dauphin couronné* ? Au sortir de cette maison, un fiacre a tenté m'écraser. Renversé sur le pavé, j'ai perdu connaissance. Une fille m'a secouru et m'a conduit dans sa chambre pour me panser.

Nicolas ne crut pas nécessaire d'allonger et de compliquer son récit par des détails particuliers qui ne regardaient que lui.

— Ce matin, j'ai gagné en toute hâte le Châtelet où j'espérais avoir l'honneur de vous parler. Gravissant le grand escalier, j'ai été attaqué une nouvelle fois par un spadassin, qui m'a menacé et blessé, et que j'ai tout lieu de supposer être M. Mauval. Voilà, monsieur, ce qui explique ma tenue et l'égarement dans lequel je me trouvais en entrant chez vous.

Il s'animait de plus en plus et haussait le ton. Sartine demeurait impénétrable.

— Cela étant, monsieur, si j'ai le malheur de vous avoir déplu, ou si je ne jouis plus de votre confiance, il ne me reste plus qu'à repartir dans ma province. Auparavant, je tiens toutefois à vous dire ceci. Sans famille et avec des appuis incertains, écarté brutalement d'un office modeste qui me satisfaisait, j'ai été jeté dans

Paris. Vous m'avez accueilli avec bonté et pris à votre service. Ma reconnaissance vous est due. Vous m'avez placé auprès de Lardin dans des conditions qui auraient suggéré au plus imbécile que vous souhaitiez le faire surveiller. Vous m'avez chargé d'une mission par beaucoup d'endroits extraordinaire : enquêter sur la disparition de Lardin. Mais, ce que j'ai été contraint d'entendre à l'instant m'a éclairé sur ce point ; vous ne m'avez accordé nulle confiance et n'êtes pas entré avec moi dans vos arrière-pensées. Je sais que l'incertitude est la marque de la subordination, vous me l'avez appris, mais comprenez bien que je suis parti à l'aveuglette, sans aucune information qui m'aurait pu éviter certains pièges. Avant de prendre congé de vous, je crois utile, monsieur, de vous faire un dernier rapport.

Le lieutenant général ne manifestait toujours aucune réaction.

— Le commissaire avait disparu, reprit Nicolas, et vous m'aviez donné pleins pouvoirs pour le retrouver. Que savons-nous à ce jour ? Lardin devait assister, le soir de sa disparition, à une partie fine au *Dauphin couronné* ; en même temps que son ami, le docteur Semacgus. Une querelle a opposé le commissaire à Descart, cousin de sa femme. On découvre aussi, en enquêtant sur le même Descart, l'animosité qui l'oppose à Semacgus — rivalités de médecins ou autres. Que Descart dissimule sa présence à la soirée chez la Paulet. Survient la vieille Émilie, marchande de soupe, qui, par son récit effroyable, nous conduit à Montfaucon. Le transport de justice au Grand Équarrissage est surveillé par un mystérieux cavalier. L'examen des fragments de corps trouvés dans la neige n'emporte la certitude ni dans un sens ni dans un autre. Le cadavre découvert demeure méconnaissable, mais la canne et le pourpoint de Lardin sont ramassés à ses côtés. Nos observations permettent de douter du lieu du crime. Dans le pourpoint, un fragment de lettre de la Paulet et un jeton de bordel sont trouvés. Ces indices pourraient avoir été arrachés lors de la rixe avec Lardin. Je poursuis mon enquête, trompe la vigilance de la Paulet, apprends que le commissaire Camusot et Mauval font chanter Lardin sur de grosses dettes au jeu. Ainsi, l'enquête de Lardin sur Camusot ne pouvait que tourner court. Je découvre que Lardin est un habitué du *Dauphin couronné*, tout comme Descart, qu'il y a trouvé sa femme, alors « pensionnaire », et que celle-ci le ruine et le trompe : elle est notamment la maîtresse de son cousin, le docteur Descart. Enfin, il se confirme que Lardin avait fait inviter Descart par la Paulet, à la soirée durant laquelle il disparaît. J'apprends, en outre, que le docteur Semacgus n'a pas passé la nuit avec une fille du bordel et que son serviteur nègre, Saint-Louis, a également disparu. Voilà, monsieur, avec deux agressions commises sur la personne de votre représentant, le résumé d'une enquête que je confie à votre réflexion. Je découvre aujourd'hui que je n'étais entre vos mains qu'un instrument : je ne savais pas ce que je cherchais ni quel lièvre je devais courir. J'ose supposer que vous avez de hautes raisons pour me traiter de la sorte. Monsieur, je vous demande mon congé, en vous priant de croire que je demeure votre très humble, très obéissant et très reconnaissant serviteur.

En dépit de son émotion et du sang qui martelait ses tempes, Nicolas se sentit libéré par son discours. L'étau qui comprimait sa poitrine s'était peu à peu desserré au fur et à mesure que s'envolaient les mots irréparables. Ce qu'il éprouvait en cet instant n'était pas éloigné de la jubilation. Si précis qu'eût été le résumé de son enquête, il avait laissé de côté certains détails. Il n'en était pas autrement fier ; cette petitesse ne le grandissait pas à ses yeux, mais, ayant brûlé ses vaisseaux, c'était sa petite vengeance, sa réponse à l'humiliation ressentie. Il éprouvait toujours une colère sourde d'avoir été considéré comme un poids négligeable par un homme qu'il respectait et qui lui avait confié une tâche à laquelle il s'était consacré corps et âme. Tout était consommé, il pouvait se laisser aller. L'avenir, son destin, le lendemain, tout ce qui avait été sa vie à Paris lui étaient, pour le moment, indifférents.

Il s'apprêtait à quitter la pièce quand M. de Sartine eut un geste brusque invraisemblable. Il avait arraché sa perruque, qui voltigea jusqu'au centre du bureau, et fourragé nerveusement dans sa chevelure. Il se dirigea vers la cheminée et tisonna le feu assoupi, puis, avec détermination, il marcha sur Nicolas qui, surpris de la rapidité du mouvement, ne put s'empêcher de faire un pas en arrière. Le magistrat le saisit aux épaules et l'attira près de lui. Les yeux inquisiteurs le fixèrent un long moment. Le jeune homme supporta sans sourciller cet examen. Puis Sartine l'entraîna doucement vers un fauteuil où il le força à s'asseoir. Il lui tendit un mouchoir de fine batiste.

— Prenez ceci, Nicolas, et appuyez-le fortement sur votre plaie.

Il s'écarta et gagna la porte. Nicolas l'entendit s'adresser à l'huissier.

— Père Marie, vous avez bien votre fiole... Oui, votre fiole. Ne faites pas la bête, et donnez-la-moi.

Il y eut quelques balbutiements confus. Le lieutenant général revint et tendit à Nicolas une petite bouteille de verre dont il avait déjà fait connaissance.

— Avalez une gorgée de ce poison, cela vous fera du bien. Le père Marie se figure que j'ignore ses petites habitudes.

Nicolas se sentit gagné par le fou rire. Du coup, il avala l'alcool de travers et s'étrangla. Il en résulta un hoquet incoercible qui déclencha le rire redouté. Sartine parut un peu inquiet. Il s'appuya contre son bureau.

— Vous êtes bien insolent à l'occasion, monsieur le clerc de notaire qui veut le redevenir. Quelle verve ! Quelle fougue ! Quel talent ! Mes compliments.

Nicolas fit mine de se lever.

— Allons, ne faites pas l'enfant, écoutez-moi. Je ne croyais pas, monsieur, que vous vous hausseriez au niveau de la difficulté de la mission confiée. Une enquête délicate, en effet. Vous avez avancé vite et bien. Je ne suis pas un homme à être surpris, mais vous m'avez étonné. Des ombres subsistent cependant... Il est vrai que, plongé par moi dans les ténèbres, vous ne risquiez pas de trouver la lumière. Le but secret de tout cela... Ah ! Que les choses sont délicates à dire...

Nicolas ressentait la gêne de Sartine et la partageait. À son malaise s'ajoutaient les agitations régulières d'un hoquet persistant, que ses efforts pour le maîtriser ne faisaient qu'augmenter. Le fou rire le reprit, si convulsif qu'il gagna Sartine. Nicolas ne l'avait jamais vu rire, et il s'aperçut que son chef paraissait, dans ce débordement, beaucoup plus jeune. Il se souvint que huit ou neuf ans seulement les séparaient et ce constat le rasséréna. Ils retrouvèrent leur sérieux. Sartine toussa, confus de s'être ainsi débondé :

— J'ai eu tort grand tort de vous sous-estimer et de vous utiliser comme si vous n'étiez qu'un automate, dit-il en reprenant son sérieux. Vous avez prouvé votre valeur. J'oublierai ce malentendu...

Nicolas jugea, à part lui, que M. de Sartine la lui baillait belle en tirant un trait sur ce « malentendu ». Toutefois, les torts reconnus balançaient la chose et la « valeur » proclamée pansait bien des plaies.

— Je vois bien qu'il me faut m'ouvrir à vous de mes pensées les plus secrètes. Vous en savez déjà beaucoup. Écoutez-moi.

Nicolas aurait écouté n'importe quoi. Tout à fait maître de lui à présent, Sartine poursuivit :

— J'avais chargé Lardin d'enquêter sur Camusot, que Berryer, mon prédécesseur, soupçonnait de corruption dans la police des jeux. Il s'agissait de nettoyer les écuries d'Augias. J'ai assez vite compris que le commissaire me lanternait et qu'il n'était plus dans ma main. Ranreuil vous a recommandé à moi. Je vous ai placé auprès de Lardin, et ce que vous me rapportiez, innocemment ou non, m'a convaincu de son infidélité. Mais le pire était ailleurs.

La gravité de son propos incita le lieutenant général à recoiffer sa perruque.

— Par les obligations de sa charge, Lardin, à la fin du mois d'août 1760, fut appelé, avec le commissaire Chénon, à poser les scellés et à relever les papiers du comte d'Auléon, ancien plénipotentiaire à Saint-Pétersbourg, qui venait de décéder ; c'est une pratique habituelle pour tous ceux qui ont pris part à des négociations d'État. L'ordre venait de M. de Choiseul. Or, nous avons acquis la certitude que Lardin a dérobé plusieurs documents et, notamment, des lettres de la main du roi et de Mme la marquise de Pompadour. Quelques jours avant sa disparition, je l'ai convoqué. Il m'a menacé — vous entendez, menacé — de divulguer ces pièces auprès de puissances étrangères, si des poursuites étaient menées contre lui. En pleine guerre, dans la situation que vous connaissez...

— Mais, monsieur, que ne l'avez-vous fait embastiller ?

— J'y ai bien songé, mais c'est un risque que je ne pouvais prendre. Et moi, Gabriel de Sartine, lieutenant général de police, j'ai dû supplier ce misérable, qui joint la trahison au crime de lèse-majesté, de ne rien tenter. J'ignorais alors ce que vous m'avez appris, qu'à tous ces forfaits il ajoute des crapuleries de tripot. J'imaginais que ces papiers dérobés lui servaient seulement de sauvegarde. Désormais, nous pouvons craindre qu'il ne les monnaye à n'importe qui. De là, l'importance de savoir si Lardin est vraiment mort et, si c'est le cas, ce que sont devenues les lettres volées.

— Il faut arrêter Camusot et Mauval.

— Tout doux, Nicolas. Ce serait perdre toute trace pour une satisfaction hasardeuse et gratuite. Vous apprendrez que le salut de l'État peut, quelquefois, emprunter des voies bien obliques. Outre cela, Camusot est depuis si longtemps dans notre maison qu'il en sait beaucoup sur bien des gens. Il y a des risques qu'un serviteur du roi doit se garder de prendre. Cela est bien peu moral, n'est-ce pas ? Mais souvenez-vous de ce que disait le cardinal de Richelieu : « Tel qui ferait son salut comme homme privé se damne comme homme public... »

Il se tut, comme si la simple évocation de son nom allait faire surgir l'ombre du grand cardinal.

— C'est pourquoi, reprit-il au bout d'un instant, il demeure de la dernière urgence de savoir si Lardin est mort ou vivant. Pouvez-vous m'assurer que le cadavre découvert à Montfaucon est le sien ? Vous paraissez incertain à cet égard...

— Les preuves manquent, en effet, répondit Nicolas. Ma seule certitude, c'est que les restes en question ont sans doute été apportés depuis le lieu du crime jusqu'au Grand Équarrissage et que...

— Voilà qui ne me satisfait point. Dans cette conjoncture, il...

M. de Sartine fut interrompu par des coups violents frappés à la porte. Elle s'ouvrit et l'inspecteur Bourdeau parut, rouge de confusion. Le lieutenant général se redressa, l'œil flamboyant.

— Ah ça ! On force ma porte ! Monsieur Bourdeau, que signifient ces manières ?

— Mille pardons, monsieur. Seul un événement grave m'a conduit à cette intrusion. Je voulais rendre compte, à vous-même et à M. Le Floch, qu'hier soir le docteur Descart est mort assassiné et que tout laisse supposer que Guillaume Semacgus est son meurtrier.

# VIII

# DE CHARYBDE EN SCYLLA

« Garde tes pensées et fuis la malice, afin
que l'intelligence enténébrée ne prenne pas
une chose pour une autre. »

THALASSIUS L'AFRICAIN

Insensible à la déambulation maniaque de M. de Sartine scandée de coups de tisonnier nerveux dans le feu,
Bourdeau avait entrepris le récit de sa journée. Il paraissait fier de discourir devant un pareil auditoire.

Chargé par Nicolas de retrouver Catherine, qui avait
disparu après avoir été chassée de la maison des
Blancs-Manteaux, il avait mené son enquête dans le
voisinage. La chance lui avait souri, car un gagne-
deniers était venu chercher un paquet de hardes laissé
par la cuisinière à sa logeuse. Bourdeau n'avait pas été
autrement surpris de découvrir que Catherine avait
trouvé refuge chez le docteur Semacgus. Pourvu de ce
précieux renseignement, l'inspecteur s'était fait véhicu-
ler à Vaugirard mais, comme il l'expliqua avec quelque
confusion, il s'était attardé dans un tripot du faubourg,
transi de froid, pour se restaurer d'un lapin en gibelotte
et d'un petit vin un peu trop vert à son goût.

M. de Sartine lui fit signe de passer outre et de poursuivre son rapport. Rouge de confusion, Bourdeau

décrivit ses retrouvailles avec Catherine intarissable d'éloges sur la bienveillance de son hôte, qui, lui, « avait la reconnaissance du ventre et l'avait accueillie comme une vieille amie ». Toutes désemparées qu'elles fussent, les deux cuisinières, l'une sans travail ni logis, et l'autre, Awa, bouleversée par la disparition de Saint-Louis, s'étaient vite rapprochées. Awa avait été conquise par la jovialité de Catherine. Elles en étaient déjà à échanger leurs secrets et Bourdeau fut, dès son arrivée, pris à témoin pour juger de la réussite d'une tourte aux volailles d'où s'échappaient, en volutes parfumées, les arômes mêlés de la truffe et de la muscade.

À nouveau, le lieutenant général ramena l'inspecteur au fil de son propos par un dodelinement menaçant de la perruque. Bref, le docteur Semacgus n'était pas là et Bourdeau, qui souhaitait l'entretenir de la situation de Catherine, l'avait attendu une partie de l'après-midi. Il avait saisi l'occasion pour faire parler l'intéressée, qui ne demandait d'ailleurs que cela.

À l'en croire, elle aurait quitté son service de toute façon. Mme Lardin, qualifiée par elle d'un certain nombre d'épithètes malsonnantes, n'avait fait que conclure une situation irréparable. Une chose était d'être traitée comme une malpropre — elle qui avait fait Fontenoy avec le maréchal de Saxe —, une autre était d'être témoin des turpitudes d'une femme sans mœurs. Le pire, pour Catherine, était la manière dont la marâtre traitait la douce Marie. L'affection réciproque de Catherine et de la fille du commissaire avait longtemps retenu la cuisinière de rendre son tablier ; et puis, Lardin, si cassant avec les autres, n'était pas si méchant avec elle.

De fil en aiguille, Bourdeau avait fini par apprendre que, non seulement, Louise Lardin entretenait des relations adultères avec son cousin Descart et Semacgus, mais qu'elle coquelinait aussi avec un godelureau à mine de spadassin qui hantait la maison des Blancs-Manteaux depuis la disparition de Lardin.

Sur le coup de six heures, Semacgus, l'habit en désordre, était enfin arrivé prononçant des mots sans suite, attitude surprenante chez un homme d'habitude si maître de lui. On avait fini par comprendre que Descart venait d'être assassiné.

Après l'avoir réconforté, Bourdeau l'avait prié de se reprendre et de narrer les choses par le menu.

Semacgus, raconta-t-il, avait reçu, par la voie d'un billet plié glissé sous sa porte, une demande d'entrevue de la part de Descart. La démarche lui avait bien semblé inattendue de la part d'un homme avec lequel ses relations étaient tout sauf bonnes. Toutefois, le ton pressant du billet l'avait convaincu que seule une raison grave, touchant peut-être à l'exercice de la médecine, justifiait cette espèce de convocation. L'heure fixée était la demie de cinq heures. Il avait passé la journée à Paris, vaquant à ses occupations, puis avait pris un fiacre au Jardin du roi pour revenir à Vaugirard, afin d'être à temps à son rendez-vous. Il était arrivé en avance chez Descart, aux environs de cinq heures. Surpris de trouver toutes les portes ouvertes, celle du jardin comme celle de la maison, il en avait franchi le seuil à tâtons, car la nuit était tombée et aucune lumière n'était allumée. À peine sur le balcon qui dominait les escaliers et la grande pièce, il avait buté contre ce qui lui parut d'abord un sac posé à terre. Il s'agissait en réalité d'un corps inerte.

Affolé par le tour que prenait la situation, Semacgus était descendu dans la salle et avait trouvé une chandelle qui, une fois allumée, lui avait permis de reconnaître le cadavre de Descart, poignardé par une lancette à saignée. Il était resté un long moment comme hébété, puis avait décidé de rentrer chez lui afin d'alerter les autorités.

Bourdeau avait aussitôt fait appeler le guet, laissé Semacgus sous bonne garde et couru chez Descart afin de vérifier la mort du docteur et procéder aux premières constatations.

La maison était plongée dans la nuit, le bout de chandelle allumé par Semacgus s'étant depuis longtemps éteint. Il avait trouvé à grand-peine de quoi s'éclairer et s'était livré à une observation minutieuse du cadavre, qui gisait sur le flanc, une lancette effectivement plantée dans la région du cœur. Le corps était encore souple. Sur la face empourprée et marbrée de taches noirâtres se lisait une expression d'intense surprise, accrue par l'ouverture démesurée de la bouche, comme si la victime avait, dans ses derniers instants, voulu crier quelque chose ou désigner quelqu'un.

Le sol était couvert d'empreintes mouillées de pas. Bourdeau avait procédé à une visite rapide des lieux, sans rien remarquer d'anormal, puis avait fait enlever le cadavre pour le faire porter à la Basse-Geôle, où ces messieurs pourraient le voir.

Quant à Semacgus, il avait jugé nécessaire de le faire provisoirement incarcérer dans une cellule du Châtelet. Il était le seul témoin du drame et se trouvait aussi, malheureusement pour lui, le principal suspect, compte tenu des relations difficiles que chacun avait pu observer entre les deux médecins. Enfin, Bourdeau avait quitté Vaugirard non sans avoir soigneusement fermé les portes de la demeure, scellant les issues avec du pain à cacheter et emportant les clefs avec lui.

Un long silence suivit le récit de l'inspecteur. M. de Sartine n'avait pas cessé sa déambulation. Il fit un geste de la main, signifiant à Bourdeau sa volonté de demeurer seul avec Nicolas.

— Je vous remercie, monsieur Bourdeau. Laissez-nous, j'ai des instructions à donner à votre chef.

Nicolas entendit cette phrase avec un bonheur qu'il eut du mal à dissimuler : elle était pour lui la confirmation de sa mission.

— Avec votre permission, monsieur, une petite question à Bourdeau.

Sartine hocha la tête avec un peu d'impatience.

— Semacgus était-il couvert de sang ?

— Pas une goutte.

— Le docteur Descart, lui, était sans doute ensanglanté, observa Nicolas. Lorsque le corps est tombé dans les bras de Semacgus, il aurait dû avoir ses vêtements tachés de sang, vous ne pensez pas ?

L'inspecteur parut interdit.

— Maintenant que vous me parlez de cela, répondit-il, je prends conscience qu'il n'y avait du sang nulle part. Ni sur le cadavre, ni sur le sol.

— Ne vous éloignez pas, nous aurons encore à parler. Nous irons voir le cadavre et interroger Semacgus.

Bourdeau sortit, non sans avoir jeté un regard plein d'admiration sur Nicolas. M. de Sartine, que l'épisode avait quelque peu agacé, reprit la parole.

— Tout cela ne fait que compliquer encore davantage les choses. Monsieur Le Floch, j'entends que vous aboutissiez rapidement. Ne perdez pas d'instants précieux à tenter de régler une affaire qui peut ne rien avoir de commun avec la nôtre. Faites diligence, je donnerai toutes instructions pour que rien ni personne ne vienne vous mettre des bâtons dans les roues. L'essentiel, vous le comprenez bien, c'est le service de Sa Majesté et le salut de l'État. Le sort de Lardin m'indiffère, c'est le risque de voir les papiers en question passer en de mauvaises mains qui m'inquiète. Me suis-je bien fait comprendre ?

— Monsieur, répondit doucement Nicolas, je connais maintenant toute la dimension de l'enquête que vous avez bien voulu me confier, mais je dois vous dire que, selon moi, tous les événements que nous avons connus, et le dernier ne fait pas exception, me paraissent liés entre eux, et que tous les fils de l'intrigue peuvent faire remonter à son origine. Je ne peux donc négliger nulle piste. Tous ceux qui, de près ou de loin, ont approché Lardin et surtout ceux qui passèrent avec lui la soirée au *Dauphin couronné* sont susceptibles d'être mêlés, d'une manière ou d'une autre, au grave secret sur lequel vous avez consenti à m'éclairer.

Sartine ignora la remarque du jeune homme.

— Je dois encore vous mettre en garde sur autre chose, reprit-il, même si cela, je le crains, doit troubler la vision candide que je vous soupçonne de nourrir sur notre justice. J'ai été et demeure un magistrat. Vous l'êtes par délégation de par la commission qui vous fait mon plénipotentiaire. Nous devons respecter les règles de notre état d'autant que nous n'instrumentons que par une autre délégation, celle du Souverain, alpha et omega de toute autorité. Il faut en user avec honneur. Le pouvoir du juge vient du trône et l'hermine couvrant nos simarres est un morceau symbolique du manteau du sacre.

Il caressa le devant de son habit avec componction, comme s'il avait été revêtu de sa robe d'apparat un jour de lit de justice au palais.

— Pour faire bref, j'ai pouvoir de retenir dans ma main certaines affaires qui intéressent le salut du royaume. Vous concevez que le cas sur lequel vous enquêtez est de celles-là. La gloire et la sûreté de l'État sont à ce prix et, cela, encore davantage en temps de guerre. Chaque jour, nos soldats meurent sur les champs de bataille et une âme sensible et amoureuse de son pays ne saurait imaginer sans frémir que l'ennemi fût à même de s'emparer de moyens susceptibles de compromettre le nom de Sa Majesté et de ceux qui l'entourent.

Il fixa Nicolas au fond des yeux et quitta son ton solennel.

— Tout doit rester secret, Nicolas, du secret le plus muré et le plus impénétrable. Il est hors de question de respecter les étapes habituelles de la procédure telles que M. de Noblecourt a dû naguère vous les enseigner. Je ne veux pas de magistrat désigné dans cette enquête pour le moment ; nous ne pouvons nous fier à personne. Il faut être implacable. Au besoin, demandez-moi des lettres de cachet pour la Bastille : la sécurité y est plus grande que dans nos geôles encombrées de populace, de prostituées et des familles des détenus qui entrent et qui sortent sans contrôle. Avez-vous des cadavres, cachez-les ! Avez-vous des constatations à faire, enveloppez-les de ténèbres ! Vous avez, à juste raison, approché M. Sanson ; utilisez-le, c'est un tombeau. Ce secret, étendu sur toutes choses, vous conduira au bout du labyrinthe. Vous êtes mon plénipotentiaire hors des règles et des lois, et n'oubliez pas que, si vous échouez et compromettez mon pouvoir, ma main se retirera de votre tête... Vous êtes votre maître. Vous avez ma confiance et mon appui. Faites au mieux et touchez rapidement au but.

Nicolas, ému par la grandeur qui émanait du lieutenant général, le salua sans un mot. Il se dirigeait vers la porte quand Sartine le retint par l'épaule.

— Nicolas, prenez garde à vous. Vous savez maintenant à qui vous avez affaire. Cette canaille est redoutable. Pas d'imprudences. Nous avons besoin de vous.

Assailli de questions par le père Marie, qu'intriguait tout ce remue-ménage, l'inspecteur Bourdeau attendait Nicolas dans l'antichambre. Fort dépité de ne rien apprendre, l'huissier, concentré sur son brûle-gueule, s'était enveloppé d'un âcre nuage de fumée. Il activait avec rage la combustion à grandes aspirations chuintantes et précipitées.

Nicolas voulut entraîner Bourdeau vers la Basse-Geôle, afin d'examiner le corps du docteur Descart, mais l'inspecteur objecta que lui-même, Nicolas, était à faire peur, que sa blessure n'était pas encore fermée, ses vêtements déchirés et que, dans l'état où il se trouvait, une nouvelle faiblesse était assurée. Il devait se restaurer et reprendre des forces. Bourdeau supposait que Nicolas n'avait rien mangé depuis leur dernière rencontre de la veille.

De fait, Nicolas lui avoua n'avoir rien avalé à part le

ratafia de la Paulet, une tasse de café chez Antoinette et deux gorgées du tord-boyaux de l'huissier ; il avait le ventre creux.

Bourdeau entraîna d'abord Nicolas dans la rue de la Joaillerie vers l'officine d'un apothicaire de ses amis qui avait la pratique des hommes du guet quand une opération de police un peu vive amenait quelques blessés. Le praticien nettoya la plaie à la tête après que Nicolas se fut livré à une très sommaire toilette. Il trempa un peu de charpie dans une pommade sombre et puante et l'appliqua sur la plaie, en précisant, avec componction, que ce n'était pas de l'onguent « miton-mitaine[1] ». La sensation de brûlure initiale fit place aussitôt à une sorte d'insensibilité qui surprit le patient, dont la tête fut enveloppée d'une bande de toile si adroitement nouée que rien ne dépassait sous le tricorne. La coupure au flanc fut pareillement traitée après avoir été sondée. L'apothicaire y plaça un taffetas gommé. Cela devait faire l'affaire, assura-t-il, et, au bout de quelques jours, il n'y paraîtrait plus.

Nicolas n'apprécia pas le ricanement de l'homme qui avait qualifié sa blessure de « piqûre à la Damiens ». Il lui déplaisait qu'un attentat de lèse-majesté — un frisson sacré le saisissait à cette idée — pût fournir à cet homme un motif de dérision.

Comme ils quittaient l'officine, ils tombèrent sur Tirepot. Il ne s'était guère éloigné du Châtelet et attendait, en patrouillant dans les rues avoisinantes, de retrouver Nicolas. Bourdeau lui proposa de les accompagner dans son habituelle taverne, rue du Pied-de-Bœuf, où ils comptaient se réchauffer et se réconforter. Une lumière dense et jaunâtre tombait d'un ciel bas et laissait dans l'ombre les ruelles tortueuses de la Grande Boucherie. Les chalands, semblables à des spectres, apparaissaient puis disparaissaient. Seuls leurs visages fermés et verdâtres s'imposaient aux regards en suscitant l'inquiétude. Le bruit des pas dans la neige mouillée n'évoquait plus le craquement sec et joyeux du gel, mais plutôt le raclement d'une pioche dans le sable humide s'évertuant à quelque tâche innommable.

Ils furent joyeusement accueillis par le tavernier qui rallumait ses fourneaux. Bourdeau négocia avec son pays un en-cas réconfortant. Bientôt attablés, ils virent arriver une soupe de haricots dans laquelle nageaient des bouts de lard gras, puis des œufs à la tripe qu'ils arrosèrent sans lésiner de plusieurs bouteilles de vin blanc. Puis Bourdeau, mystérieux, les quitta pour aller préparer un apozème[2] de son cru, qui constituerait un excellent remontant et qui remettrait Nicolas de toutes ses fatigues. Il cassa, tout d'abord, du sucre qu'il mélangea avec du poivre, de la cannelle, des clous de girofle, du miel et deux bouteilles de vin rouge, fit chauffer le tout dans un coquemar, en versa le contenu bouillant dans un grand bol où il versa encore une demi-bouteille d'eau-de-vie. Il enflamma le tout et le rapporta triomphant à la table de ses deux compères.

Nicolas avait dévoré comme jamais et bu en proportion, mais il se jeta avec avidité sur le breuvage brûlant, dont l'action, combinée à celle de tout ce qu'il avait déjà bu, le plongea dans une douce somnolence. Il se sentait plein de bienveillance pour le monde en général et pour ceux qui l'entouraient en particulier. Lui, si réservé d'habitude, devint volubile. Il risqua quelques plaisanteries qui surprirent ses commensaux, et dut, à la fin, quitter la table soutenu par ses deux acolytes qui le menèrent dans l'arrière-salle et l'allongèrent sur une banquette. Cela fait, ils regagnèrent leur table, demandèrent des pipes et achevèrent, sans hâte et la mine satisfaite, le bol de vin enflammé. Une heure sonnait quand ils virent réapparaître Nicolas, le visage sévère et contrarié.

— Monsieur Bourdeau, vous êtes un traître fieffé. Je me méfierai désormais de vos mixtures.

— Vous portez-vous mieux, monsieur ?

— À vrai dire, je me sens fort bien...

Nicolas consentit à sourire.

— Et même, j'en reprendrai bien un petit gobelet...

La mine de Bourdeau s'allongea. Piteusement, il désigna le poêlon vide.

— Je vois. Vous en aviez besoin vous aussi...

Nicolas retint Bourdeau qui se précipitait vers le potager pour renouveler l'expérience, et se tourna vers leur compagnon.

— Alors, Tirepot, tu avais des choses à nous dire ?

— Oui-da, Nicolas. Tu sais que j'ai toujours bon œil et bonne oreille. Je suis comme cela, moi. J'aime l'ordre et les choses claires. Et je n'oublie pas ce que je te dois. Je ne serais pas là si...

Nicolas fit un geste pour arrêter un récit dont il connaissait par cœur tous les détails. Tirepot lui vouait une reconnaissance éternelle depuis que le jeune homme l'avait tiré d'un mauvais pas. Accusé par l'une de ses pratiques d'avoir dérobé une bourse, il n'avait dû son salut qu'à la perspicacité du jeune policier qui avait su démonter une mise en scène organisée par un concurrent jaloux.

— Je sais, Tirepot. Mais presse-toi de parler, Bourdeau et moi sommes attendus et nous n'avons que trop perdu de temps.

Bourdeau baissa le nez, l'air faussement confus.

— Voilà, commença Tirepot. Hier soir, chez Ramponneau[3], j'avais posé ma boutique et je prenais un petit verre de réconfort, en attendant la foule qui sort après souper. C'est à ce moment-là que je fais mon meilleur chiffre. Dame ! les gens sont pleins, et, plus ils sont pleins, plus ils doivent se vider, c'est la vie. J'en fais mon profit. Se posent près de moi deux lascars à la mine basse qui me lampent, en un rien de temps, trois fois ce que nous avons bu tantôt. L'un d'eux paraissait un vieux soldat, le parler militaire, la jambe de bois et le verbe haut comme quelqu'un qui a longtemps entendu chanter le canon. Il fessait le vin comme pas un. Ces deux traîne-potences avaient beau parler bigorne[4], je

160

les comprenais, et j'ai bien entendu qu'il s'agissait d'un mauvais coup, fait ou à faire. Ce qui m'a laissé à quia, c'est que, tout en clabaudant, ils manipulaient des piles de quibus[5] comme je n'en avais jamais vu. Ils ont parlé aussi de la vente d'une voiture et d'un cheval qui seraient cachés dans une grange de la rue des Gobelins, au faubourg Saint-Marcel. À un moment, ils m'ont repéré et ils sont partis. Cela m'a donné de la tablature et je suis sorti par-derrière, au cas où.

— Le soldat, à droite ou à gauche, la jambe de bois ?

Bourdeau sentit, sans se l'expliquer, le frémissement de Nicolas.

— Attends, il faut que je me repère. Ils étaient à table, à main droite, l'un sur la même ligne que moi et, l'autre, le vétéran, lui faisait face, sa mauvaise jambe allongée dans ma direction. Donc, c'était sa jambe droite. Cela est sûr. Tu le connais ?

Nicolas, le front soucieux, ne répondit pas. Il réfléchissait et les deux autres n'osèrent interrompre sa méditation.

— Tirepot, dit-il enfin, tu vas te mettre à la recherche de ces deux lascars. Agite un peu les mouches, et voilà pour toi.

Il lui tendit plusieurs écus d'argent, et nota la dépense, avec une mine de plomb, sur un petit carnet noir.

— Tu m'affliges, Nicolas, je travaille pour t'être agréable, par plaisir et par reconnaissance, foi de Breton.

— Ce n'est pas pour toi. Je te remercie de tes bonnes pensées, mais la recherche que tu vas faire te coûtera et tu perdras peut-être des pratiques. Comprends-tu ?

Tirepot opina du chef sans se faire autrement prier. Mais, par habitude, il vérifia d'un coup de dent la qualité des pièces, au grand amusement de Nicolas.

— Me prends-tu pour un faussaire, par hasard ? On te retrouvera, comme d'habitude, autour du Châtelet, quand tu auras des informations sur les oiseaux en question. Il faut les dénicher.

Le monde, quand ils sortirent, était toujours hostile et l'après-midi n'avait apporté aucune éclaircie. Le froid lui-même reprenait le dessus. Ils se hâtèrent vers le Châtelet. Nicolas se sentait mieux et contait, par le détail, ses aventures et ses découvertes à un Bourdeau ébahi. Il avait l'impression que son ivresse, suivie d'un bref repos, lui avait redonné une acuité d'esprit nouvelle et chassé son atrabile, comme si, dans l'aventure, le sang perdu, ajouté à l'action de l'alcool, l'avait purgé de ses angoisses et de ses pensées noires. Le sentiment de fragilité, suscité en lui par les attentats perpétrés à deux reprises contre sa personne, avait laissé place à une froide détermination.

Il fit le point sur lui-même, suivant son habitude. M. de Sartine s'était montré, au bout du compte, presque paternel. À cette pensée, une douleur lui serra le cœur et la vision du chanoine Le Floch, celle du marquis de Ranreuil s'imposèrent puis se dissipèrent pour laisser la place au sourire d'Isabelle. Il chassa ces images et, pour se réconforter, mesura la confiance nouvelle dont il était investi par son chef. Il continuait son enquête et il ne s'agissait pas d'un banal cas criminel, mais bien d'une affaire d'État. Un long soupir le libéra et il se sentit décidé à aboutir, quoi qu'il pût lui en coûter.

Quand ils furent descendus dans le caveau d'exposition de la Basse-Geôle, où se pressait une foule silencieuse de familles inquiètes ou éplorées et de curieux venus là comme au spectacle, Bourdeau lui dit à voix basse que le corps n'était plus là et qu'il devait sans doute avoir été porté dans la salle d'examen où les médecins ordinaires du Châtelet avaient coutume de pratiquer les constatations de routine et, pour les cas les plus troublants, les ouvertures.

C'était un petit caveau voûté, avec une grande table

de pierre munie de rigoles permettant de la laver à grande eau et d'évacuer celle-ci par un trou pratiqué dans le pavage du sol. Dans la pièce, chichement éclairée par quelques chandelles fumantes, un homme immobile contemplait le corps du docteur Descart. Il se retourna au bruit de leurs pas et ils reconnurent Charles Henri Sanson. Nicolas lui tendit la main qui, cette fois, fut saisie sans hésitation et même, lui sembla-t-il, avec quelque ferveur.

— Je n'imaginais pas avoir le privilège de vous revoir aussi vite, monsieur Le Floch. Mais si j'en juge par le message que m'a fait parvenir M. Bourdeau, vous souhaitez, comme je vous l'avais proposé, profiter de mes faibles lumières.

— Monsieur, dit Nicolas, j'eusse aimé vous rencontrer en d'autres circonstances, mais le service du roi a de ces obligations qu'on ne saurait remettre. Je sais pouvoir compter sur votre discrétion.

Sanson leva la main en signe d'assentiment.

— Le cadavre que vous examiniez a sans doute quelque chose à voir avec les restes que vous avez si éloquemment fait parler hier matin.

Nicolas s'essuya le front. Il lui semblait qu'un siècle s'était écoulé depuis son retour à Paris et il s'apercevait avec effroi qu'il n'y avait que quatre jours qu'il était rentré de Guérande. Il avait beaucoup vieilli en quatre jours. Sanson le contemplait avec amitié.

— Nous sommes devant une nouvelle énigme, dit-il en avalant sa salive. L'homme que voici a été trouvé mort, une lancette à saignée plantée dans le cœur.

— Elle s'y trouve toujours, intervint Bourdeau. Je n'ai pas cru devoir toucher au cadavre et l'ai fait emporter en l'état.

— Je rends grâce au ciel de votre précaution, monsieur l'inspecteur, dit le bourreau, elle facilitera notre étude. Monsieur le Floch, vous sollicitez mon avis, mais je vous sais attentif, précis et apte à discerner les

163

détails. Voulez-vous être mon élève et me confier vos premières remarques ?

— Maître Sanson, j'ai en effet beaucoup à apprendre avec vous.

Il écarta le linge qui couvrait le corps. Dévêtu, il ne conservait que la chemise transpercée par l'instrument. La face était effrayante. Le front, sous l'empire de la mort, s'était ridé, les yeux enfoncés dans les orbites demeuraient ouverts mais obscurcis par une membrane trouble. Les tempes étaient creusées et ce creux se prolongeait par l'enfoncement des pommettes. L'homme était méconnaissable. Seule l'absence de menton, encore soulignée par l'ouverture de la bouche, évoquait, en caricature, ce qui, de son vivant, frappait dès l'abord chez Descart.

— Une première impression. Nous savons, par le témoin qui a découvert le corps et par l'inspecteur, qu'il n'y avait nulle trace de sang sur la victime ni aux alentours. Peut-on poignarder quelqu'un sans effusion de sang ? Enfin, j'observe que le visage paraît congestionné, la bouche démesurément ouverte et que des taches sombres apparaissent là... et encore là...

Les doigts voltigeaient au-dessus de la face du cadavre.

— ... de vilaine couleur noirâtre, acheva Nicolas. Elles sont étranges.

— En vérité, approuva Sanson, vous avez suivi la bonne méthode ; la froide constatation qui conduit à la question juste, sans intervention d'émotion ou d'imagination. Je n'avais considéré, avant votre venue, que le visage, et je puis déjà vous dire qu'il était éloquent pour le modeste praticien que je suis. Si je n'avais vu que lui, j'aurais conclu que la victime avait été étranglée, et peut-être aussi empoisonnée. Tout se complique avec cette lancette.

Sanson s'approcha de la table de pierre. Il examina la tête de Descart, se pencha, renifla, murmura quelques mots indistincts, puis, introduisant deux doigts dans la bouche ouverte du mort, il en retira délicatement quelque chose qu'il disposa avec précaution sur son mouchoir. Il tendit sa trouvaille aux deux policiers.

— Que vous en semble, messieurs ? Qu'est ceci ?

Bourdeau chaussa ses bésicles. Nicolas, dont la vue était celle d'un jeune homme, répondit le premier.

— Une petite plume.

— Il s'agit bien d'une plume. D'où provient-elle ? D'un carreau ou d'un oreiller ? Je vous laisse le soin de le déterminer. Mais que peut-on en conclure, monsieur Le Floch ?

— Que la victime a été étouffée...

— ... Et non étranglée, car il n'y a aucune marque de strangulation autour de son cou. Et comme un homme de cet âge ne se laisse pas étouffer si aisément, il y a fort à parier qu'il a été, au préalable, étourdi par une drogue. Il règne encore une étrange odeur, autour de cette bouche...

— Mais alors, maître Sanson, que vient faire cette lancette dans tout cela ?

— C'est à vous de le découvrir, cela sort de mon domaine. Mais il y a quelques rencontres dans la vie où la vérité et la simplicité sont le meilleur manège du monde. Cette mise en scène de la lancette m'apparaît comme visant à égarer les soupçons et cela est d'autant plus assuré...

Il s'était de nouveau penché sur la poitrine du cadavre. Il tira doucement la lancette.

— ... que cette lancette n'avait pas, en réalité, le pouvoir de tuer. Elle n'est pas plantée dans le cœur et elle n'intéressait aucune partie essentielle.

Nicolas réfléchit un moment, avant de poser sa question.

— Mais si le coup de lancette n'était pas mortel, cette mise en scène pourrait-elle indiquer que son auteur n'avait aucune connaissance en anatomie ?

Bourdeau sourit, il suivait pas à pas la démarche intérieure de Nicolas.

— C'est probable. Il me semble que l'assassin ne voulait pas tuer de manière sanglante. Il a ensuite ordonné une mise en scène dont il vous appartient d'élucider les raisons profondes. Ce faisant, il a commis deux erreurs. La première consistait à vouloir faire croire à une blessure mortelle au cœur, alors qu'il n'y avait pas d'effusion de sang, et la seconde, à ne pas frapper au bon endroit. J'en conclus, dans un premier mouvement, qu'il était ignorant en anatomie. Cependant, dans un second mouvement, je me dis que toute cette mise en scène pourrait avoir été le fait d'un assassin dont chaque acte était réfléchi et qui disposait au contraire des connaissances nécessaires.

— Mais alors, dit Nicolas, pourquoi aurait-il commis tant d'erreurs ? Car, dans les deux hypothèses, les erreurs subsistent...

— Comprenez-moi bien, expliqua Sauson. L'assassin use d'une drogue pour étourdir sa victime. Il l'étouffe, il organise sa mise en scène et l'erreur de la blessure par lancette constitue un élément particulièrement pervers de son forfait. Il est délibéré. S'il s'agit d'un praticien, il en profitera pour crier son innocence en s'appuyant sur le fait qu'une erreur aussi grossière ne peut avoir été commise par un homme de l'art.

Bourdeau et Nicolas se regardaient, stupéfiés de la maîtrise du jeune bourreau et des perspectives qu'elle ouvrait.

— Je n'oublie pas vos taches noires, reprit Sanson. Il se trouve qu'un défunt allongé a, sans grand délai, le visage livide, le sang se retirant de la circulation en surface. En revanche, les points de contact avec la couche — omoplate, fesses et arrières des jambes — se colorent d'une teinte rosé-pourpre. J'en conclus, hâtivement peut-être, que la victime a été étouffée face contre terre et maintenue ainsi un certain temps. Voyez, d'ailleurs, comme cette teinte affecte tout le devant du corps. Ce phénomène apparaît au bout d'une demi-heure environ après la mort et n'atteint son plein effet qu'après cinq ou six heures. Avant cela, il est possible de la faire évoluer en changeant la position du corps, mais au-delà, la coloration devient permanente et s'assombrit rapidement pour tourner au violet-noir.

— Il était couché sur le ventre quand je l'ai trouvé, dit Bourdeau, et nous l'avons emmené dans cette position. Ce n'est qu'à la Basse-Geôle qu'il a été retourné, plusieurs heures après.

— Cela confirme mes propos. Nous sommes devant la conjonction de deux phénomènes : la congestion due à l'étouffement et la transformation habituelle d'un cadavre due à la position du corps. Pour conclure, je dirai que ce cadavre est celui d'un homme qui, drogué, a été étouffé face contre terre et maintenu dans cette position assez longtemps — plus d'une demi-heure, en tout cas — pour être ensuite maladroitement poignardé avec une lancette à saignée. Cette dernière blessure n'était pas mortelle et, compte tenu de l'état cadavérique du corps à ce moment-là, n'a pas occasionné d'épanchement sanguin.

Nicolas était confondu.

— Monsieur, s'écria-t-il, je suis dans l'admiration et vous remercie de votre aide ! Cependant, et je le rappelle au nom de M. de Sartine, cette affaire exige le secret le plus absolu. L'ouverture de ce corps me paraît nécessaire pour confirmer nos présomptions, mais que puis-je attendre de nos médecins du Châtelet ? La triste expérience d'hier, la première pour moi, m'a convaincu que la routine l'emportait chez eux sur l'art et la curiosité. Auriez-vous l'obligeance de vous charger de l'opération ?

— Je ne suis pas médecin, répondit Sanson, mais avec l'aide d'un mien neveu qui achève sa médecine, je pourrais m'y consacrer.

— Vous répondez de sa discrétion ?

— Comme de la mienne et sur ma tête.

Après avoir longuement remercié Sanson qu'ils laissèrent seul avec le corps de Descart, Nicolas et l'inspecteur se dirigèrent vers la partie du Châtelet où se trouvaient les cellules. Nicolas, pensif, s'arrêta soudain et, prenant le bras de Bourdeau, le retint d'aller plus loin.

— Je ne tiens pas à interroger Semacgus maintenant, Bourdeau. Vous avez compris qu'il peut être indifféremment l'acteur ou la victime de cette macabre mise en scène. Il me faut d'autres éléments pour me faire une opinion sur son cas. Je dois partir du terrain et retourner à Vaugirard, sur le lieu du crime. J'ai le sentiment que le temps vous a manqué hier soir pour examiner la maison en détail et pour recueillir des indices.

— Je le reconnais volontiers, dit Bourdeau, mais rien d'insolite ne m'a frappé. Ne comptez pas sur moi pour vous laisser aller là-bas seul. Vous devez vous attendre à tout, maintenant.

— Mon cher Bourdeau, il n'en est pas question. Il importe que vous restiez avec Semacgus. C'est ici que tout peut arriver. Comme je n'entends pas le mettre dans une de ces fosses immondes où sa sécurité ne serait assurée qu'au détriment de sa santé, je souhaite que vous le gardiez en attendant que je l'interroge. Cependant, vous pouvez m'aider. Trouvez-moi un falot ou une lanterne sourde. La nuit viendra tôt et je ne veux pas errer dans l'obscurité. Faites-moi également quérir une voiture.

Pendant que Bourdeau disparaissait pour exécuter ses instructions, Nicolas gagna le bureau des permanences. Il ouvrit un placard empli de tenues disparates, de perruques et de chapeaux. Toute cette friperie aurait fait le bonheur d'un revendeur à la toilette et comportait de quoi vêtir une cour des Miracles. Nicolas fit son choix dans cet étalage poussiéreux où puisaient ses collègues lorsqu'une affaire délicate imposait de passer inaperçu dans le Paris ténébreux du crime. Bourdeau réapparut, rapportant avec lui une petite lanterne sourde. Avec un sourire timide, il tendit aussi à Nicolas un petit pistolet, une poire à poudre et un sac de balles.

— Vous savez vous en servir. Il ne tire qu'un coup, mais il est discret, vu sa taille, et peut sauver la vie. C'est le deuxième exemplaire d'un spécimen sans suite dont m'a fait cadeau un armurier de la rue des Lombards à qui j'avais rendu service... Permettez-moi de vous en faire présent. Et promettez-moi d'en user sans hésiter.

Nicolas serra la main de Bourdeau. Il était sensible à l'affection que lui manifestait son adjoint qui, sous une apparence rustique, dissimulait des trésors de dévouement. Il plaça le pistolet dans la poche de son habit et, un balluchon à la main, sortit du Châtelet pour se hisser dans un fiacre qui l'attendait sous les voûtes. Il eut l'impression d'être suivi du regard, mais ne put distinguer l'endroit où se tenait le guetteur, et il ordonna au cocher de gagner à toute allure l'église Saint-Eustache.

Lorsque la voiture arriva devant l'édifice, il la fit arrêter devant le portail principal, se jeta dehors et entra dans l'église. Il connaissait bien les lieux pour y avoir souvent entendu la messe. Il aimait la nef immense et la clameur des orgues qui résonnait sous les voûtes. Il tira l'énorme verrou de la porte. En semaine, les ouvertures latérales étaient closes, et même si elles avaient été ouvertes, le temps qu'aurait mis son éventuel poursuivant pour les atteindre lui laissait tout loisir de conduire son plan jusqu'à son terme.

Il se réfugia dans un coin sombre d'une chapelle latérale, y abandonna son vêtement après avoir vidé ses poches, enfila une autre tenue qu'il recouvrit d'une houppelande usée. Une perruque antique, des lunettes sombres et le chapeau Régence à haut bord le rendaient méconnaissable. Il vérifia son déguisement dans un petit miroir de poche. Pour parfaire le tout, il se salit la peau du visage avec du noir de fumée emprunté à un porte-cierges. Le pistolet en main, dissimulé dans une poche, il risqua le tout pour le tout et tira le lourd verrou. Mauval se tenait devant lui. Son regard froid, qui contrastait avec l'animation de la course, frappa de nouveau Nicolas. Il prit les devants d'une voix chevrotante.

— A-t-on idée de tirer le verrou ! Monsieur, aidez-moi donc à ouvrir cette porte. Ce coquin qui vient d'entrer m'a bousculé sans vergogne.

Mauval l'écarta sans ménagement et s'enfonça en courant dans la nef. Le fiacre avait attendu Nicolas et prit aussitôt la direction de la Seine.

# IX

# FEMMES

« Ah ça ! Parlons sérieusement. Quand
finira la comédie que vous donnez sur mon
compte ? »

MARIVAUX

La nuit tombait quand Nicolas arriva à Vaugirard. Il
aurait voulu conserver la voiture afin d'assurer son
retour à Paris, mais le cocher, en dépit d'une très honnête proposition, refusa tout net de l'attendre. Il n'avait
pas l'habitude, disait-il, de s'attarder la nuit hors les
murs, surtout quand la neige menaçait. Nicolas lui régla
sa course et n'insista pas. Il se retrouva seul sur le chemin désert.

L'obscurité était maintenant totale et le vent soufflait
en rafales. Assourdi par le bruit, il se sentit à nouveau
vulnérable. Pourtant, il avait bel et bien semé son poursuivant. Il resta un long moment immobile dans l'ombre, épiant le moindre signe suspect. Son malaise ne
faisait que croître. Il n'avait jamais aimé l'obscurité et,
enfant, chantait des cantiques à tue-tête lorsque Joséphine l'envoyait chercher des bûches au fond du jardin,
le soir venu. Il accomplissait sa tâche aussi vite que lui
permettait le poids de sa charge.

Un autre souvenir lui revint. Son parrain, le marquis

de Ranreuil, lui avait fait un jour le récit de sa panique alors qu'il franchissait, sous le feu, la tranchée du siège de Philippsburg. Son chef, le maréchal de Berwick, lui avait crié, sous la mitraille qui sifflait autour d'eux : « Tête haute, monsieur, et faites comme si ! » La peur, lui avait expliqué le marquis, n'était souvent que l'expression de la crainte d'en être saisi. Il fallait passer outre et, dans le feu de l'action, elle se dissiperait comme par enchantement.

L'image du père d'Isabelle, pour sensible que cette évocation fût pour lui, eut un effet heureux sur Nicolas. Il battit le briquet, mais dut s'y reprendre à plusieurs fois pour allumer la petite lanterne sourde dont la flamme, en son fragile habitacle, tremblait dangereusement.

Il ouvrit le portail et s'avança dans le jardin. Ainsi, tout recommençait et deux jours seulement après que Descart et Semacgus s'étaient violemment opposés dans ce même endroit. Le gel revenu avait figé le sol et son désordre d'empreintes confuses. Nicolas imaginait les allées et venues des hommes du guet et de Bourdeau, la levée du corps, le brancard et le chariot cahotant sur la route mal empierrée. Il s'arrêta à mi-chemin de la maison encore plus sinistre que dans son souvenir. La pâle lueur de la lanterne jouait faiblement sur sa façade sombre aux croisées toujours fermées. Nicolas avait toujours été sensible aux impressions mystérieuses, attachantes ou repoussantes, qui dévoilent l'âme profonde des pierres. Devait-il ce trait au caractère rêveur de son âme celtique ou aux expériences de sa jeunesse ?

Une rafale plus violente le ramena à la réalité. Il tressauta, comme tiré brutalement d'un rêve. La fatigue de la journée et ses blessures, dont la douleur sourde réapparaissait en pulsations accordées à celles de son cœur, lui donnaient l'envie d'en finir au plus tôt. Cependant il savait ne rien devoir négliger. Il n'avait pas voulu peiner Bourdeau, mais, hier soir, le travail avait été bâclé et réduit aux seules apparences. Il espérait que l'agitation des exempts et des gardes n'avait pas bouleversé le théâtre du drame, détruisant à jamais d'utiles indices.

Nicolas vérifia que les scellés en pain à cacheter n'avaient pas été rompus et il ouvrit la porte. Il fit un pas et se retrouva sur cette espèce de balcon depuis lequel l'escalier descendait dans la pièce principale. Pour l'instant, il ne voyait que l'endroit où avait été trouvé Descart et la rambarde de bronze. Au-delà, c'étaient les ténèbres où se perdait l'incertain faisceau de sa lampe.

L'étrangeté de la demeure le frappa plus encore qu'à sa première visite. En fait, elle ne possédait pas de cave, et la salle où Descart recevait ses patients prenait ses assises dans le sous-sol, ce qui expliquait l'emplacement élevé des fenêtres. L'endroit tenait davantage de la crypte que de la maison.

Il examina le palier soigneusement sans rien noter de particulier. Il prit ensuite l'escalier de droite, passant chaque marche au crible. Il recommença l'opération de l'autre côté, puis descendit dans la salle. Il chercha d'abord les chandeliers de la cheminée, et les alluma. Le grand Christ d'ivoire, aux bras fermés, surgit de l'ombre.

Nicolas repéra d'abord des marques de pas qui avaient laissé des souillures noirâtres sur le sol carrelé, puis, relevant la tête, il découvrit un spectacle de désolation. La pièce était entièrement dévastée. La grande table qui servait de bureau à Descart avait été débarrassée des papiers et des objets qui la couvraient et qui gisaient maintenant éparpillés sur le sol. Un encrier renversé avait laissé échapper une mare d'encre noire dans laquelle quelqu'un avait piétiné. Les chaises paillées étaient intactes, mais trois fauteuils, recouverts de tapisserie, avaient été éventrés et vomissaient leur bourre et leur crin. Les bocaux et les livres des étagères avaient été balayés par une main rageuse qui s'était acharnée à briser les uns et à arracher les reliures des autres. Les instruments de médecine étaient répandus un peu partout. Les placards avaient subi la même dévastation.

Nicolas poursuivit ses investigations. À droite de la cheminée, une porte ouvrait sur un couloir donnant sur une cuisine, une salle à manger, un petit salon et une buanderie. Un autre escalier montait vers le premier étage. Cette étrange disposition permettait de remettre à niveau l'arrière de la maison. Toutes les pièces étaient dans le même état de destruction systématique et Nicolas ne cessait d'écraser des débris.

Il commença par le premier étage. Partout, il tombait sur le même spectacle : matelas éventrés, habits et linge couvrant le sol, bibelots brisés, meubles forcés. Nicolas remarqua que des montres précieuses et des objets de prix avaient été dédaignés par les auteurs de cette désolation. Pourtant, ils cherchaient quelque chose. Sur le sol, il trouva même une petite bourse de velours emplie de louis d'or. Tout ce qui aurait pu servir de cachette avait été fouillé, démembré, écrasé. Même les tableaux avaient été retournés. Que pouvait-on traquer d'une manière aussi brutale ?

Des empreintes noires attirèrent l'attention de Nicolas qui se mit à les suivre. Elles apparaissaient partout et le conduisirent dans l'escalier. D'évidence, l'inconnu qui avait renversé et brisé l'encrier avait ensuite gagné les étages. Il trouva, en effet, des pas identiques montant et descendant. Il s'attacha à ces derniers, s'arrêtant quand des traces confondues troublaient sa recherche, revenant alors en arrière et faisant jouer, pour mieux les discerner, la lumière de sa lanterne sourde. Il en fit même le relevé à la mine de plomb sur un petit carton. Il parvint ainsi à reconstituer, dans ses moindres détails, l'itinéraire de l'inconnu qui, semblait-il, avait agi seul.

Nicolas avait recouvré son sang-froid et l'action avait éteint en lui tout autre sentiment que la passion de la recherche. Il finit par aboutir dans la buanderie, petit réduit où s'entassaient des objets hors d'usage. Un souffle d'air glacé le frappa. Un vieil escabeau était plaqué contre le mur, sous une fenêtre ouverte. La sparterie du meuble était souillée de traces d'encre. Des traces apparaissaient encore sur le torchis du mur, écorché à plusieurs endroits. L'inconnu, après avoir mis la demeure sens dessus dessous, s'était enfui par cette fenêtre.

Nicolas frémit en mesurant la portée de cette constatation. Si l'homme s'était enfui par là, c'était parce que les portes étaient fermées et scellées. C'était donc que l'inconnu était encore dans la maison quand Semacgus avait découvert le cadavre et qu'il avait décidé de se cacher afin de fouiller la maison plus tard, sans crainte d'être dérangé. Il ne pouvait donc s'agir que de l'assassin de Descart.

Nicolas se souvint que Semacgus avait dit à l'inspecteur Bourdeau être arrivé une demi-heure plus tôt que l'heure fixée à son rendez-vous : il avait peut-être dérangé les plans de l'assassin. Cette hypothèse paraissait, en tout cas, innocenter Semacgus. Beaucoup de choses, néanmoins, restaient inexpliquées, et d'abord la raison de cette mise à sac qui ne pouvait être portée au compte de Semacgus, sauf à penser qu'il disposait d'un complice. En effet, Bourdeau n'avait rien remarqué et avait fermé les portes sur une maison intacte.

Tout restait donc possible et les combinaisons envisageables se multipliaient au gré des hypothèses. Que cherchait-on qui fût si précieux qu'on laissât de côté bijoux et argent ?

Nicolas, songeur, considérait la fenêtre. Il monta sur le tabouret et, avec un bout de ficelle, mesura l'ouverture. Enfin, il repéra soigneusement l'emplacement de la pièce, plaça des scellés sur toutes les fenêtres puis, certain de n'avoir rien oublié, il moucha les chandelles, ferma la porte et la rescella.

Dehors, il fit le tour de la maison pour rejoindre la

fenêtre de la buanderie. Elle s'ouvrait à peu près à une toise[1] du sol. Nicolas s'agenouilla sur la terre gelée. Des moulages en creux étaient pris dans la glace, et ces empreintes étaient beaucoup plus nettes que les traces repérées dans la maison. Il en releva l'estampage qu'il considéra d'un air perplexe. Les empreintes traversaient une partie du jardin au milieu des poiriers et rejoignaient le mur de clôture. Il n'était pas difficile de grimper sur le mur.

Ayant accroché la lanterne sourde à son habit, Nicolas, prenant appui sur une saillie de pierre, put examiner le faîte de la muraille. Il espérait y trouver des traces de sang, prouvant que l'inconnu s'était blessé sur les tessons de bouteilles fichés dans le mortier de couverture. Il n'y en avait pas. En revanche, Nicolas recueillit un bouton avec un fragment de tissu qu'il rangea précieusement dans sa poche.

Peu désireux de se blesser en tentant l'escalade, il gagna le portail qu'il ferma à clef. Du côté du chemin, les mêmes empreintes apparaissaient, puis se perdaient au milieu des ornières des charrois. Nicolas fut surpris par la morsure du froid. Il se retrouvait seul, sans moyen de transport, et avec une lanterne qui menaçait de s'éteindre. Il vérifia l'heure à sa montre, il était sept heures. Il décida de se rendre chez Semacgus et d'y interroger Catherine. C'était aussi un bon prétexte pour revoir la cuisinière à laquelle il était fort attaché. Et puis, Semacgus possédant, outre le cheval de l'équipage qui lui avait été volé, une monture de selle, Nicolas se proposait de l'emprunter pour rejoindre Paris.

Son attention fut soudain attirée par un léger sifflement qu'il prit d'abord pour une fantaisie du vent dans les branches, mais le phénomène recommença, et une voix, à peine distincte, se fit entendre.

— N'ayez pas peur, monsieur Nicolas, c'est moi, Rabouine, la mouche à Bourdeau. Je suis derrière le buisson, dans une petite cabane à outils. Ne vous tournez pas, faites semblant d'arranger votre botte. L'inspecteur m'a envoyé ici hier soir. Quelle nuit ! Je n'ai pas bougé depuis. Heureusement, j'avais de l'eau-de-vie et du pain. Je suis prévoyant pour ce genre d'expédition. Ne bougez surtout pas, on ne sait jamais.

Nicolas s'en voulut d'avoir suspecté Bourdeau de négligence. Celui-ci avait, au contraire, pris des dispositions intelligentes qui allaient peut-être se révéler utiles. Le manque d'insistance de l'inspecteur à l'accompagner aurait dû le mettre en éveil. Son adjoint n'était pas le genre d'homme à le laisser affronter seul d'éventuels dangers. Il savait que Rabouine serait là pour lui prêter main-forte le cas échéant.

— Heureux de te voir, mais comment m'as-tu reconnu ?

— Au début, je vous ai pris pour un autre, un inconnu quoi ! Très réussi, votre carnaval. Mais quand je vous ai vu sortir et remettre des scellés, je me suis dit : « Voilà notre Nicolas. » Vous ne pourriez pas me faire relever ? J'ai l'onglée, des engelures et je n'ai plus de provisions. La nuit risque d'être rude.

— Tu peux rentrer au bercail. Ta surveillance a-t-elle été au moins utile ?

— Je le crois, car hier soir, environ une heure après le départ de l'inspecteur et des hommes du guet, un inconnu est apparu sur le faîte de la clôture du jardin — tiens, justement où vous vous trouviez tantôt...

— Tu peux me le décrire ?

— À vrai dire, je n'ai pas vu grand-chose. Il m'est apparu lourd et léger.

— Comment cela ?

— Il y avait quelque chose qui clochait. L'homme paraissait tout en volume, pourtant j'aurais juré qu'il se déplaçait en souplesse. Il portait un masque et ses vêtements étaient sombres. Il marchait avec précaution...

— Avec précaution ?

— Oui, comme s'il choisissait où poser les pieds.

Cela m'a surpris, car le froid n'avait pas encore gelé le sol.

— Tu ne l'as pas suivi ?

— M. Bourdeau m'avait prescrit de ne bouger sous aucun prétexte et je n'ai pas cru devoir désobéir.

Nicolas retint un mouvement de désappointement.

— Tu as bien fait. Tu peux partir, maintenant. Il ne se passera plus rien ici, ce soir. Mais rends-moi service : trouve-moi une voiture et envoie-la chez le docteur Semacgus, près de la Croix-Nivert. C'est la seule maison de maître à cet endroit au milieu des masures, le cocher ne peut se tromper.

Il lui tendit quelques pièces.

— Voilà pour toi. Tu as bien travaillé. Je le dirai à Bourdeau.

— L'inspecteur m'a déjà payé, monsieur Nicolas. Mais ce n'est pas de refus, pour la gratification. Je ne veux pas vous désobliger. C'est un plaisir de travailler pour vous.

Nicolas s'engagea sur le chemin gelé. Le sol inégal était parsemé d'aspérités et de flaques glacées sur lesquelles les bottes trébuchaient ou dérapaient. Il faillit à plusieurs reprises se tordre les chevilles, et tomba une fois. Il n'aurait plus manqué qu'il se blessât, dans l'état où il se trouvait déjà ! Heureusement, il fut bientôt devant le logis du chirurgien. Celui-ci se composait d'un ensemble de bâtiments sans élévation, ordonné en U autour d'une cour fermée d'un haut mur.

La porte cochère céda sous la main. Elle n'était jamais fermée, le maître des lieux professant que « la porte d'un officier de santé devait être ouverte en permanence à toute détresse ». La cuisine, à l'angle des communs et du logis proprement dit, était faiblement éclairée par une lueur dansante.

Nicolas s'approcha de la porte-fenêtre, l'entrouvrit doucement et découvrit une scène énigmatique. Près de la haute cheminée, où brûlait un feu d'enfer, Catherine accroupie tenait dans ses bras Awa à moitié dévêtue et la tête renversée. La cuisinière semblait chanter une berceuse à l'oreille de sa nouvelle amie qui, la peau couverte d'une sueur luisante, gémissait faiblement. Parfois, Awa se cambrait et se contorsionnait, en prononçant des mots inaudibles. Tout son corps s'arquait alors et tremblait, maintenu à grand-peine par Catherine.

Levant les yeux, Catherine poussa un cri en découvrant Nicolas et tenta de se lever. Elle laissa choir Awa qui, inconsciente, glissa sur le sol, puis chercha des yeux un instrument quelconque pour se défendre. Nicolas ne comprenait rien à sa réaction. L'aspect patibulaire qu'offraient sa tenue de friperie et son grossier maquillage au noir de fumée lui était sorti de l'esprit. Mais Catherine n'était pas femme à craindre sans réagir. Cantinière dans sa jeunesse, elle avait été mêlée à nombre de coups tordus, embuscades et échauffourées avec la soldatesque ou la canaille, et elle s'en était toujours tirée avec les honneurs. Attrapant un grand coutelas sur la table, elle hasarda un coup de pointe vigoureux vers l'inconnu. Pendant ce temps, Awa était entrée en convulsions et se souillait dans le sang répandu d'un coq à la tête tranchée gisant sur le carreau de la cuisine.

Nicolas para le coup, laissa passer Catherine emportée par sa course, et se retrouva derrière elle. Il réussit à la ceinturer et put alors lui parler à l'oreille.

— Alors, ma bonne Catherine, c'est ainsi que tu accueilles Nicolas ?

L'effet de ses paroles fut immédiat. Elle laissa tomber son eustache et se jeta en pleurant dans les bras du jeune homme qui, prudemment, la fit asseoir sur une chaise.

— Ah, ça ! Ce n'est bas des façons à faire à ses amis, surtout habillé à faire beur, comme tu es !

— Pardonne-moi, Catherine, j'avais oublié en quelle mascarade je me trouvais.

179

Il ôta son grand feutre et découvrit sa tête enturban-
née dans un pansement ensanglanté.

— Mon Dieu, Nicolas, que t'est-il arrivé, mon bauvre bedit ?

— Ce serait trop long à te conter. Explique-moi plutôt tout ce sabbat. Awa est malade ?

Catherine paraissait gênée ; elle tortillait autour de
son doigt une longue mèche grise qui dépassait de la
charlotte couvrant son vieux visage camus. Elle se
décida enfin à parler.

— Elle n'est bas malade. Elle a voulu interroger ses
diables.

— Comment cela, ses diables ?

Catherine se mit à dévider l'histoire à toute vitesse.

— Dans son pays, on bratique des choses étranges
pour interroger les esprits. Elle a bréparé une sorte de
tisane qu'elle a respirée. Ensuite, il a fallu couper la tête
d'un coq. Elle s'est mise à danser comme une bossédée.
On aurait dit une chèvre qui cabriolait. Ensuite, la bauvrette a regardé la mare de sang. Elle a poussé un hurlement et a voulu se déchirer le visage. J'ai eu beaucoup
de mal à la calmer, elle est encore très agitée.

— Mais, pourquoi tout cela ?

— Elle voulait savoir ce qui était arrivé à Saint-
Louis. Enfin, à la mode de chez eux. C'est une brave
fille que j'aime beaucoup. Tu sais qu'elle connaît un
moyen pour les œufs...

Nicolas, qui savait Catherine intarissable sur les
questions culinaires, l'arrêta aussitôt.

— Et qu'a-t-elle conclu de toute cette sorcellerie ?

Catherine, effrayée, se signa.

— Ne brononçons pas ce mot, ce sont des habitudes
à eux. Il ne faut pas juger, nous ne connaissons pas
leurs coutumes. Peut-être, les nôtres leur paraissent tout
aussi étranges. Tu sais, Nicolas, j'ai beaucoup voyagé
et j'ai vu beaucoup de choses que je n'ai bas comprises.

Nicolas admira le bon sens et le cœur de cette femme
simple. Elle reprit :

180

— À voir l'accablement où elle est plongée debuis, je crois que la réponse n'a bas été favorable. Quel malheur ! Et ce pauvre M. Semacgus qui a été arrêté ! Nicolas, tu vas le sortir de là, n'est-ce bas ?

— Je ferai tout mon possible pour connaître la vérité sur tous ces événements, répondit prudemment le jeune homme.

Awa, toujours étendue sur le sol, paraissait avoir retrouvé son calme. Elle reposait, comme assoupie. Nicolas prit les mains de Catherine et la regarda dans les yeux.

— Parle-moi de Mme Lardin, demanda-t-il. Et ne me cache rien, car j'en sais déjà suffisamment pour discerner le vrai du faux. D'ailleurs, tu m'avais laissé un billet que j'ai trouvé dans la cuisine mardi soir, sous mon assiette...

— Il fallait que tu abrennes qui était vraiment cette femme. Elle n'a cessé de tromper le pauvre Monsieur. Il ne savait que faire bour lui rendre la vie agréable. Toilettes, parures, bijoux, meubles, tout son argent y passait. Et cette bête de l'enfer, blus il donnait, blus elle demandait. Et puis, elle avait des coquins, Descart, le bauvre Semacgus et un cavalier balafré. Celui-là, il me faisait beur. Tout cela lui est passé sur le ventre, à cette garce ! Et toujours des demandes et des exigences. Elle s'est bien empli le jabot. Monsieur, lui, je l'aimais bien. Il était bon avec moi, lui, si dur et si revêche avec tout le monde et avec toi, mon bauvre Nicolas. Encore qu'il avait bien des torts, lui aussi. Il courait la gueuse quand elle se refusait. Il jouait gros jeu au lansquenet et au pharaon. Et blus il jouait, blus il berdait. Il me revenait au petit matin dans des états...

— Mais alors, comment a-t-il pu continuer à mener un tel train ?

Catherine sortit son mouchoir et s'essuya les yeux. Elle soupira, puis mouilla de salive le morceau de toile et tenta d'essuyer, comme on débarbouille un enfant, le noir qui couvrait le visage de Nicolas. Il se laissa faire ;

il crut un instant se retrouver à Guérande et le visage de la vieille Fine se superposa à celui de Catherine.

— C'est moi qui l'aidais. Toutes mes économies y sont bassées. La cantine ne nourrit pas sa femme. Quelquefois, des bénéfices de butins ou de pillages, mais seulement quand on est en veine de victoires. Une fois mon homme mort, j'ai hérité d'un petit bien que j'ai vendu. La somme était rondelette et je la gardais pour plus tard. Le commissaire m'a tellement serinée que j'ai fini par la lui donner à petits bouillons. Depuis un an, il ne me payait même plus mes gages. C'est moi qui ai fait tourner le pot, en faisant du ravaudage dans le voisinage. Et puis, il y avait Marie, si gentille, que je ne voulais bas abandonner et c'est à cause d'elle que je ne suis pas partie avant.

— Tu as fini par le faire...

Catherine soupira.

— Mardi, il y a trois jours, j'ai entendu la marâtre ordonner à Marie de faire ses paquets. Elle voulait qu'elle parte le lendemain à Orléans chez sa marraine, qu'on ne connaît ni d'Ève ni d'Adam. Marie criait, pleurait, suppliait, la bauvre brebis. Mon sang n'a fait qu'un tour, je suis entrée dans la danse et j'ai dit mes vérités à la dame. Elle a bris la chose de haut, me traitant comme un chien. Je n'ai pu emborter un pouce de terrain, la mauvaise avait du vif-argent dans la langue et, malgré tout ce que je disais, elle a rompu toutes mes mesures. Elle s'est jetée sur moi, griffes en avant, et a manqué m'étrangler. Je suis mordue et égratignée de bartout.

Elle montrait ses gros bras couverts d'écorchures.

— Elle m'a chassée sur-le-champ, malgré les cris de ma bauvrette. Que pouvais-je faire ? Je suis partie comme une folle. J'ai réfléchi toute la nuit pour savoir où aller. J'ai pensé à M. Semacgus, toujours si aimable et bon avec moi, et j'ai pris mes résolutions. Le lendemain, je suis arrivée ici. Je me disais : « Au moins lui, quoique tombé dans les pièges de la bête comme les autres, me comprendra beut-être. »

Elle caressait le front de Nicolas.

— Tu sais, Nicolas, je n'ai blus rien, je suis une pauvre femme qui sera bientôt vieille. Je suis gaillarde encore et peux rendre de bons services. Que vais-je devenir ? Il n'y a bas de remèdes à mon malheur. À mon âge, on tombe vite dans la misère pour finir à l'hôpital. Je bréfère mourir. J'irai me jeter dans la Seine. Je ne ferai honte à bersonne, puisque je suis seule[2]. Dommage, avec mon petit pécule, j'aurais pu faire binet[3].

Le pauvre visage ingrat de Catherine se crispa et les larmes coulèrent à nouveau. Elle hoquetait en tentant de se reprendre et sa large poitrine se soulevait de désespoir. Elle ne criait pas et laissait seulement échapper un souffle rauque et contenu. Nicolas ne put supporter cette détresse.

— Catherine, arrête, je te promets de t'aider, tu peux compter sur moi.

Elle renifla et le regarda, le visage soudain illuminé.

— Mais d'abord, reprit-il, tu dois répondre à mes questions. T'en sens-tu capable ? C'est très important.

Elle hocha la tête, apaisée et attentive.

— La nuit où le commissaire a disparu, étais-tu rue des Blancs-Manteaux ? demanda Nicolas.

— Non, cela est sûr. La Lardin m'avait donné ma soirée. Je suis restée chez ma logeuse à manger des beignets et à écouter la chienlit qui hurlait dans la rue. Je me suis couchée vers onze heures et, le lendemain, j'étais à mon office à sept heures à rallumer mon potager.

— Rien ne t'a frappée, ce matin-là ?

— Attends... Madame s'est réveillée fort tard.

— Plus tard que d'habitude ?

— Oui, vers midi. Elle m'a dit qu'elle avait bris froid. Et ce n'était pas étonnant, vu que ses bottines étaient trempées. Gâchées à coup sûr, brûlées par la neige, je lui en ai fait la remarque et je me suis fait houspiller, comme d'accoutumée. Elle m'a dit qu'elle était allée aux vêpres. Aux vêpres, en tenue de carnaval et masquée !

— Cela t'a surprise ?

— Oui et non. Il arrivait qu'elle aille faire sa mijaurée à l'église. Bas pour le bon Dieu, c'est sûr, mais pour se faire voir, pardi, et coquelucher. Elle a même précisé qu'elle était allée à l'église du Petit-Saint-Antoine. Mais dans cette tenue...

— Elle aurait pu aller aux Blancs-Manteaux.

— C'est bien ce que j'ai pensé. Par le temps qu'il faisait, vendredi, c'était blus facile de traverser la rue.

— Autre chose. Les vêtements du commissaire, tu en avais la charge ?

— Il ne voulait pas qu'on y touche. Il y avait toujours des papiers dans ses poches. Je lavais les chemises et les dessous.

— Qui était son tailleur ?

— Tu le connais, Nicolas, c'est maître Vachon, celui qui t'a équipé quand tu es arrivé si drôlement habillé à Paris.

Nicolas avait décelé une gêne chez Catherine. Elle croisait ses mains si fortement que la peau bleuissait. Il se hasarda à pousser plus avant.

— Comment sais-tu qu'il y avait des papiers dans ses poches ?

Elle se mit à pleurer silencieusement.

— Catherine, je dois insister. Comprends que cela peut m'aider dans mon enquête. Si tu ne te confies pas à moi, à qui pourrais-tu le faire ?

— Je fouillais toujours ses habits, reprit Catherine, en sanglotant. Quand il avait gagné gros jeu, il jetait les écus en vrac dans ses poches. Plutôt que de tout laisser reperdre, je prélevais une betite bart pour le soin du ménage. J'en avais bris l'habitude quand je me suis aberçue qu'il ne comptait jamais. Mais, Nicolas, je te jure que ce ne fut jamais pour moi. Je ne suis bas une voleuse...

Elle redressa la tête avec défi.

— Et bourtant, j'aurais eu quelque droit à me rembourser de mes avances et de mes gages non payés !

— Et dans les papiers, tu n'as rien remarqué de particulier ?

— Jamais, sauf la veille de sa disbarition. Je n'y avais bas songé depuis, mais peut-être cela a-t-il de l'importance. Peut-être ou peut-être bas. Il y avait un petit morceau découpé, avec ton nom dans l'angle.

— Mon nom ? Te souviens-tu de ce qu'il disait ?

— Ah ! oui, c'était très court et ça m'a intriguée. C'était comme un proverbe, oui, c'est cela : « Des trois une paire et celui qui les ferme se donne à tous. »

— Et tu n'as pas revu ce papier ?

— Jamais, bas blus que je n'ai revu Monsieur.

Nicolas estima ne rien avoir à attendre de plus des propos de Catherine. Après l'avoir encore réconfortée, il l'aida à déposer Awa sur sa couche et il quitta la demeure de Semacgus.

Rabouine avait tenu parole et un fiacre l'attendait sur le chemin. Les ténèbres enveloppaient la voiture. La neige atténuait les bruits et renforçait l'impression d'enfermement causée par l'exiguïté de la caisse. Elle tombait sans hâte, en gros flocons, qu'une rafale entraînait parfois en tourbillons ascendants, au travers desquels les rares lumières provenant des maisons formaient des halos fragiles.

Rencogné dans l'angle de la voiture, la tête appuyée contre le velours de garniture, Nicolas regardait sans voir. Il ne regrettait pas d'être allé à Vaugirard ; il avait l'impression d'y avoir fait œuvre utile. Une chose était certaine : la maison de Descart abritait un mystère. D'autre part, il se disait que l'inconnu pouvait avoir trouvé ce qu'il cherchait, comme il pouvait y avoir renoncé. Mais que cherchait-il ?

La suite n'avait en rien éclairé sa lanterne — sinon qu'aux portes de la capitale l'Afrique installait sa sorcellerie et ses pratiques païennes. Il se rappela soudain un événement de sa jeunesse encore proche. Un jour qu'il s'était abîmé le coude, au cours d'une de ces rixes qui ponctuaient les parties de soule, Fine l'avait conduit chez une repasseuse de coiffes qui bénéficiait d'une réputation de rebouteuse à vingt lieues à la ronde. Tandis que sa nourrice multipliait les signes de croix, la vieille avait commencé une étrange mélopée puis, après avoir tourné plusieurs fois sur elle-même, lui avait mis un clou dans la main et lui avait demandé un liard. Alors, elle avait attiré sa tête contre sa cotte noire dont il sentait encore, dix ans après, l'étrange fumet. Elle avait plongé sa main dans un pot empli d'une matière visqueuse et vigoureusement frotté l'endroit malade, en prononçant, à haute voix, cette formule en breton, dont il se souvenait encore : « *Pa'z out ar jug braz, Otro Saint Erwan ar Wirionè Clew ac'hanan*[4]. » Son bras, qu'il ne pouvait plus étendre l'instant auparavant, avait miraculeusement retrouvé sa souplesse. La vieille l'avait prévenu que désormais il sentirait la pluie venir par des douleurs à cet endroit, qui deviendraient permanentes dans sa vieillesse. Ce temps-là n'était pas encore venu.

Ainsi, la pauvre Awa s'était contentée de respecter sa propre coutume pour tenter de connaître le sort de son compagnon. Nicolas n'avait pas, lui non plus, oublié Saint-Louis, mais plus le temps passait et plus l'espoir de retrouver le serviteur de Semacgus diminuait.

La conversation avec Catherine avait confirmé ce que Nicolas savait déjà sur Mme Lardin et sur son libertinage. Le commissaire, dans les propos de sa servante, était réduit au rôle peu flatteur de mari trompé, de joueur impécunieux et de maître sans scrupule. Le personnage lui semblait pourtant avoir une tout autre dimension, plus inquiétante, que la femme au grand cœur, dans sa simplicité, ne mesurait pas. Quant à cette phrase sibylline trouvée dans les poches de l'habit de

Lardin, la veille de sa disparition, il ne voyait vraiment pas à quoi elle pouvait correspondre.

Nicolas mesura encore une fois l'ampleur de sa tâche. Les paroles de M. de Sartine résonnaient dans sa tête. Il songea soudain au roi qui, lui aussi, devait attendre des nouvelles de son lieutenant de police. Il entrevit le fond dramatique de toute cette histoire, la guerre qui se poursuivait, les soldats sur les champs de bataille dans la neige et dans la boue, les monceaux de morts et les vols de corbeaux. Un long frisson le parcourut.

Nicolas avait décidé de rentrer rue des Blancs-Manteaux. Il lui fallait se changer, faire toilette, la barbe commençant à lui pousser dru. Il devait aussi renouveler son pansement. Enfin, il lui fallait annoncer à Mme Lardin les présomptions convergentes sur la mort de son mari : il serait intéressant de mesurer la nature et l'intensité du chagrin de la veuve putative.

Il pensa à Marie. Qu'était-elle devenue ? Serait-elle là pour l'accueillir ou déjà partie chez sa marraine ? Nicolas avait déjà pris une décision à la fois pratique et morale : il ne pouvait plus demeurer chez les Lardin. La responsabilité de l'enquête imposait ce choix ; il était trop difficile, en conscience, d'être à la fois l'inquisiteur et le locataire. Il songeait déjà à faire surveiller les alentours de la maison, au cas où Bourdeau, toujours si exact et précautionneux, n'aurait pas encore ordonné la mesure. D'autre part, il ne pouvait vivre sans que son linge fût tenu et il ignorait si Louise Lardin avait remplacé Catherine ou était restée seule, soucieuse de faire le vide autour d'elle.

Sa songerie l'avait conduit, sans qu'il s'en rendît compte, à l'intérieur de la ville. Les lumières étaient plus vives et plus nombreuses. Comme sa voiture approchait de la Seine, elle traversa, au milieu des cris et des rires, le charivari d'un groupe de masques. L'un d'eux grimpa sur le marchepied et, d'une main, dispersa la neige qui recouvrait la vitre et y colla sa face représentant une tête de mort. Nicolas dut soutenir de longues minutes ce tête à tête avec la camarde qui, depuis des jours, tournait autour de lui comme une bête fidèle.

Il retrouva bientôt une rue des Blancs-Manteaux toujours aussi paisible et déserte en apparence, où il décela cependant une présence tapie sous le portail de l'église. Dans le doute, il fit mine de n'avoir rien remarqué. Il s'agissait soit d'un mendiant soit d'une mouche de Bourdeau. Décidément, l'inspecteur pensait à tout et, sous son air placide, dissimulait des trésors d'expérience et de pratique policière. En tout cas, il ne pouvait être question de filature ou alors l'ennemi lisait dans ses pensées et avait prévu son retour.

Remettant à plus tard la résolution de cette énigme, il introduisit sa clef dans la serrure et s'aperçut que celle-ci avait été changée et qu'il ne pouvait entrer. Il se décida à soulever le heurtoir, opération qu'il dut répéter plusieurs fois.

La porte s'ouvrit enfin et Louise Lardin apparut, un flambeau à la main, l'air revêche. Elle portait une robe de bal à dos flottant, de couleur blanc cassé à rebrodures d'argent. Le corsage, ajusté et fortement échancré, laissait entrevoir une gorge poudrée. Les pans de la robe étaient ouverts en rond et prolongés par-derrière en une queue très étoffée relevée sur le panier. Tout le jupon était ainsi mis à découvert et laissait voir deux ou trois nuages d'immenses falbalas. Le visage, poudré et maquillé à l'excès, était parsemé de mouches, les pommettes marquées de rouge vif, les lèvres passées au vermillon. Deux grandes tresses de cheveux « en dragonne » tombaient derrière la nuque, sur les épaules.

— C'est vous, Nicolas ? fit-elle d'une voix aiguë. Je vous croyais disparu vous aussi. À considérer votre tenue et votre allure, vous êtes simplement tombé dans la crapule. Quoi qu'il en soit, j'avais décidé de vous demander de quitter cette maison. Prenez vos hardes sur-le-champ, je ne suis pas d'humeur à héberger un vagabond.

— C'est, madame, la tenue de mon état quand la conjoncture me l'impose, répondit Nicolas. Votre jugement est bien hâtif. Quant à votre désir de me voir décamper, il ne fait que précéder l'expression d'une décision que j'avais déjà prise. Je vois bien que je ne suis pas le bienvenu.

— Il n'a tenu qu'à vous d'y être désiré, Nicolas.

L'ambiguïté du propos fit rougir le jeune homme.

— Brisons là, madame. Je partirai demain matin, car par le temps qu'il fait et à l'heure qu'il est il me serait difficile de trouver un abri pour la nuit. Mais, auparavant, je dois vous entretenir de choses graves.

Elle ne bougeait pas, toujours campée au centre du couloir.

— Remarque pour remarque, ajouta-t-il, permettez-moi, madame, de m'étonner de surprendre en robe de bal une femme dont le mari a disparu.

— Vous voilà bien insolent, soudain ! Il se trouve, en effet, que je suis en robe de bal et que je m'apprêtais à sortir afin de me distraire et prendre le bon temps qu'une femme de mon âge se doit de ne pas laisser perdre. Cela vous suffit-il, monsieur le suppôt ?

— Cela suffirait sans doute au suppôt, mais en aucune façon au représentant du lieutenant général de police.

— La tête vous enfle, monsieur.

— La vôtre, madame, me paraît bien irritable et bien éloignée des tristes soucis qui m'amènent.

Louise Lardin se redressa, l'air provocant, les deux mains sur les accoudoirs de son panier, en une pose canaille qui choqua Nicolas. En un instant, sous le vernis éclatant, reparaissait la fille qui faisait les beaux soirs de la maison Paulet.

— Des soucis ? Vous êtes-vous mis en tête de me parler de cette charogne que vous êtes allé déterrer dans les ordures de Montfaucon ? Cela vous surprend ? Je suis mieux informée que vous ne l'espériez. Il s'agit de mon mari, c'est cela ? Que voulez-vous que cela me fasse ? Vous êtes allé gratter la fange et vous en avez eu pour votre argent. Qu'attendiez-vous ? Que je vous joue la comédie de la veuve éplorée ? Je n'ai jamais aimé Lardin. J'en suis débarrassée. Je suis libre, libre et je cours au bal, monsieur.

Nicolas la trouva soudain très belle dans son animation, transformée par une sorte d'orgueil. Elle s'agitait et, tout autour d'elle, les queues de sa robe battaient l'air avec un sourd bruissement de satin.

— Comme il vous plaira, madame, mais vous devrez répondre d'abord à quelques questions qui, dans l'affliction où je vous trouve, ne devraient pas susciter chez vous d'émotion trop excessive. Ma tâche s'en trouve facilitée et j'irai droit au but. J'ajoute que j'attends de votre grandeur d'âme qu'elle vous inspire de répondre sans détour, sinon je me verrai dans l'obligation regrettable de recourir à d'autres moyens.

— Soit, monsieur l'apprenti commissaire. Je cède à la force, de peur des brodequins... Mais faites vite, je suis attendue.

— Vendredi dernier, dans la soirée, vous êtes sortie. Où êtes-vous allée et à quelle heure êtes-vous rentrée ?

— Qu'ai-je à me rappeler telle ou telle journée ! Je ne suis pas greffier de mon temps.

— Je vous signale, madame, afin de rafraîchir votre mémoire, que votre mari a disparu justement ce soir-là.

— Il me semble que je suis allée aux vêpres.

— Aux Blancs-Manteaux ?

— Peut-on aller aux vêpres ailleurs que dans une église ?

— Dans celle-ci ou dans une autre ?

— Ah ! je comprends que la soudarde a parlé... Je suis allée au Petit-Saint-Antoine.

— En cape noire et masquée ?

— Et quand cela serait ? Une femme de qualité ne saurait s'aventurer à la tombée de la nuit en temps de carnaval sans risquer des outrages que seule une tenue de circonstance lui permet d'éviter.

— Et cette cape protégeait de la neige ?

Elle le regarda fixement et s'humecta les lèvres.

— Il ne neigeait pas. Elle me préservait du vent.

Nicolas se tut. Un long silence s'installa jusqu'à ce que Louise Lardin demandât d'une voix rauque :

— Pourquoi me détestez-vous, Nicolas ?

Elle s'approcha de lui. Son odeur le saisit, qui mêlait les senteurs de la poudre des cheveux, des fards, un trouble parfum d'iris et un autre plus sauvage qui l'emportait.

— Madame, je ne fais que mon devoir et j'aurais aimé qu'il me conduisît dans une autre maison que celle où j'ai été si longtemps accueilli.

— Il ne tient qu'à vous que le passé ressuscite. Mon mari n'est plus, qu'y puis-je ? Que dois-je faire pour vous convaincre que j'ignore tout des causes de sa mort ?

Nicolas ne voulait pas se laisser détourner de son but. Il tenta autre chose.

— On dit que le nouveau motet de Dauvergne [5], chanté ce soir-là au Petit-Saint-Antoine, était fort beau.

Elle évita le piège.

— Je n'ai aucun goût pour la musique et n'y entends rien.

— Qu'avez-vous fait, hier ? Êtes-vous restée ici ?

— J'étais avec un de mes amants, monsieur, car j'ai des amants, comme vous le savez. Que peut-on attendre d'autre d'une fille perdue et achetée ?

Une particule de poudre se détacha du visage et tomba sur le corsage. Son accent de sincérité la rendait pitoyable.

— Vous êtes satisfait ?

— Je vous sais gré de votre franchise, répondit Nicolas en rougissant un peu. Vous plairait-il de me donner le nom de cet homme ?

— Pour vous montrer ma bonne foi, je vous dirai

qu'il s'agit de M. Mauval, un homme qui sait aimer et qui, vous ne l'ignorez pas, sait aussi corriger les faquins.

Nicolas ignora l'insulte, mais nota la menace. Le monde lui parut soudain bien petit.

— À quelle heure vous a-t-il rejointe ?

— À midi et il m'a quittée ce matin très tôt. J'ai honte pour vous, monsieur, de cette inquisition.

— J'oubliais, madame, de vous présenter mes condoléances pour le décès de votre parent.

Il avait risqué ce coup sinueux, espérant désarçonner l'adversaire et trouver la faille. Ce fut peine perdue. Louise Lardin ne paraissait pas connaître la mort de son cousin Descart.

— Un mari imposé n'est pas un parent, répondit-elle. Au reste votre sollicitude soudaine me touche peu. Sur ce, monsieur, je dois vous quitter, car j'entends la voiture qui arrive pour me prendre. J'espère que demain matin vous aurez quitté ma maison.

— Encore un mot, madame, où se trouve Mlle Marie ?

— Chez sa marraine, à Orléans. Elle souhaite se retirer du monde et entrer en noviciat chez les Ursulines.

— Voilà une vocation bien soudaine.

— Les voies du Seigneur ont de ces raccourcis.

— Où était Marie, le soir de la disparition du commissaire ?

— En ville, chez une amie.

— Madame, qui a tué votre mari ?

Elle eut un demi-sourire, s'enveloppa dans un mantelet à col de fourrure et virevolta.

— Les rues sont dangereuses en période de carnaval. Il aura rencontré quelque masque assassin.

Et elle sortit en claquant la porte derrière elle, sans un regard pour Nicolas.

Nicolas demeurait figé sur place. Ce duel l'avait laissé sans forces et avait encore accru sa fatigue. Ou bien Louise Lardin était innocente et ses propos étaient seulement frappés au coin du cynisme et de l'amoralité, ou bien c'était une comédienne hors pair. Il se dit aussi que cet excès de provocation, cette fermeté dans l'étalage de sa perdition pouvaient vouloir dissimuler autre chose. Qu'irait-on soupçonner chez une âme qui, d'elle-même, requerrait contre sa propre vertu en usant des plus formidables arguments ? Nicolas n'était pas accoutumé à affronter un adversaire de cette nature. Sa jeunesse était un inconvénient et son registre d'expériences était trop limité. Il venait tout juste de commencer sa collection d'âmes. Il aimait que les formes fussent respectées, et le cynisme le déconcertait comme une monstruosité de l'esprit. Et pourtant, depuis une semaine, il avait tourné, haletant, bien des pages. Les propos de Louise Lardin l'offensaient comme un manque odieux aux règles qui régissaient le commerce de la société. Une autre idée lui traversa l'esprit : l'attitude de Louise n'était peut-être, au fond, que la dernière tentative d'une âme perdue pour ne pas tomber dans des désordres encore plus graves, et sa sincérité un hommage que le vice rendait à la vertu.

Mais ce n'était guère l'heure de philosopher. Nicolas était seul dans la maison et il fallait en profiter. Il écarta les scrupules qui se présentèrent ; ils étaient de peu de poids en regard de l'importance de sa mission. Dans la bibliothèque, quelqu'un — le commissaire, Louise ou un tiers — avait fait le vide dans les papiers. La chambre de Mme Lardin ne lui offrit rien non plus. Il regarda, songeur, le lit ravagé. Une bouteille vide et deux verres donnaient quelque apparence de vérité aux ébats de deux amants. L'ombre aux aguets dans la rue des Blancs-Manteaux, s'il s'agissait bien d'un homme de Bourdeau, aurait peut-être quelque chose à dire sur les horaires de Mauval et de sa maîtresse.

Nicolas examina avec soin les vêtements et les chaussures, et fit de même dans la chambre de Marie. Dans celle-ci, une chose l'étonna. La garde-robe de la jeune fille semblait complète. Était-elle partie sans bagages ? Il compara les empreintes de pas relevées à Vaugirard avec une paire de bottines pleines de boue, elles coïncidaient.

La fatigue finit par l'emporter. Nicolas gagna lentement sa mansarde et se rappela qu'il devrait le lendemain la quitter pour toujours. Il n'y avait été ni heureux ni malheureux, uniquement soucieux d'apprendre et de bien faire durant les mois de son apprentissage. Elle prendrait place dans son souvenir et dans son regret comme toutes les choses et tous les êtres abandonnés au bord du chemin, parce que la vie, la mort ou une petite lumière mystérieuse en décident sans appel.

Il réunit ses vêtements et prépara son portemanteau. Mettant la main dans la poche de l'habit qu'il porterait le lendemain, il tomba sur un petit papier plié en quatre. Il l'ouvrit et vit tout d'abord son prénom dans l'angle du document, avant de déchiffrer une phrase qu'il connaissait déjà :

> *Des trois une paire*
> *Et celui qui les ferme*
> *Se donne à tous.*

Ainsi, Lardin, alors que Nicolas était encore à Guérande, avait souhaité lui laisser ce message sibyllin. Mais pour quelle raison, et que voulait-il dire ? C'est en y songeant que le jeune homme, vaincu, s'endormit.

# X

# TOURS ET DÉTOURS

*Quippe series vinculorum ita adstricta ut*
*Unde nexus inciperet quoque se conderet*
*Nec ratione nec uisu perspici posset*

Car la série des nœuds était si compacte
Que ni la réflexion ni la vue ne permettait
De saisir d'où partait cet entrelacement
[et où il se dérobait

QUINTE-CURCE

*Vendredi 9 février 1761*

Étendu sur le sol, il sentait le soleil rougeoyer derrière ses paupières closes. Après une course folle sur la lande, il avait attaché son cheval aux vestiges d'une barque démembrée, à demi ensablée sur la grève. Le ressac l'avait assoupi. Et soudain le bruit familier s'était éteint ; il n'avait jamais observé, jusque-là, que l'océan pût cesser son éternel mouvement. L'air lui manqua, il se redressa et ouvrit les yeux, qu'il referma aussitôt, ébloui par la lumière. Il fut saisi par un tourbillon de sensations et se retrouva, transi de froid, dans sa couchette. La veille, après une journée d'épreuves, il avait sombré, tout habillé, dans l'inconscience. Il n'avait pas pris le soin habituel de fermer ses volets et un rayon de soleil hivernal avait trouvé le chemin de son visage. Il s'étira comme une bête, membre après membre, avec précaution. Une nuit de sommeil avait chassé la douleur et laissé la place à un engourdissement et à une raideur assez semblables à la fatigue d'une journée à cheval quand l'habitude en est perdue. Comme chaque matin, il respira profondément pour chasser l'angoisse des ténèbres et se jugea prêt à affronter une nouvelle journée.

Nicolas se sentait sale et courbatu. Il avait besoin d'un bon bain. La chose lui parut difficile à obtenir. Après y avoir réfléchi, il décida d'user des moyens du bord. Catherine utilisait un grand baquet de bois cerclé pour tremper le linge, il ferait l'affaire. Il allumerait le potager de la cuisine et ferait chauffer de l'eau. Ragaillardi par cette perspective, il s'approcha de la croisée. Au premier plan, le jardin était une nappe blanche, sur laquelle se lisaient les traces recoupées d'oiseaux ou de chats. Le jour était magnifique et froid. Plus loin, sur les toits des maisons avoisinantes, la neige étincelait avec des reflets bleus.

Il compléta son bagage en réunissant les pauvres objets auxquels il tenait : une minuscule gravure naïve, représentant sainte Anne, ses livres de droit avec les quatre volumes du *Grand Dictionnaire de police* de Delamare, un vieil exemplaire des *Curiosités de Paris* par Saugrain l'aîné dans une édition de 1716, une coutume de Paris, un vieux missel ayant appartenu au chanoine Le Floch, l'*Almanach royal* de 1760, deux volumes des pensées du père Bourdaloue, de la Compagnie de Jésus, sur divers sujets de religion et de morale, *Le Diable boiteux* de son compatriote Lesage, né à Sarzeau, lu et relu, comme le *Don Quichotte*, tout au long de son enfance, un éventail cassé offert par Isabelle, et, enfin, une dague de chasse donnée par le marquis, son parrain, le jour où il avait servi sa première bête noire [1]. Il se souvenait encore, avec amertume, de la réprobation de ceux qui avaient été scandalisés qu'on réservât cet honneur à un enfant trouvé, sans nom et sans naissance. Il avait acheté, à vil prix, chez un revendeur une antique malle de cuir cloutée qui, outre son portemanteau, constituerait tout son déménagement.

Où irait-il ? Il lui faudrait trouver un logis pas trop onéreux. En attendant, il avait bien pensé demander asile à Bourdeau mais, outre que celui-ci occupait avec sa femme et leurs trois enfants un logis exigu, il paraissait à Nicolas peu digne de faire appel à son adjoint, au risque de se placer dans une situation fausse qui troublerait une entente à laquelle il tenait par-dessus tout. Le père Grégoire serait sans doute heureux de l'accueillir à nouveau rue de Vaugirard, mais le supérieur du couvent pouvait refuser, et le mode de vie de Nicolas, lié aux emplois du temps incohérents de son état, ne paraissait pas compatible avec le fonctionnement régulier d'un couvent. Certes, il pouvait s'en ouvrir à M. de Sartine, mais son chef se tenait de préférence au-dessus de ce type de contingence et Nicolas préférait ne pas se risquer à affronter certain regard ironique qu'il connaissait bien. Il devait se débrouiller tout seul.

Il repensa soudain à une proposition déjà ancienne de son maître, M. de Noblecourt. L'ancien procureur au Parlement, veuf sans enfant, s'était vite rendu compte de la froideur de Lardin à l'égard de son élève, et il avait plusieurs fois proposé à celui-ci de venir partager sa solitude épicurienne en occupant une chambre agréable qui ne servait à personne. Nicolas avait alors décliné cette offre, car, même si le lieutenant général de police ne lui en avait jamais formellement touché mot, il se considérait comme en mission dans la maison des Blancs-Manteaux. Les interrogations régulières de M. de Sartine l'avaient confirmé dans cette manière de voir. Désormais, plus il y pensait, plus l'idée de faire appel à M. de Noblecourt lui semblait providentielle. Il éprouvait d'ailleurs une sincère affection pour le vieux magistrat bienveillant et spirituel. Rasséréné, il décida de faire toilette.

La demeure était silencieuse et rien n'indiquait que Louise Lardin fût rentrée. Nicolas avait rallumé une chandelle avant de s'aventurer dans l'obscurité de l'escalier. Avec ces réflexes de limier qui commençaient à devenir chez lui une seconde nature, il examina avec soin les degrés puis le carrelage du corridor. Nulle trace de neige ou de boue n'était visible. À l'évidence, personne n'était entré dans la maison depuis la veille au soir.

Il gagna l'office afin de se consacrer à la préparation de ses ablutions. Il convenait tout d'abord de rallumer le potager. Il connaissait l'endroit où Catherine entreposait les brindilles et le charbon de bois nécessaires à cette opération. Aussitôt, il fut saisi d'une nausée déclenchée par l'odeur douceâtre et écœurante qui planait dans la pièce. Il pensa que quelque rat, empoisonné par les appâts à l'arsenic que disposait régulièrement la cuisinière, avait dû crever dans un trou ou sous un meuble. Il chercha en vain, puis tenta d'oublier l'odeur. Il souffla sur le brasier qui crépitait joyeusement. Il ne restait plus qu'à remplir une marmite à la fontaine intérieure et attendre que l'eau se dégourdisse.

Le baquet était toujours rangé dans le caveau avec les vins, les pots de graisse et la réserve de lard et de jambons — ces derniers protégés par des sacs de toile, sur lesquels Catherine veillait avec un soin jaloux. Nicolas ouvrit la porte en ogive qui donnait sur un escalier de pierre conduisant au caveau. Celui-ci avait fait partie d'une bâtisse antérieure, aujourd'hui disparue, dont il avait constitué les anciennes fondations. De nouveau Nicolas fut saisi à la gorge par la même odeur âcre. Il descendit les degrés et éleva sa chandelle : à l'un des crocs de boucher pendait une masse informe enveloppée dans un tissu de jute brun. Une mare de sang coagulé couvrait le sol sous cette masse.

Retenant sa respiration, tant l'air était vicié par les miasmes qui s'en dégageaient, Nicolas, le cœur battant et trop assuré de ce qu'il s'attendait à découvrir, tira sur le sac. Il tomba sur le sol faisant apparaître un sanglier, à demi décomposé, pendu par les antérieurs. La bête avait-elle été abandonnée après le départ de Catherine ou déposée depuis ? Il savait que le gibier devait être mortifié et sa petite enfance avait été obsédée par les têtes d'oiseaux grouillantes de vers du gibier d'eau que le marquis adressait au chanoine, amateur de cette chair forte. Joséphine attendait que les becs se détachassent des corps pour les cuisiner. Cependant, il n'avait jamais vu cette opération menée jusqu'à la putréfaction. Sur le sol, il y avait beaucoup d'empreintes, dont certaines s'arrêtaient devant un grand châssis de bois sur les traverses duquel s'alignaient des bouteilles. Il les observa longuement. Ayant trouvé son baquet, il remonta, pressé de fuir cette atmosphère confinée et puante pour retrouver l'office où l'eau commençait à bouillir.

Nicolas se déshabilla et jeta un œil vers une grande casserole de cuivre étincelant qui lui servait souvent de miroir. Il était à faire peur, avec la barbe poussée et le corps couvert de bleus et d'écorchures. Il ôta ses pansements ; les plaies de la tête et du côté étaient fermées et saines ; l'apothicaire avait fait du bon travail. Il versa l'eau bouillante dans le baquet, mais la fontaine était vide. Ouvrant la porte qui donnait sur le jardin, il emplit, en frissonnant, un pot avec de la neige propre et put ainsi refroidir son bain. Il y ajouta un peu de potasse[2] dont usait Catherine pour ses lessives, s'accroupit dans le baquet et s'arrosa avec la louche. La chaleur de l'eau chassa peu à peu les contractures. Il se laissa aller à une torpeur heureuse, jouissant de cet instant de répit.

Le chanoine, son tuteur, n'aurait pas manqué de lui reprocher ce plaisir, lui qui décriait si acrimonieusement les nouvelles modes de propreté. C'était, avec les philosophes et l'*Encyclopédie*, un sujet de controverses incessantes et animées entre son tuteur et son parrain. Le chanoine allait répétant qu'il n'était pas d'intimité susceptible d'échapper au regard de Dieu et que la bienséance voulait qu'en se couchant on se cache à soi-même son propre corps. Pour lui, les soins devaient se passer de tout recours à l'eau et ignorer le corps à l'exception du visage et des mains, seules parties visibles. C'était sur le linge que tous les efforts devaient porter. Le marquis, qui raffolait de ces joutes amicales, ricanait et évoquait en « voltairien » l'odeur de sainteté des religieux de tout poil, qu'il disait souhaiter voir plonger, en guise de purgatoire, dans des bains de lessive. Sa vie militaire lui avait démontré l'utilité de ce qu'il nommait d'un mot nouveau « l'hygiène ». Le marquis assurait même avoir échappé à des épidémies grâce à cette habitude. Aussi avait-il incité Nicolas à adopter son système. Le jeune homme avait souffert, au collège des jésuites de Vannes, de ne pouvoir satisfaire ce qui était devenu pour lui un besoin nécessaire et quotidien.

Il sortit enfin du baquet et s'essuya avec soin. Il avait l'impression d'avoir laissé l'homme ancien dans l'eau du bain. Les croûtes de ses plaies avaient été ramollies par l'eau chaude. Il avait décidé de sacrifier une chemise usée pour en faire de la charpie, une ceinture de toile destinée à tenir le pansement du côté et un bandeau pour la tête. Il se rappela que Catherine gardait des onguents et du vinaigre médicinal dans un tiroir du buffet, où il trouva en effet une petite bouteille de « Liqueur romaine » enveloppée dans une notice d'emploi. Il en lava ses plaies, refit ses pansements et s'habilla de frais après s'être rasé. Il renonça à avaler quelque chose, écœuré qu'il était par l'odeur toujours aussi obsédante, remit toutes choses en place, remonta prendre son bagage et, après avoir vérifié qu'il n'avait rien oublié, quitta sa mansarde d'apprenti.

Il lui fallait maintenant trouver une voiture pour transporter ses affaires. Il pouvait laisser son bagage devant la porte et partir à la recherche d'un cocher en maraude, mais le risque était grand de ne rien retrouver au retour. Et il ne pouvait rouvrir la porte de la maison une fois celle-ci fermée, ne disposant pas des nouvelles clefs.

Il songea alors à l'ombre d'hier. Il ouvrit et observa le portail des Blancs-Manteaux. L'homme était toujours là, battant la semelle et frappant dans ses mains. Nicolas lui fit signe. Il hésita et regarda à droite et à gauche avant de traverser la rue enneigée, et Nicolas le reconnut aussitôt comme l'un des indicateurs qu'utilisait l'Hôtel de police. Il lui demanda de se porter rue Vieille-du-Temple, près de l'hôpital Saint-Anastase, et de lui trouver une voiture. Pendant ce temps, lui, Nicolas, ferait le guet. L'homme lui confirma que Louise Lardin n'avait pas regagné son domicile.

Un fiacre apparut bientôt et la mouche en descendit. Nicolas embarqua ses impedimenta et donna au cocher l'adresse de son professeur, rue Montmartre, au lieu dit « pointe Saint-Eustache », en face l'église du même nom. Il s'agissait d'une maison de cinq étages, qui appartenait au magistrat et dont il avait loué les parties supérieures pour ne conserver que les étages nobles du premier et du deuxième. Le rez-de-chaussée était partagé entre une boulangerie et des communs qu'occupaient Marion, la gouvernante, et un laquais nommé Poitevin, presque aussi âgé que son maître. Nicolas se disait qu'il pourrait peut-être récupérer ses vêtements dissimulés dans la pénombre d'une chapelle latérale de Saint-Eustache, si ceux-ci avaient échappé à la vigilance experte des mendiants qui hantaient l'édifice.

La voiture se déplaçait sans bruit, mais les grelots du cheval sonnaillaient allègrement. La ville se dégageait des brumes et de la chape plombée des nuées qui l'avait recouverte des jours durant. À partir du carreau des Halles, la presse fut de plus en plus grande et les embarras presque inextricables. Enfin, sa voiture doubla la pointe Saint-Eustache, et entra dans la rue Montmartre.

Nicolas reconnut avec plaisir la haute demeure de l'ancien procureur au Parlement. Ventrue et posée de guingois, elle paraissait solidement ancrée dans le sol parisien. Avec les années, ses flancs s'étaient élargis et bombés comme ceux d'un ancien galion échoué. La ligne sinueuse des balcons décorés de fer forgé, pareille aux lèvres d'une gigantesque statue, offrait le dessin d'un sourire énigmatique et cependant bienveillant. Nicolas, à sa vue, se sentit ragaillardi ; il aimait cette maison. Après avoir réglé sa course, il déposa son bagage sous la voûte de la porte cochère où flottait l'odeur de pain chaud de la boulangerie voisine. Il monta au premier et frappa à la porte. Le visage ridé de la vieille Marion se plissa de plaisir quand elle le reconnut.

— Ah ! monsieur Nicolas, comme je suis aise de vous voir ! Monsieur se plaignait, hier encore, d'être délaissé de vos visites. Vous savez combien il vous aime.

— Bonjour, Marion. Je serais venu lui présenter mes devoirs plus tôt, si certains événements ne m'en avaient empêché.

Un petit barbet, boule grise et frisée, surgit comme une fusée d'artifice et se mit à sauter autour de Nicolas en poussant des cris joyeux.

— Voyez comme Cyrus vous fait fête ! dit Marion. Il connaît bien ses amis et ceux de Monsieur. Je dis toujours, les bêtes ont plus de sens que nous...

On entendit une voix qui s'enquérait du visiteur.

— Je crois que Monsieur s'impatiente. Il prend, comme d'habitude, son chocolat dans sa chambre. Suivez-moi, il va être si content.

La chambre de M. de Noblecourt était une belle pièce aux lambris vert pâle rehaussés d'or. Elle donnait sur la rue Montmartre par une double porte-fenêtre ouvrant sur un balcon. Le maître de maison avait souvent expliqué à son élève le plaisir qu'il prenait, chaque matin, vêtu d'une robe de chambre de perse fleurie et le chef couvert d'une calotte pourpre, à rêvasser en prenant son chocolat. Il regardait, dès l'aube, croître l'animation de la rue, observant avec philosophie les mille et un petits incidents de la vie quotidienne. Il se laissait aller à l'engourdissement heureux où la chaleur du breuvage exotique et l'espèce de langueur que celui-ci lui procurait le plongeaient dans une béatitude parfois suivie d'un somme. Cyrus faisait des allées et venues entre Nicolas et son maître, puis il sauta sur les genoux du magistrat.

— Le soleil et Nicolas sont de retour, alléluia ! s'écria le vieil homme. Mon enfant, asseyez-vous. Marion, vite, une chaise et une tasse. Rapporte-nous bien vite du chocolat chaud et quelques-uns de ces pains mollets que me fournit mon boulanger de locataire.

Sous la calotte s'épanouissait un visage poupin, aux yeux étonnamment clairs. À droite du nez fort et coloré, une verrue attirait le regard, que Nicolas, qui n'avait pas encore oublié ses humanités, comparait à celle de Cicéron. Deux bajoues couperosées pendaient autour d'une bouche spirituelle et gourmande que prolongeait un menton qui avait été fort, mais qui se perdait maintenant dans une triple épaisseur de chairs.

— Voyez que je demeure dévot à mes habitudes, faute de l'être d'une autre manière, reprit M. de Noblecourt. Je m'abandonne à l'âge qui vient, sans trop de surprises, sans trop de secousses... Bientôt, je ne bougerai plus de ce fauteuil. Je m'en ferai faire un autre, un antique, avec des oreillettes et une tablette et, pourquoi pas, des roulettes. Il ne restera plus qu'à le percer pour que je n'en sorte plus ! La maréchale de Luxembourg avait bien fait monter sa chaise à porteurs dans son salon pour se protéger des vents coulis, une année où l'hiver était fort rude. Je ne bougerai plus, et un matin le fantôme de Marion — qui, notez-le, est beaucoup plus vieille que moi — me trouvera le nez dans mon chocolat.

Nicolas connaissait son vieil ami. Tout cela n'était que provocation ; il attendait des protestations et, ne seraient-elles pas venues, qu'il aurait poursuivi pour les susciter.

— Je vous trouve le ton fort inspiré pour un futur podagre, monsieur, répondit-il. Votre tasse n'a rien à craindre. Vous voilà derechef imitant votre ami, M. de Voltaire — votre contemporain, sauf erreur —, qui annonce, depuis un quart de siècle, qu'il ne passera pas l'année et que l'armée coalisée de ses maux va incontinent le retirer à l'admiration de l'Europe et à la vénération de ses amis. Vous êtes du bois dont on fait les centenaires. Et j'ajouterai que vous vous devez à vos amis plus jeunes. À qui parleront-ils, si vous leur faites défaut ? Il n'y a pas tant d'honnêtes hommes que l'on puisse se satisfaire de les voir disparaître.

M. de Noblecourt, ravi, se mit à applaudir et Cyrus à manifester son approbation en aboyant.

— Soit, monsieur, je m'incline. Vous connaissez votre monde et savez faire votre cour. Il est dans l'ordre des choses qu'un jour l'étudiant en remontre au maître. Mais je suis un vieux bavard. Nicolas, vous me devez quelques explications sur votre soudaine disparition.

D'une main encore potelée, il caressait le barbet qui, calmé, s'était retourné et présentait, pattes écartées, un ventre rose.

— Monsieur, la mort de mon tuteur m'avait appelé en Bretagne. Après lui avoir rendu les derniers devoirs, je suis revenu à Paris où j'ai trouvé une situation difficile. Vous avez sans doute appris que le commissaire Lardin a disparu. M. de Sartine m'a chargé de l'enquête.

Le visage plein et bonasse de l'ancien procureur, qui avait tout d'abord exprimé toute la part qu'il prenait au deuil de Nicolas, changea soudain. Les yeux s'ouvrirent et la bouche s'arrondit ; la surprise le disputait à l'incrédulité d'apprendre que son élève s'était poussé si vite dans cette carrière.

— Quelle nouvelle ! Le représentant de M. de Sartine ! Voilà qui l'emporte sur la disparition de Lardin.

Celui-là était un ami, certes, mais qu'il me plaisait de tenir à distance. Je l'avais encore vu la semaine passée.

Marion l'interrompit avec autorité en disposant sur la table à jouer une deuxième chocolatière d'argent, une tasse et sa soucoupe en porcelaine de Rouen, ainsi qu'une assiette des fameux pains mollets et un confiturier.

— Je vois, Nicolas, que vous avez des intelligences dans la place. Je n'ai pas droit, pour ma part, à ces délices fruitiers.

— Il ferait beau voir ! s'écria Marion. Vous en aurez quand vous m'aiderez à éplucher les coings, comme le fit, un jour de septembre dernier, M. Nicolas. Et puis vous êtes trop gourmand.

Marion versa le breuvage fumant tout en continuant à vitupérer sourdement. Les tasses s'emplirent d'un liquide mousseux marron clair d'où s'exhalaient l'arôme chaleureux du chocolat et la touche subtile de la cannelle. Cyrus sauta sur les genoux de Nicolas dont il connaissait la générosité à son égard. Le jeune homme, chez qui le chasseur ne sommeillait jamais que d'un œil et qui suivait toujours son idée fixe, attendit que Marion sorte avant de relancer le procureur sur Lardin.

— Quel jour m'avez-vous dit l'avoir rencontré ?

— Jeudi dernier.

— Vous êtes donc l'une des dernières personnes, à ce qu'il paraît, à l'avoir vu.

— La rencontre fut brève. Il me parut sombre à l'excès, davantage que d'habitude. Vous le connaissez, avec son humeur secrète, vindicative et agitée, l'homme n'est guère aimable. Un bon policier toutefois, et c'est ce qui nous rapprochait. Jeudi dernier, il était semblable à lui-même. Pourtant, en le quittant il m'a fait pitié, il paraissait désemparé hors de toute mesure.

— Et Mme Lardin ?

M. de Noblecourt sembla considérer dans le vide quelque charmante apparition.

— La belle Louise ? Il y a beau temps que je n'ai eu l'avantage de lui présenter mes hommages. Le morceau est friand, quoique proche de la trentaine, mais il n'est plus de mon âge. Encore qu'avec elle l'âge ne fait rien à l'affaire et que, jeune gardon ou vieux barbon, tout fait bouche, si j'ose dire, pourvu que certain tintement de bon aloi se fasse sentir...

Il souligna son propos d'un clin d'œil si énergique que sa calotte se dérangea et glissa de travers sur le front. Le vieil homme but une gorgée de chocolat, s'essuya la bouche, rompit un pain, puis le reposa avec un soupir en se penchant vers Nicolas. Il reprit d'une voix basse :

— Il y a quelque anguille sous roche, mon cher enfant. Je ne suis pas assez retiré du monde pour ignorer les rumeurs qui courent sur Lardin. Ni assez candide pour ne pas avoir compris à quels motifs obéissait M. de Sartine en vous plaçant, contre toute raison, chez ce couple diabolique.

Il s'arrêta, mais Nicolas resta de marbre.

— Ne me dites pas que la Lardin ne vous a pas fait des avances ?

Pour le coup, Nicolas devint écarlate.

— Hé, hé, fit le vieillard, à ce point-là ? Serviteur, monsieur. Mais je n'en veux rien savoir. Le malheur planait sur cette maison. Ne me demandez pas pourquoi, mais je le sentais s'approcher. Je voyais Lardin promis à de tristes aboutissements, débauche secrète ou passion à laquelle on sacrifie tout. La convoitise de la chair ou de l'or, cette « sangsue » dont parle Salomon, c'est l'esprit du siècle. On veut jouir sans restriction. S'il était possible de percer les murailles et de pénétrer dans les demeures les plus secrètes, on découvrirait ce qui s'y passe de plus infâme. Moi, vieux sceptique, épicurien s'il en fut, je contemple mon temps et j'en stigmatise les mœurs après en avoir puni les crimes.

Il hochait la tête d'un air attristé en considérant, l'un après l'autre, le pain et la confiture. Cyrus s'était dressé et tremblait d'excitation en observant le manège de son maître. Après avoir vérifié que Marion n'était pas dans les parages, M. de Noblecourt se saisit prestement d'une moitié de pain, la couvrit d'une épaisse couche de gelée et engloutit le tout en deux bouchées voraces.

— Ma présence était, en effet, bien pesante aux Lardin, dit Nicolas. Désormais elle est devenue impossible. Il doit vous apparaître comme à moi que, chargé de l'enquête sur la disparition du commissaire et sans vous dévoiler les secrets d'une investigation délicate, je ne puis continuer à demeurer en un lieu où je serais juge tout en restant un obligé.

— « *Opum contemptor, recti pertinax, constans adversus metus*[3] », cita avec satisfaction le magistrat. Vous ne pouvez, en effet, rester rue des Blancs-Manteaux.

— Je l'ai quittée ce matin même et j'étais venu vous demander conseil, incertain de ce que...

— Mon cher Nicolas, je partage l'opinion de M. de Sartine sur l'excellence de vos qualités et sur la distinction de votre éducation. Je vous avais déjà proposé de prendre ici vos quartiers. Soyez mon hôte et ne me remerciez pas, c'est un plaisir que je me fais à moi-même. Marion, Marion !

Il frappa dans ses mains, déclenchant une crise d'allégresse chez Cyrus qui se mit à tourner comme une toupie dans la chambre, avant de filer dans le logis à la recherche de la gouvernante.

— Monsieur, votre bonté m'accable et je ne sais comment...

— Allons, allons... Voici les règles de la maison. C'est une annexe de l'abbaye de Thélème où sont révérées la liberté et l'indépendance. Vous logerez dans la chambre du deuxième. Je sais que vous ne craignez pas les livres, les murs en sont couverts ; ma bibliothèque, déjà pleine, y a débordé. Vous disposerez d'une entrée particulière, une porte donne sur le petit escalier qui descend aux communs. Marion et Poitevin vous serviront. Vous souperez et vous dînerez avec moi quand vous le souhaiterez, ou quand vous le pourrez : je connais trop bien, pour les avoir éprouvées moi-même, les servitudes de votre état. Que cette demeure soit votre havre. Où est votre bagage ?

— En bas, monsieur. Croyez que je ferai tout pour éviter de vous déranger trop longtemps. Je vais me mettre en quête...

— Monsieur, cela suffit, vous allez m'encolérer. Ne voilà-t-y pas que l'ingrat veut déjà abandonner la place ! Je requiers votre obéissance. Consacrez-vous sans remords à votre tâche et ne répliquez pas.

Marion apparut, guidée par un Cyrus piaffant qui était allé la quérir dans l'office.

— Marion, M. Nicolas sera désormais des nôtres. Préparez la chambre bleue. Demandez à Poitevin d'y monter le bagage de notre ami. Secundo, j'offrirai, dimanche, un souper. Nous ferons aussi un peu de musique. Nous serons cinq, avec Nicolas et ses amis, le père Grégoire des Carmes et ce jeune séminariste, M. Pigneau, que vous me présentâtes un jour au concert spirituel ; enfin nous aurons M. Balbastre, l'organiste de Notre-Dame [4]. Je vous donnerai des billets à faire porter. Quant au repas, Marion, je compte que vous me ferez honneur. Il n'y a pas plus fines gueules que les prêtres et les musiciens, sauf, peut-être, les magistrats.

Marion avait écouté son maître, avec une satisfaction visible, en joignant ses mains de contentement. Elle disparut aussi vite que le lui permettaient ses vieilles jambes, afin d'apprendre la bonne nouvelle à Poitevin.

Nicolas découvrit avec ravissement la chambre qui lui était destinée. L'alcôve, qui abritait un petit lit, était entourée de deux bibliothèques installées dans l'épaisseur du mur et pleines de la plinthe jusqu'à la corniche. Les livres paraissaient toujours monter une garde silencieuse autour de lui. Enfant, il avait passé bien des heures en leur compagnie, dans le grenier de la maison de Guérande, et plus tard dans la bibliothèque du marquis, à Ranreuil. Rien ne pouvait advenir de mauvais, lorsqu'on était protégé par des alignements de reliures fraternelles. Il suffisait d'ouvrir un volume pour que s'élève une petite musique toujours émouvante et jamais semblable. Un secrétaire à cylindre, un fauteuil, une table de toilette et une petite cheminée complétaient l'ensemble de l'ameublement de la chambre tapissée d'un papier bleu à motif fleuri. Jamais Nicolas n'avait vécu dans un tel luxe. Il n'y avait pas de comparaison possible avec la mansarde des Blancs-Manteaux.

Après l'heureuse conclusion de sa visite rue Montmartre et le beau temps aidant, Nicolas rejoignit le Châtelet tout attendri de contentement. Il inspecta cependant les alentours du sombre monument, mais l'objet de sa recherche, le sagace Tirepot, ne parut pas. Sans doute ses recherches n'avaient-elles pas encore abouti. Il est vrai qu'elles exigeaient beaucoup de prudence. Nicolas savait que ce type de démarche aventurée mettait souvent en danger la vie des informateurs. On ne pouvait leur reprocher de prendre leur temps et de multiplier les précautions lorsque leur enquête les conduisait au cœur des ténèbres du Paris criminel.

Dès son arrivée, il s'enquit auprès du geôlier en chef de la cellule dans laquelle l'inspecteur avait fait incarcérer Semacgus. Il lui fut répondu que M. Bourdeau était demeuré enfermé toute la nuit avec un prisonnier inconnu enregistré sous le nom de « M. d'Issy » ; il s'y trouvait d'ailleurs encore. C'était une cellule à pistole, au confort décent, avec un ordinaire pouvant être commandé à l'extérieur. Nicolas admira la prudence de son adjoint.

Après s'être fait reconnaître, le jeune homme entra dans la pièce et fut frappé par l'atmosphère confinée, mélange d'odeur de paille et d'âcreté de corps en sommeil. Au-dessus de tout cela flottaient des miasmes de

fumée froide. Semacgus et Bourdeau avaient dû sacrifier à leur penchant commun du tabac. L'inspecteur
était en redingote, la cravate dénouée et sa chevelure
grise ébouriffée. Semacgus, allongé sur la paille de la
couchette, dormait, le tricorne sur les yeux. Sur la table,
des carcasses de poulets, deux verres et trois bouteilles
vides témoignaient que les événements tragiques de
Vaugirard n'avaient pas coupé l'appétit aux deux compères. Nicolas songea que ce n'était pas là la manière
de faire d'un assassin présumé. Il se corrigea aussitôt ;
la remarque pouvait tout aussi bien confirmer la dureté
de cœur et l'insensibilité d'un criminel avéré. Il prit la
chose comme une leçon. Toute apparence avait une
double face, selon le jugement porté *a priori* dans un
sens ou dans un autre. Il mesura ainsi la fragilité des
témoignages humains soumis aux humeurs et à la première impulsion donnée.

Après avoir considéré Semacgus allongé, il pria
Bourdeau d'aller faire toilette et de le rejoindre ensuite ; il souhaitait demeurer seul avec le suspect. Bourdeau obéit, non sans dissimuler le désappointement que
cet éloignement lui causait. De fait, Nicolas avait ses
raisons de préférer une entrevue sans témoin. Il la justifiait — sans se convaincre lui-même — par la nécessité
de préserver son mystère, et par conséquent son autorité, aux yeux de son adjoint. La vérité, plus prosaïque,
résidait dans le fait que, n'ayant pas tout dit à Bourdeau
de ses aventures de la veille et de sa nuit chez la Satin,
il ne voulait pas être pris en flagrant délit de dissimulation.

Nicolas hésita encore un moment avant de secouer
l'épaule de Semacgus. Il avait scrupule à tirer de son
repos un homme promis aux plus graves accusations et
pour lequel ses sentiments n'avaient pas varié. Semacgus soupira, se redressa et son chapeau roula à terre.
L'effroi fugitif qui se dessina sur son visage disparut
lorsqu'il reconnut Nicolas.

— Le vin de M. Bourdeau est plus efficace par ses

qualités narcotiques et soporatives que l'élixir opiacé le mieux concentré, dit-il en bâillant. Par Dieu, quel sommeil ! Mais vous voilà la mine bien sérieuse, mon cher Nicolas...

Il se leva et saisit une chaise sur laquelle il s'installa à califourchon.

— C'est sans doute à vous que je dois d'être logé dans cette chambre ? Je vous en sais gré.

Il y avait à la fois de la reconnaissance et de l'ironie dans sa voix.

— Je crois, en effet, que vous le pouvez, sourit Nicolas. Outre que vous auriez pu passer la nuit dans l'un de ces séjours divins que sont « La Barbarie » ou « Les Chaînes », on eût pu préférer vous accueillir dans « La Fin d'aise », célèbre par ses reptiles et son ordure, ou encore dans « La Fosse », en cône renversé, dans laquelle, le dos courbé et les pieds dans l'eau, il vous aurait été loisible de méditer sur l'inconvénient de ne pas faire confiance à ses amis[5].

— Oh ! Oh ! Voilà, je le crois, une pierre dans mon jardin qui impose que celui qui la jette en fournisse aussi l'explication.

Nicolas s'assit sur l'autre chaise.

— J'ai voulu que cet entretien n'ait pas de témoin, reprit-il. Ce n'est pas un interrogatoire officiel. La chose viendra peut-être mais, pour le moment, je voudrais vous parler de certains faits avec la plus grande ouverture. N'y voyez ni malice ni ruse de ma part. Vous y discernerez sans doute un peu de candeur, mais c'est une part préservée de moi-même que je n'entends pas encore abandonner. La forteresse est pourtant investie et vous y avez contribué...

Semacgus écoutait, sans trace d'émotion particulière.

— Vous n'avez, à aucun moment, joué partie claire avec moi. Dès notre rencontre à la Basse-Geôle, vous vous êtes montré fuyant, imprécis et dissimulé. Reprenons, si vous le voulez bien. Vous m'avez déclaré être parti de chez la Paulet à trois heures du matin. Cette précision m'avait alors étonné chez quelqu'un qui sortait d'une partie fine. Dès cet instant, vous étiez suspect...

— Du meurtre de Lardin ?

— Suspect. C'est vous qui, pour la deuxième fois, évoquez l'assassinat hypothétique du commissaire. Vous étiez aussi convaincu de dissimulation ; ainsi m'avez-vous déclaré plus tard n'avoir cédé qu'une seule fois à Louise Lardin. Or, il appert, selon des témoignages recevables, que votre liaison avec la femme de votre ami durait encore, et dure peut-être à l'heure où nous sommes. Enfin...

Nicolas sortit de la poche de son habit un papier vierge qu'il feignit de lire.

— « A déclaré avoir reçu un louis pour dire et affirmer que ledit inconnu était demeuré avec elle jusqu'à trois heures du matin et pour n'avouer jamais qu'il était parti bien avant. Interrogée sur ce point, a dit et répété que ledit inconnu était sorti sans que quiconque pût l'apercevoir par la porte dérobée du jardin par laquelle les joueurs se retirent en cas de descente de police. À la question à quelle heure était-il parti, ladite fille a répondu : Un quart d'heure après minuit. » Cette fille s'appelle la Satin. Inutile de vous demander si vous la connaissez, n'est-ce pas ?

— Nicolas, vous faites les questions et les réponses. De plus, tout cela a-t-il quelque chose à voir avec le meurtre du docteur Descart ?

— En effet, la chose reste à prouver. Je tente simplement de vous faire comprendre qu'un magistrat qui ne vous connaîtrait pas et qui procéderait à l'examen de votre cas, concernant la disparition de Lardin, en viendrait, en toute bonne foi, à douter de vos déclarations. Imaginez ensuite que ce même magistrat vous retrouve dans une affaire de meurtre et, qui plus est, dans le meurtre d'un homme avec lequel, de notoriété publique, vos relations étaient pour le moins difficiles, mettez ensemble toutes ces conjonctions d'impressions et de faits et concluez vous-même sur les issues vraisemblables. Mesurez alors la chance d'avoir affaire à moi, à un ami qui — c'est ainsi — détient un pouvoir discrétionnaire sur l'instruction de ces deux affaires et qui espère que vous n'êtes pour rien dans ces deux drames. Considérez donc ma position et jugez si le moment n'est pas venu de vous ouvrir à moi des circonstances vraies et réelles et des conditions dans lesquelles vous y avez été mêlé.

Un long silence suivit cet exorde prononcé d'une voix appuyée et que Nicolas avait ponctué, à plusieurs reprises, en martelant de ses paumes la surface crasseuse de la table. Semacgus, pensif, se leva, fit quelques pas dans la cellule, se rassit, puis, après un soupir, prit la parole.

— Je suis sensible, mon cher Nicolas, à vos propos et aux sentiments qui les inspirent. Je n'avais pas mesuré la chance d'avoir un ami pour enquêteur. Pardonnez-moi, mais votre élévation a été si soudaine que, malgré l'estime que je vous porte, j'étais loin d'avoir dans vos capacités la confiance requise par les circonstances. Aussi, je vous le demande en grâce, faisons table rase de mes tergiversations passées. Je suis prêt à répondre à toutes vos questions. Mais je vous préviens, l'évidence peut conduire parfois à de fausses certitudes. C'est un innocent qui vous parle.

— Mon ami, voilà ce que je voulais entendre. Je vais d'abord vous demander de m'expliquer — Bourdeau m'a déjà fourni les détails sur la découverte du corps de Descart — les conditions dans lesquelles vous avez été appelé à le rencontrer avant-hier soir.

Semacgus réfléchit un moment, et commença :

— Vers neuf heures, on a tiré la sonnette de ma demeure. Awa, qui ne cesse d'attendre des nouvelles de Saint-Louis, s'est précipitée à la porte. Elle a trouvé à terre une lettre pliée en quatre et fermée d'un pain à cacheter. Ne sachant qu'en faire, elle me l'a aussitôt portée. Je l'ai ouverte...

Semacgus fouilla dans le revers de sa manche droite et en sortit un petit billet qu'il tendit à Nicolas.

— Pas d'adresse..., constata celui-ci. Aucune marque sur le pain. Voyons... « Venez ce soir à la maison, je vous attendrai à la demie de cinq heures. Guillaume Descart. » Le papier a été déchiré...

— Il l'était quand je l'ai reçu des mains d'Awa. Mais Descart était économe, pour ne pas dire avare.

— Awa aurait-elle pu en couper un morceau ?

— Impossible, elle ne sait pas lire, et considérez l'ensemble ; les pliures coïncident, y compris avec les traces de pain à cacheter.

— C'est vrai. Quelle fut votre première réaction à la lecture de ce billet ? L'écriture de Descart ne vous était pas étrangère.

— En effet, du temps où nos relations étaient plus suivies, il m'envoyait certaines pratiques indignes de sa science. J'ai donc parfaitement reconnu son écriture. À vrai dire, le laconisme de la lettre m'a intrigué, mais le personnage était étrange et j'ai pris l'invitation pour ce qu'elle paraissait être, une demande d'entretien. Je me suis creusé la tête pour deviner son objet. Notre dernière rencontre, vous étiez là, avait tourné court. Au fond, je ne m'attendais guère à une offre de réconciliation.

— Vous avez dit à Bourdeau que seule une raison grave, touchant à l'exercice de votre état, pouvait justifier cette convocation.

— Certes, je pouvais imaginer qu'il tînt à m'informer de l'état de la procédure qu'il avait engagée visant à m'interdire l'exercice de la médecine, à moi, chirurgien de marine. Ce genre de provocation l'aurait rempli d'aise.

— Pour quelle raison êtes-vous arrivé en avance à Vaugirard ?

— Je devais déposer un herbier de plantes tropicales au Jardin des plantes. J'avais vu large dans mon horaire ; le temps était menaçant. Je suis donc rentré à Vaugirard et n'ai pas cru pendable de me présenter chez Descart avec un peu d'avance.

— Lorsque vous avez découvert le corps de Descart, rien ne vous a frappé ?

— J'étais hors de moi, ayant compris aussitôt dans quel piège j'étais tombé et que j'allais faire un suspect sur mesure. J'ai constaté le décès. J'ai vu la lancette. Elle m'a rappelé notre controverse sur la saignée et qu'ainsi l'instrument du crime allait témoigner aussi contre moi ! Je n'ai rien vu d'autre. N'oubliez pas que je n'avais qu'un bout de chandelle pour m'éclairer.

Nicolas fit durer le silence qui s'était établi. Semacgus se tenait la tête entre les mains.

— Mon ami, dit le jeune homme, des éléments, de moi seul connus, m'incitent à considérer votre récit comme véridique. Mais, maintenant, il va falloir me répondre sur ce que je suis fondé à estimer être une suite de mensonges. À quelle heure avez-vous quitté l'établissement de la Paulet, vendredi dernier ?

— Vous me posez la question et vous savez la réponse.

— Je voulais vous l'entendre confirmer de votre propre bouche. Cela n'explique pas que vous me l'ayez dissimulé la première fois que je vous l'ai demandé. Pourquoi toute cette comédie avec cette fille ?

— Vous me contraignez, Nicolas, à admettre ce que je voulais vous cacher pour ne pas compromettre une tierce personne...

— Avec laquelle vous n'avez pas rompu et que vous continuiez à fréquenter...

Semacgus fixait Nicolas.

— Je ne m'étonne plus que M. de Sartine vous ait confié cette enquête. Vous pensez et déduisez avec un temps d'avance. Vous serez un redoutable adversaire pour les criminels.

— Pas de flatteries, Semacgus. Expliquez-moi plutôt pourquoi vous êtes allé retrouver Mme Lardin cette nuit-là, alors que son mari venait de quitter en fureur le

*Dauphin couronné* et que vous pouviez juger plus que probable son retour au logis ?

— Vous m'obligez à entrer dans des détails humiliants, Nicolas. Il avait toujours été convenu entre Louise et moi que la voie était réputée libre quand elle plaçait une chandelle allumée à la croisée de sa chambre. Et, connaissant Lardin, il y avait gros à parier que sa fureur l'engagerait à errer, de tripot en tripot, jusqu'à l'aube. Aussi, je ne risquais pas grand-chose.

— Jusqu'à quelle heure êtes-vous resté rue des Blancs-Manteaux ?

— Six heures. J'ai bien failli me heurter à Catherine qui venait prendre son service.

— Avez-vous revu Mme Lardin depuis ce jour ?

— Non, à aucun moment.

— Vous saviez que Descart était son amant, vous me l'aviez dit. Cela ne vous gênait pas un peu ?

— Vous êtes cruel, Nicolas. La passion fait admettre bien des choses que la morale réprouve.

— Vous m'avez dit aussi que Catherine savait pour Descart. Pensez-vous qu'elle se soit confiée à Marie Lardin ?

— Sans nul doute, tout ce qui pouvait porter préjudice à Louise, Catherine en faisait son pain blanc. Elle confiait tout à Marie, qui haïssait sa belle-mère. Sous son air de couventine et en dépit de son âge, c'est un caractère ardent. Elle adorait son père, qui le lui rendait bien.

Nicolas réfléchissait. Se pouvait-il que la douce Marie... Il repensa aux empreintes relevées à Vaugirard, si conformes aux chaussures de la jeune fille dans sa chambre des Blancs-Manteaux.

— Semacgus, comment pouvez-vous aimer Louise Lardin ?

— Je ne vous souhaite pas d'en connaître les raisons. Sachez que le pire est d'aimer sans estimer. Nicolas, avez-vous des nouvelles de Saint-Louis ?

216

— Aucune et je ne veux pas vous donner de fausses espérances à son sujet.

Semacgus baissa la tête et se retourna vers la muraille, accablé.

— Mon ami, reprit Nicolas après un silence, je dois vous demander encore quelque chose. Pour votre sécurité, comme pour la bonne marche de l'enquête, il me faut vous maintenir au secret. J'espère aboutir le plus rapidement possible. Je n'ai aucune confiance dans les cellules du Châtelet, où quiconque peut entrer. Je vais vous faire conduire à la Bastille, je vous assure que cela est préférable. Il y va de votre vie et certaines cellules valent leur portion d'arsenic et prédisposent à d'étranges suicides, cela s'est vu. L'instruction est alors close et les vrais coupables assurés de l'impunité. Il y a, dans ces deux affaires, des gens rien moins que recommandables.

— Que puis-je faire, sinon m'en remettre à vous ?

— Rien, en effet, mais ne perdez pas confiance. Travaillez à votre ouvrage. Je donnerai les ordres nécessaires pour qu'on ne vous refuse rien à la Bastille. Faites-moi une liste de ce dont vous avez besoin. Pour le monde extérieur, vous disparaissez ; cela diminuera les risques. Fiez-vous à moi.

Semacgus lui jeta un regard résigné. Nicolas le salua, sortit, referma soigneusement à clef la cellule et partit à la recherche de l'inspecteur Bourdeau. Il finit par le découvrir dans le bureau de permanence, attablé devant un bol de soupe que lui avait procuré le père Marie.

Nicolas se sentait coupable d'avoir, d'une manière si cavalière, écarté l'inspecteur de l'entretien avec Semacgus, mais Bourdeau lui évita toute gêne en lui tendant, sans un mot, deux plis. L'un portait son adresse formée d'une écriture haute et ferme et était fermé d'un sceau de cire rouge, portant « d'or à la bande d'azur chargée de trois sardines d'argent[6] », qu'il reconnut comme étant celui de M. de Sartine. L'autre, d'une écriture fine, lui fit bondir le cœur dans la poitrine. Il compta mentalement les jours qui s'étaient écoulés depuis sa dernière rencontre avec Isabelle. C'était le temps — plus d'une semaine — qu'il fallait à la poste royale pour joindre Guérande à Paris. La lettre avait dû être postée le samedi à midi, ou le lundi. Il la rangea dans sa chemise, à même la peau, dans l'intention de la lire plus tard, à loisir. Il ouvrit celle du lieutenant général de police. Le message était laconique et indiquait que, le roi accompagnant Mme de Pompadour à son château de Choisy, l'audience hebdomadaire qu'il accordait à M. de Sartine, chaque dimanche à Versailles, était reportée. Cette circonstance « offrait un délai supplémentaire pour éclairer rapidement l'affaire en question ». Il concluait en incitant Nicolas « à n'épargner rien ni personne pour aboutir ». Le temps pris à cette lecture avait permis à Bourdeau de se faire plus amène, ses bouderies ne durant jamais très longtemps. Sans un mot, Nicolas tendit à ce dernier le billet de Descart et, pendant que l'inspecteur l'examinait, il dut se retenir de reprendre la lettre d'Isabelle.

— Que vous en semble, Bourdeau ? demanda-t-il.

— Je crois, monsieur, que ce papier pourrait bien appartenir au corps d'une lettre et avoir été découpé après coup, pour un usage particulier.

— Je vois que nos avis concordent sur ce point. Reste à savoir la raison et l'auteur de ce montage. Mes compliments pour le soin que vous avez pris à Vaugirard. J'ai vu Rabouine, qui m'a été fort utile, tout autant que votre homme rue des Blancs-Manteaux.

Bourdeau rosit de plaisir et parut tout à fait remis de sa déception.

— L'homme m'a fait rapport, après qu'il eut été relevé, dit-il. Il a vu Mme Lardin sortir à neuf heures et...

— Impossible, s'écria Nicolas, il m'a dit lui-même ne l'avoir point vue rentrer de la nuit. Ou alors il s'est assoupi, ce qui serait pardonnable par ce froid.

— J'allais tout juste vous signaler ce fait. Mon

homme m'assure ne pas s'être endormi. J'ai tendance à le croire, je l'ai souvent éprouvé sans jamais trouver rien à redire à son service.

— Allons, il faut chercher : tout mystère a une explication. Redoublez la surveillance de la maison Lardin. Peut-être faudrait-il faire filer la femme du commissaire, que vous en semble ?

— Je me suis permis de l'ordonner ce matin.

— Vous êtes parfait, Bourdeau.

— Tellement parfait, qu'on me cache l'essentiel.

Nicolas s'était réjoui trop tôt, il s'en mordit les lèvres. Il n'avait pas encore l'usage suffisant des êtres. Il trouva cependant le biais pour se tirer d'affaire, il éclata de rire.

— Monsieur Bourdeau, vous êtes un sot. Vous n'avez donc pas compris que je n'avais rien à attendre d'un homme de l'âge et du caractère de Semacgus, qui eût été interrogé devant vous, homme respectable et pareillement âgé. Je croyais que vous aviez compris que vous n'étiez pas en cause. Et pour vous le prouver, voilà où nous en sommes. Semacgus nous avait menti, il avait quitté le *Dauphin couronné* à minuit quinze, pour rejoindre Mme Lardin avec laquelle il était resté jusqu'à six heures. Pour Vaugirard, ma conviction est qu'il est hors de cause. Rabouine a dû vous dire que la maison était habitée pendant votre transport et qu'elle a ensuite été dûment visitée. Voilà, mon cher Bourdeau, de quoi panser les plaies de votre amour-propre.

Bourdeau hocha la tête sans répondre.

— En parlant de Rabouine et des autres mouches, reprit-il, il faut, monsieur, que je vous soumette un état des frais et vacations déboursés par moi, depuis lundi, dans les deux affaires qui nous occupent. J'ai avancé, sur mes deniers, les dépenses faites. Vous trouverez, ici, le détail des opérations et leur coût. La coutume veut que l'état soit signé par M. de Sartine, puis adressé au chef du Bureau des fonds et contentieux du Contrôle général qui expédie un mandat pour régler la dépense en question. C'est long...

— À enquête extraordinaire, règlement extraordinaire. M. de Sartine m'a pourvu du nécessaire, pour ce qui est de la dépense.

Nicolas considérait, perplexe, le papier que lui tendait Bourdeau. Il portait, imprimé à gauche, la justification des dépenses et, à droite, des colonnes pour le décompte des journées d'officier et d'archer, ainsi que les totaux. Il releva, avec curiosité, les dépenses extraordinaires engagées par l'officier (Bourdeau) et ses observateurs, ainsi que le nombre des fiacres et brouettes utilisés pour se déplacer au cours de l'enquête. L'activité des diverses mouches était aussi indiquée, ainsi que les honoraires de Sanson et ceux des deux médecins du Châtelet. Plus les frais de déplacements à Montfaucon et à Vaugirard, ainsi que les cellules à pistole de la vieille Émilie et de Semacgus. Le total général s'élevait à quatre-vingt-cinq livres, que Nicolas voulut régler sur le fonds de réserve donné par Sartine. Il s'aperçut que son viatique de vingt louis, déjà bien écorné, ne suffirait pas. Il partagea ce qui restait et en donna la moitié à Bourdeau.

— Voilà un acompte. Je fais diligence pour le reste. Donnez-moi un reçu.

Bourdeau griffonna quelques mots au dos du mémoire.

— Je vais vous donner un billet pour M. de Sartine, afin de l'informer des derniers événements, lui demander des fonds et solliciter la signature d'une lettre de cachet, afin de mettre Semacgus en sûreté à la Bastille où vous le conduirez sous bonne garde. Non que je craigne qu'il ne s'échappe, mais pour éviter toute tentative contre lui. Nous ignorons à qui nous avons affaire. Durant ce temps, j'irai procéder à certaines vérifications. J'oubliais de vous dire, Bourdeau, que j'ai déménagé. Je ne pouvais rester chez les Lardin, vu les circonstances et, d'ailleurs, Mme Lardin m'a proprement mis à la porte. Je suis donc hébergé, pour le moment, chez M. de Noblecourt, rue Montmartre. Vous le connaissez.

— Ma demeure est à votre disposition, monsieur.

— Je suis sensible à votre offre, Bourdeau, mais vous avez déjà charge d'âmes.

Nicolas s'assit pour écrire le billet destiné à Sartine. Il prit congé de l'inspecteur et sortit du Châtelet. Impatient de prendre connaissance de la lettre d'Isabelle, il se dirigea à grands pas vers la Seine.

# XI

# FARE NIENTE

« Semblable à un voyageur que les besoins
de la nature obligent de se reposer sur le milieu
du jour, quoiqu'il soit pressé par le temps,
l'archange s'arrêta entre le monde détruit et
le monde réparé. »

MILTON

La Seine coulait aux pieds de Nicolas. La grève était
envahie d'une couche inégale de neige et de boue
gelées qui laissait entrevoir, par endroits, la vase
liquide. Les eaux grises et tumultueuses défilaient si
vite qu'elles ne permettaient pas à l'œil d'en suivre le
débit. Des troncs d'arbres, arrachés en amont de la
ville, surgissaient puis disparaissaient dans les remous
de la crue. Un contre-courant remontait le rivage en
mouvements violents qui recouvraient la plaque gelée
comme un ressac. Fermant les yeux, Nicolas aurait pu
se croire au bord de l'océan. Cette impression était renforcée par les cris aigus d'oiseaux de mer qui planaient,
ailes déployées contre le vent, guettant quelque charogne dérivant au fil du courant. Seules les odeurs, que
dégageait la vase en dégel ameublie et ranimée par le
flot, dissipaient l'illusion. La contemplation du fleuve
n'avait pas chassé le doute qui assaillait Nicolas. Pour

la troisième fois, il relisait la lettre d'Isabelle. Les mots dansaient devant ses yeux. Il ne parvenait pas à comprendre ce que ce message signifiait, tant il lui paraissait inquiétant, confus et contradictoire :

*Nicolas,*
*Je confie cette lettre à la Ribotte, ma femme de chambre, pour qu'elle la porte aux Messageries de Guérande. Je prie le Seigneur qu'elle vous parvienne. Mon père est d'une humeur fort sombre depuis votre départ et me surveille étroitement. Depuis hier, il est alité et ne consent à dire mot. J'ai fait chercher l'apothicaire. Je ne sais plus que penser de cette horrible scène. Mon père vous aimait et vous le respectiez. Comment en êtes-vous arrivés là ?*
*Pour ma part, je demeure affligée d'être séparée de vous encore une fois. Je ne sais si je fais bien de vous avouer l'affliction dans laquelle m'a plongée votre départ si précipité. Seul l'attachement que je vous sais avoir pour ma personne procure un faible soulagement à ma douleur. Je vous imagine l'âme suffisamment tendre et généreuse pour cependant ne pas poursuivre un cœur qui ne peut se livrer sans contrainte à son inclination. Voilà que je ne sais plus ce que je dis. Adieu, mon ami. Donnez-moi de vos nouvelles, leur détail me dédommagera de la tristesse qui m'accable. Non, oubliez-moi, plutôt.*
*Au château de Ranreuil, ce 2 février 1761.*

Le jeune homme tenta, une nouvelle fois, de démêler les raisons de son malaise. La joie de recevoir une lettre de son amie s'était peu à peu transformée en une sourde inquiétude, au fur et à mesure que les mots se succédaient. Le souci de la santé de son parrain l'emportait d'abord. Tout le reste n'était qu'incertitude qu'aggravaient les termes choisis et l'ordonnancement des phrases. Depuis plus de deux années à Paris, il avait eu l'occasion d'aller à l'Opéra. Le message d'Isabelle aurait pu appartenir à quelque mauvais libretto. Les sentiments exprimés paraissaient forcés. Il soupçonnait, sans se l'expliquer, une sorte de comédie et, pour tout dire, une forme de coquetterie en désaccord avec la gravité de la situation. Il se souvint que cette impression l'avait déjà effleuré, lors de ses retrouvailles avec Isabelle au château de Ranreuil. La scène qu'ils avaient jouée, alors, tous les deux appartenait à un répertoire connu. Il s'agissait bien de celle du dépit amoureux, si souvent répété par les jeunes amants, dans les pièces de M. de Marivaux. Se pouvait-il qu'à son engagement entier ne correspondent, chez Mlle de Ranreuil, qu'un jeu ou qu'une apparence de passion destinés à lui procurer les émotions futiles de la comédie amoureuse ? Peut-être s'était-il inventé une amante et n'avait-il pas mesuré les risques de s'abandonner à un rêve. Au plus profond de lui-même, il pressentait qu'un amour qu'on doit protéger comme une terre menacée, que l'on doit expliquer et défendre comme un avocat devant un tribunal, était peut-être déjà un amour expirant. Et lui-même, ne s'était-il pas engagé avec légèreté et inconscience dans un attachement qu'une enfance partagée et les prestiges envoûtants d'une haute et puissante famille pouvaient expliquer ? Comment avait-il osé croire qu'un enfant trouvé pût regarder si haut, dans une direction si éloignée de sa propre condition ? Un flot d'amertume le submergea et, avec lui, les rancœurs accumulées des humiliations passées. Parfois, l'espoir le reprenait et les mots d'Isabelle revêtaient aussitôt un autre sens. Il finit par décider de remettre à plus tard ce débat avec lui-même et, après avoir erré un moment, la tête perdue, il se retrouva devant l'Hôtel de Ville.

Il avait gaspillé beaucoup de temps avec ces vaines songeries. Il s'en voulut, puis décida que rien, au fond, ne le pressait en cet instant. Il choisit de prendre au plus long et, laissant l'Hôtel de Ville à sa gauche, il longea le fleuve, gagna l'église Saint-Gervais, dédaigna l'agitation du marché Saint-Jean pour rejoindre l'entrée de la rue Vieille-du-Temple. L'échoppe de maître Vachon, maître tailleur, ne donnait pas sur la rue. Il fallait franchir la porte cochère d'un vieil hôtel particulier dont les propriétaires avaient été contraints, par le malheur des temps, à louer les communs et le rez-de-chaussée à des artisans. Le maître des lieux avait naguère expliqué à Nicolas que sa réputation d'artiste n'étant plus à faire, la discrétion forcée de sa boutique qui s'ouvrait sur une cour pavée était devenue un avantage aux yeux de ses riches pratiques. Les voitures pouvaient déposer leurs occupants à la porte du tailleur, sans que ceux-ci fussent importunés par la curiosité populaire, ni obligés de se souiller dans la boue fangeuse de la rue.

La visite de Nicolas avait plusieurs objectifs. D'une part, il souhaitait renouveler une garde-robe qui commençait à s'user et qui avait été diminuée par la perte des vêtements abandonnés à Saint-Eustache et, d'autre part, il entendait faire parler M. Vachon sur les habitudes d'une autre de ses pratiques, le commissaire Lardin.

Quand Nicolas eut poussé la porte, il fut frappé par les inconvénients intérieurs de la situation de la boutique. L'obscurité devait être combattue par la multiplication des lumières dans l'atelier et l'on ne parvenait à remédier à cet inconvénient qu'à grand renfort de chandelles. Ainsi, ce temple de l'élégance apparaissait-il au chaland non prévenu comme une chapelle brillamment illuminée. Maître Vachon, vêtu de drap gris, discourait avec force tout en frappant le sol d'une de ces cannes en usage au siècle précédent. Son propos s'adressait à trois apprentis qui, noyés dans des flots de tissus, cousaient assis en tailleur sur le comptoir de chêne clair.

— Époque maudite où le roi tolère cette sotte engeance financière ! clamait Vachon. Il a suffi qu'un contrôleur général des Finances nous accable d'impôts excessifs pour que se déchaînent d'imbéciles réactions. On tombe d'accord pour juger et décider que tout le monde est désormais à la gêne. Chacun devient alors d'une excessive mesquinerie, non pour prouver que le ministre a tort, mais pour se moquer. Et comme en France la mode est maîtresse des esprits, chacun y va de sa surenchère. Plus de plis, messieurs, plus de goussets, plus d'ornements : l'ampleur disparue, la basque écourtée, le devant échancré pour gagner du flot... L'aiguillée, étourdi ! L'aiguillée plus longue ! Je ne cesse de vous le répéter, mais c'est comme si je le chantais...

Il tonnait devant l'un des apprentis qui, sous l'orage, se tassait jusqu'à presque disparaître au milieu du satin.

— Et les broderies ? Là aussi, économie, pour ne pas dire avarice ! Les maîtres joailliers se désespèrent, les pierres sont remplacées par de vulgaires paillettes, du verre aventuriné[1] et du strass, cette désastreuse invention étrangère[2]. Ah ! misère... Mille grâces à M. de Silhouette[3] ! Nous le pendrons en effigie, comme enseigne à nos boutiques, Les métiers le maudissent et... Mais, c'est M. Le Floch qui nous fait l'honneur de sa visite.

M. Vachon s'inclina et son vieux visage jauni s'éclaira d'un sourire charmant. C'était un grand homme mince, dans les soixante ans, et la force de sa voix surprenait toujours, émanant d'un corps si maigre.

— Maître Vachon, je vous salue, dit Nicolas, et constate que la santé est bonne, si j'en juge par votre ardeur.

— De grâce, ne me trahissez pas. Vous savez la susceptibilité du négoce quand ses intérêts sont en cause.

— Loin de moi une telle pensée. Je viens pour renouveler un peu ma garde-robe. J'envisage un habit pour le jour, solide et résistant, un manteau, des culottes et peut-être aussi quelque chose de plus relevé, de plus élégant, à porter indifféremment à la ville ou à l'Opéra. Mais vous savez ces choses mieux que moi et ce sont vos conseils que j'attends.

Vachon s'inclina à nouveau, posa sa canne et considéra les montagnes de tissus entreposées dans ses rayonnages. Son regard faisait l'aller et retour entre les draps et le client.

— Homme jeune... Souvent dehors... De l'aisance. Ce drap marron me paraît devoir vous convenir. Je vous le propose en habit gansé, garnitures d'olives pour éviter que le vent ne le fasse voltiger, culotte de même. Ne me parlez plus de manteau, cela est bon pour les provinciaux en voyage et les soldats de cavalerie. Ce n'est plus à la mode. C'est une redingote qu'il vous faut, une belle redingote de drap lainé, doublée et surdoublée. Elle sera bien chaude pour cet hiver glacé. Et je vous ferai — pour vous et pour le même prix — deux rotondes au lieu d'une, tant pis pour M. de Silhouette. Pour l'habit, disons de cérémonie, il me vient une idée. Que diriez-vous de celui-ci ?

Il sortit, avec précaution, de son enveloppe de papier de soie, un habit de velours vert sombre, discrètement surbrodé d'argent.

— Celui-ci, magnifique, me reste sur les bras à la suite du départ précipité d'un baron prussien. Il était à peu près de votre taille. Il y aura juste quelques petites retouches à faire, ainsi qu'à débroder cet ordre qui avait été commandé. Voulez-vous le passer ?

Nicolas le suivit dans un petit réduit meublé d'une psyché. Après s'être dépouillé de ses vêtements, il revêtit, sans y prêter grande attention, l'habit vert. Quand il releva la tête pour se considérer dans le miroir, il eut le sentiment de voir un étranger. La tenue était exactement coupée et taillée pour lui. Elle l'amincissait en soulignant la perfection des proportions. Le nouveau personnage, qui le regardait, avec une réserve étonnée, lui rappela les seigneurs hors de portée qu'enfant il observait à la dérobée dans le salon du marquis de Ranreuil. Il se retourna et fit quelques pas dans la boutique. Vachon, qui houspillait un de ses apprentis, s'arrêta brusquement, chacun retint son souffle devant la noblesse d'une apparition encore renforcée par la décoration qui brillait à l'emplacement du cœur. Nicolas se crut, un instant, transporté dans une autre existence. Le tailleur rompit le charme. Il paraissait gêné.

— Il vous va trop bien, je veux dire parfaitement. Il ne vous manque que l'épée pour paraître à Versailles. Qu'en pensez-vous ?

— Je le prends, répondit Nicolas. Faites débroder l'ordre et relâcher légèrement la culotte. Quand pourra-t-il être prêt ?

— Dès demain. Je vous le ferai livrer chez le commissaire Lardin. Comment se porte-t-il ?

Nicolas jubilait ; Vachon lui avait, de lui-même, offert l'ouverture recherchée.

— Il y a longtemps que vous ne l'avez vu ?

— Juste après l'Épiphanie. Il est venu me commander — ce n'est pourtant pas ma pratique — quatre capes de satin noir, avec leurs masques, et aussi un de ces pourpoints de cuir dont il aime se revêtir depuis des années.

— Toutes de la même taille, les capes ?

— Identiques.

— Vous les avez livrées ?

— Que non pas ! Le commissaire est venu les chercher dans les derniers jours du mois de janvier. Mais, monsieur, vous m'inquiétez, n'auraient-elles pas donné satisfaction ?

— Vous saurez toujours assez tôt, monsieur Vachon, que, depuis le 2 février dernier, M. Lardin n'a pas réapparu à son domicile et que la police — votre serviteur — est à sa recherche.

Nicolas avait cru que la soudaineté de cette annonce inciterait maître Vachon à lâcher quelque remarque. Il n'en fut rien. Le premier moment de stupeur passé, il ne fut plus question que de détails subalternes, de prises de mesures et d'assurances obséquieuses que tout serait déployé pour satisfaire le protégé de M. de Sartine qui précisa sa nouvelle adresse.

Quand il se retrouva dans la rue Vieille-du-Temple, Nicolas eut l'idée de pousser jusqu'à la rue des Blancs-

Manteaux toute proche. Il repéra vite la nouvelle mouche de relève et se fit reconnaître. Mme Lardin était au logis. La rumeur s'étant répandue dans le voisinage que la cuisinière avait été chassée, plusieurs matrones et une jeunesse étaient venues proposer leurs services. La mouche, joli garçon, avait facilement lié conversation avec elles ; elles n'étaient que trop heureuses de commenter aigrement leur déconvenue. Reçues par une Louise rechignée et hautaine, elles s'étaient vu répondre « qu'on n'avait besoin de personne » et claquer sèchement l'huis à la figure. Nicolas avait remarqué, lors de sa dernière nuit dans la maison, combien elle était laissée à l'abandon. Jamais, par exemple, Catherine n'aurait laissé pourrir une venaison dans le caveau. Mille et un détails de l'intérieur du logis témoignaient du laisser-aller le plus complet. Comment Mme Lardin, si raffinée et exigeante, pouvait-elle tolérer un tel désordre domestique ? Nicolas sentait bien qu'elle ne souhaitait plus de témoins dans sa demeure. C'est pour cette raison que Catherine et lui avaient été chassés, et Marie éloignée.

La mouche indiqua également à Nicolas qu'un personnage ressemblant au commissaire Lardin était apparu à la porte de l'église des Blancs-Manteaux. Il s'était engouffré dans l'édifice en apercevant l'indicateur qui s'était aussitôt jeté à sa suite, mais en vain. Il est vrai que le couvent possédait d'autres issues. Interrogée sur les raisons qui lui faisaient penser qu'il s'agissait du disparu, la mouche répondit avoir reconnu le pourpoint de cuir si caractéristique du commissaire, mais il n'avait pu entrevoir le visage de l'inconnu.

Nicolas, qui n'avait dans le ventre que le chocolat et le pain mollet de M. de Noblecourt, se sentait tenaillé par la faim. Il lui restait toutefois une démarche à accomplir. Descart mort, qui disposerait de ses biens et de sa fortune ? Selon certaines affirmations, notamment celles de la Paulet, ceux-ci n'étaient pas négligeables. Par chance, Nicolas avait entendu les Lardin citer le nom du notaire de Descart à l'occasion de la vente d'un verger à Popincourt dont le commissaire, pressé de dettes, souhaitait se séparer. Il s'agissait de maître Duport, dont l'étude se trouvait rue de Bussy, rive gauche du fleuve. Le temps se maintenant au beau, Nicolas décida de s'y rendre à pied. L'air était limpide et glacé et pénétrait la poitrine comme une eau-de-vie blanche. Une lumière éclatante, qui venait juste de franchir le zénith, hésitait à se dissiper. La ville était comme reconstruite par la clarté et le gel. Ne voulant pas s'attarder outre mesure dans le quartier Saint-Avoye, le jeune homme prit au plus court, avec l'intention de se restaurer à l'un des étals de la rue des Boucheries-Saint-Germain.

Tout en marchant, il se remémorait sa matinée. De toute évidence M. de Noblecourt éprouvait des réserves à l'égard de Lardin et soupçonnait d'étranges menées autour du couple, dont il ne cachait pas la désunion.

Quant à la visite à maître Vachon, elle prouvait en tout cas deux choses. La première, qui ne lui avait pas paru alors avoir de signification particulière, était que Lardin disposait de plusieurs pourpoints de cuir. Les débris de l'un d'eux, découverts à Montfaucon, constituaient une des pièces à conviction de la mort du commissaire et tendaient à confirmer l'identité du cadavre. Cette constatation prenait un tour plus étrange, après le rapport de l'indicateur de la rue des Blancs-Manteaux. La seconde était la commande, par Lardin, de quatre capes de satin noir. Pourquoi *quatre* vêtements de carnaval ? Nicolas voyait parfaitement à qui étaient destinés trois d'entre eux : un pour Lardin, un pour Semacgus et un pour Descart. Le compte y était pour les participants à la « partie » au *Dauphin couronné*. Mais pour qui était la quatrième cape ? Louise Lardin était, elle aussi, sortie ce vendredi soir — le témoignage de Catherine était formel — vêtue d'une cape de satin noir. Était-ce l'une de celles de maître Vachon ou une autre ? Si c'était celle du tailleur, pourquoi le commissaire l'avait-il donnée à sa femme ? Il y avait là bien du mystère. Nicolas ne se souvenait pas d'avoir vu cette cape, lors de sa perquisition dans les chambres de la maison Lardin. Il faudrait, à nouveau, interroger Catherine pour savoir ce qu'elle avait fait du vêtement, ou alors...

Il franchit la Seine par le Pont-Neuf et gagna le carrefour de Bussy par la rue Dauphine. Il aimait ce quartier qu'il avait souvent sillonné lorsqu'il logeait au couvent des Carmes. Il songea avec affection au père Grégoire, qu'il retrouverait dimanche au dîner prié de M. de Noblecourt.

Nicolas estima peu habile de déranger le notaire à l'heure du repas, et il se dirigea vers la rue voisine des Boucheries-Saint-Germain. Il en connaissait les ressources, et il avait découvert qu'une boucherie parisienne était un monde bien à part. La profession était régie par des règlements et par les usages d'une corporation jalouse de ses droits et de ses privilèges. Il avait appris avec surprise que les prix étaient fixés par le lieutenant général de police, selon les cours du bétail sur pieds. Les poids de vente et leur véracité étaient également vérifiés par l'administration. Nicolas avait eu ainsi à connaître de quelques affaires. La police organisait la répression des « mercandiers » qui colportaient la viande à la sauvette, sans qu'on sache exactement sa provenance. Les bouchers assuraient toujours qu'il s'agissait de viande volée, avariée et malsaine — accusations auxquelles les mercandiers rétorquaient qu'ils avaient leur clientèle et qu'ils vendaient moins cher que les maîtres bouchers membres des jurandes. Il avait eu également à traiter des innombrables contestations opposant les services du lieutenant général de police, les bouchers et leur clientèle. L'éternel problème des « réjouissances » agitait le petit peuple des quartiers et des faubourgs. Il s'indignait particulièrement de voir vendues les parties non comestibles avec celles qui l'étaient.

Un ruisseau de sang à demi gelé dans la rue indiqua à Nicolas qu'il avait atteint son but. Il franchit une porte cochère qui donnait sur une allée ouverte desservant des étals de viande. Dans la cour qui suivait s'ouvraient un abattoir, un échaudoir, un fondoir et, plus loin encore, des étables contenant bovins et moutons. Les bouchers se chargeaient de la préparation et de la vente des abats, parties que le peuple appréciait pour la modicité de leur prix.

M. Desporges, chez qui Nicolas venait chercher pitance, avait loué un petit local à une tripière qui accueillait le client affamé autour de quelques tables bordées de bancs. Elle y servait tripes, abats, pieds, foies, poumons et rates traités de toutes sortes de manières. Nicolas commanda une écuelle de gras-double dont il raffolait, mais la tenancière, la mère Morel, subissant, comme d'autres, la séduction du jeune homme, lui conseilla, à mots couverts, d'essayer une autre de ses spécialités, la fricassée de pieds de porc. Elle en usait avec discrétion, car elle n'avait pas le droit de servir la chair de cet animal dont la vente était expressément réservée aux charcutiers. Les pieds étaient cuits dans le bouillon du pot afin, disait-elle, de les rendre plus douillets. Après, les os se détachaient d'eux-mêmes. Il convenait alors d'assaisonner d'épices et d'oignons hachés et de faire frire le tout dans le lard et le beurre fondu, presque roux. Il fallait ensuite fricasser, d'une main ferme et rapide, en agitant une vingtaine de fois. Une louche du bouillon devait mouiller l'ensemble réduit l'espace de deux ou trois Pater. Avant de servir, il était essentiel de délayer un peu de moutarde dans du verjus et du vinaigre pour faire liaison avant de servir le tout chaudement. Ce qui fut dit fut fait et Nicolas céda si bien au conseil qu'il en reprit trois fois. Il se sentait rasséréné, réchauffé et prêt à affronter un notaire. Ces nourritures triviales lui procuraient toujours un surcroît d'énergie. Il aimait les habitudes du peuple. Il s'y était souvent mêlé et une partie de son charme tenait à ce qu'il usait des mots justes et d'attitudes qui, sans effort, lui attiraient des fidélités et des dévouements auxquels il ne prêtait pas toujours attention.

Il avait eu raison de reprendre des forces. Maître Duport était de cette race d'importants qui ne s'en laisse pas conter facilement. Il commença par opposer un refus net aux courtoises interrogations de Nicolas sur l'état de fortune de Descart et sur l'existence d'un testament. Le tabellion faillit même appeler ses clercs pour jeter l'intrus à la rue. Nicolas dut se résigner — il eût préféré en imposer à son interlocuteur par sa propre autorité — à brandir la commission de M. de Sartine, après quoi le notaire se résigna à répondre, avec beaucoup de mauvaise grâce, aux questions de Nicolas. Oui, M. Descart était possesseur d'une importante fortune constituée en terres et fermes situées dans le Hurepoix, à Saint-Sulpice-de-Favières, ainsi qu'en rentes sur l'Hôtel de Ville. Il disposait, en outre, de sommes d'argent déposées chez un banquier. Oui, il avait bien rédigé ses dernières volontés, il n'y avait pas très longtemps, à la fin de 1760. Elles désignaient, comme légataire universel, Marie Lardin, fille du commissaire.

Nicolas était étourdi de ce qu'il venait d'apprendre. Ainsi, Descart, peu avant sa mort, avait éprouvé le besoin de mettre ses affaires en ordre. Mais, au lieu de le faire au bénéfice de sa seule parente connue, sa cousine Louise Lardin, il avait porté son choix sur la fille du commissaire, étrangère à son sang... Il était difficile de ne pas rapprocher ce fait de l'attitude de Lardin se manifestant, après sa disparition, par un message sibyllin. Chacun d'eux, par-delà la mort et l'évanouissement, adressait au vivant des signaux énigmatiques. Pourquoi Descart avait-il testé en faveur de la douce Marie, qui ne lui était rien ? Avait-il été séduit par son charme et son innocence, lui, le dévot hypocrite et dépravé ? Ou bien la personnalité, en apparence effacée, de la jeune fille dissimulait-elle des aspects plus ténébreux ? Descart avait-il voulu simplement prendre des précautions à l'égard d'une maîtresse dont il avait percé à jour le naturel infidèle et rapace ? Tout cela n'impliquait pas qu'il s'attendît à disparaître.

Tout en réfléchissant, Nicolas repassa la Seine et courut au Châtelet. Bourdeau n'y était pas : il était parti accompagner Semacgus à la Bastille. Il avait laissé un message dans lequel il donnait succinctement le résultat des examens de Sanson sur le cadavre de Descart. La victime avait été empoisonnée par une pâtisserie bourrée de matière arsenicale. Descart était vraisemblablement tombé inconscient avant d'être achevé par étouffement, la tête enfoncée dans un coussin. Nicolas fut frappé par la sophistication de cet assassinat qui mariait deux manières de tuer, la mise en scène de la troisième destinée à environner de doute, sinon à dissimuler, les deux premières. Il était dit que tout devait apparaître masqué dans cette affaire comme la camarde elle-même, en vrai cauchemar de carnaval.

Il sortit du Châtelet et, pour la première fois depuis son retour à Paris, il se sentit désœuvré. Il était déjà tard et la nuit tombait en même temps qu'un froid vif, accru par un vent renforcé. Il s'autorisa une halte chez le pâtissier Stohrer, rue Montorgueil, où il fit une orgie de ses babas préférés. Quand il rentra chez M. de Noblecourt, Marion veillait, auprès du feu, sur le bouillon double que prenait le magistrat avant de se coucher. Il était en ville à un souper. Nicolas se retira dans son nouveau domaine. Après avoir rangé son maigre bagage et s'être déshabillé, il choisit un livre au hasard parmi tous ceux qui l'environnaient. C'était *Vert-Vert*, de Gresset [4]. Il l'ouvrit et un vers tomba sous ses yeux :

> *Ah ! Qu'un grand nom est un bien dangereux.*
> *Un sort caché fut toujours plus heureux.*

Il eut un sourire amer. Remontait soudain la tristesse suscitée par la lettre d'Isabelle et par les tristes réflexions qu'elle avait entraînées. Avec elle resurgit la vision du jeune homme élégant, dans le miroir de maître Vachon, cette image qui était à la fois lui et un autre, sentiment tentateur et menaçant. Nicolas lâcha le livre et s'allongea. La chandelle de l'alcôve se mit à filer. Une longue colonne noire montait vers les solives, dessinant peu à peu une tache sur leur surface laquée. Il la regardait pensivement. Il se leva pour moucher la mèche entre ses doigts humectés et se recoucha tout aussitôt, habité par une pensée qu'il ne parvenait pas à fixer mais qui cheminait en lui. Cette empreinte sur la solive lui rappelait quelque chose — et, soudain, il revit la tache sombre sur le haut du crâne du cadavre de Montfaucon. Il s'endormit sur cette découverte.

## *Dimanche 11 février 1761*

Nicolas avait laissé s'écouler la journée du samedi dans la volupté de l'inaction. Levé tard, il avait profité du temps toujours éclatant pour errer dans Paris. Son vagabondage l'avait conduit dans des églises, puis au Vieux Louvre où il avait admiré les devantures des marchands d'estampes et de tableaux. En fin d'après-midi, il avait soupé dans une taverne proche de la Halle. Sur le chemin du retour il n'avait pas réussi à échapper à des troupes de gamins criant « À la chienlit ! lit ! lit ! » et qui lui donnèrent, à plusieurs reprises, des coups de « battes à rat[5] ». Il dut faire appel au service d'un brosseur pour nettoyer son vêtement des empreintes de craie dont il était couvert. Rompu, il était discrètement rentré au logis et avait lu fort tard. Le lendemain matin, il avait assisté à la grand-messe à Saint-Eustache, dont il aimait les vastes proportions et la résonance propice aux tempêtes des grandes orgues.

Midi avait sonné depuis longtemps quand il revint rue Montmartre. Un flot harmonieux l'accueillit. Il pénétra sur la pointe des pieds dans la bibliothèque de

M. de Noblecourt. Pour le coup, celle-ci s'était transformée en salon de musique. Vêtu d'une ample robe d'intérieur à motifs de cachemire, le maître de maison accompagnait au violon deux autres musiciens. Le premier, à la surprise de Nicolas qui ne lui connaissait pas cette passion, était le père Grégoire, également au violon ; l'autre, petit personnage au visage aigu et à la perruque outrageusement blonde, devait être ce M. Balbastre, l'organiste de Notre-Dame, il s'évertuait devant un clavecin. Son ami Pigneau, debout près de l'instrument, maintenait le rouleau de la partition éclairé par un bougeoir à bobèche. Un peu confus de constituer à lui seul le public, le jeune homme prit place dans une bergère et s'abandonna au plaisir de la musique. Les mimiques des concertistes retinrent d'abord son attention. Les sourcils froncés et la mine empourprée de concentration, M. de Noblecourt paraissait souffrir, mais parfois, sa bouche s'ouvrait et laissait échapper de petits cris d'approbation devant certaines improvisations inattendues du claveciniste. Le père Grégoire s'absorbait dans son exécution avec encore plus d'attention que lorsqu'il dosait les quantités d'extraits ou de décoctions de la liqueur des Carmes et marquait la mesure en frappant le sol de son pied droit. Balbastre, lui, offrait l'image parfaite du virtuose. Il touchait son instrument sans presque consulter la partition et ses doigts volaient, dans le flot agité de la mousseline de ses manchettes, au-dessus des tables du clavecin.

La sonate en trio s'achevait. Un long silence marqua la fin de son exécution. M. de Noblecourt poussa un long soupir avant d'ôter sa perruque et de s'essuyer le front avec un grand mouchoir sorti de sa manche. Son regard tomba soudain sur Nicolas. Il s'ensuivit un moment de confusion, d'échanges de salutations et de présentations. Nicolas tomba dans les bras du père Grégoire et de Pigneau qui manifestèrent, tous deux, leur joie de revoir leur ami. Nicolas salua M. Balbastre avec toutes les formes de respect que devait employer un jeune homme inconnu vis-à-vis d'une célébrité. Il rougit de confusion d'être présenté comme « le confident plein d'avenir de M. de Sartine ». Marion et Poitevin interrompirent les politesses en apportant du vin. Chacun s'assit et se mit à trinquer gaiement avec son voisin. Pigneau, qui avait coutume de commenter avec Nicolas la qualité des concerts auxquels ils assistaient, l'interrogea sur ce qu'il venait d'entendre. Le jeune homme apprit ainsi que le trio avait joué une sonate pour basse continue de M. Leclair[6]. Balbastre coupa la parole au séminariste pour engager une controverse sur les parties basses d'accompagnement.

Marion, à ce moment, entra dans la bibliothèque et vint parler à l'oreille de son maître.

— Mais bien sûr, répondit M. de Noblecourt, faites entrer et disposez un couvert pour l'ami inattendu qui nous arrive.

Un cavalier à peine plus âgé que Nicolas fit son entrée dans la bibliothèque. Saluant l'assemblée d'un coup de chapeau désinvolte, il remit son épée à Poitevin qui l'avait introduit. Il se campa devant le clavecin après avoir caressé d'une main amoureuse la laque de l'éclisse et toisa l'auditoire. La perruque blanche ne parvenait pas à vieillir sa mine juvénile et moqueuse. Le visage aux sourcils bien fournis, le nez aquilin et une bouche ourlée dont le dessin esquissait une moue ironique formaient un ensemble agréable. L'habit bleu pastel presque blanc rappelait à Nicolas celui que M. Vachon lui avait proposé.

— Mes amis, je suis heureux de vous présenter M. de La Borde[7], premier valet de chambre de Sa Majesté.

Une nouvelle séance de salutations suivit. Même Balbastre parut séduit par l'aménité du visiteur qui jeta un regard aigu sur Nicolas à l'annonce de ses fonctions auprès du lieutenant général de police.

— Que me vaut, monsieur, le plaisir de votre venue ? demanda le magistrat. Vous qui êtes si rare et qu'on aimerait voir plus souvent. Mon amitié pour votre père s'est reportée sur le fils. Cette demeure est la vôtre.

— Je suis votre serviteur, monsieur. Il se trouve que j'ai obtenu une petite journée de liberté. Cela m'a donné l'idée de venir prendre de vos nouvelles. Le roi a décidé d'aller à Choisy avec Mme de Pompadour. Je suis de quartier, mais il a eu la bonté de me donner congé. Quand le roi n'est pas là, chacun fuit Versailles. Et de ce pas, je suis venu vous demander à dîner.

Alors que la conversation s'engageait, Pigneau, que Nicolas ne savait pas aussi versé dans les arcanes de la Cour, lui confia à l'oreille qu'il ne fallait pas se tromper sur le terme de valet, M. de La Borde était un personnage d'importance. En tant que l'un des quatre premiers valets de chambre du roi, il avait toute autorité sur l'ensemble du service intérieur, et surtout l'incomparable privilège d'une continuelle intimité avec Sa Majesté. En service, il dormait au pied même du lit royal. Il faisait d'ailleurs figure de favori, passait pour fortuné, et participait aux soupers intimes des petits appartements. Enfin il compléta ce portrait en ajoutant qu'on le disait fort ami du maréchal de Richelieu, lui-même premier gentilhomme de la chambre.

Nicolas regarda avec révérence quelqu'un qui approchait de si près le roi ; il se serait attendu qu'un signe distinctif environnât de son aura le bénéficiaire d'un tel privilège. Mais M. de Noblecourt s'était extrait de son fauteuil et invitait ses hôtes à passer à table.

Avec mille politesses, chacun s'efforçait de s'effacer devant les autres. Ils pénétrèrent dans un salon rectangulaire dont les fenêtres donnaient sur la rue. Une table ovale y avait été dressée. Le mur opposé était meublé de vitrines, de bibliothèques et d'un grand dressoir à dessus de marbre où rafraîchissaient des bouteilles.

— Messieurs, point de protocole, nous sommes en famille, déclara le magistrat. Nicolas, le plus jeune, en face de moi. Mon père, dit-il à Grégoire, à ma droite.

Monsieur de La Borde, à ma gauche. Messieurs Balbastre et Pigneau, aux côtés de M. Le Floch.

Le père Grégoire récita les grâces et chacun s'assit. Marion entra, portant une soupière de taille impressionnante qu'elle posa devant son maître qui servit lui-même ses hôtes tandis que Poitevin versait le vin, blanc ou rouge selon les convives. Après un moment de silence où chacun s'absorba dans la dégustation du premier service, que M. de Noblecourt décrivit avec gourmandise comme une bisque de pigeonneaux, la conversation reprit entre lui et M. de La Borde.

— Quelles sont les nouvelles de la Cour ?

— Sa Majesté est très préoccupée par le siège de Pondichéry. La marquise fait de son mieux pour le distraire de sa mélancolie. Elle s'efforce aussi de restaurer les énergies. Vous ne savez sans doute pas — Paris est si partial — combien cette femme déploie de talents. On brocarde, on écrit des pamphlets, mais on ne relève jamais le bien qu'elle peut faire. Sachez qu'elle a acheté sur sa cassette des milliers d'actions d'armements de vaisseaux de course. Elle se passionne pour toutes sortes de plans. Je puis même vous dire, en confidence, nous sommes entre hommes d'honneur...

Il jeta un regard circulaire sur l'assemblée.

— ... qu'elle me disait encore, hier soir, son affliction d'être une femme dans un moment pareil et son souci de voir tant de personnes, qui devraient concourir au bien public et au service du roi, mal penser et ne rien faire...

— Cher ami, l'interrompit de Noblecourt, comment va votre ami le maréchal ?

— Il se porte à merveille, quoique, l'âge venant, il commence à rechercher les adjuvants nécessaires auprès d'un cortège de docteurs et de charlatans. Il se partage entre son gouvernement de Bordeaux et Paris, où il suit tout aussi assidûment les séances de l'Académie que la chronique des théâtres. Et quand je dis théâtre, il faudrait dire actrices...

Marion et Poitevin apparurent pour desservir. Ils apportèrent pour suivre un ragoût de béatilles accompagné de truffes à la braise présentées dans une serviette pliée et un grand plat de jambon de Hanovre chaud. M. de La Borde, après avoir humé le fumet qui sortait, en une vapeur légère, de la croûte du premier plat, leva son verre.

— Messieurs, portons santé au procureur qui nous traite, comme toujours, royalement. Que contient cette merveille ?

— C'est un ragoût de viandes délicates ; crêtes de coq farcies au chapon, ris de veau clouté, rognons de lapin, rouelles de veau et morilles dans leur culotte de croûte.

— Et ce vin, le rouge vaut le blanc, quelle délicatesse !

— C'est du bourgogne d'Irancy, et le blanc, du vin nature que je fais venir de Vertus en Champagne.

— J'avais bien raison de dire votre table royale ! s'exclama La Borde. Sa Majesté m'a interrogé, il y a peu, sur ce que buvait son aïeul Louis le Grand. J'ai mené enquête avec le sommelier ordinaire. Nous avons consulté de vieux registres. Longtemps, Louis XIV a bu du vin de Champagne puis Fagon, son médecin, lui a démontré que ce vin lui portait à l'estomac par sa trop grande verdeur et lui a recommandé le vin de Bourgogne, que cet organe digère plus à loisir sans être pressé de s'en défaire. Il se mit donc à user du vin d'Auxerre, de Coulanges et d'Irancy.

— J'aime l'irancy, dit Noblecourt, pour sa couleur claire et profonde, son parfum fruité et sa gaieté péremptoire.

— Nous sommes bien près du carême pour autant flatter notre gourmandise, remarqua le père Grégoire.

— Mais nous n'y sommes pas encore, dit Balbastre, ce qui permet à notre hôte, tenant et champion de notre vieille cuisine, d'en illustrer les traits véridiques. On voit tant d'innovations dans ce domaine de nos jours...

— Vous parlez d'or comme vous jouez et composez, dit Noblecourt. C'est un vrai débat de notre temps, une querelle décisive. Je m'indigne, messieurs, de lire certains ouvrages qui souhaitent nous en imposer là comme ailleurs. La Borde, connaissez-vous Marin ?

— Je le connais fort bien. C'est un artiste qui a débuté chez Mme de Gesvres puis a dirigé les fourneaux du maréchal de Soubise, autre grand gourmand devant l'Éternel. Sa Majesté l'apprécie et Mme de Pompadour en raffole. Il aime travailler l'effet des sens...

— L'effervescence ? Mais, c'est un collègue, s'écria l'apothicaire des Carmes.

Tout le monde rit de la méprise du bon moine égaré dans les splendeurs de son assiette.

— Oui, il s'agit bien de ce cuisinier-là, dit Noblecourt, et je suis au désespoir de n'être pas de l'avis de Sa Majesté.

Il se leva aussi prestement que sa corpulence le lui permettait, courut à l'une des bibliothèques et en sortit un livre marqué de multiples petits signets de papier.

— Tenez, voilà *Les Dons de Comus*, par François Marin, Paris 1739.

Il chercha fébrilement la bonne page et se mit à lire à haute voix.

— « La cuisine est une espèce de chimie et la science du cuisinier consiste à décomposer, à faire digérer et à quintessencier les viandes et à en tirer des sucs nourrissants et pourtant légers, à les mêler et à les confondre ensemble de façon que rien ne domine et que tout se fasse sentir. » J'arrête là ce galimatias. Pour moi, je tiens qu'une viande doit être une viande et avoir goût de viande.

Il saisit un autre livre, bardé de signets lui aussi.

— Voilà ma bible, messieurs : *Lettre d'un pâtissier anglois au nouveau cuisinier françois*, par Dessalleurs, Paris 1740. Écoutez : « Quel ragoût pour les personnes délicatement voluptueuses qu'un plat chimique où il n'entre que des quintessences raisonnées et dégagées, avec précision, de toute terrestréité ! Le grand art de la nouvelle cuisine, c'est de donner au poisson le goût de la viande et à la viande le goût du poisson, et de ne laisser aux légumes absolument aucun goût. » Voilà bien ce que je pense de ces nouveautés condamnables, hérétiques même.

Il revint s'asseoir, tout animé de son indignation.

— J'aime la passion pour la cuisine poussée à ce niveau d'intolérance, dit La Borde. Cela me fait penser à un petit volume, *Le Cuisinier gascon*, paru sous une signature mystérieuse en 1747. J'ai quelques raisons de penser que son auteur est Mgr de Bourbon, prince des Dombes, qui officiait souvent au petit souper du roi comme marmiton. D'ailleurs, le roi, la reine, les filles de France et nombre de ducs — Soubise, Guéménée, Gontaut, d'Ayen, Coigny et La Vallière —, tous ont revêtu le tablier. Dans cet ouvrage, les recettes de la nouvelle cuisine étaient affublées de noms ridicules : sauce au singe vert, veau en crotte d'âne à la Neuteau, poulet à la Caracatacat et autres inventions.

— Messieurs, je suis un homme heureux, reprit Noblecourt. La chère est appréciée et les convives brillants. Ainsi, au contraire de ce que disait M. de Montmaur, je puis proclamer : « J'ai fourni les viandes et le vin et vous avez fourni le sel. »

Mais comme tous ne participaient pas également à la conversation, il changea de sujet.

— Et M. de Voltaire, que nous prépare-t-il ?

Balbastre sauta sur l'occasion.

— Il continue à s'échauffer contre les Anglais, non seulement parce qu'ils sont nos ennemis, mais parce qu'ils ont publié que leur Shakespeare était infiniment supérieur à notre Corneille. Notre grand homme le dit éloquemment : « Leur Shakespeare est infiniment au-dessous de Gille[8]. »

— Le sarcasme restreint le jugement, risqua Nicolas. Il y a, dans cet auteur anglais, de bien belles pages et des morceaux émouvants qui prennent l'âme.

— Vous avez lu Shakespeare ?

— Oui, dans le texte original, chez mon parrain, le marquis de Ranreuil.

— Les commis de police lisent les auteurs, aujourd'hui ! s'exclama Balbastre.

Nicolas regretta aussitôt d'avoir, sans le vouloir vraiment, mis en avant le nom respecté d'un homme avec lequel, de surcroît, il avait rompu tout commerce. Le regard affligé de Pigneau lui fit mal. Pouvait-il trouver moyen plus vulgaire de se hausser ? Il avait bien mérité la pointe de Balbastre. M. de Noblecourt, qui sentit le malaise, dévia encore une fois le cours de la conversation en commentant le découpage de la volaille qu'il exécutait d'une main ferme et experte. M. de La Borde, qui n'avait cessé de regarder Nicolas avec bienveillance, seconda le vieux magistrat.

— Monsieur le procureur...

— Vous voilà bien cérémonieux ! Vous allez me demander quelque chose.

— Certes. Auriez-vous la bienveillance de nous faire les honneurs de votre cabinet de curiosités ?

— Comment ! Vous en connaissez l'existence ?

— La ville et la Cour la connaissent et vous en parlez vous-même assez souvent.

— Touché ! En vérité, ce n'est pas mon cabinet, mais plutôt celui de mon père qui l'avait commencé. Je n'ai fait que marcher sur ses brisées. Au cours de ses voyages, il a pris la manie d'acquérir tout ce qui lui semblait sortir de l'ordinaire. J'ai fait de même quand, à mon tour, j'ai voyagé.

La fin du repas se déroula sur cette promesse. Les conversations particulières s'organisèrent. Pigneau, qui connaissait les faiblesses de son ami et ses accès de mélancolie, parvint à lui faire comprendre que la remarque de Balbastre était plus étourdie que méchante. Les desserts avaient été servis en abondance, et tourtes, massepains, confitures et gelées couvraient la table. On servait les liqueurs et chacun se sentait envahi par la douce torpeur de l'après-dîner.

M. de Noblecourt frappa dans ses mains et invita ses hôtes à regagner la bibliothèque. Il se dirigea vers une porte ouvrant sur un cabinet. Il prit une petite clef attachée à la chaîne de sa montre et ouvrit. Tout d'abord, ses visiteurs ne virent rien, la pièce n'ayant pas de fenêtre. Il alluma deux chandeliers placés sur une petite table. Trois des murs étaient meublés de vitrines renfermant une foule d'objets étranges et disparates. Il y avait là, rassemblés, des coquillages, des végétaux desséchés, des armes anciennes, des porcelaines exotiques, des tissus sauvages, des pierres et des cristaux aux formes et aux couleurs inconnues. Plus inquiétants, des bocaux contenaient, dans des liquides troubles, des masses spongieuses et blanchâtres semblables à des larves informes. Mais ce qui attira davantage l'attention des visiteurs, ce fut un tableau en relief, encadré d'une bordure de bois travaillé et doré. Il représentait un cimetière dans l'obscurité de la nuit ; des cercueils entrouverts laissaient apparaître des corps en décomposition et des masses grouillantes de vers et de bêtes rampantes sculptées et ciselées dans la cire avec un tel naturel que l'ensemble semblait s'animer sous le regard.

— Mon Dieu, quelle est cette horreur ? demanda le père Grégoire.

M. de Noblecourt resta un instant songeur, avant de répondre :

— Mon père a beaucoup voyagé dans sa jeunesse, et notamment en Italie. Je m'en vais vous dire un conte. En 1656 naquit à Palerme, en Sicile, un dénommé Zumbo. Élève des jésuites à Syracuse, il fut frappé, tout jeune, par les décorations macabres qui ornaient les sanctuaires de la Compagnie, sans doute en écho à sa devise *Perinde ac cadaver*[9]. Prêtre, il devint rapidement expert dans la confection de tableaux de cires anatomisées. Vous en avez un ici sous les yeux. Ces théâtres de la corruption attiraient l'attention sur le spectacle de la mort, afin de faire voir aux fidèles des scènes qui, dans la réalité, les eussent emplis d'horreur et de dégoût.

— Mais, demanda Pigneau, l'objet de tout cela ?

— Il s'agissait de stimuler le repentir et d'inciter à la conversion. Zumbo voyagea et travailla à Florence, Gênes et Bologne. À Florence, il fabriqua plusieurs théâtres de corruption, notamment un sur la vérole qui lui fut commandé par le grand duc Côme III dont le gendre, l'Électeur de Bavière, souffrait de cette maladie. En 1695, mon père le rencontra et lui acheta cette œuvre, *Le Cimetière*. Il travaillait à l'époque avec M. Des Noues, sur des têtes de cire et sur une femme morte en couches qu'il parvint à conserver sous la cire. Il était parvenu à rendre le naturel à la perfection en utilisant cette matière colorée. Il vint à Paris et fut reçu par l'Académie de médecine à qui il présenta ses travaux. En procès avec Des Noues qui prétendait être l'inventeur du procédé, il mourut à Paris en 1701.

Tous se turent, contemplant l'innommable sans plus prêter attention au reste des curiosités. Nicolas, moins frappé que les autres pour avoir été confronté à des réalités infiniment plus terribles, remarqua un grand crucifix posé contre l'une des vitrines. Il interrogea M. de Noblecourt qui sourit.

— Ah ! cela n'est pas une curiosité mais, comme je ne tiens pas à passer pour janséniste, j'ai mis ce présent à l'écart. Le croiriez-vous, c'est un cadeau du commissaire Lardin. Je ne le pensais ni si dévot ni aussi prosélyte. Je m'interroge toujours sur la raison de ce présent et sur le sens d'un petit message ésotérique qui accompagnait cette attention et dont je n'ai pas encore saisi la signification.

Il prit le papier enroulé autour du bois de la croix. Nicolas, avec stupeur, découvrit le pendant du message trouvé dans son habit rue des Blancs-Manteaux.

> *C'est pour mieux les ouvrir*
> *Afin de rendre les paroles*

— Voyez l'énigme, reprit Noblecourt. Ce Christ janséniste a les bras fermés, sans doute pour mieux ouvrir les cœurs ; c'est la traduction que je fais.

— Me laisserez-vous ce papier ? demanda Nicolas à voix basse.

— Faites, j'entends que tout cela peut avoir une importance.

La gaieté du dîner s'était évaporée. La visite du cabinet du vieux procureur avait ouvert la boîte de Pandore. Chaque invité semblait avoir revêtu un masque et s'être refermé sur lui-même dans la tristesse et le silence. Noblecourt eut beau faire pour retenir son monde, chacun finit par prendre congé. M. de La Borde salua Nicolas d'un étrange : « Nous comptons sur vous. » Après avoir promis à Pigneau et au père Grégoire de moins les négliger, le jeune homme demeura seul avec M. de Noblecourt, qui paraissait soucieux.

— Ces parties ne sont plus de mon âge, soupira-t-il. J'ai fait quelques excès. Je crains qu'un accès de goutte ne me menace et, avec lui, les reproches de Marion, qui aura raison, comme d'habitude. Je n'aurais pas dû céder à la curiosité de La Borde. J'ai lâché les diables et rompu le charme.

— Ne regrettez rien, monsieur, il y a des choses que certains ne peuvent regarder en face.

— Voilà de la sagesse. J'ai remarqué d'ailleurs que vous manifestiez peu d'émotion à ce spectacle.

— J'ai vu des choses pires qu'une représentation de cire et...

Marion venait de faire irruption, l'air scandalisé.

— Monsieur, il y a là un inspecteur Bourdeau qui demande notre Nicolas.

— Allez, Nicolas, dit le magistrat, mais prenez garde à vous, j'ai un mauvais pressentiment. Ce doit être la goutte. C'est la goutte !

# XII

## LE VIEUX SOLDAT

> « La misère du soldat est si grande qu'elle fait saigner le cœur ; il passe ses jours dans un état abject et méprisé, il vit comme un chien enchaîné que l'on destine au combat. »

Comte de Saint-Germain

Bourdeau attendait sous la porte cochère. Il expliqua sans préambule à Nicolas les raisons du dérangement qu'il lui causait : Tirepot avait retrouvé la trace des deux suspects et lui avait envoyé un messager pour le prévenir qu'il filait les intéressés. Dès que sa chasse aboutirait, il se manifesterait. Son homme était déjà parti le rejoindre. L'inspecteur venait donc chercher Nicolas pour le ramener au Châtelet où toutes les informations convergeraient.

Nicolas approuva les dispositions de son adjoint et, pressé à son tour, voulut faire chercher une voiture. Toujours prévoyant, l'inspecteur lui désigna un fiacre qui attendait dans la rue. Ils regagneraient le bureau de permanence pour y attendre la suite des événements et revêtiraient un déguisement afin d'être prêts à toute éventualité. Nicolas prit sa cape et son tricorne avant de monter dans la voiture. Ils atteignirent rapidement leur destination dans le Paris presque vide de la fin d'un dimanche d'hiver, ne croisant que quelques groupes de masques qui menaient le charivari autour de bourgeois apeurés, ce qui fit souvenir à Nicolas qu'une semaine juste s'était écoulée depuis son retour de Guérande.

Assis à la petite table du bureau de permanence, Bourdeau raconta, par le menu, l'installation de Semacgus à la Bastille. Le chirurgien y avait été aimablement accueilli par le gouverneur qui le connaissait, ayant eu l'occasion de dîner avec lui chez M. de Jussieu. Il avait été établi dans une cellule vaste et aérée, pourvue de quelques meubles. Bourdeau était retourné à Vaugirard pour prendre les hardes et les livres dont Semacgus lui avait donné la liste. Catherine continuait à réconforter Awa maintenant persuadée qu'elle ne reverrait plus Saint-Louis. Il en avait profité pour vérifier que les scellés de la maison Descart étaient intacts et que personne n'avait tenté d'y pénétrer. Les mouches se succédaient d'ailleurs autour de la demeure du médecin. Quant aux rapports émanant de la rue des Blancs-Manteaux, Bourdeau en venait à douter de la raison ou du zèle de ses informateurs. Il n'était, en effet, question que de retour de Mme Lardin quand nul ne l'avait vue sortir, et de sortie quand nul ne l'avait vue rentrer. De ce côté-là, le mystère s'épaississait. Mauval avait été repéré, à plusieurs reprises, entrant dans la maison. Son résumé achevé, Bourdeau sortit sa pipe, la considéra pensivement, puis se consacra bientôt à la production d'une fumée épaisse qui obscurcit davantage la pièce que le couchant plongeait, peu à peu, dans l'ombre.

Nicolas ne parvenait pas à s'arracher à l'engourdissement dans lequel l'avaient plongé les délices de la table de M. de Noblecourt. Il revenait sans cesse sur sa maladresse, sur cet accès de prétention qui n'était, il le sentait maintenant, que la manifestation de ses propres incertitudes. Balbastre n'avait pas voulu le blesser et n'avait fait que hasarder un bon mot dans le cliquetis de paroles brillantes qui était le propre d'une société libre. Le jeune homme mesurait sa chance d'être invité à rencontrer des hommes de goût et de tact, reflets des prestiges d'une Cour policée. Revenant sur sa faiblesse, il mesurait le chemin qu'il lui restait encore à parcourir pour arriver à la maîtrise de lui-même et éviter que la première pique dirigée contre lui, le moindre froissement d'amour-propre, ne rouvre sa blessure. Il était conscient que cette blessure intérieure faisait partie de son être profond, et qu'il devrait vivre avec elle. Il n'avait jamais trouvé l'occasion de s'en ouvrir à quelqu'un. Il avait eu un début d'intention de se confier à son ami Pigneau, mais celui-ci, tout bienveillant qu'il fût, était déjà un homme d'Église, enclin à recevoir les confidences comme une confession. Il ne pouvait replacer la souffrance morale de Nicolas que dans l'ordre d'une foi qui tenait peu de compte des douleurs intimes ou, plutôt, qui engageait à les abîmer dans l'adoration de la Divinité.

Le travail de la digestion l'assoupissant, Nicolas se mit à rêver. Il se trouvait au château de Ranreuil, près des douves. Isabelle avait glissé sur l'herbe et était tombée dans l'eau ; elle flottait immobile au milieu des roseaux. Sur la rive, Nicolas tendait les mains vers la jeune fille, mais ne parvenait pas à bouger ; il hurlait son désespoir, sans qu'aucun son sortît de sa bouche. Le marquis surgissait alors, le visage déformé par la haine et tenant à la main un grand crucifix dont il tentait de frapper le jeune homme. Il sentit une vive douleur à l'épaule...

— Monsieur, calmez-vous, c'est moi, Bourdeau. Vous vous êtes endormi. Vous rêviez ?

Nicolas frissonna.

— Je faisais un cauchemar.

La nuit était tombée et Bourdeau avait allumé une chandelle qui répandait une lumière blême et filait en grésillant.

— Tirepot s'est manifesté, dit-il. Nos deux gaillards

sont actuellement attablés dans une guinguette du faubourg Saint-Marcel, près du marché aux chevaux. Ils paraissent y avoir leurs habitudes. Il faut faire vite. J'ai prévenu le guet qui nous rejoindra.

Il tendit à Nicolas chapeau et hardes. Lui-même recueillit de la poussière sur le haut d'un bahut dont il se salit ensuite le visage. Il invita le jeune homme à en faire autant. Leurs figures avaient maintenant l'aspect de celles des petits ramoneurs savoyards. Nicolas reprit la défroque qui lui avait été si utile lors de sa descente à Vaugirard. Il voulut prendre une épée, mais Bourdeau l'en dissuada en observant que cette arme ne s'appariait pas avec sa tenue et que le petit pistolet dont il lui avait fait cadeau présentait toutes les garanties de sécurité et de discrétion. Leurs préparatifs terminés, ils s'embarquèrent dans le fiacre conduit par un aide de Bourdeau. L'inspecteur commanda le chemin le plus court qui consistait à franchir le pont au Change, traverser la Cité, rejoindre la rive gauche par le Petit Pont, avant de piquer sur la porte Saint-Marcel pour s'enfoncer dans le faubourg.

Les cahots de la voiture replongèrent Nicolas dans son engourdissement ; il tentait de mettre un peu d'ordre dans ses idées. Quelque chose lui pesait, comme si son esprit tentait de lui faire passer un message qu'il ne parvenait pas à entendre. Il repassa dans sa mémoire le dîner de la rue Montmartre, dont la surprise avait été la découverte du nouveau message de Lardin, tout aussi incompréhensible que le premier. Il était difficile de s'expliquer la manière dont le commissaire avait souhaité se manifester auprès de deux de ses connaissances qui n'étaient pas ses proches et qui pouvaient avoir quelques raisons de se méfier de lui. Chez M. de Noblecourt, c'était par prudence et prétérition et, chez Nicolas, par éloignement de subordination. Il lui faudrait relire et comparer les deux messages. Il cherchait en vain à quel moment son malaise ou son interrogation avait pu naître, et sur quel détail son trouble présent s'appuyait. Il revivait la scène du cabinet de curiosités. Il revit l'étrange crucifix. L'objet lui rappelait confusément quelque chose et il se promit d'y penser à nouveau.

Bourdeau respectait son silence et continuait à s'envelopper de volutes de fumée. Avec intelligence, il semblait toujours comprendre le besoin de mutisme de son chef. La nuit était maintenant profonde et la ville pauvrement éclairée par des lanternes dont les chandelles étaient souvent éteintes par le vent. Nicolas avait entendu M. de Sartine réfléchir à haute voix sur les aménagements qu'il envisageait pour éclairer la capitale et mieux assurer la sécurité de ses habitants. Il s'élevait aussi contre la multiplication des enseignes et des auvents qui produisaient, sur le pavé des rues, d'immenses ombres portées, et créaient des zones obscures propices aux tire-laine, coupeurs de bourses et autres malandrins. De plus, les auvents, le plus souvent pourris par les intempéries, tombaient et provoquaient des accidents.

Le bruit de la voiture s'atténuait parfois quelques instants ; elle semblait rouler sur un tapis. Un remugle pénétrant signalait que le fiacre venait de passer devant la demeure d'un riche malade, dont les domestiques avaient répandu du fumier et de la paille, devant la porte, pour étouffer le bruit des carrosses. À d'autres endroits, des fondrières gelées s'effondraient et les glaces étaient aspergées d'eau boueuse. Ils croisèrent encore des bandes de masques qui bombardèrent la voiture de petits sacs emplis de farine, mais le carnaval toucherait bientôt à sa fin, le cœur n'y était plus et le Mardi gras marquerait le terme d'un incendie qui s'achèverait le mercredi des Cendres, avec l'entrée en carême.

Une fois franchie la limite de la ville, Nicolas eut l'impression de pénétrer dans un désert glacé. Le faubourg présentait là son aspect le plus sinistre. La faible lueur du falot dévoilait de grands murs qui, peu à peu, laissaient la place à des masses indistinctes. On devinait la présence d'établissements religieux ou hospitaliers, nombreux dans cette partie de la ville. Là où rien n'avait été bâti, l'imagination suppléait à la vision et recréait des zones abandonnées où des halliers fantômes couvraient le sol de taillis inextricables peuplés de ronciers griffus et givrés. De petits murets surgissaient, protégeant des vergers, des jardins ou des chantiers. La circulation avait cessé. Soudain, une bête de nuit palpita contre la glace du côté de Nicolas, en picora sauvagement la surface, puis disparut. Il songea au pressentiment de M. de Noblecourt et, dans le même temps, il sentit l'angoisse de Bourdeau, qui frémissait à ses côtés.

Le messager de Tirepot les avait précédés ; il intercepta leur voiture près du cimetière Sainte-Catherine. La taverne où ils devaient se rendre se trouvait à quelques pas de là, rue du Cendrier. Leur guide leur désigna une grande masure faiblement éclairée, en retrait de la voie. Ils s'en approchèrent quand, venant du derrière d'une charrette effondrée près d'une pile de bois, une voix connue héla Nicolas.

— Vous voilà enfin ! murmura Tirepot. Je gèle à vous attendre. Fais semblant de donner ton eau. Les deux compères, un vieux soldat nommé Bricart et son complice, Rapace, un ancien boucher, sont à la table d'angle, à droite de l'entrée. Méfiez-vous, le lieu est mal famé.

Nicolas feignait de se rajuster.

— Le guet est prévenu et va arriver. Toi, tu restes à l'écart. Je ne veux pas que tu sois vu. Tu files, maintenant.

Nicolas rejoignit Bourdeau, qui travaillait son rôle. Il se mit à boiter en enfonçant son grand chapeau.

— Donnez-moi le bras et dissimulez votre visage. Gare à la lumière.

Ils poussèrent la porte du cabaret. La salle était plon-

253

gée dans une semi-obscurité. Les poutres du plafond bas étaient noircies par les fumées. Sur un sol inégal de terre battue, une dizaine de tables de bois peint, entourées de bancs mal équarris, constituaient tout le mobilier. Çà et là, quelques chandelles de mauvais suif prodiguaient une lumière incertaine. Des chiffonniers, des mendiants et deux rabouilleuses de barrières qui, jupes haut troussées, se chauffaient les reins devant la cheminée où brûlait un feu pauvre, formaient une assemblée disparate. Le cabaretier était en train de casser du sucre et, de temps en temps, il remuait un bâton dans le grand pot de la crémaillère où bouillonnait un mélange épais de rebuts bigarrés et de racines. Une des épaves humaines s'approcha et, après avoir payé son écot, reçut une écuelle pleine de ce mélange accompagnée d'un morceau de pain noir mêlé de son. Rapace et Bricart paraissaient plongés dans une conversation animée. Les pots de vin s'accumulaient sur leur table. Bourdeau, titubant, poussa Nicolas dans un coin sombre, à gauche de la cheminée. La place avait été habilement choisie ; elle permettait une vue générale de la salle, de son entrée, mais aussi de ses issues vers l'arrière. L'inspecteur frappa du poing sur la table et, d'une voix éraillée, appela l'hôte qui s'approcha pour prendre commande. Deux écuelles de soupe et un cruchon d'eau-de-vie furent réclamés et payés tout aussitôt. Bourdeau posa sa pipe et cracha copieusement sur le sol.

— Monsieur, dit-il à voix basse, le verre d'eau-de-vie se boit d'un coup, la tête rejetée en arrière. Le pain, vous l'émiettez dans la soupe. La cuillère, tenez-la à pleine main. Vautrez-vous sur la table et faites le plus de bruit possible en mangeant. Vous finirez l'assiette en la portant à vos lèvres. Soyons prudents, nos tournures ne nous protègent pas de regards un peu sagaces. Nous allons nous régaler !

Il lui fit un horrible clin d'œil.

Nicolas vit arriver la pitance avec inquiétude. Il se

souviendrait longtemps de cette journée au cours de laquelle il était passé des sommets de l'art culinaire aux ignominies des morceaux d'arlequins. Bourdeau l'encouragea du regard. Il s'efforça de suivre ses conseils et s'affala sur le bois crasseux de la table. Le pain plongé dans le brouet se désagrégeait lentement et de petits morceaux de paille montaient à la surface. La première cuillerée le fit presque défaillir et il dut retenir un haut-le-cœur qu'il noya aussitôt d'une lampée d'alcool. Le « réconfortant » du père Marie, au Châtelet, était toute douceur et suavité en comparaison du fleuve de feu qui inonda sa poitrine. Il décida de procéder autrement. Il prit son courage à deux mains, porta l'écuelle à sa bouche et avala son infâme contenu ; il le fit suivre d'un nouveau verre. Bourdeau contenait avec peine son fou rire. Il avait, pour sa part, choisi une méthode plus hypocrite ; chaque cuillerée était suivie d'une quinte de toux effroyable et de crachements successifs sur le sol. Nicolas finit par être gagné par la gaieté de son compagnon. Une fois calmé et agréablement échauffé par l'eau-de-vie, il se dit qu'il n'avait guère, jusque-là, prêté d'attention à l'inspecteur, que leurs relations, toutes amicales et confiantes qu'elles fussent, se cantonnaient aux seules préoccupations du service. Jamais il ne s'était interrogé sur le passé de Bourdeau, les raisons de sa vocation policière ou sa vie familiale. Il se sentit saisi d'une curiosité immédiate envers un homme qui ne lui avait jamais marchandé ni son aide ni sa bienveillance. Il saisit l'occasion de ce moment d'attente pour tenter de rattraper le temps perdu.

— Bourdeau, dit-il à voix basse, vous ne m'avez jamais dit comment vous étiez entré dans la police ?

L'inspecteur demeura silencieux un moment sans dissimuler la surprise que cette question lui causait.

— Sans doute, monsieur, ne me l'avez-vous jamais demandé.

Une nouvelle pause s'établit durant laquelle Nicolas réfléchit sur le meilleur moyen de relancer son propos.

— Vous avez encore vos parents ?

— Ils sont morts tous les deux, à peu de temps l'un de l'autre. Cela fera bientôt vingt ans.

— Que faisait votre père ?

Il sentait Bourdeau plus détendu.

— Mon père était valet de chiens à la vautrait[1] du roi. Autant qu'il m'en souvient, il tenait fort à honneur sa fonction. Jusqu'à son accident, il y fut très heureux.

— Son accident ?

— Une bête noire acculée lui a ouvert la jambe, alors qu'il s'était jeté au secours d'un des chiens les plus appréciés du roi. On dut la couper, de crainte de la gangrène. Son courage ne fut guère payé en retour ; on lui en voulut de ne pas avoir sauvé le chien, décousu lui aussi... Impotent, il dut se retirer dans son village sans vétérance ni pension. Il végéta alors, éloigné de la chasse qui était toute sa vie, et séparé du roi, son idole. Je l'ai vu dépérir de chagrin. Il ne se pardonnait pas d'avoir laissé mourir un chien. Le roi avait grondé et n'avait eu ni un regard ni un geste pour l'homme blessé. Ainsi sont les grands...

— Le roi ne savait pas.

— C'est ce qu'on dit toujours. Ah ! si le roi savait ça... Nicolas, nous servons la justice et nous obéissons, mais en tant que citoyen je puis avoir mon opinion particulière. Le roi est aussi un homme comme les autres, avec ses défauts et ses caprices. Mon père avait été frappé, tout jeune, de sa fureur de tuer. Il y a une quarantaine d'années, quand il débutait, il fut témoin d'une scène si marquante qu'il la contait volontiers, encore qu'elle ne fût pas à l'honneur de son dieu. Le roi avait alors douze ou treize ans et goûtait fort une biche blanche qu'il avait nourrie tout faon. Elle s'était accoutumée à lui si gentiment qu'elle mangeait dans sa main. Un jour, l'envie le prit de la vouloir tuer. Il ordonna de la conduire à la Muette. Là, il la fit éloigner, la tira et la blessa. La pauvre bête, affolée et gémissante, accourut vers le roi, cherchant sa protection. Il la fit derechef éloigner ct la tua.

Nicolas fut surpris de la froide passion de Bourdeau.

— Sentant sa fin approcher, poursuivit celui-ci, mon père se résigna, lui qui n'avait jamais rien sollicité pour lui-même, à adresser une supplique à Mgr le duc de Penthièvre, grand veneur de France [2], et le plus honnête homme du royaume. Peu avant la mort de mon père, il me fit venir à Paris où, après des études à Louis-le-Grand, je fis mon droit. Le produit de la vente de la petite maison de mes parents, que le prince compléta généreusement, me permit d'acheter mon office d'inspecteur et conseiller du roi. Ainsi, ce qui fut défait par un Bourbon fut réparé par un Bourbon. Mais vous-même, monsieur, comment expliquez-vous votre prodigieuse carrière ?...

Nicolas sentit l'ironie.

— Comment avez-vous pu bénéficier de l'appui de M. de Sartine à un point tel qu'il vous mandate et que vous agissez en son nom avec des pouvoirs supérieurs à ceux d'un commissaire ? Ne vous méprenez pas sur ma curiosité. Mais puisque vous me faites l'honneur de la vôtre, permettez-moi d'en user tout aussi franchement avec vous.

Nicolas était pris à son propre piège, mais il ne le regrettait pas. Il estimait Bourdeau sincère et pressentait que cette conversation ne ferait que les rapprocher l'un de l'autre. Mais c'était un autre Bourdeau qui se révélait, plus profond et plus grave.

— Il n'y a pas de mystère et mon histoire n'est pas si différente de la vôtre, répondit-il. Enfant trouvé, sans aïeux et sans fortune, j'ai été recommandé à M. de Sartine par mon parrain, le marquis de Ranreuil. Depuis, tout s'est enchaîné sans que j'intervienne de mon propre chef, sinon par mon zèle à remplir avec soin les tâches que l'on attendait de moi.

Bourdeau sourit.

— Vous voilà bien philosophe, vous posez les questions sans donner les réponses. Ce n'est pas moi qui mettrais en doute vos propos. Mais comprenez que votre situation étonne, qu'on glose au Châtelet et que certains s'interrogent. On vous croit membre d'une loge maçonnique.

— Ah ! ça... Mais pourquoi ?

— Je croyais que vous saviez que M. de Sartine était lui-même affilié à la loge des Arts Sainte-Marguerite.

— Certes non, je suis bien éloigné de ces choses.

En vérité le bonhomme simple que Nicolas avait cru bien connaître jusque-là apparaissait sous un jour nouveau. Nicolas prit conscience de l'incongruité de la situation. Depuis son retour de Bretagne, il s'était laissé porter par les événements. Il n'avait pas senti combien ses relations avec l'inspecteur s'étaient insensiblement transformées. Il avait lui-même accepté cette dérive sans se poser de questions et sans déplaisir. En dépit de ses inquiétudes et de sa conviction d'être, à certains moments, un objet dans les mains du lieutenant général de police, il avait surmonté cette ambiguïté en obtenant, du moins le croyait-il, la totale confiance de son chef. Pouvait-on passer aussi vite du statut d'outil à celui de confident ? Il préférait ne pas s'interroger là-dessus, se consacrant tout entier à l'action. Cependant, il se rendait bien compte que Bourdeau n'était pas un simple commis et qu'il lui avait fallu une grandeur d'âme peu commune pour accepter qu'un jeune homme, un apprenti, devienne, pour ainsi dire, son maître. L'inspecteur avait toléré, lui, l'homme d'expérience, de s'effacer et d'accepter ses ordres. Nicolas se dit qu'il avait sans doute négligé de veiller à ce que ce renversement hiérarchique s'opérât avec tout le tact et la délicatesse nécessaires. Il ne devait pas oublier cette leçon que Bourdeau venait de lui donner. Il se souvint que l'usage de son prénom, naguère habituel entre eux, avait laissé la place à un « Monsieur » déférent, plus conforme à leurs nouvelles relations. Il demeurait toutefois con-

vaincu que l'inspecteur avait, pour lui, un réel attachement, auquel répondait, de sa part, une estime vraie. Il
se promit de veiller à la lui prouver, d'autant plus que
c'était lui-même qui avait réclamé Bourdeau comme
adjoint à M. de Sartine.

Le silence dura jusqu'au moment où Bourdeau,
jurant sourdement, attira l'attention de Nicolas sur ce
qui se passait dans la salle. Les deux suspects s'étaient
levés et, après avoir vidé un dernier verre, quittaient la
taverne. L'inspecteur souffla à Nicolas de compter lentement jusqu'à trente ; alors seulement, ils pourraient
sortir à leur tour sans donner l'alarme et sans risquer de
buter sur l'objet de leur filature. Bourdeau avait
ordonné à leur guide de surveiller discrètement la sortie
des deux lascars, afin d'éviter de les perdre. Il conseilla
à Nicolas de feindre l'ivresse. Ils se levèrent titubant,
appuyés l'un à l'autre, et, se heurtant aux tables, ils sortirent du tripot.
    Le froid les saisit. Il s'était remis à neiger. Bourdeau
désigna les pas dans la neige et la marque du pilon. Le
ciel était avec eux : il leur suffirait de suivre les
empreintes. Ils n'eurent pas longtemps à marcher. À
quelques centaines de pas de la taverne s'ouvrait une
impasse, étroit chemin de terre enserré entre des fasci-
nes. Une ombre leur désigna du bras la venelle et disparut. Une barrière de bois, couverte d'une sorte de
chapiteau, fermait l'entrée d'un terrain. À travers les
interstices des palissades, l'obscurité laissait deviner un
entrepôt ou une grange dont la masse arrêtait le regard.
Aucun bruit ne se faisait entendre. L'inspecteur murmura à l'oreille de Nicolas, qu'en cas de double issue
ils risquaient de perdre leurs clients et que, les archers
n'étant pas encore arrivés, ils devaient agir seuls et sur-
le-champ. Nicolas approuva en hochant la tête.
    Bourdeau poussa doucement la barrière. Elle céda
avec un grincement. Ils pénétrèrent à l'aveuglette dans
l'enclos. Nicolas sentit aussitôt une chape de tissu gros-

sier lui couvrir la tête dans le même temps qu'il éprouvait contre ses côtes la pointe d'un couteau. Il entendit à côté de lui un bruit sourd suivi de l'affaissement d'un corps. Une voix s'éleva.

— Jardié, ce gueux a son compte. Ces bâtons plombés vous défoncent un crâne ! On s'occupera du corps plus tard. On va travailler son camarade pour savoir ce qu'ils avaient dans le ventre.

Nicolas, les mains liées, fut poussé en avant. Sa tête était enfermée dans un sac serré au cou, qui l'étranglait à moitié. Il se rendit compte qu'on entrait dans un bâtiment. Le briquet fut battu et une lumière filtra à travers le tissu. On l'assit sur un tabouret et le sac fut brutalement arraché. Une torche, accrochée à un anneau dans un mur de pierre, éclairait une grange encombrée d'objets et de meubles disparates. Au milieu de tout ce désordre, il reconnut aussitôt l'élégant cabriolet de Semacgus. Alors, malgré sa détresse, il ne put s'empêcher de songer qu'il touchait au but ou, qu'à tout le moins, un pas important venait d'être franchi.

Sa deuxième pensée fut pour Bourdeau : Était-il mort ? Peut-être ces réflexions seraient-elles les dernières. Il lui faudrait trouver un moyen de laisser une trace, un message, un indice, mais comment ?

Devant lui se tenait un personnage de taille moyenne, le cheveu filasse clairsemé, avec des yeux vairons qui lui rappelèrent le jeune homme si urbain qui lui avait volé sa montre quand il était entré à Paris pour la première fois. Le visage était grêlé par les traces de la petite vérole. Il pointait un coutelas vers Nicolas. L'autre personnage devait être en retrait, et il ne le voyait pas.

— Tu me le tiens en joue, fit l'homme. Faut être prudent. Alors, mon petit monsieur, on nous suivait. On fouinait ? Voyons de plus près ce que tu nous caches.

Il se mit à fouiller Nicolas avec système. Le jeune homme se félicita d'avoir laissé au Châtelet tout ce qui lui était personnel. Il espérait que le petit pistolet accroché à l'intérieur de la vieille redingote passerait inaperçu, mais l'homme poussa un grognement de triomphe en le découvrant.

— Et ça, c'est quoi, hein, c'est quoi ? Regarde ce que je viens de tirer en valade[3].

Il poussait le canon de l'arme contre la bouche de Nicolas si violemment que sa lèvre éclata. Il tenta de donner le change.

— Monsieur, répondit-il — et il regretta aussitôt cette marque de politesse qui le trahissait —, mon ami et moi étions à la recherche de la demeure de M. Chauvel. Pourriez-vous m'indiquer si elle se trouve dans les environs ?

— Voilà-t-y pas que le jean-foutre essaye de nous en conter. Serait-il pas qu'il taffe[4] ? Tu entends cela, Bricart ? Mais regarde ces mains douces et propres ; tout ça ne va pas avec le reste. Tu serais pas de la mouche, par hasard ? Et en carnaval, pour mieux faire !

Nicolas frémit ; l'homme ne cachait même pas leurs noms, c'était un mauvais signe s'il avait vraiment affaire à des criminels endurcis.

L'autre s'approcha. Plus âgé, il portait une moustache blanche fournie et sa jambe droite se terminait par un pilon de bois. Sa vêture était un mélange bizarre d'effets militaires usés et de hardes civiles. Il s'appuyait sur un gourdin et tenait un pistolet armé à la main. Il vint renifler Nicolas et resta à ses côtés.

— Et ça sent la giroflée, un vrai céleste[5] ! Crois-moi, mon petit monsieur, ton affaire est déplorée[6] et tu n'as plus qu'à nous bavarder tout ce que tu sais. Pique-le, Rapace.

— Et comment que je vais lui faire cracher. J'ai de quoi le faire jaser.

Il piqua Nicolas à la poitrine, juste sur sa blessure qui se remit à saigner. Le jeune homme ne put retenir un cri.

— Et sensible, avec ça. Allez, parle ! Parle ou je te saigne...

Rapace s'apprêtait à poursuivre quand un craquement sec se fit entendre. La porte de la grange venait de s'ouvrir, défoncée. La voix de Bourdeau hurla.

— Vous êtes cernés ! Ne bougez plus, vos armes à terre !

Bricart, éberlué, jetait des regards affolés à droite et à gauche.

— Du calme ! Il nous en conte, il est seul, dit Rapace.

Il saisit le pistolet de Bricart et le braqua sur Bourdeau.

— Vous, le revenant, les mains sur le chapeau.

Tout en obéissant, Bourdeau cria :

— À moi, le guet !

— Tais-toi, ou je te brûle !

Quelques secondes très longues s'écoulèrent. Ils étaient tous figés dans l'attente. Rien ne vint.

— Pour un vétéran, tu as perdu la main, Bricart !

— J'y comprends rien, j'ai entendu son crâne éclater.

— Si tu veux pas que je découpe ton petit camarade, reprit Rapace à l'adresse de l'inspecteur, tu vas m'expliquer ce que vous cherchiez.

Le couteau s'approchait du cou de Nicolas, dont le cœur se mit à battre douloureusement. Tout allait donc s'achever au fond de ce faubourg perdu... Soudain, un coup de feu éclata et Rapace, avec un air surpris, tomba comme une masse, une balle au milieu du front. Nicolas, d'un coup de reins, fit choir le tabouret sur lequel il était immobilisé et heurta Bricart qui, déséquilibré, tomba sur le sol. Bourdeau bondit et se jeta de tout son poids sur le vieux soldat avant de le désarmer. Il lui attacha les mains derrière le dos avec une sangle de cuir trouvée sur le sol, puis libéra Nicolas.

— Bourdeau, je vous ai cru mort ! Dieu soit loué, vous êtes sauf et je vous dois la vie.

— N'en parlons plus. M. de Sartine ne m'aurait jamais pardonné de n'avoir point tenu ma parole de vous protéger et je ne me le serais pas pardonné à moi-même.

— Mais Bourdeau, expliquez-moi ce miracle.

— En fait, monsieur, chaque fois que je pars pour une expédition qui peut se révéler dangereuse, je porte un chapeau de ma fabrication.

Il lui montra son grand feutre Régence. Une calotte de fer en tapissait le fond, retenue par un filet de soie.

— Mais le coup de feu ?

— Toujours le chapeau ! Mon petit pistolet, frère jumeau de celui que je vous ai donné, est fixé sur le côté, derrière l'aile droite. On ne fouille jamais un chapeau. Inutile de vous dire qu'il y faut quelque accoutumance et que j'ai beaucoup tiré à la cible pour obtenir un résultat dont je suis assez fier. Le seul risque c'est qu'on ne peut compter que sur un coup et que ce miracle agencé n'est pas à répétition. Mais je vous ferai faire un chapeau pour aller avec le pistolet.

— Mais pourquoi n'avoir pas tiré aussitôt ?

— C'eût été bien risqué ! J'ai parié sur la suite et vous m'avez bien aidé en tombant sur Bricart. Que faisons-nous, maintenant ? Nous attendons le guet ?

— Il ne devrait pas tarder. Mais j'ai une surprise pour vous, Bourdeau.

Nicolas prit la torche et s'approcha de la voiture remisée.

— Mais vous saignez, monsieur ?

— Cette canaille m'a rouvert ma blessure à la poitrine, ce n'est rien. Voyez plutôt ce cabriolet. C'est celui de Semacgus. Le cheval a déjà dû être vendu.

Il ouvrit la porte de la voiture. La lumière frappa d'un coup la tapisserie beige de la banquette. Une large tache de sang séché l'inondait. Elle avait débordé jusqu'au sol où elle s'étendait en mare noirâtre. On avait massacré ou transporté un corps saigné à blanc dans ce cabriolet. Les deux hommes contemplaient cette horreur.

— Je crois bien que nous ne retrouverons pas Saint-Louis vivant, dit Bourdeau.

Nicolas reprit l'initiative des opérations.

— Dès que les archers seront là, qu'ils procèdent à une fouille minutieuse de la grange et du terrain. Un mutisme absolu devra être observé sur la mort de Rapace. Ce cabriolet devra être ramené au Châtelet, où Semacgus aura à le reconnaître. J'emmène Bricart pour un premier interrogatoire. Je rendrai compte, dès demain matin, à M. de Sartine. Bourdeau, je me fie à vous pour qu'ici les choses se déroulent comme il convient. Dès que vous avez terminé, rejoignez-moi. Je crains que nous ne dormions guère cette nuit !

La mouche de Tirepot apparut, suivie d'un exempt et d'une troupe d'archers. Les choses se déroulèrent comme l'avait ordonné Nicolas. Au moment de partir, il marcha sur Bourdeau à qui il tendit la main.

— Mon ami, merci.

Le retour sur Paris fut léger au cœur de Nicolas. Les signes multipliés d'un danger mortel avaient pris désormais un autre sens. L'avenir, jusqu'alors incertain, paraissait ouvert. Même la présence à ses côtés d'un criminel avéré ne pouvait distraire Nicolas d'un sentiment de soulagement, auquel s'ajoutait la satisfaction d'avoir rendu justice à Bourdeau. L'épreuve l'avait trempé comme l'eau du torrent la lame de l'épée rougie au feu. La mort, dont il avait senti l'odeur avec l'haleine de Rapace, s'était éloignée pour longtemps, le laissant comme lavé et plus assuré en lui-même. Il renaissait et regardait les choses autrement. Le fiacre, la douleur même de sa poitrine et la neige qui tombait lui procuraient jubilation et reconnaissance. Il rit, car aux chimères noires succédaient les chimères blanches, et, incorrigible, il venait encore de passer des unes aux autres. Il baigna dans cette euphorie jusqu'à l'arrivée au Châtelet.

Après s'être changé, Nicolas vint retrouver son prisonnier qu'il souhaitait interroger sur-le-champ. Il avait souvent observé qu'un prévenu pris à chaud possédait moins de défenses et que celles-ci apparaissaient plus tard, après réflexion, quand le criminel avait édifié une forteresse de certitudes et de dénégations. Nicolas s'était procuré, auprès du geôlier, une bouteille d'eau-de-vie. Son intuition lui conseillait de prendre Bricart avec douceur, se réservant de souffler le chaud et le froid et de s'engager dans une autre voie si la première menait à une impasse.

Quand il entra dans la cellule, il fut frappé de la transformation de Bricart. La lanterne qu'il avait apportée éclaira le vieux soldat assis sur la planche. Son faisceau le montrait tassé sur lui-même, presque chauve, le teint cireux ponctué de taches brunes. Ce visage tavelé et couturé de vieilles cicatrices accusait le poids des ans. Les yeux ternes étaient injectés de sang et la lèvre inférieure pendait, tremblante. Nicolas fit refermer la porte sur eux et délia les mains du prisonnier. Il emplit d'eau-de-vie une tasse de terre et la lui tendit. Après un temps d'hésitation, le vieux soldat avala d'un trait l'alcool. Il s'essuya la bouche du revers de sa manche.

— Vous voilà bien seul, à cette heure, dit Nicolas, votre camarade n'est plus là pour vous soutenir. C'est sur vous seul que vont peser désormais de graves accusations. Si vous voulez m'en croire, il ne vous reste qu'une chose à faire : décharger votre conscience.

L'homme ne réagit pas.

— Prenons les choses au commencement. Bricart, c'est votre nom de guerre ? Comment vous appelez-vous ?

L'autre hésitait. D'évidence, il pesait le pour et le contre pour savoir s'il se cantonnerait dans le silence ou si l'envie de soulager son angoisse en parlant l'emporterait.

— Jean-Baptiste Lenfant, né à Sompuy en Champagne, dit-il enfin.

— En quelle année ?

— J'ai jamais su. Le curé disait « l'année du grand froid et des loups ».

— Vous avez été soldat ?

Bricart redressa la tête. Il se transforma à vue et, après avoir réclamé de quoi boire, se laissa porter par un flot de paroles précipitées dans lesquelles toute sa vie repassait. Oui, il avait été soldat et longtemps même, jusqu'à cette foutue blessure, sur le champ de bataille de Fontenoy. Il avait été tiré au sort, à vingt ans, pour la milice royale. C'était pas de chance, il aurait pu passer au travers. Il revoyait encore le départ de son village. Beaucoup de ses camarades pleuraient et criaient qu'on les menait périr. Les mères étaient là, qui se tordaient les mains. Il avait encore dans le nez l'odeur des uniformes puants qu'on disait, à voix basse, avoir été ceux des morts de la guerre précédente. Il sentait toujours le poids du havresac trop lourd qui tirait le dos en arrière et sciait les épaules. Un long chemin commençait dans la boue de l'hiver pour rejoindre le régiment ou la forteresse. Les galoches partaient en morceaux, le chausson s'effilochait et, à l'arrivée au bivouac, les pieds étaient en sang. Certaines recrues ne résistaient pas, d'autres se mutilaient. Pour tous, il y avait le chagrin, la séparation d'avec leurs proches et le mal du pays qui tuaient l'espérance. Puis les jours avaient succédé aux jours. L'habitude était venue, avec des moments heureux au milieu des souffrances. Il y avait les camarades, les beuveries, le pillage qui tournait en maraude, les ventrées de volailles et de fruits volés et les filles de ferme ou de cabaret.

Mais tout avait pris fin, un jour, sur un champ de bataille. Pourquoi celui-là, pourquoi lui ? Cela commençait par la diane éclatant dans l'aube froide. L'ennemi avait attaqué dès cinq heures. Les états-majors chamarrés passaient au galop. Là-bas, sur une petite butte, on apercevait un point gris et doré et un autre, rouge, à ses côtés. Le sergent murmurait que c'étaient le roi et son fils le dauphin. Bricart avait vu, pour la première et la dernière fois de sa vie, le maréchal de Saxe, si souffrant d'une suite de vérole qu'on le promenait, tout enflé d'eau, dans une chaise d'osier, qui fouettait de sa voix colérique les énergies et le désordre des officiers. Tout s'ébranlait dans le cri des clairons et les colonnes, l'une après l'autre, montaient en ligne.

Puis, aussitôt, tout s'achevait. Le choc qui surprend, la première impression que rien n'est arrivé, qu'on a sauvé sa peau et qu'on va se relever seulement couvert de terre et du sang du camarade fauché à côté de soi. C'est ensuite la sensation de baigner dans un liquide chaud et alors, par secousses de plus en plus violentes, la douleur à hurler qui monte de la jambe fracassée par le boulet. Il était resté abandonné jusqu'à la nuit et s'était lui-même garrotté la cuisse. Il avait été ramassé à demi mort. Mais, auparavant, il avait entendu le fracas effrayant de la bataille, les cris, les hennissements et les hurlements qui, peu à peu, avaient laissé la place aux lamentations des blessés et aux râles des mourants. Près de lui, un housard, écrasé sous sa monture, pleurait doucement en appelant sa mère. Il avait dû se défendre contre des détrousseurs de cadavres, des femmes et jusqu'à des enfants qui arrachaient aux pauvres morts leurs misérables richesses, y compris le galon décousu des uniformes. Il avait été ensuite ramené en charrette à un poste de secours. Le sol y était couvert de sang et de débris humains. Des chirurgiens estropiaient le pauvre monde. Sa jambe droite y était passée. Il était resté là de longs jours. Chaque blessé reposait dans ses déjections pire que s'il était couché sur du fumier. Tous étaient couverts de vermine et les morts servaient de matelas aux vivants. Oui, il avait été soldat, on s'était bien servi de lui comme d'une bête promise à l'abattoir.

Une fois invalide, comme il n'avait ni soutien ni grade, on l'avait abandonné sans secours avec, pour tout viatique, son habit d'uniforme usé et son pilon de bois. Il avait regagné son village. Ses père et mère étaient morts depuis longtemps, ses rares cousins l'avaient cru disparu et son maigre héritage était dispersé. Réduit à la misère, il avait beaucoup erré, puis avait cru que la grande ville lui fournirait plus aisément de quoi subvenir à ses besoins. Mais que pouvait espérer un invalide incapable d'offrir sa force ? Il ne savait ni lire ni écrire, rien que signer son nom en bâtons. Il craignait de finir à l'Hôpital général, enfermé comme une bête au milieu des furieux à qui on doit porter les aliments au bout d'une baïonnette. Il en parlait en connaissance de cause, ayant été pris une fois et enfermé à Bicêtre. Il s'en était enfui par miracle et sa terreur était grande d'y retourner.

Bricart s'était animé tout au long de son récit. Le rouge lui était venu aux pommettes. Mais, sous l'effet de l'alcool, il retombait dans sa prostration, le menton affaissé sur la poitrine. Nicolas ne pouvait s'empêcher de plaindre cette créature que la vie avait à ce point éprouvée. Pourtant, le moment était venu de pousser le prisonnier dans ses retranchements et d'obtenir de lui, soit un aveu formel, soit des renseignements susceptibles de faire avancer l'enquête. Il était indispensable de corroborer les éléments divers déjà en sa possession. Il décida d'attaquer au plus vif. Les réactions de Bricart indiqueraient la voie dans laquelle devrait se poursuivre l'interrogatoire.

— Vous risquez bien plus que Bicêtre ! dit Nicolas. Soyez bon garçon et racontez-moi ce que vous trafiquez avec Rapace. Et d'abord, d'où vient ce cabriolet ensanglanté découvert dans votre grange ?

Bricart se tassa un peu plus sur lui-même. Il jeta à Nicolas un regard trouble et méfiant.

— Nous sommes revendeurs, c'est tout. Nous achetons et nous vendons.

— Vous ne pouvez pas m'avouer que vous redoutez l'hôpital et, dans le même temps, prétendre que vous êtes commerçant ! Il y a là quelque chose que vous ne ferez croire à personne.

— C'est Rapace qui a les fonds. Moi je n'ai rien, je l'aide.

— À quoi faire ?

— À trouver les occasions.

— Et ce cabriolet, c'était une occasion ?

— C'est Rapace qui a traité.

Nicolas comprit que Bricart avait choisi un terrain de défense solide : tout mettre sur le compte de Rapace, qui, désormais, ne pouvait plus le contredire. Le long récit de la vie du soldat avait déjà été une tentative de diversion. Il parlerait beaucoup de ce qui importait peu, et il se tairait sur l'essentiel. Il fallait trouver un autre angle d'attaque.

— Votre jambe vous fait-elle souffrir ?

Bricart, soulagé, saisit au bond l'invite qui lui était faite de parler d'autre chose.

— Ah ! mon bon monsieur, pas un moment, elle ne me laisse la paix, la garce. Croiriez-vous qu'elle est toujours là. Je la sens, elle me démange, j'ai même les orteils gourds. C'est-y pas une pitié et un supplice d'avoir à gratter dans le vide ! Et le moignon, le moignon, toujours à vif... C'est bien grande peine !

— Votre pilon me paraît solide.

— Et comment qu'il l'est ! Il a été fait du bois de chêne d'un triqueballe [7] détruit à Fontenoy. C'est un charpentier qui me l'a taillé. Ce pilon, c'est un vieux camarade qui n'a jamais trahi.

Il en éleva la pointe vers Nicolas. Celui-ci saisit fermement son extrémité. Bricart fut rejeté contre la muraille, où il alla donner de la tête.

— Mordieu, que me veut ce trigaud [8] ? gronda-t-il.

— Je te crois un gueux avéré qui ne cesse de mentir, répondit Nicolas, et je prétends te faire rendre raison.

Tout en maintenant d'une main le pilon de Bricart, il avait sorti de l'autre un papier froissé de sa poche. Il appliqua soigneusement le bout ferré de la prothèse au centre du document.

— Ceci est convaincant, déclara-t-il. Jean-Baptiste

Lenfant, dit Bricart, je vous accuse de vous être trouvé, dans la nuit du 2 février, à Montfaucon, avec Rapace, votre complice, pour y déposer les restes d'un corps assassiné. Vous vous y étiez rendus en charrette avec un cheval.

Les yeux affolés du prisonnier cherchaient désespérément une issue. Nicolas avait déjà vu ce regard à un renard pris au piège, entouré de chiens furieux. Il n'était pas fier d'avoir réduit un homme à cet état de panique, mais il fallait le faire parler. Il lâcha le pilon qui retomba avec un bruit sec contre la planche.

— Cela est menterie et invention, protesta Bricart. Je ne sais rien. Laissez-moi partir. Je n'ai rien fait, je ne suis qu'un pauvre soldat invalide. Invalide !

Il criait et la lumière jouait maintenant sur la sueur qui inondait son visage.

— Voulez-vous que je vous donne quelques détails plus précis ? demanda Nicolas. Pourquoi puis-je affirmer que vous étiez à Montfaucon ce soir-là ? Parce que j'ai relevé, dans la neige gelée, des empreintes — il agitait le petit papier — et quelles empreintes ? Celles d'un petit hexagone au contour irrégulier qui se trouve être identique à l'extrémité de votre pilon. J'ajoute que vous n'étiez pas seuls à Montfaucon...

— Jardié ! Il n'y avait que Rapace... Que le diable vous emporte !

— Je vous remercie de convenir que vous étiez bien au Grand Équarrissage, et avec Rapace. M'eussiez-vous soutenu le contraire que je vous aurais dit qu'il y avait là un témoin qui vous avait vus. Je ne peux que vous conseiller, une dernière fois, de me dire la vérité. Faute de quoi, d'autres plus habiles que moi se chargeront de vous l'arracher en travaillant la jambe qui vous reste.

Sa propre brutalité lui faisait horreur. Sa seule justification était de croire que sa proposition constituait l'unique chance de Bricart de sauver sa vie, en tout cas de souffrir moins. L'homme devant lui était sans doute un criminel, mais pouvait-on juger ses forfaits sans essayer de les inscrire dans le prolongement des malheurs d'une vie ? Il imaginait Bricart, enfant, jeune homme, soldat blessé, et toutes les souffrances défilaient...

— Bon, concéda l'autre, j'étais à Montfaucon avec Rapace. Et alors ? On venait porter une vieille carne crevée qu'on avait découpée.

Il parlait avec effort en soupirant entre chaque mot comme si la respiration lui manquait.

— Découper un cheval, en pleine nuit ? Cessez ce jeu, Bricart. Vous savez bien qu'il ne s'agissait pas d'une carcasse, mais d'un cadavre.

Bricart grattait jusqu'au sang une croûte brunâtre de son crâne chauve. Il hochait la tête comme s'il tentait d'échapper à une pensée cruelle et obsédante.

— Je vais tout vous dire, soupira-t-il. Vous n'avez pas l'air d'un mauvais bougre. Rapace et moi avons été surpris alors que nous volions du bois dans les entrepôts du port de la Rapée. Pour nous chauffer, pour sûr. L'hiver est froid aux pauvres gens.

— Continuez.

— L'homme qui nous a arrêtés semblait connaître Rapace. Il nous a proposé un marché. Il nous a demandé un service pour un de ses amis. Il savait tout de nous, nos noms, la grange... C'était le diable avec une gueule d'ange ! Il parlait en souriant avec un regard à faire peur. Y avait pas moyen d'en sortir. On devait se trouver, le vendredi au soir, vers dix heures, au bord du chantier de la place en construction au bout des Tuileries, avec une charrette et deux tonneaux. On nous promettait une bonne récompense pour quelques heures de peine. Même, il nous avait donné une avance, en louis d'or !

— Et le vendredi ?

— Fidèles au rendez-vous avec la charrette. Que pouvions-nous faire ? À dix heures sonnant, on était à l'angle du chantier, côté ville. Là, on a vu arriver trois masques.

— L'homme qui vous avait arrêtés était là ?

— Je ne sais pas. Il y avait trois masques en grandes capes noires. C'était carnaval.

— Vous n'avez rien remarqué de particulier ?

— La bise soufflait bigrement. L'un des masques a failli tomber. Le capuchon de la cape s'est enflé. J'ai bien cru voir une femme.

— Ensuite ?

— On nous a menés rue du Faubourg-Saint-Honoré. On nous y a laissés. Un cabriolet vide est arrivé vers la demie de onze heures. Il était conduit par un Noir. C'est lui qui devait faire tout le travail pour son maître qui était en goguette dans un bordel voisin, nous a-t-il dit. Il s'est embusqué. Un homme, également masqué, est sorti d'une maison. Le Noir lui a sauté dessus, l'a assommé, traîné dans la voiture et poignardé. Ensuite, on est allé jusqu'au bord du fleuve. Il a découpé le corps sur la berge. Rapace, qui est un ancien boucher, l'a aidé. On a placé les morceaux dans deux tonneaux. Puis il nous a commandé de déposer le tout à l'Équarrissage et nous a payé notre dû.

— Vous avez-vu le visage du mort ?

— Oui, un bourgeois, dans les cinquante ans.

— Ensuite ?

— Hue, dia, à Montfaucon. Il faisait un vent d'enfer, la foutue neige menaçait. Sale coin. Arrivés à l'Équarrissage, on a vidé le tonneau, et même, pour être franc avec vous, on a un peu massacré la tête, comme le voulait le nègre.

— Il était là ?

— Non, non, il nous avait quittés au bord de l'eau. Il devait disparaître pour faire croire que c'était lui le mort.

— Il ne vous a rien dit d'autre ?

— Rapace a bien essayé de savoir qui était le mort. Il a juste dit que c'était un mari qui gênait son maître.

— Soit. Le rendez-vous sur le chantier de la place Louis-XV, à quelle heure ?

— Vers dix heures, je vous l'ai dit. Puis, aux environs de minuit, l'homme a été tué. Après le transfert au bord de l'eau, on s'est trouvé sur le chemin de la Courtille, un clocher sonnait la demie de deux heures. Une heure plus tard, tout était achevé.

— La charrette et les tonneaux, qu'en avez-vous fait ?

— Vos argousins ont dû les trouver, s'ils savent chercher.

— Bricart, vos dires vont être vérifiés et vous serez confronté avec des témoins. J'espère pour vous que vous m'avez dit la vérité. Sinon, je puis vous assurer que vous n'échapperez pas à la question.

L'homme ne répondit pas, perdu dans ses pensées. Nicolas n'avait plus devant lui qu'un vieillard qu'il aurait pu plaindre si l'horreur de ce qu'il avait consenti à avouer laissait imaginer qu'il pouvait avoir fait pire. Nicolas reprit sa lanterne, frappa du poing à la porte pour que le geôlier vînt le délivrer. L'obscurité reprit possession de la cellule.

Cet interrogatoire laissait Nicolas sur sa faim. Bien des choses apparaissaient étranges dans le récit de Bricart. Si l'on prêtait foi au dire du vieux soldat, Semacgus redevenait le principal suspect. Ainsi, Saint-Louis, toujours vivant et complice de son maître, se serait enfui ou se dissimulerait quelque part ? Quel était cet ange au regard de démon, qui ne pouvait faire penser qu'à Mauval ? Et ces trois masques mystérieux, commanditaires du meurtre et de sa mise en scène macabre ? Était-ce bien une femme que Bricart avait cru voir ? L'horaire ne correspondait que trop bien à l'ensemble des témoignages. Il demeurait cependant perplexe et s'interrogea honnêtement. Se pouvait-il que son amitié pour Semacgus lui troublât l'entendement et l'empêchât d'admettre l'éventuelle culpabilité du chirurgien de marine ? Ce qui le gênait dans le récit de Bricart, c'était son caractère lisse, trop parfaitement détaillé. De plus, il paraissait invraisemblable que le motif du meurtre de Lardin ait été aussi clairement formulé, au risque de voir les deux complices s'en servir contre les commanditaires pour les faire chanter ou pour s'en défendre... Quant à Mauval, dont l'influence funeste se manifestait encore, il jouissait d'une telle protection qu'on ne pouvait rien attendre de son hypothétique témoignage.

Enfin, Nicolas en revenait toujours à Semacgus. Se pouvait-il que la passion l'ait conduit jusqu'au crime ? Louise Lardin était-elle sa complice ? Ou Descart ? Tout était possible, et le pire, car tout était lié inextricablement. L'incertitude lui faisait battre le cœur.

Pour se calmer, il se mit à écrire un rapport circonstancié à M. de Sartine, pour le cas où il ne pourrait l'approcher le lendemain. De fait, cet exercice lui permit de remettre ses idées en ordre. Certaines choses n'affleuraient pas encore dans sa conscience. Il cherchait à retrouver le fil du dialogue avec Bricart, ce qui l'avait frappé au passage, ce qui manquait au récit et les impressions fugitives qui l'avaient traversé. Il somnolait, la plume à la main, quand Bourdeau apparut avec la mine particulière qui était la sienne quand il était porteur de nouvelles.

— Bourdeau, vous allez m'apprendre quelque chose...

— Oui, monsieur. Nous avons, au cours de notre fouille...

— Retrouvé une charrette et deux tonneaux ensanglantés.

Bourdeau sourit.

— Compliments, monsieur. Bricart a parlé.

— Oh ! ne vous réjouissez pas trop vite. Ce qu'il m'a dit ne simplifie rien et rend notre tâche plus ardue. Pas d'autres découvertes ?

— L'endroit est plein d'objets, volés sans doute. J'ai

fouillé Rapace. À part des brimborions, je n'ai trouvé qu'une montre cassée en laiton.

Bourdeau lui tendit un grand mouchoir qui, dénoué, laissa apparaître quelques sols, une petite tabatière en bois noir, une main de ficelle et la montre en question. Nicolas s'engagea aussitôt dans le récit de l'interrogatoire de Bricart. Trois heures sonnèrent bientôt et ils décidèrent d'aller prendre un peu de repos. Nicolas se fit reconduire en fiacre jusqu'à la rue Montmartre.

*Lundi 12 février 1761*

Sa nuit avait été brève. Dès six heures, il était debout. Après une rapide toilette, il descendit à l'office où Marion, effarée, l'aida à refaire ses pansements. Il prit le temps de boire un chocolat avec un pain fraîchement sorti du four. La vieille gouvernante lui conta que M. de Noblecourt avait subi la veille, selon ses prévisions, un fort accès de goutte. Il avait été contraint de rester dans son fauteuil, le pied enveloppé de ouate. Ce n'est que sur le matin qu'il avait pu s'allonger et prendre un peu de repos. Selon Marion, ce n'était pas tant sa gloutonnerie qui était en cause que le vin blanc, que ce bavard assoiffé avait bu en quantité. Elle avait, par expérience, remarqué son effet néfaste sur la santé de son maître.

Nicolas gagna à pied la rue Neuve-Saint-Augustin. Il éprouvait une joie d'enfant à imprimer la marque de ses pas dans la neige de la nuit, encore intacte et propre. Arrivé à l'hôtel de Gramont, il demanda à un valet si le lieutenant général de police était visible, et il fut introduit presque aussitôt. M. de Sartine, en robe d'intérieur, fixait une grande armoire ouverte emplie de dizaines de perruques. Nicolas savait que c'était sa joie, chaque matin, d'admirer et de manier sa collection.

— Pour me déranger si matin, je ne doute pas, Nicolas, que vous m'apportiez ce que j'attends ? Ne vous effrayez pas, je plaisante. Si c'était le cas, je le saurais déjà.

— Non, monseigneur, mais j'ai avancé. Je suis plusieurs pistes.

— Plusieurs ? Cela signifie que vous n'en tenez aucune d'assurée ?

— Il serait plus exact de dire que nous sommes en présence de plusieurs intrigues qui se recoupent.

Il le mit succinctement au courant des dernières données de l'enquête. Le lieutenant général l'écoutait, le dos tourné, occupé à coiffer d'une petite brosse d'argent l'un de ses trésors.

— Vous me la baillez belle, monsieur, dit soudain Sartine. Tout est clair. Semacgus est entre vos mains, et suspect, de surcroît, dans les deux affaires. Les présomptions s'accumulent, pour ne pas dire les preuves...

Il se retourna d'un seul mouvement et compléta sa pensée.

— Si tout est lié et si Lardin est mort, on devrait facilement retrouver ce que vous savez.

— Je crois, monsieur, que rien n'est simple dans cette enquête et je doute que Bricart m'ait dit toute la vérité.

— Agitez la question et, au besoin, faites-la-lui donner.

— C'est un vieux soldat...

— C'est surtout un gibier de potence. Or donc, pas de sensibilité ni pour lui ni pour Semacgus pour lequel je connais votre amitié. N'oubliez pas que le roi et l'État sont en cause. Laissez la sensiblerie à nos amis les philosophes qui dénoncent chez nous ce qui prévaut dans les États des princes étrangers auxquels ils réservent leur encens et dont ils attendent des pensions. Au fait, Bourdeau m'a parlé de vos comptes. J'ai donné ordre à mes bureaux de vous déléguer de nouveaux fonds. N'économisez pas, l'enjeu est trop grand. Allez, Nicolas. Il vous reste peu de temps, mais il me paraît

276

que vous avancez. Remerciez Bourdeau de ma part de vous avoir conservé à nous.

Nicolas revint au Châtelet tout empli des propos de M. de Sartine. Devait-il faire donner la question à Bricart ? La décision lui revenait, et cela ne laissait pas de le tourmenter. Il avait déjà assisté à des séances — cela, comme d'autres choses, avait fait partie de son apprentissage de magistrat de police — et il savait que bien peu de patients la supportaient et qu'ils étaient conduits trop souvent à de faux aveux. Il se rappelait avoir eu un long débat avec Semacgus à ce sujet. Le chirurgien estimait que la douleur excessive ôtait toute raison à ceux qui l'éprouvaient et que la question, inhumaine en soi, devrait être abolie comme tous les excès commis par des hommes sur leurs semblables. Nicolas n'avait pas trouvé d'arguments convaincants pour répondre à ces propos qui sapaient en lui des convictions peu assurées. Le pire était d'imaginer Bricart torturé, le corps enflé par l'eau avalée de force ou sa jambe unique emprisonnée entre des planchettes. On ne pourrait même pas enfoncer les coins... Que le vieux soldat fût un criminel, Nicolas le supposait, mais il ne parvenait pas à l'imaginer autrement qu'en jeune recrue arrachée aux siens. Ce n'était aujourd'hui qu'un vieil homme éprouvant peut-être des remords, mais Nicolas voyait l'adolescent éperdu que la milice royale était venu prendre et jeter dans les horreurs de la guerre.

Cette réflexion le mena jusqu'au Châtelet où il trouva Bourdeau achevant d'écrire son rapport sur les événements de la nuit. Quand il leva son regard sur Nicolas, celui-ci fut frappé par la gravité inhabituelle de son expression.

— Monsieur, j'ai une mauvaise nouvelle à vous annoncer. Bricart s'est pendu cette nuit dans sa cellule. Le geôlier a découvert la chose en faisant sa ronde ce matin.

Nicolas resta un moment sans voix.

— Il s'est pendu avec quoi ? bredouilla-t-il enfin. Il avait été fouillé à l'écrou...

— Une sangle de cuir.

Bourdeau se détourna devant l'expression d'horreur de Nicolas. Celui-ci se revoyait en train de délier les mains du prisonnier. À l'issue de l'interrogatoire, il avait oublié cette longue sangle de cuir tombée à terre. L'étroit rayon de sa lanterne l'avait empêché de la voir.

Bourdeau lui tendit son rapport avec le mouchoir noué contenant les objets trouvés sur Rapace. Il glissa le tout machinalement dans la poche de son habit.

# XIII

# HALLALI

Où est la fuite ailée,
Où la retraite aux grottes ténébreuses
Qui me déroberait aux pierres du supplice ?

EURIPIDE

Dans la cellule, les choses étaient demeurées en l'état. Ils contemplaient le corps de Bricart disloqué comme un pantin au bout de son fil. La sangle, passée par-derrière un barreau, avait été formée en nœud coulant. Le prisonnier s'était hissé sur la planche puis jeté en arrière en s'aidant de son pilon qui demeurait coincé à angle droit contre la muraille. Cette mise en scène involontaire avait un aspect grotesque, comme si le vieux soldat était en train d'escalader la paroi. Bourdeau hocha la tête et posa sa main sur l'épaule de Nicolas figé.

— Voilà de ces mésaventures courantes dans le métier. Ne vous tourmentez pas et ne portez pas cette erreur à votre discrédit.

— Il s'agit bien d'une erreur, pourtant.

— Le terme dépassait ma pensée. Parlons plutôt de fatalité. Le destin lui a offert une porte de sortie. Il ne pouvait pas s'en tirer dignement, voué de toute façon à la question et à l'échafaud. Pour le reste, laissez à un ami le soin de vous dire qu'un interrogatoire en forme ne doit jamais se faire seul. La hâte est mauvaise conseillère. Un autre peut voir ce qui est oublié. C'est cette volonté de bien faire dans l'instant qui est seule responsable. De surcroît, croyez qu'un homme qui veut mourir trouve toujours un expédient. Pour le coup, cette malheureuse sangle a fait l'affaire.

— Bourdeau, est-on bien sûr au moins qu'il s'agisse d'un suicide ? Quelqu'un aurait pu vouloir le faire taire...

— J'y ai songé. Toutefois, j'ai une grande habitude des pendus, pour avoir constaté plusieurs dizaines de suicides par suspension. Sans avoir la science de notre ami Sanson, j'ai quelques lueurs sur cette matière. Et, de fait, elle est délicate. On a beaucoup discuté dans les écoles pour savoir de quelle manière on peut déterminer si un individu que l'on trouve pendu l'a été avant ou après sa mort [1].

— Et d'après vos constatations ?

Bourdeau s'approcha du corps et le retourna. Le pilon retomba. Le corps semblait à la fois grossi et raccourci.

— Observez bien, monsieur. Le visage est bouffi et violacé, les lèvres tordues, les yeux ressortent proéminents et la langue apparaît gonflée entre les dents qui la serrent. L'emplacement de la sangle est imprimé sur le cou avec des meurtrissures sous la gorge. Enfin, les doigts sont livides et contractés, comme si la main continuait à tenir fortement un objet. Les détails emportent la conviction. Il n'y a aucun doute à avoir sur la réalité du suicide.

— Vous avez raison, Bourdeau, soupira Nicolas.

Il fallait accepter la réalité. Les sages remontrances de l'inspecteur, dispensées sous forme de conseils, tempéraient son remords par la compréhension qu'elles manifestaient.

— De toute façon, dit Bourdeau, s'il ne s'était pas

détruit de cette manière, il en aurait trouvé une autre. Le nécessaire était là.

Il désignait la bouteille d'eau-de-vie et la tasse qui avaient roulé à terre.

— Je retiens la leçon, dit Nicolas, et n'en suis que plus décidé à aboutir.

La colère montait en lui devant ce gâchis et cette vie brisée déjà à deux reprises, mais qui l'était maintenant pour l'éternité. Il se promit de découvrir ceux qui avaient conduit Bricart à cette extrémité. Une froide détermination l'emportait sur son désarroi.

— Cette mort doit demeurer secrète ainsi que celle de Rapace, décréta Nicolas. Pour ce dernier, je crains que cela ne soit déjà trop tard ; les coupables nous épient. Il est essentiel qu'ils continuent à croire que Bricart est vivant : ils se sentiront menacés par son témoignage ou ses aveux. Il nous faut passer à l'offensive et les prendre de vitesse.

— Comment comptez-vous procéder ? demanda Bourdeau.

— Étalons la donne. Nous avons deux meurtres indiscutables. Le premier pourrait être celui de Lardin ; le second est celui de Descart. Nous avons un disparu, mort ou en fuite, Saint-Louis. Nous avons deux femmes. L'une, Louise Lardin, épouse d'un des disparus dont elle affecte hardiment de faire son deuil, est en outre maîtresse d'un des morts, Descart, et de deux des suspects, Semacgus et Mauval. L'autre, Marie, éloignée ou disparue, qu'on hésite à placer dans la catégorie des suspects ou dans celle des victimes. Louise Lardin, notez-le, paraît à la fois liée à tout et assurée d'être intouchable. Quant à Semacgus, son nom reparaît avec une troublante régularité.

Nicolas commençait à douter du chirurgien. Ses mensonges initiaux lui revenaient en mémoire et rédimaient tout ce qui avait suivi et les protestations répétées de sincérité. Semacgus n'avait d'alibi solide ni pour le premier ni pour le second assassinat. On pouvait également le soupçonner en ce qui concernait Saint-Louis, car, si celui-ci était mort, son maître avait été le dernier à le rencontrer. Descart l'avait d'ailleurs clairement accusé du meurtre de son cocher. Nicolas sentait qu'il devait se défaire de son emprise. L'homme était d'autant plus insaisissable qu'il était seul et que personne ne savait rien de lui.

Enfin, et ce n'était pas le moindre souci de Nicolas, restait à mettre la main sur les papiers du roi. C'était sur ce point précis qu'il serait jugé et estimé. Abandonner à leur sort des inconnus présumés coupables faute de preuves serait toléré. Échouer dans la recherche de lettres compromettantes pour le pouvoir ne lui serait jamais pardonné. Sartine le lui avait clairement laissé entendre.

— Si je vous suis, demanda Bourdeau, la rue des Blancs-Manteaux requiert toute notre attention ?

— Vous m'avez parfaitement compris ; c'est là que doivent se concentrer nos efforts. Sur Mme Lardin, et ensuite sur Semacgus. N'oubliez pas l'étrangeté des rapports de nos informateurs autour de la demeure du commissaire, toutes ces allées et venues inexplicables. Cependant, pour être efficaces, nous allons devoir agir vite. L'effet de surprise jouera à plein et conjuguera les avantages de la souricière et la précision d'une fouille en règle.

Nicolas fit transporter le corps de Bricart dans l'arrière-caveau de la Basse-Geôle. C'était le troisième corps déposé là en une semaine. Quels rapports exacts pouvait-il y avoir entre les débris de Montfaucon, le corps de Descart et celui d'un vieux soldat dévoyé ? Une fois cela découvert, l'affaire serait proche du dénouement. Bourdeau avait réuni ses gens. Plusieurs exempts et des gardes les accompagneraient. Trois fiacres s'ébranlèrent à grand bruit sous le porche du Châtelet. Il fallut se frayer un chemin au milieu des embarras de la ville et d'une foule qui s'écartait tant bien que mal à l'approche du convoi.

Ils firent bloquer la rue des Blancs-Manteaux et des hommes furent envoyés sur les arrières, pour éviter toute fuite par le jardin. Accompagnés de deux exempts, Nicolas et Bourdeau se dirigèrent vers la porte qu'ils heurtèrent violemment. Il s'écoula un long moment avant que Louise Lardin n'apparaisse, décoiffée et en chenille ; elle semblait avoir été dérangée au saut du lit. Il y eut un vif échange de propos entre elle et Nicolas qui l'informait du caractère officiel de la perquisition, puis elle parut se calmer. Bourdeau souffla à l'oreille de Nicolas que son attitude s'apparentait à une tentative de retardement : elle cherchait sans doute à favoriser la fuite d'un tiers. Le dernier rapport de la mouche indiquait pourtant qu'elle était seule dans la maison.

Après l'avoir priée de demeurer dans la salle à manger sous bonne garde, il invita Bourdeau à gagner les chambres du premier. Un grand désordre régnait dans celle de Louise. Le lit était ravagé et les oreillers conservaient encore la trace de deux têtes qui s'y étaient reposées. Bourdeau passa la main sous la couverture, la couche était encore tiède, des deux côtés. Tout semblait justifier leur soupçon : Mme Lardin n'était pas seule au moment de leur intrusion.

Un exempt fut dépêché pour fouiller la maison en commençant par le grenier ; il revint bredouille. Nicolas vidait systématiquement les commodes et les armoires. Il saisit une cape et un masque de soie noire, ainsi que des chaussures, et plaça le tout dans un drap qui fut noué et scellé. Il ne trouva aucune trace, parmi les affaires du commissaire, du pourpoint de cuir ou d'une autre cape. La chambre de Marie Lardin n'avait pas changé d'aspect. Une surprise l'attendait cependant : ouvrant l'armoire dont le contenu l'avait surpris lors de sa précédente fouille, il la trouva presque vide. Des robes, des jupes, des mantes et des souliers avaient disparu. Marie était-elle revenue ? Ou bien... Il se promit d'interroger Louise à ce sujet. Une dernière inspection lui fit découvrir, au fond du tiroir d'une petite table de marqueterie, le missel de la jeune fille. Il avait souvent remarqué ce petit livre relié en velours bleu qu'elle portait pour aller à la messe. Pourquoi l'avait-elle laissé ? Elle y était pourtant fort attachée, l'objet lui venant de sa mère. Intrigué et ému, Nicolas se mit à feuilleter le petit livre. Un billet en tomba, plié en deux, identique aux énigmatiques messages du commissaire. Celui-ci disait :

> *Recherchées sans relâche et*
> *Tout son dû au roi.*

Ainsi, un troisième message avait été placé par Lardin à un endroit où il était assuré que sa fille le trouverait un jour ou l'autre. Cela avait-il été le cas ? Marie n'usait de son livre d'heures que pour la messe, du moins Nicolas le supposait-il. Bourdeau n'avait pas remarqué sa découverte ; il la rangea dans sa poche. Il lui faudrait comparer ce message aux deux autres en sa possession. Il éprouvait le fol espoir que la mention du roi pût avoir un rapport avec les lettres qu'il était chargé de retrouver.

Nicolas entraîna ensuite Bourdeau dans son ancien domaine du second étage. Il le revit avec un peu de nostalgie, sans rien y relever de suspect. Ils redescendirent au rez-de-chaussée pour l'examen approfondi de la bibliothèque. Dans un exemplaire des poésies d'Horace, ils trouvèrent une facture de fournisseur — un ébéniste — pour un travail qui avait été payé le 15 janvier 1761. La proximité de la date intrigua Nicolas, qui recueillit le document. Avait-il été dissimulé dans ce livre à dessein ou servait-il simplement de signet ? Il ne coûterait rien de vérifier à quel objet cette facture correspondait. Là encore, il garda le silence sur cet indice.

Ils retrouvèrent Louise Lardin dans la salle à manger. Elle était assise droite au bord d'une chaise.

— Madame, dit Nicolas, je ne vous demanderai pas si vous étiez seule ; nous savons que non. Le quartier est surveillé. Votre visiteur n'ira pas loin.

— Vous êtes bien insultant et présomptueux, Nicolas, répondit-elle.

— Peu importe, madame. Je vous saurai gré de m'indiquer où sont passés les vêtements de Mlle Marie, votre belle-fille. Je vous conseille de répondre sans faire de difficultés, sinon vous y serez contrainte dans les chambres de la Conciergerie[2].

— Je suis donc suspecte ?

— Répondez à ma question.

— J'ai donné les hardes de ma belle-fille aux pauvres. Elle a décidé d'entrer au couvent.

— Je souhaite pour vous que ce point puisse être vérifié. Maintenant, inspecteur, nous allons fouiller la cuisine.

Louise eut un mouvement qu'elle réprima vite.

— Vous n'y trouverez rien.

— Bourdeau, donnez le bras à madame, elle nous servira de guide.

La cuisine était glacée. Nicolas aurait parié que le potager n'avait pas été allumé depuis plusieurs jours. Bourdeau se mit à renifler d'un air dégoûté.

— Quelle puanteur ! s'écria-t-il.

— Comment ! ironisa Nicolas. Vous ne trouvez pas ce fumet agréable ? Alors, demandez à Mme Lardin la raison de cette infection. Elle va vous expliquer, je pense, qu'elle goûte fort la venaison faisandée.

— Que voulez-vous dire ?

— Du gros gibier est en bas, dans le caveau, comme au pourrissoir. Comment expliquez-vous cela, madame ?

Pour la première fois depuis leur arrivée, Louise laissait transparaître des traces d'inquiétude. Elle s'adossa au buffet.

— J'ai chassé ma cuisinière, répondit-elle, et je n'ai encore trouvé personne pour la remplacer. Vous êtes bien placé, monsieur, pour savoir que c'était une artiste dans sa partie. Je ne me salis pas les mains aux besognes du logis, je laisse cela aux souillons. Dès que j'aurai quelqu'un, tout sera nettoyé.

— Et cela ne vous dérange pas ? demanda Bourdeau.

Louise ignora sa question et fit mine de sortir.

— Ne nous quittez pas, madame, ordonna Nicolas. Exempt, surveillez cette femme. Nous descendons au caveau.

Nicolas fit couler un peu de vinaigre d'un récipient en porcelaine. Il en humecta son mouchoir et proposa à Bourdeau d'en faire autant. Celui-ci refusa et agita sa pipe, qu'il eut bientôt bourrée et allumée.

— Je crois que nous sommes prêts. Prenons ce chandelier.

Dès qu'ils furent en bas, l'odeur, en dépit de leurs précautions, devint insupportable. Le sanglier était en décomposition. Des lambeaux de chair étaient tombés à terre et des bêtes rampantes les recouvraient d'une couche vivante, agitée de lents mouvements. Nicolas arrêta Bourdeau qui allait avancer. Il retira ses bottes, s'accroupit et, s'éclairant du chandelier, il examina le sol. Sa quête le conduisit devant un châssis de bois dont les traverses étaient garnies de bouteilles. Il saisit quelque chose qu'il montra à Bourdeau. Il s'agissait d'un morceau de cierge d'église écrasé. Il se redressa, se rechaussa, appela Bourdeau à la rescousse et entreprit de débarrasser les étagères de leurs bouteilles. Bourdeau, appuyé sur le meuble, le vit soudain glisser sur le côté de la muraille et découvrir une vieille porte.

— Que ferais-je sans vous ? dit Nicolas. Vous êtes comme Alexandre : alors qu'on s'évertue sans succès, vous tranchez le nœud gordien.

— Je ne l'ai pas fait exprès, répondit l'inspecteur, mais j'ai l'impression que cette porte va beaucoup nous apprendre. Le mérite, monsieur, vous en revient. Je n'ai fait que suivre le limier à l'arrêt que vous simuliez avec tant de conviction. Vous avez le nez creux !

— Pour l'instant, je l'aurais plutôt plein, dit Nicolas, en remettant son mouchoir devant son visage.

Ils éclatèrent de rire, repoussant un peu l'angoisse qui montait. Nicolas poussa la porte qui n'avait pas de serrure. Ils s'aperçurent alors que le châssis pouvait être déplacé de l'extérieur. Une corde attachée à l'une de ses extrémités passait dans un trou pratiqué dans la porte. Il suffisait de la tirer pour que le châssis roulant se déplace latéralement et dégage une ouverture. Voilà qui expliquait les déplacements mystérieux des visiteurs et des occupants de la maison Lardin. Les mouches étaient évidemment inutiles devant un tel système, et l'inconnu, qui était avec Louise, avait évidemment pris la poudre d'escampette par cette voie. Restait à savoir où conduisait cette issue.

Ils descendirent encore des marches. L'odeur ignoble de la charogne s'alourdissait dans l'air raréfié du souterrain. Après quelques pas, ils durent tourner deux fois sur la gauche et franchir à nouveau quelques degrés. Nicolas entendit Bourdeau qui armait son pistolet. Ils parcouraient un de ces boyaux immémoriaux dont le sol de Paris était truffé. Des compagnies de rats semblaient naître sous leurs pieds. Ils semblaient faire la queue en files pressées, les plus gros sautant par-dessus les autres. Leurs petits cris perçants et leur excitation devaient bien avoir une cause. La voie finit par aboutir à une salle voûtée. Nicolas s'arrêta, effaré devant le spectacle qu'il avait sous les yeux. De même que les lambeaux du sanglier étaient animés d'une vie indépendante, une forme mouvante gisait à quelques pas d'eux. Derrière lui, Bourdeau ne put retenir un cri. Pour s'approcher, ils durent se défendre à coups de bottes contre des rongeurs de plus en plus agressifs qui montraient les dents en couinant. Ils voyaient luire les centaines de points rouges des regards tournés vers la lueur de la chandelle. Bourdeau bouscula Nicolas. Il avait saisi une fiasque d'alcool dans sa poche. Il en vida le contenu sur son mouchoir, y mit le feu et le jeta sur les premiers rangs. Quelques bêtes se mirent à grésiller, déclenchant l'effroi dans la troupe immonde. En quelques instants, la panique fut générale et la place provisoirement nette.

Nicolas se demanderait longtemps si la vision de la marée des rats n'était pas préférable à celle qui emplissait leurs yeux. Un corps était là, celui d'un être humain, mais qui n'en avait plus l'aspect. Les théâtres de corruption de M. de Noblecourt n'étaient que pâles fantaisies auprès de la vision de ce cadavre décomposé et à demi dévoré. La cage thoracique éclatée laissait entrevoir les côtes. La tête était méconnaissable, mais sans cheveux. Bourdeau et Nicolas reconnurent en même temps le commissaire Lardin. Il n'y avait aucun doute sur l'identité du cadavre. Bourdeau poussa Nicolas du coude.

— Regardez, ces deux dents cassées sur le devant. Et son crâne chauve. C'est bien Lardin.

— Il y a quelque chose d'étrange, dit Nicolas. Regardez le ventre, et voyez ces rats morts depuis plusieurs jours. Tout autour des entrailles répandues. Malades ?

— Ou empoisonnés.

— Alors, empoisonnés par les viscères d'un homme mort par poison.

— Et qui manipule du poison ? La cuisinière contre la vermine et les rongeurs. Le jardinier contre les taupes, et les médecins ou les apothicaires qui en usent dans leurs remèdes.

— Catherine ne ferait pas de mal à une mouche, observa Nicolas. Je ne dis pas contre Louise Lardin, mais pour le commissaire, elle était l'une des rares personnes à en dire du bien.

— Il faudrait tout d'abord savoir à quand remonte le décès, ce qui peut fournir un alibi à certaines personnes.

— Vu l'état du corps, ce ne sera guère facile. Il y a encore la possibilité du suicide.

288

Bourdeau réfléchissait.

— Avez-vous remarqué que tous les vêtements du mort ont disparu ? demanda-t-il. Il n'est pas très fréquent que les désespérés se suppriment avec ce manque de tenue.

— Inutile d'épiloguer, il nous faut d'abord savoir où conduit ce souterrain.

Au bout de la crypte, de nouveaux degrés remontaient pour aboutir à un couloir en pente douce, étroit et bas de plafond. Une faible clarté apparaissait dans le fond. Ils tombèrent sur un amoncellement de planches qu'ils dégagèrent sans difficulté. Ils se trouvaient maintenant dans une bâtisse de pierre, sorte d'ancienne chapelle désaffectée dans laquelle la lumière du jour pénétrait par d'étroites meurtrières. Ils durent encore se dépêtrer de fagots amoncelés pour découvrir finalement une réserve de cierges. D'un côté s'amoncelaient des paquets réunis en brassées et, de l'autre, un tas de cierges à demi consumés. La porte poussée ouvrait sur un jardin qu'ils reconnurent aussitôt pour être celui des Blancs-Manteaux. Ainsi, tout s'expliquait. Les mouches avaient beau écarquiller les yeux et redoubler de vigilance, le passage permettait de jeter un voile épais sur tout ce qui entrait ou sortait de la demeure des Lardin. Voilà pourquoi un informateur avait cru voir le commissaire s'enfuyant vers l'église. Il avait bien précisé avoir reconnu son pourpoint de cuir. Mais était-ce le policier qui avait été vu ou quelqu'un qui souhaitait se faire passer pour lui, afin qu'on le crût encore vivant ? Tant que les vêtements du commissaire ne seraient pas retrouvés, le doute subsisterait. Ils rebroussèrent chemin et remirent tout en ordre pour dissimuler leur passage.

— J'ai une idée, dit Bourdeau. Elle vaut ce qu'elle vaut mais on pourrait tenter le coup. Imaginez que le fuyard ait été rattrapé. Vous voyez la scène. Vous remontez seul dans la cuisine. Vous annoncez à Mme Lardin que le corps de son mari a été retrouvé assassiné, que son visiteur a été pincé, qu'il a parlé et que je le tiens sous bonne garde. On verra bien sa réaction.

Nicolas mesura rapidement toutes les conséquences possibles de cette audacieuse proposition.

— Il y a plus d'avantages que d'inconvénients à essayer, conclut-il. J'ajouterai un peu de ragoût à la chose en improvisant suivant l'humeur de la bonne dame !

Ils refirent le chemin inverse en silence. Les rats reparaissaient, mais s'écartaient prudemment dès qu'ils approchaient. Bourdeau demeura dans le caveau et Nicolas remonta dans la cuisine. Louise Lardin, surveillée par l'exempt, était toujours adossée au buffet. Elle ne le vit pas tout de suite. Nicolas la trouvait pâle et vieillie.

— Madame, commença-t-il, il me paraît inutile de vous décrire ce que nous avons découvert dans le passage secret de votre demeure. Mais ce que vous ignorez encore, c'est que celui qui s'est enfui de votre chambre, à notre arrivée, a été appréhendé alors qu'il tentait de sortir des Blancs-Manteaux. Il a avoué le crime.

La surprise, l'effroi, puis le calcul se lurent successivement sur le visage de Louise. Elle se précipita les ongles en avant. Nicolas dut la saisir aux poignets pour préserver son visage pendant que l'exempt la ceinturait. Ils parvinrent enfin à l'immobiliser sur une chaise.

— Que lui avez-vous fait ? hurlait-elle. Vous vous trompez, insensés, ce n'est pas lui ! Il n'y est pour rien.

Elle écumait et tout son corps s'arquait.

— Qui alors ?

— L'autre, le lâche, l'ordure, celui qui me voulait, puis ne me voulait plus ! Celui qui avait des scrupules, des états d'âme, comme il disait. Qui ne voulait pas tromper son ami ! Ah ! l'honnête homme qui couchait avec la femme de celui à qui il devait tant. Lui qui est venu à notre rendez-vous. Il était au bordel, avec Lardin et Descart, chez la Paulet, une vieille amie, vous savez. Il est venu tard et honteux, dans mes jupes. Il en avait besoin. Il ne pouvait se passer de moi. Il croyait Lardin en goguette. Alors, il est resté. Mais Lardin est rentré plus tôt que prévu. Ils se sont battus et Semacgus l'a étranglé. Après, que voulez-vous que je fasse ? La femme, le mari, l'amant... J'étais complice, c'était la mort assurée. On a déshabillé le corps et on l'a traîné dans le souterrain. Il suffisait d'attendre que les rats aient tout nettoyé. Après, on se débarrasserait de ce qui resterait. Un petit sac d'os à jeter dans la Seine, de nuit. Il a fallu écarter cette mégère de cuisinière qui mettait son nez partout. Je l'ai chassée au plus vite, avant qu'en bas... Ensuite, on a mis le sanglier : l'odeur de l'un couvrait l'odeur de l'autre. Je suis innocente. Je n'ai rien fait. Je n'ai pas tué.

— Ainsi, selon vous, c'est le docteur Semacgus qui, surpris par votre mari, l'aurait tué au cours d'une rixe ?

— Oui.

Nicolas pensa jouer sa carte maîtresse.

— Mauval est donc innocent ? Alors pourquoi s'accuse-t-il ?

— Je ne sais pas. Pour me sauver. Il m'aime. Je veux le voir. Lâchez-moi !

Elle tomba en pâmoison. Ils l'étendirent sur la table et Nicolas lui frotta les tempes avec du vinaigre. Comme son malaise persistait, il ordonna qu'elle fût immédiatement conduite à la Conciergerie[3] où des soins lui seraient prodigués.

Bourdeau, qui avait tout entendu depuis l'escalier du caveau, reparut. Nicolas le sentait impatient de commenter les révélations de Louise Lardin.

— Ça a marché, dit-il, mais le résultat fait naître autant de questions qu'il en pose.

— Vous avez observé, Bourdeau, qu'elle prétend que Lardin a été étranglé. Ce n'est qu'après l'ouverture du corps et son examen attentif que nous connaîtrons la vérité. Nos constatations qui font soupçonner l'usage du poison ne sont d'ailleurs peut-être pas contradictoires avec ce qu'elle nous a dit. Rappelez-vous les conclusions de Sanson sur la mort de Descart, empoisonné puis étouffé. Il y a là un rapprochement que les faits confirmeront ou pas. Si c'était le cas, Semacgus serait en fort mauvaise posture. Il pouvait tuer ici tout autant qu'à Vaugirard. Rien ne permet de l'innocenter dans les deux cas et les mobiles existent tant pour Descart que pour Lardin. Encore que, pour Descart, la rivalité et la controverse entre médecins sur l'usage de la saignée paraissent peser bien léger dans la balance...

— Vous oubliez que Descart l'accusait d'avoir tué Saint-Louis.

— Non, mais dans la version que j'examinais, Saint-Louis n'était pas mort, mais complice de son maître.

— Et Mauval, dans tout cela ?

— Son action se fait sentir partout. Il est à l'affût dans une chasse que je ne suis pas autorisé à évoquer, mais qui n'est pas de petite importance dans cette affaire.

— Oh ! je sais bien, dit Bourdeau avec ironie, que vous êtes dans les confidences des puissants et que notre enquête ne tend pas seulement à élucider la mort de Lardin. Notre police a ses brebis galeuses, je comprends que M. de Sartine ne souhaite pas voir les choses s'ébruiter. C'est pourquoi vous êtes brutalement sorti du cadre des règles habituelles.

Nicolas ne répondit pas. Il préférait que l'inspecteur se satisfît d'une hypothèse qui n'était pas très éloignée de la vérité, mais qui laissait dans l'ombre l'affaire d'État qu'il avait l'ordre formel de ne pas ébruiter. Bourdeau, de son côté, même s'il ressentait un peu d'aigreur de la discrétion de son chef, avait suffisamment d'expérience et de discipline pour ne pas lui en tenir rigueur. Nicolas regrettait de ne pouvoir l'associer à cette partie essentielle de l'enquête dans laquelle les talents de l'inspecteur eussent été fort utiles, mais il comprenait le souci du lieutenant général de ne pas divulguer inutilement des faits où apparaissait le nom du roi. Le jeune homme n'aimait pas le perpétuel contrôle de lui-même que lui imposait cette discrétion nécessaire, dont il comprenait qu'elle constituerait désormais un élément de sa vie. Ce constant effort l'éprouvait. Il en subissait les effets avec mélancolie, mais y puisait aussi des forces nouvelles. Il y avait lu depuis longtemps la ligne directrice de son destin ; d'ailleurs le secret était un des éléments de sa personnalité profonde. Il avait à la fois besoin des autres et le souci de ne pas les laisser empiéter sur sa vie. Comme certaines bêtes craintives, son premier mouvement était de reculer quand on tentait de se rapprocher de lui trop brutalement. Il n'avait pas choisi son métier, mais si ses qualités s'y développaient c'était sans doute qu'il correspondait à ses talents profonds.

Le cadavre fut placé dans une bière et transporté à la Basse-Geôle afin d'y être examiné. Un messager fut dépêché à Sanson.

Nicolas, qui souhaitait convaincre Bourdeau que la leçon reçue à l'occasion du suicide de Bricart n'avait pas été perdue, décida qu'ils iraient tous les deux interroger Semacgus à la Bastille. Après avoir donné l'instruction à un exempt de maintenir Louise Lardin au secret, ils reprirent leur voiture pour se rendre à la forteresse royale. En chemin, Nicolas réfléchissait aux meilleurs moyens à employer pour interroger Semacgus. Deux écueils étaient à éviter : s'en laisser conter par un homme qui avait sur lui le privilège de l'âge et de l'expérience, et les sentiments d'amitié qu'il pouvait porter à un prévenu soupçonné désormais de deux meurtres.

Considérant distraitement l'animation de la rue où apparaissaient déjà, sur les façades des maisons, les décorations destinées à embellir la Cité lors de la procession du Bœuf gras, Nicolas, Parisien de fraîche date, savait pourtant que ce défilé de l'animal paré de fleurs, de rubans et de mille ornements, donnait souvent fil à retordre à la police, par les excès et les licences qu'il permettait à la populace. La procession partait de l'apport-Paris[4] proche de la Grande Boucherie, en face du Châtelet, et allait saluer le Parlement en l'île de la Cité. Elle revenait ensuite à son point de départ, où l'animal était abattu et débité. Mais il arrivait aussi que les garçons bouchers, organisateurs de la fête, soucieux de la faire durer, n'attendent pas le Jeudi gras pour défiler et commencent leurs réjouissances dès le mardi ou le mercredi en circulant en dehors de l'itinéraire initial, dans d'autres quartiers de la ville.

Ils parvinrent bientôt en vue de la Bastille. À leur gauche, la place de la Porte Saint-Antoine menait vers le faubourg. Ils bifurquèrent vers la droite pour longer les fossés. Nicolas frémit en découvrant les quatre énormes tours qui donnaient sur la ville. Ils durent franchir plusieurs portes au bout du pont qui conduisait à l'entrée principale de la prison d'État. Bourdeau, bon connaisseur des lieux, se fit reconnaître du corps de garde et du geôlier en chef. Celui-ci tendit une main froide et humide à Nicolas, qui retint un mouvement de recul devant ce personnage bigle et un peu crapoussin[5] qui se déhanchait en marchant. Il prit une lanterne et les entraîna vers l'une des tours.

Ils pénétrèrent dans le monstre de pierre. La masse énorme de la forteresse coupait le souffle au fur et à mesure que se développaient et se resserraient autour d'eux ses épaisses murailles. Elles auraient pu appartenir à un organisme malade dont les souffrances se fussent manifestées par la décoloration et la desquamation. Nulle part l'ombre ne jouait avec la lumière. Les deux éléments ne se mêlaient pas. Seules des lances de jour perçaient l'obscurité des voûtes sans se diffuser. L'étroitesse des ouvertures sur l'extérieur était telle que ces apparitions fugitives s'effaçaient tout aussi rapidement qu'elles étaient venues. Cependant, là où, depuis des siècles, elles avaient frappé la pierre au même endroit, sa surface avait pris une teinte blanchâtre et livide qui contrastait avec le gris plombé des blocs avoisinants. Mais le regard ne se reposait pas longtemps sur ces dégradés clairs. Partout, dans les angles, les recoins et les culs-de-sac de cet immense labyrinthe, d'étranges mousses humides recouvraient comme une lèpre le corps de la prison. Des volutes de champignons, flottant pareilles à de lourdes toiles d'araignées, absorbaient le peu d'air de cette atmosphère confinée. D'étranges concrétions minérales, d'un gris tirant sur le vert, dont les points brillaient à la lueur de la lanterne, dénonçaient le salpêtre et le resurgissement des sels qu'exsudait, sous le travail incessant de l'humidité, le calcaire des murs. Le pied glissait dans des passages obscurs où le sol pourri et spongieux, semblable à celui d'une grotte marine tapissée d'algues, se résorbait en boue. Sur tout cela flottait une odeur froide et pénétrante, presque palpable, opaque à force d'oppression, qui rappelait à Nicolas la collégiale de Guérande quand, aux jours de grande pluie, elle se transformait en crypte fumante dont le granit pleurait et qu'elle exhalait l'encens froid, le moisi et l'odeur persistante de la décomposition montant des vieux caveaux.

À tout cela s'ajoutait l'odeur de crasse et de graillon qui émanait de l'habit de coutil gris du geôlier. Le bruit précipité de son essoufflement et celui de leurs pas étaient la seule manifestation humaine de cet univers désert. Après de lents tours de clef, il ouvrit enfin une lourde porte de chêne renforcée de plaques de fer. Nicolas fut surpris de l'immensité de la cellule. La pièce était hexagonale, et trois degrés permettaient d'y descendre, aggravant encore l'impression de hauteur. Trois autres degrés servaient à atteindre, à l'opposé, une étroite ouverture fermée d'épais barreaux. À droite, un lit de bois où Nicolas fut étonné de voir des draps blancs et une couverture de droguet[6]. Ils n'aperçurent pas tout de suite Semacgus, que le battant de la porte dissimulait. En descendant, ils le découvrirent assis à une petite table, presque dans la cheminée. Il écrivait et le bruit de la serrure ne l'avait apparemment pas dérangé dans son travail. Sa voix s'éleva, rogue.

— Ce n'est pas trop tôt ! Il fait un froid de tous les diables et le bois allait me manquer.

Comme on ne lui répondait pas, il se retourna tout d'une pièce et découvrit Nicolas pensif, Bourdeau la mine composée, et le geôlier qui roulait des yeux inquiets.

Il se leva et vint à leur rencontre.

— À vous voir, mes amis, j'ai le sentiment qu'on vient me chercher pour me pendre ! s'exclama-t-il.

— Il est un peu tôt pour vous pendre, dit Nicolas, mais notre visite a pour but de vous interroger sur de graves conjonctures.

— Ah ! diantre. Nous revoilà, je le crois, à récrire une scène déjà jouée. Nicolas, vous allez d'un extrême à l'autre. Fixez, je vous prie, votre opinion sur ma personne et épargnez-moi l'hospitalité du roi. Je faisais mes comptes, elle me revient fort cher et pourtant je ne suis pas embastillé depuis longtemps. Quatre livres, quatre sols pour la nourriture, une livre pour le vin, quarante sols pour le bois qu'on me fait attendre et, pardonnez-moi ces détails vulgaires, une livre et deux sols pour les draps et un pot de chambre. L'ordure qui servait de couverture quand je suis arrivé dans ce palais m'a procuré l'agrément d'une éruption de feux volants [7] qui me fait me gratter jusqu'au sang. Au demeurant, je ne me plains pas. J'ai la chance de n'être pas « à la paille [8] », mais, convenez que la privation de sa liberté est sensible à un innocent, et, comme je comprends que je suis ici sous le coup d'une lettre de cachet, je crains de n'être jamais jugé et de croupir ici jusqu'à la consommation des siècles.

— Votre libération dépendra sans doute de notre conversation, fit sèchement Nicolas.

— Je préfère ce terme à celui d'interrogatoire. Vous

chantez toujours un peu au-dessus de la gamme, Nicolas. C'est affaire de jeunesse, le fond n'est pas mauvais.

— C'est sans doute que la clarté de vos réponses n'est pas toujours ce qu'elle devrait être.

— Je n'aime guère les propos en forme d'énigme. Il y en a toujours un qui se fait dévorer au bout du compte. Votre ton est peu amical, mon cher Nicolas.

— Considérez, monsieur, que vous avez pour l'instant affaire au policier.

— Qu'il en soit ainsi ! soupira le chirurgien.

Semacgus se leva, retourna sa chaise paillée et s'assit, comme il en avait l'habitude, à califourchon, les bras sur le dossier et le menton dans ses deux mains.

— Je souhaiterais réexaminer avec vous les événements de la soirée du *Dauphin couronné*, commença Nicolas.

— Je vous ai pourtant tout dit.

— Il a fallu s'y reprendre à deux fois. Et ce qui m'intéresse maintenant, c'est la seconde partie de la soirée. Une fille a assuré que vous l'aviez quittée à peine entré dans sa chambre. À quelle heure, au fait ? La dernière fois, vous vous en êtes tiré par une pirouette.

— Que sais-je ? Entre minuit et une heure, je n'ai pas l'œil en permanence sur ma montre.

— À quelle heure êtes-vous arrivé rue des Blancs-Manteaux pour rejoindre Louise Lardin ?

— N'ayant pas retrouvé ma voiture avec Saint-Louis qui devait m'attendre rue du Faubourg-Saint-Honoré, j'ai cherché un fiacre, ce qui m'a pris un bon quart d'heure. J'ai dû arriver rue des Blancs-Manteaux vers les deux heures.

— Pouvez-vous décrire dans le détail votre arrivée ?

— Comme je vous l'ai déjà dit, la voie était libre quand Louise mettait une chandelle allumée derrière la croisée de sa chambre donnant sur la rue. Cependant, ce matin-là, il n'y avait pas de chandelle, et elle était en masque devant sa porte pour me faire, cette fois, entrer elle-même. Elle revenait tout juste d'un bal de carnaval.

— Décidément, toute cette famille s'égayait !

Bourdeau toussa et, d'un geste, demanda la parole.

— Vous avez dit « cette fois ». Qu'entendez-vous par là ?

— Qu'à l'accoutumée, je la retrouvais dans sa chambre.

— Vous aviez donc la clef de la porte d'entrée ?

— Ce n'est pas ce que j'ai dit.

Bourdeau fit un pas en avant et se pencha vers le chirurgien.

— Alors qu'avez-vous dit ? Il serait temps, monsieur, que vous cessiez d'égarer la justice. Elle peut être bonne fille, mais ses retours sont féroces et sa main est sur vous.

Semacgus regarda Nicolas, mais celui-ci approuvait d'un long mouvement de tête les propos de son adjoint.

— À vous dire vrai, j'entrais par les Blancs-Manteaux, par une porte du jardin. Je ne vous en avais pas parlé auparavant, le détail ne me semblant pas d'importance. Louise m'avait demandé d'être discret à ce sujet.

— Les Blancs-Manteaux ? rugit Bourdeau. Qu'ont-ils à voir avec les Lardin ?

— Les caves du couvent communiquent avec celles de la maison. Le jour, vous pouvez entrer par l'église, qui est ouverte. La nuit, par la porte du jardin dont j'ai la clef. Il suffit alors de rejoindre une chapelle désaffectée, vous descendez dans la cave, passez sous la rue et remontez dans le caveau de l'office.

— Et ce matin-là ?

— Louise m'a expliqué qu'en raison de la neige qui venait de tomber, il était plus prudent de ne pas emprunter la voie habituelle. C'est pour cela qu'elle m'attendait.

— Cela ne vous a pas surpris ? La chose était imprudente.

— Je vous rappelle que j'étais en cape et masqué et qu'on pouvait me prendre pour Lardin. D'autre part, l'argument était fort, car le commissaire pouvait lui aussi rentrer par le couvent et remarquer les empreintes sur la neige.

— Lardin connaissait donc ce passage. Qui d'autre ?

— De la maison ? Personne. Ni Catherine, ni Marie Lardin, ni Nicolas, qui y a pourtant vécu, ne partageaient ce secret. Aucun d'eux n'avait remarqué la chose, j'en suis persuadé.

Nicolas ne répondit pas. Il laissait Bourdeau mener l'interrogatoire. Il lui devait bien cela, et il n'était pas mécontent d'être à même de réfléchir sans avoir à intervenir.

— Pourquoi nous avoir dissimulé ce détail avec autant de constance ?

— C'était le secret des Lardin et j'avais donné ma parole.

— Savez-vous, monsieur, si le commissaire Lardin connaissait votre intelligence de ce passage secret ?

— Certes pas.

— À quelle heure êtes-vous ressorti, et par quelle voie ?

— Vers six heures, comme je l'ai déjà dit à Nicolas, et par la porte d'entrée.

— Ne risquiez-vous pas, restant si tard au logis, d'être surpris par le mari ? Avez-vous rapporté à Mme Lardin la querelle du commissaire avec Descart au *Dauphin couronné* ?

— Elle m'avait assuré qu'il ne rentrerait pas de la nuit et qu'elle avait, par mesure de précaution, tiré les verrous intérieurs du caveau et de la porte d'entrée. Ainsi Lardin, survenant à l'improviste, devait-il nécessairement être contraint à user du heurtoir pour se faire ouvrir. Elle avait même prévu de justifier cette précaution inhabituelle par sa crainte de voir surgir des groupes de masques excités. Certains poursuivent parfois leurs mauvaises farces jusqu'à l'intérieur des demeures.

— Mais pourquoi bloquer le passage du caveau ? Il était peu vraisemblable et même quasi impensable que les masques surgissent par cette issue réputée secrète. Son mari lui en aurait fait la remarque.

— C'est vraiment peu connaître les femmes que de poser la question. Son idée n'était pas d'imaginer l'incongruité de l'arrivée des masques par le caveau. Les portes fermées — et, assurément, elles l'étaient — lui donnaient un sentiment de sécurité. Je ne crois pas nécessaire de relever des contradictions qu'elle ne ressentait pas elle-même. Et puis, je vous rappelle, dussé-je être peu galant, qu'elle avait à ce moment-là d'autres, disons, pensées en tête... Mille regrets, j'interromps ce suave entretien, voilà Phoebus qui me vient visiter.

Semacgus se précipita vers la fenêtre et y colla son visage. Un rayon de soleil frappait la muraille à cet endroit et il le laissa jouer sur lui avec volupté.

— C'est le seul moment de soleil, expliqua-t-il. J'en profite pour soigner mes feux volants. Il me faudrait un repère. Quelle heure est-il ? On m'a pris ma montre au greffe et le soleil est trop fugitif pour dresser un cadran utilisable.

Nicolas se rappellerait plus tard avoir agi comme un automate, poussé par une irrépressible impulsion. Il fouilla fébrilement dans sa poche d'habit et en tira le paquet des objets trouvés sur Rapace. Il en sortit la petite montre en laiton et, sous le regard intrigué de Bourdeau, il la tendit sans un mot à Semacgus. À peine celui-ci l'avait-il reçue qu'il poussa un cri et se jeta sur Nicolas qu'il saisit par les épaules.

— Où avez-vous trouvé cette montre ? Je vous en supplie, dites-le-moi.

— Pourquoi cette question ?

— Il se trouve, monsieur le policier, que cette montre, je la connais bien, que cette montre c'est moi-même qui l'avais achetée pour l'offrir à Saint-Louis. Il jouait avec elle comme un enfant et ne cessait de s'émerveiller à l'entendre sonner. Et voilà que vous me la remettez sous les yeux. Je vous répète ma question : où l'avez-vous trouvée et où est Saint-Louis ?

— Rendez-moi cette montre, dit Nicolas.

Il s'approcha de la fenêtre et examina l'objet avec attention. Il réfléchissait si vite et si ardemment qu'il entendait son cœur battre. Tout s'éclairait. Comment n'avait-il pas compris cela plus tôt ? Et dire que cet indice capital dormait dans la poche de son habit et qu'il aurait pu ne pas y songer, le laisser de côté et ne jamais savoir. La petite montre de laiton était brisée et ses aiguilles bloquées marquaient minuit et quatre minutes. On se retrouvait donc face à un éventail de possibilités très étroit. Soit la montre était déjà hors d'usage, soit elle avait été cassée au cours d'un certain événement, ou ultérieurement. Si Saint-Louis, contrairement au dire de Bricart, avait été tué à la place de Lardin près de sa voiture, la montre pouvait avoir été brisée lors du meurtre. Or si elle s'était arrêtée à minuit quatre, il était tout à fait impossible, et les témoignages abondaient, que Semacgus fût l'auteur de l'assassinat puisqu'à la même heure il était au *Dauphin couronné*. Nicolas dévidait à une vitesse folle les conséquences de cette découverte.

C'est Semacgus lui-même qui, ignorant qu'ils en étaient informés, venait de leur révéler l'existence du passage des Blancs-Manteaux, même si la chose lui avait été un peu arrachée. Il est vrai que ces confidences pouvaient être aussi des tentatives de dévoiement. Nicolas avait appris à ne pas sous-estimer l'intelligence du chirurgien de marine. D'autre part, la complexité des meurtres de Descart et de Lardin pouvait conduire aux conclusions les plus contradictoires. Il regarda Semacgus qui s'était rassis. Il paraissait éprouvé et soudain vieilli. Nicolas eut pour lui un mouvement de compassion qu'il se retint d'exprimer. Il restait une dernière carte à jouer ; il en ressentait l'amère nécessité.

— Semacgus, je dois vous informer d'un autre fait très grave. Le corps du commissaire Lardin a été retrouvé, ce matin, dans le souterrain de la rue des Blancs-Manteaux, à demi dévoré par les rats. Louise Lardin vous accuse expressément de l'avoir tué. Il vous aurait surpris dans vos ébats et vous vous seriez battus.

Semacgus releva la tête. Il était pâle et accablé.

— Cette femme ne m'aura rien épargné ! soupira-t-il. Je n'ai jamais vu Lardin ce matin-là. Je ne suis pour rien dans sa mort. Je vous dis la vérité. J'éprouve l'impression de n'être point entendu et de parler dans le vide. Vous n'avez pas répondu à ma question, où avez-vous trouvé cette montre ?

— Dans la poche d'un misérable qui, de surcroît, détenait votre voiture ensanglantée. Nous devons vous quitter, Semacgus. Ne craignez rien : si vous êtes innocent, justice vous sera rendue. Bourdeau et moi, nous vous le garantissons.

Il s'approcha de Semacgus et lui tendit la main.

— Je suis désolé pour Saint-Louis, mais j'ai peu d'espoir qu'on le retrouve vivant.

Ils sortirent, impatients de quitter la Bastille où le chirurgien paraissait être, avec son geôlier, la seule personne vivante. Ils avaient hâte de retrouver l'air libre et d'échapper à l'oppression du lieu. Le froid et le soleil revenu leur firent du bien.

Nicolas fut heureux d'apprendre que l'inspecteur partageait son sentiment. Il avait lui aussi noté le caractère toujours ambigu des propos de Semacgus. La distance ironique qu'il n'avait jamais cessé de prendre avec cette affaire depuis son début ne pouvait que lui nuire. Seul l'attachement jamais démenti à son serviteur nègre ne faisait pas de doute. Mais rien dans ses déclarations ne conduisait à mettre en cause leur bonne foi. Cependant, ajoutait Bourdeau, c'était toujours la même histoire avec ce diable d'homme. On lui aurait donné son billet de confession sans hésiter quand bien même mille questions sans réponses pouvaient susciter le soupçon. Tout concourait ainsi à en faire, suivant le moment ou l'humeur, le plus habile des imposteurs ou le plus maladroit des innocents.

Nicolas éclaira Bourdeau sur l'incident de la montre. Il estima que le plus sage était de maintenir Semacgus au secret tant que les conditions de la mort de Lardin n'étaient pas éclaircies. Bourdeau observa que Mauval devrait être au moins interrogé mais n'insista pas, au grand soulagement de Nicolas. Celui-ci aurait dû entrer dans des détails qu'il ne pouvait donner.

Tout en devisant, il songeait que, si l'affaire Lardin s'éclairait avec la découverte du corps du commissaire, il n'en était pas de même de celle des papiers du roi. Et qu'en était-il des messages laissés par Lardin ? En retrouverait-on de nouveaux, et destinés à qui ? Avaient-ils été rédigés avant ou après sa disparition ? À quels motifs répondait leur distribution à ses proches ? S'agissait-il de compliquer le jeu dangereux dans lequel il était plongé ? Nicolas ne pouvait s'ôter de l'esprit l'idée que ces messages étaient d'ordre testamentaire. Que le nom du roi y fut mentionné en révélait toute l'importance. Plus il y réfléchissait, plus il était convaincu que le nœud de l'énigme se trouvait là. Mais le risque était grand d'attirer l'attention sur cette recherche. Dans l'ombre grouillaient Mauval et son commanditaire et d'autres encore. Des ouvertures avaient sans doute été faites à des agents des puissances en guerre. Paris était plein d'espions anglais, prussiens et même autrichiens, les alliés de la France étant toujours avides de moyens de pression susceptibles de renforcer l'alliance et de peser sur les opérations.

Il restait aussi à retrouver Marie Lardin dont le rôle exact échappait au jeune homme. Il ne croyait pas trop à cette soudaine et providentielle vocation monastique, et il éprouvait de la pitié pour cette jeune fille, presque une enfant encore. Il se souvint de leur dernière rencontre nocturne dans l'escalier des Lardin. Le visage d'Isabelle se substitua à celui de Marie. Avait-il lu la lettre de Guérande comme il convenait ? Le cœur, il le savait déjà, ne faisait pas toujours bon ménage avec le style. Pourquoi les êtres éprouvaient-ils tant de difficultés à exprimer leurs sentiments ? Il se souvint d'une phrase de Pascal apprise au collège : « Les mots diversement rangés font un divers sens et les sens diversement rangés font différents effets[9]. » Ce qui lui avait paru, il y a peu, artificieux devenait soudain touchant de maladresse. Il préféra s'efforcer de chasser cette idée. Rien ne devait le distraire de sa tâche.

Bourdeau, le voyant si empli de sa réflexion et les yeux vides, s'était abstenu de le troubler. Mais déjà le bruit de leur voiture résonnait sous la voûte du Châtelet. Nicolas entraîna l'inspecteur dans le bureau de permanence. Le commissaire Desnoyers, du quartier Saint-Eustache, y consultait un registre. Il fallut attendre qu'il eût achevé.

— Nous voici à la croisée des chemins, dit Nicolas, il nous faut choisir la direction à prendre.

— Vous croyez que Saint-Louis a été tué ?

— Je ne crois rien. Je constate que la montre, que lui avait offerte son maître, était aux mains de Rapace et de Bricart. D'autre part, si les débris trouvés à Montfaucon ne sont pas ceux du commissaire Lardin, à qui appartiennent-ils ? Pourquoi pas à Saint-Louis ? Il nous faut réfléchir à partir de ce que nous savons et des éléments dont nous disposons. Que les restes soient ceux de son cocher n'innocente pas forcément Semacgus, bien au contraire. Rappelez-vous les accusations de Descart. Pour Lardin, l'accusation de sa femme est formelle. Je crois que la procédure suivra son cours, et nous n'échapperons ni pour elle ni pour Semacgus au recours à la question préalable. Il y a trois morts en cause.

— Et l'assassinat de Descart ?

— Même chose. Si le moment de la mort de Lardin peut être précisé, celui-là au moins pourra être mis hors de cause, ce dont il n'a que faire vu son état. Vous avez fait chercher Sanson ?

Bourdeau acquiesça.

— Alors nous pourrons innocenter Lardin qui avait tout motif, lui aussi, de supprimer le cousin de sa femme. Quant à Semacgus et à Louise, rien ne permet d'écarter leur culpabilité. Reste à déterminer les raisons qui ont poussé le mystérieux assassin à mettre à sac la maison du docteur à Vaugirard.

— Et Mauval ? Vous oubliez toujours Mauval...

— Je l'oublie d'autant moins qu'il est mêlé à tout, je le répète.

— Il paraît jouir d'une impunité extravagante.

— Aussi bien ne pourrons-nous le frapper qu'à coup sûr. Il ne faut jamais rater un serpent, on ne retrouve pas l'occasion de le détruire. Pour le moment, je dois réfléchir et rendre compte à M. de Sartine des derniers événements. Vous, Bourdeau, pressez Sanson et faites-moi rapport dès que possible. Vérifiez que Louise Lardin est maintenue au secret et que son cachot est dûment gardé. Qu'on n'aille pas me la supprimer !

Au moment où ils allaient se séparer, le père Marie apparut. Une jeune femme d'un genre « un peu raccrocheuse [10] » demandait Nicolas pour « une affaire grave et urgente ». Nicolas ordonna qu'on la fît entrer et pria Bourdeau de demeurer. Nicolas reconnut aussitôt la Satin. La cape brune dont elle était enveloppée dissimulait à peine la tenue légère fort décolletée et les fines chaussures de bal. Le fard de son visage était tombé et sa face était rougie de froid ou d'émotion. Nicolas la prit par le bras et l'invita à s'asseoir. Il fit les présentations. Bourdeau alluma sa pipe.

— Que fais-tu ici, Antoinette ?

— Voilà, Nicolas, répondit-elle d'une voix plaintive comme une enfant, tu sais que je travaille chez la Paulet. Ce n'est pas une mauvaise femme, elle a ses bons côtés. L'autre soir...

— Quel soir ?

— Il y a deux jours. J'étais dans le couloir du grenier où je portais du linge à sécher et j'ai entendu pleurer dans une pièce inoccupée. J'ai cherché à savoir qui était là, mais la porte était fermée à clef. Que pouvais-je faire ? J'ai préféré ne pas m'en mêler. Moins tu t'occupes des affaires des autres, mieux tu te portes. Mais le lendemain, j'ai été forcée de m'y intéresser. La Paulet m'a fait appeler, et elle m'a offert de son ratafia personnel. Tu sais, elle est très portée sur le remontant. Elle a été fort belle dans son temps, elle a eu des marquis, et maintenant elle ne supporte pas de se voir dans un miroir et...

— Que te voulait-elle, à la fin ?

— Elle a minaudé, m'a susurré des gentillesses, et finalement m'a demandé un service. Elle avait reçu une novice.

— Une novice ?

— Oui, c'est comme cela qu'on appelle les nouvelles, les pucelles, celles qui n'ont pas encore servi et qui ne sont pas dressées. Ce sont des morceaux de choix recherchés par les maquerelles. C'est tout différent d'une gueuse qui fait accroire qu'elle a encore son principal. C'est une jeune fille saine qui ne risque pas de donner des épices[11] à celui qui l'aura. Il y a des amateurs pour cela, et des plus huppés. Et cette novice, la Paulet voulait que je la lui attendrisse, que je la prépare et la convainque d'accomplir le sacrifice. Elle refuse, paraît-il, et les menaces et les coups n'ont servi de rien. On avait pensé à moi pour la mener doucettement à l'assentiment total. Que pouvais-je faire ? La Paulet me promettait une bonne main[12] si je réussissais. Avant de répondre, j'ai réfléchi sur les bouts et les suites de tout cela. Ce qui m'a décidée, c'est que je pouvais peut-être aider cette pauvre fille. Et puis, je suis toujours resserrée d'argent pour le poupon et sa nourrice. Bref, la Paulet m'a menée au second, à la chambre où j'avais entendu pleurer, et la Paulet m'a laissée seule avec une pauvrette qui m'apparut de bonne famille. Elle m'a écoutée, mais n'a rien voulu entendre. Je la comprenais.

Elle s'est entièrement confiée. On l'avait enlevée de nuit, jetée dans une voiture et conduite ici. Elle n'avait rien vu ni compris de ce qui lui arrivait. Depuis, elle était entêtée de menaces afin de la faire céder. Sensible à mon ouverture et mise en confiance, elle m'a suppliée de faire quelque chose pour elle. J'ai d'abord refusé, c'était trop périlleux. Avec Mauval qui rôde tous les jours dans la maison et qui est, de fait, le vrai maître du *Dauphin couronné*, je risquais gros. Mais elle m'a assurée qu'elle me ferait protéger si elle parvenait à s'échapper. Quand elle a cité ton nom, j'ai cédé, certaine que tu ne laisseras pas Mauval me faire du mal. Il fallait que je vienne te trouver au Châtelet pour te prévenir qu'elle était en grand péril. Nicolas, il n'y a pas un moment à perdre. Elle doit être jouée au cours d'une partie de pharaon avec parolis[13] obligés par des amateurs rassemblés ce soir par Mauval !

Nicolas saisit son épée et l'accrocha à sa ceinture. Il fit signe à Bourdeau qui vérifiait déjà son pistolet.

— Père Marie, dit-il à l'huissier qui était demeuré à la porte, je vous confie Antoinette. Vous répondez de sa vie sur votre tête.

— Il y a plus mauvaise compagnie, sourit le concierge.

Nicolas et Bourdeau descendirent en courant les degrés du grand escalier. Leur fiacre était encore là. Le cocher fit partir l'attelage au grand galop.

# XIV

# TÉNÈBRES

> « Nous lançâmes un chevreuil et tuâmes un
> loup à peu près comme les généraux gagnent
> des batailles, c'est-à-dire que nous courûmes
> au bruit, que nous vîmes l'ennemi étendu sur
> le carreau, que nous eûmes peur et que nous
> nous retirâmes en bon ordre. »
>
> Abbé BARTHÉLEMY

Nicolas venait d'expliquer à Bourdeau la nature des
relations qui le liaient à la Satin. L'inspecteur n'avait
fait aucune remarque. La voiture avait dû ralentir car,
en dépit des appels et de quelques coups de fouet, il
était impossible de pousser l'attelage sans risquer de
renverser des passants. Le trajet semblait interminable
à Nicolas. Il retournait dans sa tête les dernières informations.

Ainsi Mauval détenait prisonnière Marie Lardin
— car ce ne pouvait être qu'elle, la « novice » ! — et il
allait la céder au plus offrant. Elle serait ensuite contrainte à se livrer à un commerce infâme ou, pire,
emmenée de force dans les harems du Grand Turc, ou
déportée dans les colonies d'Amérique. Il était patent
qu'un complot visait à la faire disparaître et, avec elle,
l'héritière de Lardin, mais aussi celle, inattendue, de
Descart. Oui, vraiment, l'imbroglio avait été bien pré-

paré ! Nicolas imaginait le moment où le notaire se serait enquis de Marie pour la faire entrer en possession de ses héritages. Personne ne l'aurait trouvée. Sans nouvelles de sa belle-fille depuis son départ précipité pour Orléans, Mme Lardin se serait inquiétée. La police de M. de Sartine était réputée, mais il pouvait survenir qu'un voyageur inconnu disparût sans laisser de trace. À l'autre bout de l'itinéraire prévu, on découvrirait, comme par hasard, un message ou une lettre fabriquée qui offrirait une apparence de vraisemblance à la vocation monastique de la jeune fille. Mais, au bout du compte, on s'égarerait en suppositions sur son sort. Peu à peu, le silence retomberait, et puis viendrait l'oubli.

Un haut-le-cœur secoua soudain Nicolas. Il dut ravaler l'acidité amère qui emplissait sa bouche. Son cœur se mit à battre la chamade tandis qu'une sueur froide couvrait son front. Bourdeau se tourna vers lui et le considéra. Aucun sentiment ne se lisait sur son visage placide.

Nicolas, qui tentait de surmonter son malaise, s'interrogea, une fois de plus, sur la nature profonde de son adjoint. Il y avait bien deux Bourdeau. L'un, épicurien jovial, bon père et bon mari, offrait l'apparence lisse d'un bonhomme attaché à la routine de son état et aux menus plaisirs d'une existence simple et banale. L'autre, plus profond, recelait une capacité de secret et même de dissimulation aiguisée par une longue pratique des criminels. Le jeune homme s'interrogeait sur le mystère des êtres. Le jugement sur un homme portait sur les apparences, mais il était difficile de découvrir la faille qui conduisait vers sa vérité propre. Depuis Guérande il était confronté constamment à cette question. La vérité ne transparaissait pas à travers l'innocence des visages. Le marquis de Ranreuil, Isabelle, Semacgus, Mme Lardin, Mauval et même M. de Sartine lui en avaient donné les preuves les plus éclatantes. Au mieux, les visages étaient des miroirs qui reflétaient vos propres interrogations. Ainsi toute confiance, toute amitié et tout abandon se heurtaient-ils au mur de glace des défenses adverses. Chacun était seul dans l'univers, et cette solitude était le lot de tous.

Nicolas regardait sans les voir les passants pressés de la rue. Que faisait-il lui-même, jeté dans cette ville par le hasard, et à quelle nécessité répondait cette course effrénée poursuivie depuis deux semaines contre un ennemi invisible ? Pour quelle raison le destin l'avait-il choisi, et dans quelle intention ultime, alors qu'il aurait pu demeurer à Rennes dans les tâches médiocres et rassurantes d'un clerc de notaire ?

Ils avaient atteint la rue du Faubourg-Saint-Honoré. Nicolas frappa sur la caisse pour arrêter la voiture. Ils étaient partis si vite du Châtelet qu'aucun plan d'attaque n'avait été préparé. Bourdeau avait respecté sa rêverie. Désormais, il fallait aviser.

— Je connais bien cette maison, dit Nicolas, exagérant un peu. Si Mauval est là, nous devons nous méfier car l'homme est dangereux. Le mieux est que j'entre seul au *Dauphin couronné* en essayant de ne pas donner l'éveil.

— Il est hors de question que je vous lâche, répondit Bourdeau. Nous ferions mieux d'attendre ici du renfort. Rappelez-vous ce qui est advenu au faubourg Saint-Marcel. Ne commettons pas deux fois la même erreur. Attendons les exempts.

— Non, le temps presse et il faut profiter de l'effet de surprise. Vous êtes l'élément principal de mon plan. Je sais, par la Satin, que la maison possède une issue secrète donnant sur le jardin. Vous irez vous y poster. Si Mauval est ici, il évitera l'affrontement direct. Il nous a glissé entre les mains ce matin et doit tenir pour assuré que nous sommes en nombre. Donc, il cherchera à s'enfuir par les arrières. C'est là que vous le pincerez. C'est pour vous que je m'inquiète. Soyez sur vos gardes, l'espèce est traîtresse en diable ! Nous allons renvoyer le cocher demander de l'aide.

L'homme, dûment chapitré, fit faire demi-tour à l'équipage et Nicolas et Bourdeau se séparèrent. Le jeune homme se dirigea vers le *Dauphin couronné*. Il heurta la porte à plusieurs reprises. Un guichet grillé s'ouvrit et il dut supporter l'examen d'une personne invisible qui finit par ouvrir la porte. Nicolas, qui s'attendait à voir la Paulet ou la négrillonne, fut surpris de trouver à leur place une grande vieille toute vêtue de voiles noirs, le visage couvert d'une épaisse couche de céruse avec du rouge vif aux joues. Elle appuyait des mains tremblantes, recouvertes de gants de filoselle, sur le pommeau d'une canne. L'ensemble évoquait aussi bien une veuve qu'une religieuse qui aurait troqué sa vêture conventuelle contre un habit plus séculier. Elle souleva la tête et le regarda de côté.

— Le bonjour, madame. Je souhaiterais parler à Mme Paulet.

— Monsieur, lui répondit une voix rauque et minaudière, Mme Paulet est en ville pour le moment, où elle vaque à ses affaires. Peut-être vous plairait-il de l'attendre, elle ne saurait tarder.

Elle s'inclina et recula à petits pas pour lui permettre d'entrer. Il reconnut le corridor et fut introduit sans surprise dans le salon jaune. Celui-ci n'avait pas changé d'aspect. Les volets étaient fermés et occultés par de lourds rideaux, et seul un bougeoir placé sur un guéridon éclairait chichement la pièce. Ce qui lui avait paru luxueux, lors de sa première visite, se confirma être éclatant de vulgarité et de crasse. Il repéra dans l'ombre la cage du perroquet et s'en approcha, intrigué par le calme et le silence du volatile. C'est alors qu'il s'aperçut de la substitution ; l'oiseau avait été remplacé par sa réplique en porcelaine.

— Monsieur a sans doute connu Coco ? demanda la vieille devant son air surpris. Hélas, il nous a quittés ! Il a péri d'émotion. C'était un petit drôle qui parlait très bien. Trop, quelquefois.

Elle ricana et se retira.

— Je vous laisse, j'ai à faire. Mme Paulet ne vous fera pas languir longtemps.

Nicolas s'assit sur une des bergères jonquille. Il aurait pu choisir d'entrer en force et fouiller la maison, avec les risques que cela pouvait comporter pour la séquestrée. La vieille ne le connaissant pas, mieux valait attendre sagement la Paulet et la contraindre à admettre les faits. Cela donnerait d'ailleurs le temps aux renforts d'arriver.

Au bout d'une dizaine de minutes, il se leva, s'approcha de la cheminée et se considéra dans le miroir. Il avait vieilli et la fatigue marquait ses traits. Comme il continuait à se dévisager, il perçut soudain comme un fourmillement entre ses épaules. Un frisson le parcourut. Il sentait un regard peser sur lui. Il se déplaça imperceptiblement sur le côté et finit par découvrir, dans l'angle droit de la glace, le visage de la vieille qui approchait de lui en silence. Les voiles rejetés en arrière laissaient apparaître un visage de poupée, mais les yeux étaient maintenant grands ouverts et, dans leur reflet vert, Nicolas reconnut en même temps le regard de Mauval et y lut une meurtrière détermination. Il sut, avant de voir l'arme, que son ennemi était sur le point de lui planter une épée dans le corps. Il s'immobilisa sans rien laisser paraître. Il devait éviter tout mouvement indiquant qu'il était sur ses gardes.

Il sut en un instant ce qui pouvait le sauver. Joueur de soule endurci, il avait appris à plonger sur le sol et à tomber. Il fallait retourner la situation et placer l'adversaire en position d'incertitude. Certes, Mauval avait l'avantage de le voir en face de lui, mais qu'il perde Nicolas de vue et l'égalité entre eux était rétablie.

Nicolas se laissa choir brusquement sur le guéridon. Le meuble tomba et avec lui le bougeoir. D'une main preste, Nicolas éteignit la chandelle. La pièce était désormais plongée dans l'obscurité. En touchant le sol, Nicolas avait poussé le guéridon vers son adversaire dans l'espoir de le troubler et de retarder sa progression. Il roula sur le côté. Le silence recouvrait la pièce comme une chape.

Il songea un instant à crier pour alerter Bourdeau, mais y renonça aussitôt. Son adjoint l'entendrait-il, et pourrait-il entrer dans la maison ? Mauval avait dû multiplier les précautions. Il s'en voulut de s'être laissé prendre dans ce piège, et pensa que la première chose à faire était de protéger ses arrières en évitant de se faire clouer contre le mur comme un papillon sur sa planche.

À demi couché près de la cheminée, il tâtonna de la main et toucha des tiges métalliques froides ; c'étaient des pincettes. Il réussit à les décrocher et, prenant garde à ne rien heurter, les projeta à travers la pièce. Le lustre, frôlé, tinta discrètement, puis il y eut un bruit sec et une cascade de sons cristallins. L'une des glaces de la paroi, brisée, avait dû s'effondrer. Il y eut un froissement de tissus, un choc et un meuble renversé. Nicolas pria le ciel que son adversaire ne dispose pas de briquet. Il se rassura cependant ; le premier qui ferait du feu se découvrirait.

Nicolas, dos au mur, s'installa dans l'attente. Le danger était grand de s'y engourdir et de perdre la notion de l'espace redoutable qui l'environnait. Il ne se faisait guère d'illusions. Il s'agissait d'un combat à mort ; Mauval ne pouvait plus le laisser vivre. Il espérait encore sans trop y croire que Bourdeau parviendrait à intervenir à temps ou que le guet arriverait en force.

Nicolas songea curieusement qu'il était comme Phinée assailli par les Harpyes[1]. Zétès et Calaïs[2] arriveraient-ils à temps pour le tirer de ce mauvais pas ? Ce souvenir lui donna à réfléchir. Selon la tradition, le vieux roi aveugle ne disposait que d'un bâton pour se défendre des attaques des monstres. Lui, avait une épée. L'idée lui vint de joindre l'attaque à la défense et d'user d'un stratagème que cette évocation mythologique lui suggérait.

Il dégaina lentement son arme, la posa sur le sol, puis, tout aussi précautionneusement, enleva sa redingote. Tâtant le mur, il se déplaça vers la droite pour rejoindre la croisée près de laquelle se trouvait la cage du perroquet. Parfois, il s'arrêtait, le cœur battant, pour scruter l'ombre menaçante et tenter de discerner si Mauval manœuvrait lui aussi. Il était vraisemblable qu'il avait choisi la même tactique conservatoire, celle de rester adossé contre un mur, sans doute près de la porte.

Nicolas sentit enfin la table de marqueterie sur laquelle la cage était posée. Il s'en approcha, ouvrit la porte grillagée et saisit l'oiseau de porcelaine. Il le posa sur la table avant de se figer à l'écoute d'un craquement lointain du plancher. Ce bruit fut suivi d'un raclement de meuble poussé ou traîné. Il fallait agir au plus vite et prendre l'adversaire de vitesse. Il disposa sa redingote sur la cage comme pour constituer un épouvantail, et éprouva le poids de l'ensemble afin d'être sûr de pouvoir le brandir. Ce qui allait suivre exigeait une parfaite coordination des gestes extrêmes, mais Nicolas se sentit comme allégé : il avait pesé le pour et le contre, et maintenant les dés étaient jetés.

Après avoir posé son épée, il saisit la cage par le milieu et la souleva. Il prit dans sa main droite le perroquet de porcelaine qu'il jeta aussitôt avec force à travers la pièce ; la mort de Coco n'aurait pas été inutile. En même temps qu'il l'entendait se fracasser sur un mur, il perçut distinctement le déplacement brusque de l'ennemi et, à nouveau, un meuble tomba. Alors, la cage couverte du manteau d'une main et l'épée de l'autre, il s'avança dans la pièce en se repérant le long du mur à sa droite. Au moins, de ce côté-là, il était préservé de toute attaque. Se déplaçant de biais, il tenta de gagner la porte. Une lame fouetta l'espace et cingla son habit. Mauval était là.

Sur le coup, l'émotion lui coupa le souffle. Nicolas eut le sentiment qu'il ne parviendrait pas à rejoindre la porte pour se défendre au grand jour dans un combat honorable. Si toute issue faisait défaut, le hasard seul, ou la main de Dieu, dirigerait les assauts et orienterait leur conclusion qui ne serait ni la récompense du courage ni celle de l'adresse. La fatalité ordonnerait, pour une raison inconnue, le résultat de la conjonction absurde de leurs deux destins.

Nicolas fit une large enjambée sur la gauche. Il supposait que Mauval avait compris son intention de gagner la porte. Il anticipait sur la prochaine attaque qui, en toute logique, devait frapper à sa droite. Non content de lui enseigner les rudiments de l'escrime, le marquis de Ranreuil l'avait initié aux échecs. Il fallait, se souvenait-il, toujours déplacer ses pièces en ayant à l'esprit les cinq ou six mouvements suivants. Le problème, ici, était que les positions de l'adversaire ne lui étaient qu'approximativement connues.

Il entendit une lame s'enfoncer en vibrant dans la tapisserie de la muraille. Il devait résister à la tentation de riposter. Son idée était autre, et il décida de demeurer sur place. La cage n'était pas très pesante mais, alourdie par la redingote, son poids devenait insupportable et il sentait son bras s'engourdir et trembler. Bientôt, la crampe surviendrait. Il se mit à balancer l'ensemble d'avant en arrière pour produire un léger bruit et surtout leurrer Mauval par le déplacement d'air produit. Une nouvelle pointe survint là où il ne l'attendait pas, sur sa gauche. L'épaule éraflée, il laissa échapper une exclamation qu'il eut la présence d'esprit de transformer en plainte d'homme blessé. Il se baissa aussitôt et l'attaque suivante passa juste au-dessus de sa tête. Il se redressa et agita violemment la cage. Mauval s'était sans doute rapproché pour achever sa proie. Il devait sentir la redingote devant son visage et, n'ayant été l'objet d'aucune attaque en réponse aux siennes, pouvait croire Nicolas gravement touché. Son épée s'enfonça dans le manteau, entre deux barreaux de la cage, sans toucher le jeune homme. Nicolas pivota en force, bloquant ainsi l'arme de Mauval. Sachant dès lors exactement où se trouvait son adversaire, il lança sa pointe et sentit son épée glisser sur un obstacle dur puis entrer dans un corps. Il entendit un long soupir, puis le bruit d'une masse qui s'affaissait. Sur le coup, il soupçonna une ruse semblable à la sienne. Il reprit sa progression vers la porte en appréhendant une nouvelle attaque. Mais rien ne vint et il finit par en atteindre la poignée qu'il abaissa avec fièvre. La porte s'ouvrit et, après avoir écarté la portière de velours qui en protégeait l'accès, il fut enveloppé de la lumière rougeoyante du crépuscule qui donnait dans le corridor par l'œil-de-bœuf surmontant la porte.

En se retournant vers le salon, Nicolas distingua, au milieu des meubles renversés, une masse informe immobile sur le sol. Saisissant un bougeoir, il l'alluma et s'avança dans la pièce. Les glaces opposées multipliaient son reflet à l'infini. Il s'approcha prudemment du corps recroquevillé dans ses voiles, le tâta du bout de son épée et le poussa du pied. Le cadavre roula sur le dos et laissa apparaître le visage de Mauval. Les yeux verts fixaient désormais le vide et la figure du démon avait, sous la couche grotesque des fards, repris son aspect angélique.

Privé de sentiment ce regard accusait Nicolas qui ne put en supporter la fixité ; il lui ferma les yeux. Il constata la précision de son coup d'épée, tiré en plein cœur. Seul, pourtant, le hasard avait dirigé sa main. Ce fut alors qu'il prit conscience d'avoir tué un homme. Toute la tension de la lutte tomba et une immense lassitude s'empara de lui. Certes il n'avait fait que défendre sa propre vie, mais rien, aucune justification, ne pouvait dissiper le sentiment — le remords, même — d'avoir ôté la vie à l'un de ses semblables, et il savait déjà que ce sentiment ne le quitterait plus. Dans le même temps, il savait devoir vivre désormais avec cette douleur et ce souvenir.

Le jeune homme tenta de se ressaisir et partit à la recherche de Bourdeau. Au bout du corridor, une porte ouvrait sur un office prolongé par un réduit donnant sur le jardin. Il tomba sur Bourdeau qui attendait là, l'air anxieux.

— Peste, monsieur, vous voilà tout pâle ! J'avais sans doute raison de m'inquiéter. Que vous est-il arrivé ?

— Ah ! Bourdeau, je suis bien aise de vous voir...

— Je vois cela. Vous avez l'air d'un spectre, si tant est que j'en ai jamais vu. Le temps m'a paru bien long !

— J'ai tué Mauval.

Bourdeau le fit s'asseoir sur le rebord de pierre du soubassement de la maison.

— Mais vous êtes blessé ! Votre habit est déchiré et vous saignez.

Nicolas sentit la douleur au moment où l'inspecteur lui signalait la blessure.

— Ce n'est rien. Une simple éraflure.

Il se mit à raconter avec volubilité son combat contre Mauval. Bourdeau hocha la tête comme à son habitude et lui mit la main sur l'épaule, le secouant un peu.

— Vous n'avez rien à vous reprocher. C'était lui ou vous. Une belle canaille de moins. Vous vous habituerez à ce genre de rencontre. Je me suis trouvé moi-même, à deux reprises, contraint à me défendre dans des circonstances analogues.

Ils regagnèrent l'intérieur de la maison. Nicolas conduisit l'inspecteur dans le grand salon. Bourdeau fit un commentaire admiratif sur la précision et la netteté du coup de pointe, à la grande confusion de Nicolas. La moitié du rideau qui fermait la scène du petit théâtre fut décrochée et jetée sur le corps de Mauval, après que l'inspecteur l'eut fouillé. À part quelques louis, une tabatière ornée du portrait en miniature de Louise Lardin, ils trouvèrent un billet ouvert. Le pain à cacheter avait été rompu. Il portait, écrite de la propre main de Nicolas, la phrase : « Le saumon est sur la berge », que Nicolas reconnut aussitôt. C'était le mot de passe qu'il avait donné à la Paulet si celle-ci souhaitait le joindre discrètement. Sur une bande de papier, ils découvrirent aussi l'adresse de M. de Noblecourt. Ainsi, remarqua Bourdeau, l'homme nourrissait bien de mauvaises intentions à l'égard de Nicolas.

Se rappelant le but premier de leur descente au *Dauphin couronné*, ils se précipitèrent au deuxième étage. De toutes les portes donnant sur le couloir, une seule résista à leurs efforts. Nicolas entendit, en réponse à leurs coups de poing, des gémissements étouffés. Bourdeau écarta son compagnon, tira de sa poche une minuscule tige métallique ouvragée et l'introduisit dans la serrure. Après quelques essais infructueux, il réussit à faire jouer le pêne. Sur deux paillasses jetées à terre gisaient, ligotées et bâillonnées, la Paulet et Marie Lardin.

Quand ils les eurent libérées de leurs liens, Marie se mit à sangloter avec des hoquets convulsifs, comme une enfant. La Paulet, sa large face camuse empourprée, paraissait étouffer et sa forte poitrine se soulevait tandis qu'elle laissait échapper de petits cris plaintifs. Elle finit par faire quelques pas hésitants en regardant ses pieds gonflés.

— Ah ! monsieur, quelle gratitude nous vous avons !

Son visage prit un air de crainte et elle jeta un regard inquiet autour d'elle.

— Rassurez-vous, madame, dit Nicolas à qui son expression n'avait pas échappé. En revanche, vous avez des explications à nous donner. Vous êtes coupable d'avoir donné la main à un crime. Cette jeune fille a été enlevée, conduite de force dans votre établissement, séquestrée dans des conditions odieuses et menacée d'être vendue pour mener une vie d'infamie. Pour le moindre de ces crimes, madame, vous seriez marquée d'une fleur de lys sur les marches du Palais et enfermée à vie. C'est dire l'intérêt pour vous d'être sincère. Dites la vérité et cela sera pris en compte, je m'y engage.

— Monsieur, répondit la Paulet en lui prenant la

main qu'elle se mit à pétrir, je vous sais honnête homme. Ayez pitié d'une pauvre femme qui fut contrainte, à son cœur défendant, d'accueillir cette pauvre agnelle.

Elle regarda derechef vers le couloir.

— C'est ce monstre qui a tout fait.

— Quel monstre ?

— Le Mauval, ce damné ! Moi, je ne suis qu'une pauvre achalandeuse. Je suis bonne avec mes filles. J'ai pignon sur rue et belle clientèle. J'ai toujours payé mon dû à la police. Et si jeu clandestin il y a, vous savez que c'est avec la bénédiction du commissaire Camusot. Je me suis emportée, l'autre fois. Mais, mon bon jeune homme, vous m'aviez poussée à bout. Demandez à la demoiselle si je ne l'ai pas défendue bec et ongles quand j'ai su qu'elle était la fille du commissaire Lardin. Pas de ça, Margot ! Et l'autre, le Mauval, qui a brutalisé un vas-y-dire[3] pour lui voler mon message ! Il craignait de vous voir arriver et voulait vous tendre un piège. Je me suis rebecquée pour m'y opposer et il m'a frappée...

Elle montrait sa joue violacée.

— Puis il m'a jetée ici, telle que vous m'avez trouvée. Si ce n'est pas la preuve de mon innocence !

— Ce n'est que la preuve de votre crainte de voir les choses aller trop loin, observa sèchement Nicolas.

Marie confirma, entre deux sanglots, une partie des propos de la Paulet. Un vacarme les interrompit. Une vive terreur saisit la maquerelle. Après avoir parlé à l'oreille de Nicolas, Bourdeau descendit. Le renfort espéré arrivait enfin. L'inspecteur avait demandé à son chef de retenir les deux femmes pendant qu'on emporterait le corps de Mauval. Mieux valait, pour le moment, conserver le secret de sa mort. Quand la Paulet s'enquit du sicaire, Nicolas demeura évasif. Il était convaincu qu'elle avait à peu près tout dit avec la sincérité dont elle était capable. La Satin avait raison, ce n'était pas une mauvaise femme, même si son négoce la conduisait à tutoyer dangereusement les rivages du crime.

Ils demeurèrent tous les trois, lui et les deux femmes, silencieux dans la pièce. Nicolas ne souhaitait pas interroger Marie Lardin devant un tiers. Après un long moment, Bourdeau revint et fit signe à Nicolas que tout était achevé. Ils quittèrent le *Dauphin couronné*, Bourdeau avec la Paulet dans une voiture et Nicolas dans l'autre avec Marie. Celle-ci s'était calmée ; seuls quelques gros soupirs lui échappaient encore. Elle regardait Nicolas avec admiration.

— Mademoiselle, pardonnez-moi, mais je dois vous poser quelques questions.

— Permettez-moi d'abord de vous remercier, Nicolas. Je comprends que la fille a fait ma commission...

Elle le regardait de biais.

— Vous la connaissez bien ? Depuis longtemps ?

C'était lui qui se trouvait sur la sellette... Il hésita un moment, mais ne crut pas devoir dissimuler la vérité.

— C'est une très bonne amie et depuis longtemps.

Marie eut une moue de mépris.

— Alors, vous êtes comme les autres... Et avec une fille de mauvaise vie !

Nicolas explosa.

— Mademoiselle, il suffit. Vous voilà libérée. J'ignore si vous savez à quoi vous avez échappé, mais je suis sûr d'une chose : dans de certaines circonstances, il vaut mieux compter sur certaines filles de mauvaise vie plutôt que sur les honnêtes femmes. Et la moindre des choses, quand on leur doit son salut, c'est de leur être reconnaissante d'avoir eu pitié et d'avoir tenu parole. Vous plaît-il de répondre à mes questions et de me raconter de quelle manière vous vous êtes retrouvée chez la Paulet ?

— Je l'ignore, monsieur, répondit la jeune fille qui ne l'appelait plus Nicolas. Je me suis retrouvée enfermée dans cette pièce où vous m'avez découverte. J'étais fort étourdie, malade, la tête lourde. La Paulet a voulu me convaincre de me livrer à un commerce infâme. Puis cette fille est venue insister. Comme je pleurais, elle s'est apitoyée et j'ai tenté de la soudoyer. Je ne risquais rien d'essayer. Soit elle ferait ce que je lui demandais, soit elle refuserait, et ma situation ne s'en trouverait guère aggravée.

— Avez-vous une idée du jour de votre enlèvement ?

— Mes souvenirs sont confus. Je pense que ce devait être mercredi de la semaine dernière. Je crois que ma marâtre avait surpris notre conversation le soir où j'ai tenté de vous mettre en garde, si vous vous souvenez, monsieur.

— Je me le rappelle fort bien. Autre chose : votre père vous a-t-il, à un moment ou à un autre, fait parvenir un message ?

Elle ouvrit la bouche, indignée.

— Vous avez fouillé ma chambre ! De quel droit ?

— Pas seulement votre chambre, toute la maison. Mais je conclus de votre réaction que vous avez bien reçu quelque chose. Le détail est d'importance, répondez-moi.

— Un billet dont la signification m'a échappé et qui ne vous dirait rien. Il me l'avait glissé dans la main la dernière fois que je l'ai vu, la veille de sa disparition. Avez-vous des nouvelles de mon père ?

— Vous rappelez-vous les termes de ce message ?

— Il était question de choses qu'on devait au roi. J'ignore à quoi il faisait allusion. Mon père m'avait seulement recommandé de garder précieusement ce papier. Je l'ai placé dans un tiroir et je l'ai oublié. Mais, monsieur, vous m'obsédez de questions. Et mon père ?

Nicolas eut l'impression qu'elle allait se mettre à trépigner comme une enfant. La pitié le prenait. Il n'y avait aucune raison de lui dissimuler la vérité. À première vue elle n'était guère suspecte et deux témoins, la Satin et la Paulet, pourraient confirmer ses dires.

— Mademoiselle, il vous faut être courageuse.

— Courageuse ? dit-elle en se dressant. Vous ne voulez pas dire…

— Hélas, je suis au désespoir de devoir vous annoncer que votre père est mort.

Elle mordit son poing pour ne pas hurler.

— C'est Descart ! C'est lui ! Je vous l'avais dit. Elle l'a forcé. Mon Dieu, que vais-je devenir ?

— Comment savez-vous qu'il a été assassiné ?

— Elle en avait parlé, oui, avec lui.

La jeune fille se remit à pleurer. Nicolas lui tendit son mouchoir et la laissa se calmer.

— Vous vous trompez, dit-il. Descart est mort lui aussi, assassiné comme votre père.

— Alors, c'est le docteur Semacgus.

— Pourquoi songez-vous à lui ?

— Il ne peut s'agir que d'un des amants de ma belle-mère. Le docteur était si faible avec elle.

— Ou votre belle-mère elle-même ?

— Elle est bien trop habile pour se compromettre.

Elle continuait à sangloter et il ne savait comment la calmer. Il l'enveloppa doucement dans sa redingote. Elle se laissa aller contre son épaule. Il n'osa plus bouger et c'est ainsi qu'ils firent leur entrée au Châtelet.

Nicolas confia à Bourdeau le soin de recueillir les dépositions de la Paulet et de Marie Lardin. La tenancière du *Dauphin couronné* serait incarcérée au secret en attendant que l'affaire pût être régulièrement évoquée devant un magistrat. La Satin pouvait rejoindre sa demeure, à condition d'observer la plus grande discrétion. Quant à Marie Lardin, elle serait conduite dans un couvent qui l'accueillerait jusqu'à la conclusion de l'enquête. Il n'était pas décent qu'elle retournât seule dans la maison des Blancs-Manteaux tant que ne seraient pas éclaircies les conditions de l'assassinat de son père et levés les soupçons qui pesaient sur sa belle-mère.

Bourdeau proposa de la conduire au couvent des

Dames anglaises[4] du faubourg Saint-Antoine, dont il connaissait la supérieure. Il interrogea son chef sur ce qu'il comptait faire. Nicolas, souriant, lui répondit avec un rien de goguenardise qu'il allait regagner son logis plein d'usage et raison et méditer sur l'insignifiance des choses en regardant son plafond. D'ailleurs, il se faisait tard, la nuit tombait ; il avait à soigner ses blessures, il devait prendre des nouvelles de M. de Noblecourt et il avait grand faim.

L'insouciance de Nicolas était feinte mais il ne lui déplaisait pas d'intriguer Bourdeau. En rentrant rue Montmartre, il repassait dans son esprit les grandes étapes de son enquête. L'articulation de certains faits lui échappait encore. En dépit de sa fatigue et du choc que la mort de Mauval faisait toujours peser sur lui, il savait qu'une réflexion paisible et une nuit de sommeil lui éclairciraient les idées. Sa fringale s'aiguisait, mais il ne souhaitait pas chercher pitance dans un de ces établissements mercenaires qui restauraient le Parisien solitaire. Il éprouvait le besoin de la chaleur d'un logis.

La nuit était tombée et le froid était vif quand il franchit le porche de la maison du magistrat. Il retrouva avec plaisir l'odeur de pain chaud qui la parfumait en permanence. Il surprit Marion et Poitevin devisant à la table de l'office. Un grand pot fumant mijotait sur le potager. Cette scène familière le rasséréna tout autant que l'odeur qui chatouillait ses narines. Il apprécia d'être accueilli comme l'enfant prodigue des Écritures. M. de Noblecourt souffrait toujours, mais n'avait cessé de s'enquérir de son locataire. Il serait heureux de voir Nicolas.

Le jeune homme regagna sa chambre par l'escalier dérobé, après s'être emparé d'un broc d'eau chaude. Il voulait faire un brin de toilette et panser ses plaies avant de paraître devant le procureur. Il eut la joie de trouver les habits commandés chez maître Vachon. À la lueur de sa chandelle, le bel habit vert resplendissait de toutes ses broderies. Quand il pénétra enfin dans la bibliothèque, joyeusement accueilli par les cris et les bonds de Cyrus, il découvrit son hôte affalé dans son fauteuil, le pied droit enveloppé d'ouate reposant sur un pouf de tapisserie. M. de Noblecourt lisait et dut faire un effort pour se tourner vers Nicolas.

— Dieu soit loué, s'écria-t-il, le voilà enfin ! Mon pressentiment était faux. Je ne vis plus, depuis hier. Les plus funestes pensées m'ont obsédé. Je peux même dire qu'à chaque poussée de cette coquine de goutte a correspondu une bouffée d'angoisse. Heureusement, je m'étais trompé.

— Moins que vous ne le pensez, monsieur, et vous êtes pour beaucoup dans une prudence qui m'a sans nul doute sauvé la vie.

Nicolas entreprit de conter par le menu tout ce qui venait d'advenir. Ce ne fut pas chose aisée, car le vieil homme l'interrompait sans cesse par ses exclamations et ses questions. Il y parvint pourtant jusqu'au moment où Marion vint les interrompre en apportant à son maître une tasse de bouillon clair. Celui-ci proposa à Nicolas de manger le bouilli qu'on lui interdisait avec tous ses légumes. On ferait monter à son usage personnel une bonne bouteille de bourgogne. Cette proposition fut acceptée d'enthousiasme.

— Marion me condamne à périr de faim ! soupira le magistrat. Heureusement, ajouta-t-il en désignant le livre qu'il était en train de lire, je me console en dévorant *Le Cuisinier* de Pierre de Lune. Je me sustente en salivant. Savez-vous que ce grand maître d'une vraie cuisine était écuyer de bouche du duc de Rohan, petit-fils du grand Sully ? C'est l'inventeur du paquet d'herbes[5], du bœuf mode et de la farine frite[6]. Et de plus, ajouta-t-il en lorgnant la bouteille vénérable que Marion posait sur la table, le vin m'est interdit. Quand je suis rassasié de lectures gourmandes, je prends mon vieux Montaigne. Il me conforte dans la résistance à cette chienne de goutte. Écoutez : « La douleur se rendra de bien meilleure composition à qui lui tiendra tête.

Il faut opposer et bander contre. » Je m'y essaye ! Malpeste, je vois que le récit de mes souffrances ne modère pas votre appétit ! C'est le fait d'une âme tranquille.

Nicolas releva la tête, confus de s'être laissé surprendre à bâfrer de la sorte. La nourriture chaude et savoureuse lui insufflait une énergie nouvelle.

— Mille regrets, monsieur. Les événements de la journée...

— ... vous ont donné une faim carnassière.

— Monsieur, puis-je solliciter votre avis sur tout cela ?

Le vieux procureur baissa la tête en plissant les yeux. Il paraissait plongé dans une profonde méditation. Ses bajoues s'étalaient autour du menton comme une fraise de chair.

— À vrai dire, fit-il en hochant la tête, rien n'est réglé. Cependant, vous disposez de beaucoup d'éléments qu'il vous reste à ordonner. Réfléchissez longuement aux circonstances de votre enquête. Pesez sur la balance impartiale de votre jugement les preuves et les présomptions. Et puis ensevelissez-vous dans un profond sommeil. L'expérience m'a souvent prouvé que la solution s'impose à nous au moment où on y pense le moins. Et pour dernier conseil, je vous dirai ceci : il faut mettre le feu aux poudres pour faire éclater la vérité. Si vous n'avez pas de feu, feignez d'en avoir.

Il regarda Nicolas avec une lueur d'ironie dans les yeux. Cette petite satisfaction fut payée d'une remontée de douleur qui le fit grimacer et pousser de petits gémissements. Nicolas comprit qu'il était temps de laisser reposer son vieil ami. Après lui avoir souhaité une bonne nuit, il regagna sa chambre. Allongé sur sa couche, il se mit à réfléchir. Tantôt le déroulement de l'affaire lui paraissait évident, tantôt ses différents aspects se bousculaient dans son esprit et brouillaient les pistes. Il ressassait sans fin les mêmes suppositions qui n'aboutissaient nulle part.

Pour se calmer, il décida d'examiner les trois messages laissés par Lardin. Il les étala sur le plateau du secrétaire à cylindre et les relut plusieurs fois. Les phrases dansaient et leur texte continuait à évoquer en lui quelque chose qu'il ne parvenait pas à fixer. Excédé, il mélangea les fragments de papier comme on mêle des cartes et les abandonna. Le sommeil l'emporta.

*Mardi 13 février 1761*

Une main hésitait au-dessus des cartons disposés sur le sol. Le front plissé d'attention, il essayait de reconstruire le mot CHAT. Il saisit une lettre, puis une autre, une troisième... Il leva la tête, l'air satisfait. Il avait pourtant oublié le *t* et le chanoine, comme un suisse d'église, s'impatientait en laissant retomber sa canne sur le dallage sonore de la cuisine. Il finit par lui désigner la lettre manquante. La voix familière lui dit : « Voilà qui est dans le bon ordre. » Mais déjà son tuteur remélangeait les cartons et lui donnait un nouveau mot à assembler. Nicolas, agenouillé, voyait les fortes galoches du chanoine et le galon élimé et taché de boue du bas de sa soutane. Fine chantait une vieille ballade en breton, tout en plumant une volaille. Il fut surpris de la musique grinçante qui accompagnait le doux murmure de la rengaine.

Ce fut alors qu'il s'éveilla. Il s'approcha de la fenêtre et tira les rideaux. De la rue Montmartre montait le son plaintif que tirait de sa vielle un Auvergnat vêtu d'une peau de mouton et accompagné d'un chien noir. Les paroles de son tuteur résonnaient encore dans la tête de Nicolas quand son regard se posa sur les trois papiers de Lardin étalés en désordre sur le secrétaire. Sans y prendre garde, il les mêla à nouveau et les considéra. Comment n'avait-il pas remarqué cela plus tôt ? Tout s'éclairait ou, du moins, une nouvelle piste s'ouvrait, qui ne pouvait qu'aboutir. La volonté qui avait poussé Lardin à laisser derrière lui ces messages énigmatiques trouvait désormais son explication. Mais rien, pour autant, n'était acquis. C'était tout au plus, comme dans un conte de Perrault, un caillou jeté sur le sentier.

Il fut prêt en un instant. Il se brûla en avalant à la hâte la tasse de chocolat que Marion s'était empressée de lui préparer. La vieille servante déplora le peu de temps qu'il lui avait laissé pour fouetter le breuvage. Cette opération était nécessaire, disait-elle, pour augmenter l'ampleur du velouté et dégager la quintessence des arômes. Marion avait depuis longtemps adopté le jeune homme, et les coings épluchés en commun l'automne dernier avaient marqué pour elle le début d'une complicité affectueuse. Elle lui avait donné sa confiance sans calcul, émue aussi du respect qu'il portait à son maître. Poitevin, qui partageait le penchant de Marion, obligea Nicolas, avec une douce fermeté, à quitter ses bottes. En un tournemain, il les nettoya puis les cira. Enfin, il en fit briller le cuir à grands coups de brosse réguliers et avec force salive. S'arrachant aux délices de la maison Noblecourt, Nicolas se plongea avec allégresse dans l'air vif de la belle journée glacée qui s'annonçait.

Il se rendit tout d'abord au Châtelet, où il écrivit un message à M. de Sartine. Il s'agissait de solliciter sa présence le soir même, à six heures de relevée, pour présider une confrontation générale. Après quoi, il s'entretint longuement avec Bourdeau. Il convenait de faire extraire Semacgus de la Bastille et Louise Lardin de la Conciergerie, de convoquer Catherine, la cuisinière, et, bien entendu, la fille du commissaire. Pour l'heure, Nicolas, sans s'expliquer davantage, déléguait à son adjoint toute autorité sur les décisions ou les initiatives à prendre en son absence.

Cela précisé, il descendit à la Basse-Geôle et médita de longues minutes devant les restes trouvés à Montfaucon, qui avaient été rejoints, dans un congrès macabre, par les corps de Descart, Rapace, Bricart, Lardin et Mauval. Leur rassemblement offrait l'image terrible de la conjonction insensée de causes et d'effets que le vice, l'intérêt, la passion et la misère avaient finalement réduite à ce théâtre de corruption. Il lui fut pénible de revoir Mauval dont le visage, maintenant nettoyé, apparaissait serein et rajeuni. Quel concours tragique de circonstances avait conduit, dans ce dépositoire, des êtres si divers et si éloignés les uns des autres ? Il se pencha à nouveau sur l'inconnu du Grand Équarrissage, comme pour tenter de percer son secret et entendre de lui une confirmation. C'est dans cette attitude que le surprit Sanson. Leur conversation fut animée. Ils examinèrent le corps de Lardin, puis celui de Descart. De longs silences espaçaient leurs propos. Enfin, Nicolas quitta l'exécuteur des hautes œuvres après l'avoir convié à paraître à la séance présidée, le soir même au Châtelet, par le lieutenant général de police.

La journée de Nicolas fut riche en déplacements. Il avait pris une voiture et sillonna Paris d'un point à un autre. Il se fit tout d'abord conduire rue des Blancs-Manteaux. Il revisita avec soin la maison Lardin, puis franchit la Seine pour gagner l'étude de maître Duport, notaire de Descart mais aussi de Lardin. Il fut mal reçu, réagit encore plus mal et finit par obtenir ce qu'il était venu chercher. Il retraversa la ville pour s'enfoncer dans le faubourg Saint-Antoine. Il se perdit dans le dédale de ruelles et d'impasses du quartier des menuisiers. Après de nombreux détours, il dut s'enquérir de l'adresse recherchée auprès de passants aux informations contradictoires. Il réussit enfin à retrouver l'ébéniste dont le nom lui avait été fourni par la facture découverte dans la bibliothèque du commissaire Lardin. Le plus grand désordre régnait dans les papiers et les comptes de l'artisan. Après de longues recherches, celui-ci parvint enfin à renseigner Nicolas sur la commande en question. Son intuition confirmée, il s'accorda une pause dans une guinguette du faubourg, face à un de ces plats canailles qu'il affectionnait. Seule manquait à son bonheur l'amicale présence de Bourdeau, bon compagnon, toujours partant pour ce genre de ribote.

Ayant calmé sa fringale, Nicolas renvoya sa voiture et revint à pied par la rue Saint-Antoine. Au milieu de la foule d'artisans et de gagne-deniers, il laissa vagabonder son esprit. Parfois, le doute l'assaillait sur le bien-fondé de son initiative. Était-il suffisamment armé pour exiger avec autant de suffisance une comparution présidée par M. de Sartine ? Puis les propos de M. de Noblecourt lui revenaient en mémoire et le confortaient dans sa volonté d'aboutir. Il savait qu'il allait engager non seulement le dénouement de son enquête, mais aussi son avenir dans la police. Une erreur le rejetterait à jamais dans des fonctions subalternes, et cela d'autant plus que l'échec suivrait immédiatement son extraordinaire élévation. M. de Sartine ne lui pardonnerait pas un insuccès dont la responsabilité lui incomberait pour avoir confié une affaire aussi grave à un jeune homme inexpérimenté. Ce n'était pas tant la découverte de criminels qui importait pour le haut magistrat que la conclusion d'une affaire d'État touchant de près le souverain et la sûreté du royaume en temps de guerre. Il connaissait parfaitement les raisons particulières pour lesquelles son chef s'était engagé, peut-être légèrement, à lui faire confiance ; il se devait de ne pas le décevoir. Mais convaincu, au fond, d'avoir donné le meilleur de lui-même et cela au risque de sa vie, ses doutes appartenaient plus au domaine de la conjuration qu'à celui d'une crainte justifiée.

Il rentra au Châtelet sur le coup de cinq heures. Il se sentait dispos et déterminé. Ses délibérations avec lui-même se concluaient par une volonté d'action et d'aboutissement sans états d'âme superflus.

Bourdeau, inquiet de son absence, manifesta son soulagement de le voir, mais se garda de l'interroger sur l'emploi de sa journée. Il avait préféré soutenir la requête de Nicolas de vive voix, car il connaissait les réactions du lieutenant général quand il supposait que les égards dus à sa fonction n'étaient pas exactement observés. Nicolas reconnut encore une fois la sagesse de son adjoint.

M. de Sartine avait bien renâclé devant une proposition imposée, mais il s'était finalement laissé convaincre par les arguments de l'inspecteur : il ne regretterait pas une séance où tout devait s'éclairer.

Bourdeau regarda Nicolas qui ne manifesta ni approbation ni inquiétude devant cette formule. Il le félicita au contraire d'avoir agi de la sorte. Il convenait maintenant de préparer la salle. Avec l'aide du père Marie, il fit placer des escabeaux en rang dans le bureau du lieutenant général. Ce n'était pas encore la sellette des tribunaux, sur laquelle les prévenus étaient interrogés, mais cela y ressemblait et, disait-il, ajouterait à l'inconfort des participants. Il eut un long conciliabule avec Bourdeau, à la conclusion duquel le père Marie fut invité à se joindre. Ils entrèrent tous les trois à plusieurs reprises dans le bureau, comme pour repérer les lieux. À mesure que l'heure approchait, Nicolas s'exaltait davantage.

Les suspects et les témoins arrivaient maintenant les uns après les autres pour être aussitôt enfermés dans des pièces séparées où il leur était impossible de communiquer. Six heures sonnaient au clocher voisin. Un pas pressé dans l'escalier de pierre annonça M. de Sartine, toujours exact. Il fit signe à Nicolas de le suivre dans son bureau. À peine entré il se précipita vers la grande cheminée où il se mit à tisonner le feu avec une sorte de rage. Le jeune homme attendit placidement qu'il eût sacrifié à sa manie.

— Monsieur, commença-t-il, j'apprécie fort peu de me faire dicter mes actes et ordonner ma présence dans mes propres bureaux. J'ose espérer que vous avez de bonnes raisons pour agir de la sorte.

— Je n'ai fait, monsieur, que suggérer l'organisation d'une séance que j'estimais si essentielle à notre enquête qu'elle ne pouvait se tenir en dehors de vous, répondit Nicolas avec déférence. Vous en avez d'ailleurs jugé ainsi pour y avoir accédé.

Son interlocuteur se radoucit.

— J'en accepte l'augure. Mais au moins, Nicolas, cela conduira-t-il à régler ce à quoi nous pensons tous les deux ?

— Je le pense, monsieur.

— Veillez, en tout cas, à demeurer discret sur ce point.

Il passa derrière son bureau et s'assit dans le grand fauteuil de damas rouge. Il tira sa montre et la consulta.

— Pressez les choses, Nicolas. Je suis attendu à souper et ma femme ne me pardonnerait pas d'y manquer.

— Je fais introduire nos gens sur-le-champ. Mais, quant à votre souper, monsieur, je crains que vous n'ayez à y renoncer...

# XV

# CURÉE

Sortez, ombres, sortez de la nuit éternelle
Voyez le jour pour le triomphe :
Que l'affreux désespoir, que la rage cruelle
Prennent soin de vous rassembler,
Avancez, malheureux coupables.

Quinault

Semacgus parut le premier, plus rubicond encore qu'à l'accoutumée, mais impassible. Il fut suivi par la Paulet et la Satin. La première avait la mine basse, mais ses petits yeux perdus dans les replis de chair se déplaçaient comme ceux d'une bête aux abois. La seconde laissa percer sa surprise de se retrouver auprès du chirurgien de marine. Louise Lardin, en jupe grise et caraco noir, sans maquillage et sans perruque, semblait vieillie de plusieurs années. Quelques cheveux blancs apparaissaient déjà dans sa chevelure défaite. Marie Lardin, en deuil, serrait convulsivement un petit mouchoir. Catherine Gauss la soutenait, tout en fusillant du regard son ancienne patronne. Sanson entra comme une ombre et, debout, se confondit avec la muraille dans le retrait que formait l'angle de la cheminée. Bourdeau demeura devant la porte.

Les témoins prirent place sur les escabeaux prévus à

leur usage. Le lieutenant général de police contourna le bureau et s'assit sur son rebord, balançant l'une de ses jambes et jouant avec un stylet d'argent. Nicolas, au centre de la pièce, les deux mains sur le dossier d'un fauteuil, lui faisait face. Le père Marie apporta deux flambeaux supplémentaires. Leurs lumières projetèrent la silhouette du jeune homme en une grande tache d'ombre au fond de la pièce.

— Monsieur Le Floch, je vous écoute.

Nicolas prit une longue inspiration, et se lança :

— Monsieur, l'enquête que vous m'avez chargé de diligenter touche à sa fin. Je crois pouvoir affirmer que des éléments décisifs ont été rassemblés qui permettent d'approcher la vérité et de désigner les coupables.

Sartine l'interrompit.

— Il ne s'agit pas d'approcher, mais bien d'atteindre. Nous attendons vos lumières, monsieur, quoique la vérité, comme le dit mon ami Helvétius [1], soit un flambeau qui luit quelquefois dans le brouillard sans le dissiper.

— Du brouillard, il y en a eu beaucoup dans cette affaire, et dès ses origines, dit Nicolas. Reprenons les choses à leur commencement. Le commissaire Lardin avait disparu. Vous m'avez chargé d'enquêter sur cette disparition avec l'inspecteur Bourdeau. Nous avons procédé selon l'habitude, sans rien trouver d'abord. Puis, grâce au témoignage d'une vieille marchande de soupe, la vieille Émilie, nous avons découvert des restes humains au Grand Équarrissage de Montfaucon. Je note au passage, monsieur, l'efficacité d'une administration qui a permis à une information recueillie par le commissariat du Temple de parvenir à notre connaissance.

M. de Sartine salua avec ironie.

— Je suis heureux, monsieur, de votre constatation sur l'efficacité de ma police, qui fait en effet l'admiration de l'Europe. Mais poursuivez.

— Ces restes humains, nous les avons fait parler et

ils nous ont appris plusieurs choses. Ils appartenaient à un individu chauve, de sexe masculin, dans la force de l'âge. Il avait été tué par une arme blanche, puis découpé, déposé à Montfaucon et sa mâchoire avait été fracassée. Notre examen prouvait que le corps était parvenu au Grand Équarrissage avant que surviennent la neige et le gel. Ainsi pouvions-nous dater son abandon sur place de la nuit même où le commissaire Lardin avait disparu. D'autre part, des vêtements ont été retrouvés auprès du corps, qui avaient appartenu au disparu. Tout portait donc à croire que les restes découverts étaient bien ceux que nous cherchions. Pourtant, un doute subsistait dans mon esprit. J'avais le sentiment que tout avait été agencé, disposé, comme si une volonté extérieure avait tenu à faciliter la reconnaissance de ces restes. Tout concourait à prouver qu'il s'agissait bien de ceux de Lardin. Je notai cependant un détail : une tache noire au sommet du crâne, sur laquelle je reviendrai. L'acharnement à détruire la mâchoire jetait aussi un doute sur la présomption première.

Nicolas marqua une pause, pour reprendre haleine, et poursuivit :

— L'enquête portait aussi sur l'entourage du disparu. Rapidement, nous avons appris par le docteur Semacgus que Lardin avait organisé un souper dans une maison de plaisir, le *Dauphin couronné*. Durant cette soirée essentielle, le docteur Descart et Lardin s'étaient querellés et tous deux avaient quitté le bordel aux environs de minuit. Quant à Semacgus, il serait resté avec une fille jusqu'à trois heures du matin et n'aurait pas retrouvé son serviteur nègre, Saint-Louis, disparu lui aussi. Descart, interrogé, taisait sa soirée au *Dauphin couronné* et accusait Semacgus d'avoir tué son cocher. D'évidence, une rivalité opposait les deux hommes, autrefois liés.

— Jusqu'à présent, monsieur, s'impatienta Sartine, vous ne m'apprenez rien que je ne sache déjà.

— L'enquête au *Dauphin couronné* ouvrait de nouvelles voies. Il apparaissait que le ménage Lardin avait subi, dès l'origine, les retombées de la jeunesse agitée de Louise, et que Descart, cousin de Louise, avait détourné la fortune de ses parents et, par là même, se trouvait à l'origine de sa jeunesse débauchée. Lardin, malheureux dans son intérieur, recherchait des plaisirs mercenaires auprès des créatures de la Paulet. Joueur invétéré et pressé par les goûts de luxe de sa femme, il avait perdu une fortune et se trouvait soumis au chantage de malfaiteurs.

Le lieutenant général, inquiet de la direction périlleuse que prenait le récit, tapotait nerveusement le rebord de son bureau avec le stylet.

— De ces malfaiteurs, je ne dirai rien, reprit Nicolas, au soulagement de Sartine, ni des raisons qui les animaient. L'un d'eux pourtant nous intéressait. Il avait nom Mauval et sa présence obsédante avait été repérée alors qu'il nous espionnait à Montfaucon. Il se trouvait que ce Mauval était aussi l'amant de Louise Lardin. Il s'avérait également que Descart avait été attiré dans un piège au *Dauphin couronné*. Appâté par les propositions de la Paulet qui caressait ses penchants, il devait forcément tomber sur Lardin.

On entendit une voix étouffée qui protestait.

— Je répondais à la demande, dit la Paulet, c'est le client qui ordonne.

Nicolas ignora l'interruption.

— Cette rencontre et cette querelle apparaissaient donc nécessaires à un plan savamment préparé. Nous avons appris, par un autre témoignage, que le docteur Semacgus, loin d'avoir quitté l'établissement du faubourg Saint-Honoré après trois heures du matin, comme il l'avait d'abord affirmé, en était parti aux environs de minuit pour rejoindre le lit de Louise Lardin. Ainsi, au cours de cette nuit, personne n'avait d'alibi. Descart et Lardin disparaissent aux environs de minuit. Semacgus s'éclipse à la même heure. Saint-

Louis, le cocher de Semacgus, n'est plus là. Louise Lardin, prétendument sortie pour aller entendre les vêpres ce soir-là, ne peut établir le lieu où elle se trouvait jusqu'à fort avant dans la nuit, comme le prouve le témoignage de sa cuisinière sur l'état de ses chaussures abîmées par la pluie ou par la neige. Le mystère reste entier mais l'un de ces personnages, le docteur Descart, va bientôt périr de mort violente, dans sa maison de Vaugirard. Les premières constatations sont ambiguës. Il paraît avoir été poignardé par une lancette à saignée. Tout incrimine le docteur Semacgus, invité par Descart à le rencontrer à l'heure de sa mort et qui avait toute latitude pour le tuer. Ou bien est-ce une ruse diabolique de ce même docteur Semacgus, qui entend par cet indice faire porter le soupçon sur lui-même d'une manière si ostensible qu'elle équivaut à l'innocenter ? Et que dire du personnage énigmatique dont le pas sautillant est noté par une mouche et dont je relève les petites empreintes sur le sol gelé ? Seule conséquence de tout cela, Descart ne peut plus raisonnablement faire partie de nos suspects. Alors ?

— Oui, alors ? fit Sartine.

— Alors, monsieur, nous avons affaire à une machination machiavélique dans laquelle les coupables sont parfois des victimes.

— Il y a de plus en plus de brouillard dans vos propos, Nicolas.

— C'est que tout a été fait pour que les voies fussent embrouillées à un degré tel qu'en démêler les écheveaux est un travail de bénédictin. La première fausse piste est le cadavre de Montfaucon. Ce n'était pas celui de Lardin. Celui de Lardin, nous l'avons retrouvé hier dans les caves de la rue des Blancs-Manteaux.

Catherine Gauss poussa un cri.

— Bovre monsieur, bovre Marie !

— À qui appartenaient alors les restes macabres du Grand Équarrissage, et pourquoi avoir voulu nous égarer de la sorte ? En vérité, c'est une longue histoire.

Imaginez, monsieur, le commissaire Lardin, après une longue et honorable carrière, enragé de jeu et qui doit subvenir aux besoins de sa jeune femme, coquette et frivole. Il dilapide des sommes considérables et tombe entre les mains de maîtres chanteurs. Sa situation est si compromise que sa propre servante est contrainte de participer de ses deniers aux dépenses du ménage. Il est acculé.

Nicolas jeta un regard appuyé sur son chef qui hocha la tête.

— Lardin décide de disparaître. Il espère que cette disparition lui permettra de refaire fortune et de fuir à l'étranger, où il compte s'établir. Il prépare un plan criminel. Sa femme, Louise Lardin, a un cousin très riche et qu'elle hait, le docteur Descart. Il faudra donc parvenir à le faire accuser de l'assassinat du commissaire ; après quoi, il sera jugé, exécuté, et ses biens saisis au profit de l'épouse de sa victime qui, à cette époque-là, est son héritière naturelle. Mme Lardin consent et se donne à Descart pour justifier les soupçons qui porteront sur lui.

— C'est faux, vous mentez ! Ne l'écoutez pas.

Louise Lardin avait interrompu Nicolas, et Bourdeau dut la maîtriser pour qu'elle ne lui saute pas au visage.

— C'est la vérité, madame. Descart a été attiré dans un piège au *Dauphin couronné*. La Paulet lui avait fait miroiter les plaisirs d'une nouvelle pensionnaire. On lui a fait tenir un masque et une cape noire pour son déguisement de carnaval. Lardin s'est arrangé pour se trouver là aussi, avec Semacgus, car il faut un témoin à cette querelle. Descart arrive, la provocation a lieu, il y a lutte et Lardin en profite pour arracher un morceau de la poche du vêtement de Descart qui pourra constituer dans l'avenir une utile présomption. Le médecin fuit, Lardin le suit de près...

— Et Descart ? demanda M. de Sartine.

— Il va disparaître dans la nuit et regagner sa

demeure où il vit en solitaire. Accusé, il n'aurait pu compter sur aucun témoignage ni alibi.

— On a vraiment l'impression que vous étiez là, monsieur.

— Encore une fois, monsieur, votre police est bien faite. Je poursuis. Pendant cette querelle, deux malfaiteurs stipendiés par Lardin, Rapace, un ancien boucher, et Bricart, un soldat invalide, assomment Saint-Louis, l'égorgent dans la voiture de Semacgus, puis, sur les bords du fleuve, découpent le corps en morceaux qu'ils déposent dans des tonneaux. Ils portent le tout à Montfaucon où, sous les yeux d'un témoin, ils l'abandonnent avec les vêtements du commissaire et sa canne. La neige, tombée plus tard à la Villette qu'à Paris, recouvre les restes.

— Comment pouvez-vous en être sûr ? Ce n'est pas ce que j'ai lu sur les rapports.

— Sur les rapports vous avez lu ce que les témoins ont bien voulu dire. En fait, je suis en mesure d'affirmer que le corps trouvé à Montfaucon était bien celui de Saint-Louis.

Nicolas sortit de sa poche un carton. Il s'approcha d'un des flambeaux et tint l'objet au-dessus de la flamme. Le papier se colora aussitôt d'une tache de noir de fumée.

— C'est ainsi, dit-il, que j'ai tout compris, un soir que je considérais la flamme de ma chandelle noircir la poutre au-dessus de ma tête.

— Vos propos, monsieur, deviennent si abscons que je me mets à douter de la cohérence de votre raisonnement. Expliquez-vous.

— C'est très simple. Vous vous rappelez cette tache noire trouvée sur le crâne de Montfaucon. Elle m'avait d'autant plus intrigué que notre témoin sur les lieux, la vieille Émilie, avait vu Rapace et Bricart battre le briquet et faire brûler quelque chose.

Il se tourna vers Semacgus.

— Monsieur, quel âge avait votre serviteur ?

— Dans les quarante-cinq ans, autant que l'on puisse savoir avec un Africain.

— Dans la force de l'âge, donc ?

— Assurément.

— Il était chauve ?

— En dépit de son nom, emprunté à son lieu de naissance, Saint-Louis était demeuré mahométan. C'est pourquoi il gardait le crâne rasé avec, juste au milieu, une mèche de cheveux par laquelle, disait-il, son Dieu pourrait le tirer au jour de sa mort.

— Nous savons tous que le commissaire Lardin était chauve sous sa perruque, reprit Nicolas. Si l'on voulait faire passer le corps de Saint-Louis pour celui de Lardin, il fallait que cette mèche distinctive disparût ! Aussi fut-elle brûlée. Mais une trace noire subsistait qui attira mon attention.

— Mais, reprit Sartine, l'homme était noir...

— C'est précisément pourquoi il fallait le porter au Grand Équarrissage où, rongé et dévoré par des hordes de rats, d'oiseaux de proie et de chiens errants, il n'aurait plus figure humaine, ni peau sur les os. Et, pourquoi croyez-vous que la mâchoire ait été fracassée et les dents dispersées ? Parce que la dentition du commissaire Lardin était fort mauvaise, au contraire de celle de Saint-Louis dont le sourire éclatant est encore dans la mémoire de ceux qui ont connu ce serviteur fidèle. Mais il fallait qu'on pût identifier le corps, d'où la présence des habits et des objets ayant appartenu au commissaire Lardin.

M. de Sartine hocha la tête en silence, avant de demander :

— Et l'assassinat du docteur Descart ?

— J'y viens, monsieur. Le docteur Descart a été trouvé mort à la porte de son domicile, une lancette de saignée plongée dans le cœur. C'est du moins ce que l'assassin souhaitait que l'on crût. Je répète, en effet, que la victime n'a pas été tuée à la porte de sa demeure et que la lancette n'était pas plantée dans le cœur, mais à côté, et que la blessure constatée n'était pas la cause de la mort. Un homme de l'art...

Il se tourna vers la cheminée où seule l'ombre de Sanson était visible.

— ... a démontré savamment que le docteur, loin de mourir poignardé, avait été empoisonné, puis étouffé par un carreau. De cela nous en sommes certains. Mais qui avait intérêt à la mort de Descart ?

Il s'approcha de Semacgus qui regardait le sol.

— Vous, docteur. Vous étiez l'exact opposé de Descart. Votre manière de vivre et votre liberté de ton contrastaient avec sa dévotion hypocrite. Vous me direz que ce n'est pas une raison pour le tuer. Mais à ces considérations s'ajoute votre rivalité. Vous étiez les tenants de deux chapelles médicales opposées ; on sait ce que les querelles entre écoles propagent de haines. Outre cela, Descart vous menaçait dans vos intérêts. Vous couriez le risque d'être interdit en tant que médecin, n'étant que chirurgien de marine. C'est toute votre vie qui en eût été bouleversée. Qui plus est, vous étiez rivaux dans ce que les convenances m'obligent d'appeler l'affection de Louise Lardin. Il vous avait surpris avec elle. Je sais bien que vous prétendez avoir découvert le corps, mais rien ne prouve que vous n'êtes pas arrivé quelques instants plus tôt et que vous n'avez pas perpétré ce crime. Vous rentrez à votre domicile, laissant le temps à votre complice aux petits pieds de... disons... organiser la mise en scène.

M. de Sartine laissa échapper un léger soupir de soulagement.

— Vos mensonges perpétuels ne plaident pas en votre faveur, Semacgus, poursuivit Nicolas. Vous êtes suspect, mais trop de présomptions tuent la preuve. Tout concourt à vous accuser. Or, dans cette mise en scène, bien des choses rappellent la nature morte arrangée de Montfaucon. La vérité tient peut-être à un mensonge dissimulé.

Semacgus ne parvenait pas à maîtriser le tic nerveux qui agitait l'une de ses paupières.

— Votre chance, c'est justement cette convocation du docteur Descart qui n'a, à bien y réfléchir, aucune justification. C'est un papier déchiré, non daté, non signé, qui ne porte aucune adresse et qui a été acheminé à votre demeure dans de bien étranges conditions. Je ne prétends pas qu'il s'agisse d'un faux ; il est bien de la main du docteur. Mais je soutiens qu'il s'agit d'un fragment d'une lettre adressée par Descart à sa maîtresse Louise Lardin, et que son contenu a été détourné pour convoquer le docteur Semacgus dans la maison de Vaugirard. Cela signifie, monsieur, que j'accuse Mme Lardin du meurtre de son cousin Descart.

— Nul doute, monsieur Le Floch, dit Sartine, que cette vigoureuse affirmation va être immédiatement suivie d'une démonstration concluante, car vous passez bien rapidement d'un coupable à un autre...

— Rien de plus aisé, en effet. Pourquoi Louise Lardin est-elle suspecte dans le meurtre de son cousin ? Réfléchissons avec elle. Je suis assuré que le complot du *Dauphin couronné* a été préparé et conçu par Lardin en plein accord avec sa femme. Mais le commissaire ignore un fait que Louise Lardin a découvert par hasard. Je n'ai aucun mérite à l'avoir appris, il m'a suffi de presser un peu la discrétion de maître Duport, notaire à la fois, il faut le souligner, de Lardin et de Descart. Celui-ci m'a affirmé avoir appris à Mme Lardin, ce qu'il avait regretté aussitôt vu les réactions de la dame, que le cousin Descart venait de rédiger un testament et avait établi comme légataire de tous ses biens Mlle Marie Lardin. Je ne crois pas que cette nouvelle ait été portée à la connaissance du commissaire. En revanche, elle a peu à peu envahi l'esprit de Louise Lardin et a fait germer une idée diabolique : se débarrasser d'un seul mouvement d'un mari méprisé et d'un cousin détesté. Elle allait aider le commissaire à accréditer sa disparition pour mieux l'assassiner. Dans le même temps, elle impliquerait Semacgus dans un meurtre dont il était innocent. Il fallait faire disparaître Descart, car rien ne prouvait qu'il serait, au bout du compte, accusé du meurtre du commissaire ; il y avait trop d'incertitudes. Enfin, dans un souci toujours plus pervers de brouiller les pistes, Louise Lardin avait chaussé à Vaugirard les souliers de sa belle-fille. Son pied étant plus grand, sa démarche était malaisée, ce que remarqua un suppôt de police qui la vit sortir de la maison Descart, après qu'elle l'eut mise à sac pour y trouver...

M. de Sartine se mit à tousser. Nicolas se reprit à temps.

— Pour y trouver... le testament. Pourquoi, direz-vous, ce raffinement dans le détail ? Il fallait préserver des voies de recours. Marie Lardin, nouvelle héritière de Descart, pouvait être, en cas de danger, accusée à son tour. Descart supprimé, il fallait à tout prix se débarrasser de la fille du commissaire Lardin. C'est pourquoi, après avoir été droguée, elle est enlevée, conduite au *Dauphin couronné*, et promise à un trafic infâme qui devait la déshonorer et la faire disparaître à tout jamais sans laisser de trace. Alors Louise Lardin, veuve éplorée et marâtre accablée, toucherait le prix de ses crimes, s'emparerait de l'héritage Descart et disparaîtrait avec son amant préféré, le sieur Mauval.

Louise Lardin se leva. Bourdeau, inquiet, s'approcha d'elle.

— Je proteste ! s'écria-t-elle. Je proteste contre les ignobles accusations de ce Le Floch. Je suis innocente de ce dont il m'accuse. J'ai eu le malheur d'avoir des amants, cela je le reconnais. Mais je n'ai tué ni mon mari ni mon cousin. J'ai déjà dit à M. Le Floch que le commissaire a été tué par le docteur Semacgus au cours d'une lutte alors que mon mari venait de nous surprendre, le matin du samedi 3 février. Mon seul tort a été de céder à ses supplications en vue de dissimuler le cadavre que M. Le Floch a retrouvé dans les caves de ma demeure.

— Il est dans la nature des choses, qu'un accusé se prétende innocent, continua Nicolas imperturbable. Mais je n'avais pas achevé ma démonstration et nous allons revenir sur le détail de la mort du commissaire. Il se trouve que Louise Lardin a manifesté deux attitudes contradictoires et successives au sujet de la disparition de son mari. Tout d'abord, elle a joué le jeu d'une épouse aimante et affolée, puis, dans un deuxième temps, elle a affiché le cynisme d'une courtisane affranchie qui se fait gloire de ses débauches et avoue son détachement pour un mari méprisé. La deuxième attitude répondait à la naissance des soupçons issus de l'enquête. Il fallait faire front. Ce faisant, elle détournait ces mêmes soupçons qui hésitaient alors à se porter sur une femme capable d'une telle sincérité. Nous retrouvons encore cette intelligence maléfique qui use des évidences pour les vider de leurs conséquences. Or, de quoi est mort en vérité le commissaire Lardin ? Monsieur le lieutenant général, je souhaiterais interroger, avec votre autorisation, l'homme le mieux à même de nous éclairer.

Il désigna Sanson. M. de Sartine fit un geste d'assentiment et le bourreau parut dans la lumière tremblante des flambeaux. Seuls, dans l'assistance, Semacgus et Bourdeau savaient ce que dissimulait l'apparence commune de cet homme que Nicolas évita de nommer par son nom.

— Monsieur, demanda-t-il, de quoi est mort le commissaire Lardin ?

— L'ouverture de son corps prouve de manière évidente qu'il est mort empoisonné par une matière arsenicale, énonça Sanson. Les rats crevés, découverts près du corps, ont péri de la même manière pour s'être nourris sur lui. Le détail de l'ouverture...

— Épargnez-nous le détail, dit Sartine.

— Le produit utilisé, reprit Nicolas, pourrait-il être le même que celui qui a servi au meurtre de Descart ?

— Le même, exactement.

— À quand remonte, selon vous, la mort du commissaire Lardin ?

— Vu l'état du cadavre et le lieu où il reposait, la réponse est difficile. Cependant, je pense qu'il était là depuis plus d'une semaine.

— Je vous remercie, monsieur.

Sanson s'inclina et regagna la pénombre. Nicolas se tourna vers la cuisinière des Lardin.

— Catherine, il y avait des rats rue des Blancs-Manteaux ?

— Vous le savez bien, monsieur Nicolas. Une vraie beste. Je n'arrêtais pas de me battre contre.

— De quelle manière ?

— J'avais un bot d'arsenic.

— Où se trouvait-il ?

— Dans l'office.

— Il ne s'y trouve plus. Ainsi, voilà une bien étrange lutte entre un mari trompé et l'amant de sa femme, qui s'achève par l'ingestion d'un poison. Ce que nous a affirmé Mme Lardin n'est pas crédible. Son mari a été empoisonné à la suite d'un complot parfaitement ourdi. Car complot il y a depuis le début, et je vais vous en apporter des preuves.

M. de Sartine avait regagné son fauteuil et, le menton dans son poing, il fixait avec admiration le jeune homme enflammé par sa démonstration.

— Il y a complot, dis-je, reprit Nicolas en enflant la voix. J'affirme que Mauval, amant de Louise Lardin, a été chargé de recruter les deux canailles qui vont égorger Saint-Louis. Il leur donne rendez-vous, avec les commanditaires, sur le chantier de la place Louis-XV. Là, ils rencontreront trois personnages en capes de satin noir et masqués ; le carnaval offre de ces facilités... Maître Vachon, votre tailleur, monsieur le lieutenant général, mais aussi celui de Lardin, a confectionné sur sa demande quatre capes noires. Alors, faisons nos comptes. Au *Dauphin couronné* Semacgus, en cette soirée de carnaval, est naturellement masqué. Lardin, masqué aussi et en cape, en voilà une. Descart masqué et en cape, celle que la Paulet lui a envoyée avec l'invitation, et de deux. Pour qui les deux autres capes ? Une pour Mauval, et de trois. Et l'autre pour Louise Lardin, quatre.

Louise Lardin se leva, l'écume à la bouche, et se mit à hurler.

— Tu mens, charogne, prouve-le !

— Curieuse requête de la part d'une innocente, mais rien ne sert de crier, je le prouverai. Examinons un peu le déroulement de cette soirée. Vers dix heures, Rapace et Bricart attendent place Louis-XV avec une charrette et deux tonneaux. Peu de temps après, trois inconnus masqués les rejoignent. Les instructions sont données et l'avance de la récompense versée. On les conduit rue du Faubourg-Saint-Honoré, à proximité du *Dauphin couronné*. Une voiture arrive peu avant minuit. Semacgus entre au bordel. C'est alors que son cocher, Saint-Louis, est attiré dans un guet-apens et poignardé. Les deux complices découpent le corps au bord du fleuve et placent les morceaux dans les deux tonneaux. Les deux bandits interrogés ont tenté d'accréditer l'idée que c'était Lardin qui venait d'être tué. Or, à minuit, Semacgus, Lardin et Descart sont ensemble. Nous savons maintenant quand Lardin a été tué et, de plus, je sais l'heure exacte à laquelle Saint-Louis a péri. Sa montre, brisée au cours de la lutte, a été retrouvée dans la poche de Rapace. Elle était arrêtée à minuit et quatre minutes. Entre minuit un quart et une heure du matin, Descart, Lardin, puis Semacgus quittent le *Dauphin couronné*. Lardin est le premier à revenir rue des Blancs-Manteaux. Il est la deuxième victime du complot après Saint-Louis. Il est empoisonné par sa femme et Mauval, revenu en hâte de la place Louis-XV. Son corps est placé dans le souterrain inconnu où il sera la proie des rats, et bientôt méconnaissable. Quelques jours après, du gibier sera placé dans le caveau pour dissimuler les miasmes suspects. Tout sera fait pour rendre la situation insupportable à Catherine Gauss, la cuisinière, qui aurait pu se douter de quelque chose. Marie Lardin sera enlevée, et moi-même, locataire, je serai naturellement chassé du logis. Oui, il y a eu complot et je maintiens et soutiens mes accusations contre Louise Lardin.

Louise, méprisante, le toisait. Puis elle se tourna vers Sartine.

— J'en appelle, monsieur, tout cela est faux. Qu'on me montre les preuves promises !

— Madame, que votre volonté soit faite. Vous voulez des preuves, j'ai beaucoup mieux que cela, un témoin. Rappelez-vous ce rendez-vous sur le chantier de la place Louis-XV et ces deux hommes avec qui vous aviez négocié le meurtre horrible d'un innocent. Rappelez-vous la tempête menaçante de ce soir-là, avec ses rafales d'ouest qui annonçaient la neige de la nuit. Vous ne pouvez pas avoir oublié que l'une d'entre elles vous a décoiffée et a presque arraché le masque qui couvrait votre visage, suffisamment en tout cas pour que l'un des deux hommes en question ait conservé le souvenir de vos traits. Dans certaines situations, les détails s'impriment dans la mémoire des moins observateurs.

Louise Lardin se tordait les mains en hurlant.

— C'est faux !

— Vous savez bien, madame, que malheureusement pour vous je ne mens pas.

Nicolas se tourna vers Bourdeau.

— Monsieur l'inspecteur, veuillez introduire le prévenu.

Bourdeau ouvrit la porte, leva la main et fit un signe. Alors, le silence épais qui pesait sur l'assistance fut brisé par l'écho sonore d'un pas incertain, d'un pas déséquilibré, qui résonnait sur le dallage du vieux palais. Ce bruit s'amplifia et se confondit avec le battement des cœurs des assistants. Soudain, Louise Lardin se leva, bouscula Nicolas et, saisissant le stylet d'argent

346

avec lequel M. de Sartine jouait quelque temps auparavant, se le plongea dans la poitrine avec un grand cri et
s'effondra. À la porte, ahuri, le père Marie apparut, une
canne à la main.

Nicolas rompit le silence consterné qui avait suivi
cette scène.

— Elle savait que Bricart l'avait dévisagée ce soir-
là. Elle connaissait aussi l'infirmité de ce vieux soldat
et le bruit de son pilon. Elle était assurée qu'il allait la
reconnaître.

— Il convenait qu'une affaire aussi sinistre, entièrement fondée sur le mensonge et sur le faux-semblant,
s'achevât sur un coup de théâtre ! s'exclama M. de
Sartine.

Bourdeau, aidé du père Marie, s'empressa de faire
sortir l'assistance puis fit quérir des aides et un brancard pour évacuer le corps de Louise Lardin, dont Sanson et Semacgus avaient constaté le décès. Il irait
rejoindre les gisants de la Basse-Geôle, parmi lesquels
deux de ses victimes et son amant Mauval.

Nicolas et le lieutenant général de police demeurèrent seuls. Il y eut un long silence entre les deux hommes, et Nicolas dit enfin :

— Je crois, monsieur, que la Paulet devrait être relâchée. Elle peut nous être utile et elle a joué franc jeu
avec nous. Elle est, comme nous savons, un assez bon
auxiliaire de police. Pour le reste...

M. de Sartine s'était levé. Il s'approcha de Nicolas et
mit une main sur son épaule. Nicolas retint un cri :
c'était celle qui avait été blessée par l'épée de Mauval.

— Mes compliments, Nicolas. Vous avez démêlé
cette intrigue avec une sagacité qui justifie le jugement
que j'avais dès l'abord porté sur vous. Je vous laisse
juge de l'opportunité des poursuites ou des grâces. Pour
la Paulet, vous avez raison. La police d'une grande ville
ne peut s'exercer qu'en employant les instruments les
plus débiles ou les mieux placés de la société. Nous ne

pouvons faire la fine bouche. Mais une question : qui vous a donné l'idée de ce *deus ex machina* du dernier acte ? Même moi, j'ai tourné la tête vers la porte.

— L'idée m'en a été inspirée par une remarque de M. de Noblecourt, répondit Nicolas. Il m'avait conseillé de « faire comme si ». Une femme comme Louise Lardin n'aurait jamais avoué, peut-être même pas sous la question. Il fallait trouver un biais pour la prendre en défaut et surprendre ses défenses.

— Voilà qui me conforte en la capacité de mon jugement, reprit Sartine en souriant. Au fond, c'est grâce à moi, qui vous ai confié à M. de Noblecourt, que tout cela a été résolu. D'ailleurs chez notre vieil ami vous ne trouverez guère de cadavres dans la cave que ceux des bouteilles qu'il aime vider en compagnie de ses amis.

Satisfait de sa plaisanterie, il s'autorisa un coup de peigne à sa perruque, ouvrit sa tabatière, offrit une prise à Nicolas qui accepta, et se servit lui-même. Cet intermède fut suivi d'une séance d'éternuements qui les laissa apaisés et fort satisfaits d'eux-mêmes.

— Ainsi, reprit enfin Sartine, non seulement vous décidez de mes audiences, mais vous voulez me priver de mon souper. J'espère que les raisons que vous allez avancer justifient cette impertinence et ne me laisseront pas, si j'ose dire, sur ma faim. Encore que pour voir certaine affaire éclaircie, je jeûnerais bien toute une semaine. Nicolas, avez-vous les papiers du roi ?

— Vous les aurez, monsieur, si vous consentez à me suivre là où je veux vous emmener. Cela nous prendra deux heures. Vous aurez encore le temps de rejoindre votre souper, où tout n'aura pas encore été ni mangé ni bu !

— Il ajoute l'insolence à l'impertinence ! s'exclama Sartine, mais que faire ? Il faut en passer par ses quatre volontés. Allons, je vous suis.

Nicolas marqua un temps d'arrêt.

— Monsieur le lieutenant général, dit-il, j'ai une requête, qui est aussi une justice, à vous présenter.

— Dans l'état actuel des choses, mon cher Nicolas, si la demande est raisonnable, c'est acquis, et si la demande est impossible, j'y consens malgré tout.

Le jeune homme eut une dernière hésitation, et dit :

— Je souhaiterais que Bourdeau, qui a mené cette enquête avec moi et qui m'a été d'une aide inestimable, soit associé à sa conclusion ultime. J'imagine vos réticences, mais je suis assuré que nous pouvons lui faire confiance.

M. de Sartine se mit à arpenter son bureau, puis à tisonner machinalement un feu qui était éteint depuis longtemps.

— Je n'ai qu'une parole, dit-il enfin, mais vous m'engagez dans une situation bien délicate. Vous êtes un rude jouteur, Nicolas. C'est sans doute la fréquentation des criminels qui vous a endurci. Toutefois, je comprends et je partage votre sentiment sur l'inspecteur Bourdeau. Il vous est dévoué comme personne et vous a, si j'en crois les rapports, sauvé la vie. Il a été à la peine, il est juste qu'il soit à l'honneur. Qui donc a dit cela ?

— Jeanne d'Arc au sacre de Charles VII à Reims, monsieur, à propos de son étendard.

— Nicolas, vous me surprendrez toujours. Il est vrai que vous êtes le digne élève de nos pères jésuites. Vous mériteriez une autre société...

Ils sortirent. Dans la salle, ils trouvèrent Semacgus et Bourdeau. Le docteur, après avoir profondément salué le lieutenant général, tendit la main à Nicolas.

— Je voulais vous dire ma reconnaissance, Nicolas, vous ne m'avez pas épargné, mais vous m'avez sauvé, car sans l'aveu de Louise, j'étais perdu. Je n'oublierai pas la leçon. Vous êtes chez vous à la Croix-Nivert, vous le savez. Catherine vous aime comme un fils. Je la garde, c'est un grand cœur, et Marie Lardin a décidé de se retirer à Orléans, chez sa marraine.

M. de Sartine s'impatientait. Nicolas fit signe à Bourdeau.

— Monsieur l'inspecteur nous fera-t-il l'honneur de nous accompagner pour l'épilogue de cette affaire ? demanda Nicolas.

— Ma foi, répondit Bourdeau dont le visage s'illumina, j'aurais parié un cent de bouteilles de chinon qu'il y avait autre chose !

Le lieutenant général les entraîna vers son carrosse. Nicolas ordonna au cocher de gagner Vaugirard. Durant le trajet, il n'eut guère le temps de prendre la mesure de son triomphe. Sous le regard circonspect de Sartine, il expliqua en peu de mots à Bourdeau l'affaire d'État liée à la question criminelle qui venait d'être résolue. Puis chacun se réfugia dans le silence. Nicolas subissait l'assaut du doute, son éternel ennemi. Il était pourtant sûr de lui, de ses déductions et convaincu de toucher au but, mais il n'osait imaginer ce qui entraînerait un échec dans ces conditions.

Le lieutenant général jouait avec le couvercle de sa tabatière dont il faisait claquer le fermoir à intervalles réguliers. Le carrosse, tiré à deux paires, menait un train d'enfer, enfilant des voies désertes et obscures. Ils furent bientôt à Vaugirard. Nicolas donna ses instructions pour diriger le cocher vers la maison du docteur Descart. L'endroit était toujours aussi sinistre. À peine étaient-ils descendus du carrosse que Bourdeau se mit à siffler un air particulier. Dans l'ombre, de l'autre côté de la rue, un air identique lui répondit. Une mouche était là, qui surveillait la maison. L'inspecteur alla lui parler et revint en indiquant que tout était en ordre et que personne n'avait tenté d'y pénétrer.

Les scellés brisés, Nicolas ouvrit la porte. Il battit le briquet et récupéra sur le sol un morceau de chandelle. Il l'alluma, le tendit à Bourdeau en lui demandant de faire de même avec les chandeliers, pour éclairer la pièce principale. Sartine considéra, effaré, le désordre effrayant qui régnait dans la maison. Nicolas dégagea le dessus du bureau de Descart d'un revers du bras et y déposa trois morceaux de papier. Cela fait, il rassembla un fauteuil et une chaise et invita ses compagnons à s'asseoir. M. de Sartine, la mine fermée, s'exécuta sans commentaire.

— Monsieur, commença Nicolas, lorsque vous m'avez fait l'honneur de me confier un secret d'État que le déroulement de l'enquête criminelle m'avait fait pressentir, je me suis donné pour mission de faire tout mon possible pour que cette affaire soit également élucidée. Mes bases de départ étaient étroites. Vous m'aviez appris que le commissaire Lardin, appelé par ses fonctions à relever les papiers d'un plénipotentiaire qui venait de mourir, avait dérobé plusieurs documents de la plus haute importance touchant les intérêts de la Couronne et menaçant la sécurité du royaume. Détenteur de ces pièces, Lardin était en mesure à la fois d'assurer son impunité et de nourrir un odieux chantage. Cependant, lui-même, en raison de l'importance de ses dettes de jeu, était tenu à la gorge par Mauval, agent et âme damnée du commissaire Camusot, responsable de la police des jeux, corrompu et intouchable.

Sartine regarda Bourdeau en soupirant.

— Je n'insisterai pas sur les risques de divulgation de ces papiers auprès de puissances étrangères et de l'impossibilité où vous vous trouviez, monsieur, d'agir contre les responsables de ce crime de lèse-majesté. Mais j'étais convaincu que l'affaire de la disparition du commissaire Lardin ne pouvait qu'être intimement liée avec l'existence de ces papiers d'État, disons... égarés.

— Comment cela ? dit Sartine.

— La présence continuelle de Mauval autour de l'enquête, son espionnage, ses menaces et ses attentats contre moi ne pouvaient s'expliquer que par des raisons bien fortes. Lardin était mort, mais ses assassins n'avaient pas réussi à remettre la main sur des documents, que le commissaire s'était évertué à leur dissimuler.

— Expliquez-moi comment ils avaient pu être informés de leur existence ?

— Le complot, monsieur le lieutenant général, le complot. Lorsque Lardin, en accord avec sa femme, prépare la machination qui vise à éliminer Descart, il informe son épouse qu'il possède des papiers de haute valeur pour qui saura les négocier. Il lui précise qu'ils constituent la garantie dernière de leur impunité. Cependant, l'homme conserve encore quelques restes de prudence. Ces papiers, ajoute-t-il, il les a dissimulés dans la demeure de son cousin Descart. Où, en effet, seraient-ils mieux cachés que dans cette maison qui reviendra à Louise Lardin, son héritière naturelle et la femme de sa supposée victime ? Toutefois, il se garde bien de préciser à son épouse l'endroit exact où il a déposé les papiers.

— Nicolas, c'est prodigieux ! On s'y croirait ! Vous étiez derrière la porte et sous les lits, et vous avez tout entendu ? Sur quoi vous fondez-vous pour affirmer avec autant d'aplomb les détails de ce conte ? Et c'est pour cela que vous m'avez dérangé dans cette banlieue perdue ?

— Je me fonde, monsieur, sur mon intuition et ma connaissance d'êtres que j'ai eu l'honneur de démasquer. Or, il y a une chose impondérable et inattendue qui intervient dans cette mécanique bien huilée. Un petit grain de sable, une pierre d'achoppement...

— Ah ! oui, lesquels ? On croirait entendre un empirique !

— La conscience, monsieur, la conscience. Le commissaire Lardin avait longtemps été un serviteur hors pair de votre police. Il avait passé de longues années sous le harnais, donnant le meilleur de lui-même dans sa lutte contre le crime. Il lui en était resté quelque chose. Il n'était pas absolument assuré de la loyauté d'une femme dont il connaissait et acceptait les égarements. Il tolérait sa liaison avec Mauval, mais pouvait-il faire vraiment confiance à ce couple démoniaque engagé avec lui dans une entreprise mauvaise ? Peu importe, d'ailleurs, les raisons qui l'ont guidé. Cependant, je crois que, dans un sursaut de lucidité et de devoir, ou dans le pressentiment de sa fin prochaine, il a tenu à laisser une trace qui permette de retrouver les papiers dérobés. Cette trace, monsieur, est devant vous sur cette table.

Sartine bondit de son fauteuil et se mit à lire avidement les trois papiers déposés sur la table.

— Expliquez-vous, Nicolas. Cela n'a aucun sens et je n'y entends rien.

— Je dois d'abord vous raconter comment ces billets de la main de Lardin me sont parvenus. J'ai retrouvé le premier dans un de mes habits, le deuxième avait été adressé avec un présent à M. de Noblecourt, et le troisième confié à Marie Lardin avec recommandation de sa valeur. À première vue, l'ensemble n'est pas très éloquent.

— Et à seconde vue ?

— Ils sont très diserts, et je vais vous le prouver. Vous avez naturellement déjà noté qu'il est question de rendre son dû au roi.

— Et cela vous suffit ?

— Cela ne me suffit pas, mais cela m'entraîne. J'ai longtemps erré avant d'arriver à mes conclusions. J'ai beaucoup mélangé ces papiers comme le faisait mon tuteur le chanoine de certains petits cartons.

— Que vient faire votre tuteur dans cette histoire ? s'impatienta Sartine. Vous voulez me voir périr d'apoplexie ?

Inquiet, Bourdeau se recula dans l'ombre.

— Je les ai mélangés et remélangés, reprit Nicolas, qui disposait, dans un ordre différent, les billets de Lardin.

*Des trois une paire*
*Et celui qui les ferme*
*Se donne à tous.*
*C'est pour mieux les ouvrir*
*Afin de rendre les paroles*
*Recherchées sans relâche et*
*Tout son dû au roi*

— Et que dois-je découvrir dans ce charabia ? dit Sartine. Sommes-nous ici pour des bouts-rimés, des rébus ou des anagrammes ?

— Considérez, monsieur, les lettres majuscules du début de chaque phrase. Que lisez-vous ?

— D... E... S... C... A... R... T... Ma foi, je lis Descart. Mais où cela nous mène-t-il ?

— Cela nous mène ici, à Vaugirard. Ce n'est pas pour rien que le commissaire Lardin a usé de tant de stratagèmes pour que ces billets parviennent à leurs destinataires. Il entendait bien que leur secret serait découvert et qu'il orienterait les recherches vers cette maison.

— Comment pouvez-vous penser que le seul mot de Descart va nous conduire à ce que nous recherchons ?

— Grâce, monseigneur, au cabinet de curiosités de M. de Noblecourt.

— Allons, dit Sartine en s'adressant à Bourdeau, le voilà encore qui bat la campagne ! Il a été blessé hier, m'avez-vous dit ; c'est sans doute la perte de sang.

C'était au tour de Nicolas de manifester de l'impatience.

— Dans ce cabinet de curiosités si réputé à Paris...

— Et que je connais bien, enchaîna Sartine, pour avoir été la victime de l'innocente manie de notre ami qui ne résiste jamais à l'envie de dévoiler ses horreurs à ses hôtes à l'issue de ses agapes.

— Dans ce lieu étrange, monsieur, j'avais remarqué, il y a quelques jours, un grand crucifix d'ébène aux bras fermés. Un de ces objets jansénistes qui vous font refuser le billet de confession. Son aspect m'avait frappé. Il faisait écho dans ma mémoire à une image précédente. J'ai interrogé M. de Noblecourt. Le crucifix en question lui avait été offert récemment, à sa grande surprise, par le commissaire Lardin, et notre ami avait trouvé, enroulé autour de son socle, un billet, celui-là même que vous avez sous les yeux et qui commence par : « C'est pour mieux les ouvrir. » Or, lorsque j'ai perquisitionné la maison Lardin avec Bourdeau, j'ai découvert parmi les papiers du commissaire une facture d'un ébéniste du faubourg Saint-Antoine pour deux objets non précisés. Comme l'image de ce crucifix me poursuivait, j'ai fait des recherches pour retrouver l'artisan en question. Après bien des détours, j'ai atteint mon but, et le bonhomme a retrouvé l'objet de la commande : deux crucifix d'ébène à Christ d'ivoire...

— Vous nous menez de Charybde en Scylla, dit Sartine. Je ne sais ce qui me retient de reprendre mon carrosse.

— La curiosité et l'espoir, monsieur, répondit Nicolas avec un sourire. L'artisan s'est lui-même déclaré surpris de la nature du travail qui lui avait été demandé pour l'un des objets en question. Il s'agissait, selon lui, d'évider complètement le corps de la croix et d'y adapter un couvercle muni d'une fermeture à secret, une sorte de plumier où l'on pourrait dissimuler des bijoux, des louis, des pierres précieuses...

— Ou des lettres, poursuivit M. de Sartine, soudain calmé.

— Ou des lettres. J'avais donc un nom et j'avais un objet, même si l'artisan s'était refusé à m'en dévoiler le mécanisme. Cela aurait pu suffire mais je tenais à élucider le mystère des billets de Lardin. Reprenons, si vous le voulez bien. « Des trois une paire », je le traduis, avec un rien de liberté, par : « Pour la paire de crucifix, il y a trois messages. » « Et celui qui les ferme se donne à tous » désigne ce Christ aux bras fermés. La suite va de soi. « C'est pour mieux les ouvrir afin de rendre les paroles recherchées sans relâche et tout son dû au roi » : c'est ce Christ qui rendra les papiers du roi.

Un long silence suivit la fin de la démonstration de Nicolas, troublé seulement par le grésillement des chandelles et par le vent qui ronflait dans la cheminée. Fascinés, M. de Sartine et Bourdeau virent Nicolas se lever comme un somnambule, saisir un chandelier et se diriger vers la cheminée. Il s'arrêta, leva le bras et la lumière éclaira un grand crucifix d'ébène, avec son Christ d'ivoire aux bras fermés, dernier présent du commissaire Lardin au cousin de sa femme. Bourdeau se précipita, saisit une chaise et, un pied sur le rebord de la cheminée, dans un nuage de poussière, il décrocha l'objet qu'il posa avec respect sur la table. M. de Sartine fut invité par le jeune homme à examiner l'objet. Les doigts du lieutenant général tremblaient et ne rencontraient que le bois lisse. Désespéré, il regarda Nicolas.

— Vous êtes certain de ce que vous avancez ?

— Ce ne peut être autrement, monsieur.

Nicolas, à son tour, considéra le crucifix. Les mots mystérieux chantaient dans sa tête : « C'est pour mieux les ouvrir. » Il se pencha sur le Christ d'ivoire, remarqua que les mains du Sauveur n'étaient pas clouées contre le bois de la croix. Il les saisit et tenta d'exercer une pression vers le bas. Les bras cédèrent et s'abaissèrent, tandis qu'un déclic se faisait entendre et que l'ensemble se soulevait légèrement. Il retourna le crucifix. Une planchette de bois s'était ouverte, laissant apparaître une ouverture remplie de papiers tassés. Il s'écarta.

— Je vous en prie, monsieur.

Sartine saisit la liasse de lettres dissimulées dans la cachette. Il fit signe à Bourdeau d'approcher de la lumière, et se mit à les feuilleter en lisant à haute voix.

— « Projet d'ordres à envoyer par Sa Majesté au comte de Broglie et au baron de Breteuil, 23 février 1760. Lettre du duc de Choiseul au marquis d'Ossun, ambassadeur du roi à Madrid, 10 mars 1760. Minute d'une lettre de Mme la marquise de Pompadour à Sa Majesté Impériale et Royale à Vienne. Copie de l'interception d'une lettre de Frédéric II, roi de Prusse, à sa sœur la margravine de Bayreuth... du 7 juillet 1757... "Puisque, ma chère sœur, vous venez vous charger du grand ouvrage de la paix, je vous supplie de vouloir envoyer M. de Mirabeau en France. Je me chargerai volontiers de sa dépense. Il pourra offrir jusqu'à cinq cent mille écus à la favorite[2]..." »

Il leva la tête, pensif.

— Toujours cette histoire de la tentative de corruption de la dame par la Prusse. Aucune preuve... Mais si cela était divulgué, en ce moment...

Il se reprit, plongea la liasse de papiers dans son habit et toisa sévèrement les deux policiers.

— Vous n'avez rien vu, rien entendu. Sur votre vie.

Nicolas et Bourdeau s'inclinèrent, sans répondre.

— Monsieur Le Floch, reprit Sartine, pour la deuxième fois de la soirée, je vous remercie, mais cette fois je le fais au nom du roi. Je vais devoir vous laisser. Il faut que je rejoigne Choisy sans délai. Vous m'avez donné le grand privilège, par ce temps de misère et de guerre, d'être le messager d'une bonne nouvelle. Le roi ne l'oubliera pas.

Il monta quatre à quatre l'escalier et disparut dans la nuit. Ils entendirent aussitôt le bruit de l'équipage qui partait au grand trot. Ils se regardèrent et éclatèrent de rire.

— Nous l'avons bien mérité, dit Bourdeau, et ce n'est que justice. Vous avez été en vérité de la dernière insolence avec M. le lieutenant général ; il fallait vraiment que vous fussiez sûr de vous. Monsieur, je vous remercie d'avoir fait en sorte que j'assiste à tout cela. Je ne l'oublierai jamais.

— Mon cher Bourdeau, nous allons rentrer dans le rang. Les événements nous avaient placés dans une situation avancée. Le succès de notre enquête nous rend à notre insignifiance. Le roi est sauvé. Vive nous ! Puisque **nous** sommes abandonnés, j'ai une méchante proposition à vous faire. Nous sommes à deux pas de la maison de Semacgus. Il n'a rien à nous refuser. Nous allons lui demander à souper. Je sens déjà les fumets des plats de la bonne Catherine. Et si rien n'est prêt, elle tuera le veau gras pour nous.

Et les deux amis s'enfoncèrent dans la nuit froide de février.

# Épilogue

« Je vous rends votre paquet de noblesse ;
mon honneur n'est pas fait pour être noble ; il
est trop raisonnable pour cela. »

MARIVAUX

Deux mois avaient passé. La routine reprenait ses
droits. Nicolas continuait à être employé en surnu-
méraire à diverses tâches policières. Il faisait le plus
souvent équipe avec l'inspecteur Bourdeau, mais ils
n'évoquaient jamais les événements auxquels ils avaient
pris part et que le silence le plus épais paraissait avoir
recouverts. Tous les coupables ayant péri, aucune action
judiciaire publique n'avait été engagée.

Nicolas accomplissait avec application ses tâches
quotidiennes. Le lieutenant général de police lui avait
repris la précieuse commission qui, durant un temps,
l'avait investi d'un pouvoir sans limites. Les audiences
s'étaient espacées, toujours liées aux obligations du service. Le jeune homme n'en éprouvait aucune amertume. Un grand apaisement succédait aux semaines
haletantes de l'enquête. La vie qu'il menait lui convenait. Il se plaisait chez M. de Noblecourt, dans un logis
où il était entouré d'affection et où se multipliaient les
occasions de rencontrer les amis de l'ancien procureur

au Parlement et d'élargir ainsi le champ de ses relations utiles.

Il avait repris ses habitudes avec Pigneau dont il écoutait avec indulgence les propos missionnaires. Il visitait régulièrement le père Grégoire, toujours ému de revoir son pensionnaire. Enfin, la maison de Semacgus était un autre refuge où il se rendait souvent le dimanche. Catherine s'évertuait à lui prodiguer ses attentions culinaires. Le chirurgien, dont le commerce et les connaissances l'avaient toujours fasciné, l'engageait dans d'interminables conversations qui apprenaient beaucoup à Nicolas. Quant à Guérande, il s'efforçait de n'y pas songer. Après un long débat intérieur, il avait décidé de ne pas répondre à la lettre d'Isabelle. Son existence parisienne, son expérience nouvelle des rapports sociaux acquise peu à peu et la constatation du fossé existant entre une fille de marquis et un orphelin sans nom et sans fortune nourrissaient à la fois son orgueil et son renoncement.

Nicolas fréquentait encore Antoinette, qu'il aurait souhaité voir sortir de sa condition. Mais elle prenait peu à peu de l'assurance et les prestiges d'un argent si facilement gagné étaient difficiles à combattre. Aussi cette amitié prenait-elle l'apparence de ces liaisons nécessaires entre un policier et une fille, même si la tendresse présidait encore à leurs rencontres. Nicolas avait croisé à deux reprises le commissaire Camusot, toujours en fonction, mais à qui venait d'être retirée la haute main sur la police des jeux. Il se murmurait que cette disgrâce était la suite d'une affaire dans le dénouement de laquelle Nicolas avait joué un rôle prépondérant. Il sentait autour de lui des regards envieux ou déférents. Bourdeau, toujours à l'affût des rumeurs d'une maison qu'il connaissait bien, lui rapportait ce qu'on disait en y ajoutant d'ironiques commentaires de son cru. Nicolas écoutait, riait et passait outre. Il était loin d'avoir les desseins particuliers qu'on lui prêtait.

Au début du mois d'avril, M. de Sartine lui fit part, sans ménagement excessif, de la mort du marquis de Ranreuil. Cette nouvelle frappa Nicolas d'un chagrin amer. Ainsi, il n'avait pas fait sa paix avec son parrain, à qui il devait tant et sans lequel il serait encore à végéter à Rennes dans une étude poussiéreuse et une fonction sans avenir. Le lieutenant général ne lui laissa guère le temps de mesurer sa peine. Après l'avoir observé un court instant, il lui annonça qu'ils se rendraient tous les deux, le lendemain, à Versailles, le roi ayant exprimé le désir que M. Le Floch lui fût présenté. Suivirent aussitôt une foule de recommandations sur les usages de la Cour, la tenue appropriée, le port de l'épée et l'exactitude requise. Nicolas n'avait jamais vu son chef aussi nerveux. M. de Sartine finit par conclure leur entretien d'un péremptoire « Votre bonne mine suppléera à tout, bon chien chasse de race. »

Le soir même, Nicolas demanda à Marion de brosser l'habit vert qu'il n'avait jamais eu l'occasion de revêtir. M. de Noblecourt lui prêta son épée de cour et la cravate en dentelle de Bruges qu'il avait portée à son mariage. Nicolas refusa de souper et se retira dans sa chambre. Son chagrin, que l'annonce de l'audience royale avait retenu, put alors se donner libre cours. Trop d'images remontaient de son passé : les retours de chasse, les parties d'échecs, les enseignements du marquis et tous les moments insignifiants et banalement heureux. Tous ces souvenirs avaient façonné peu à peu l'homme qu'il était devenu. La voix autoritaire de son parrain résonnait encore en lui. Le vieil aristocrate lui avait toujours manifesté une affection sans retenue. Nicolas regrettait qu'un destin mauvais les eût opposés et entraînés à un différend sans remède. L'image affaiblie d'Isabelle s'imposa puis disparut, pour laisser la place à un désespoir sans issue.

Le jour suivant s'annonça avec son cortège d'obligations. La demeure de la rue Montmartre était révolutionnée par des préparatifs fiévreux. Nicolas s'efforça d'endormir sa peine sous la succession des détails que nécessitait sa tenue. Un barbier fut appelé, qui le rasa et, pour la première fois, le jeune homme dut dissimuler sa chevelure naturelle sous une perruque poudrée. Après avoir revêtu son habit et noué la précieuse cravate, il se regarda dans un miroir et ne reconnut pas l'homme au regard sombre qui lui apparut. Un fiacre le conduisit à l'hôtel de Gramont, où il devait retrouver M. de Sartine. Il attendit un long moment dans le grand salon. Le lieutenant général de police le prit d'abord pour un étranger. Puis, les mains sur les hanches, il fit le tour du jeune homme en approuvant de la tête. Enchanté, il le complimenta sur sa tenue.

Dans le carrosse qui les conduisait à Versailles, M. de Sartine respecta le silence de Nicolas. Sans doute pensait-il qu'il traduisait l'émotion légitime dans laquelle un événement de cette importance devait forcément plonger le jeune homme. Or, Nicolas, qui ne connaissait pourtant ni Versailles ni la Cour, était à cent lieues d'un tel sentiment. Détaché de toute chose, il considérait l'agitation des rues. Tous ces passants anonymes disparaîtraient un jour, tous ceux qui se mouvaient sans un regard pour leur voiture et dont lui-même observait les mouvements sans distinguer les visages. Eux, Sartine et lui-même étaient des spectres en survie. L'avenir n'était que l'approche progressive d'une fin énigmatique qui viendrait à son heure. Qu'importait alors le jeu d'une existence consacrée à regretter le passé et à redouter la suite sans fin des chagrins et des deuils ?

Ils approchaient de Versailles. Nicolas fit appel à toute la foi de son enfance et soupira comme pour soulager le poids des choses inexprimées qui écrasait sa poitrine.

M. de Sartine se méprit sur son mouvement. Il n'attendait qu'un signe pour rompre un silence qui d'évidence lui pesait. Bonhomme, il entendait rassurer Nicolas. Il discourait sur la Cour en connaisseur. Versailles, disait-il, avait perdu sous le règne actuel l'éclat que Louis XIV lui avait donné. Le roi le délaissait souvent. C'était alors une vraie solitude, et il n'y restait personne que ceux qui ne pouvaient s'en dispenser. En revanche, quand le souverain était présent, les courtisans s'y pressaient, chassaient avec lui mais se hâtaient, dès qu'ils le pouvaient, de regagner Paris et ses plaisirs. La plupart des ministres logeaient d'ailleurs dans la capitale.

Nicolas admira l'immense avenue qui traversait une ville aux bâtiments clairsemés au milieu de parcs et de jardins. La presse des voitures augmentait. Il se pencha par la portière et aperçut, dans l'éblouissement de cette journée de printemps, une masse imposante légèrement enveloppée de brume. Le bleu des ardoises, des éclats d'or, le jaune clair des pierres et les masses rouges de la brique annonçaient le palais des rois. Le carrosse déboucha bientôt sur la place d'Armes emplie d'une multitude de voitures, de chaises et de piétons. Il franchit la première grille monumentale décorée des armes de France pour entrer dans une première cour. Il s'arrêta devant une seconde grille, qui défendait l'accès de la cour royale. Sartine apprit à Nicolas que cette partie protégée s'appelait le « Louvre » et que seuls les carrosses ou les chaises dont les housses rouges attestaient que leurs occupants jouissaient des « honneurs » du palais pouvaient y pénétrer. Ils descendirent de la voiture que le cocher alla ranger de côté. Les deux gardes en justaucorps bleu rayé de longs galons d'or et d'argent à revers rouges les saluèrent avant qu'ils ne se dirigent vers les bâtiments à leur droite.

Nicolas, perdu, suivait M. de Sartine qui, d'un pas pressé, se frayait un chemin au milieu d'une foule de curieux et de courtisans. Il eut l'impression de pénétrer dans un gigantesque labyrinthe de galeries, de corridors et d'escaliers de toutes tailles. Le lieutenant de police, grand habitué des lieux, s'y déplaçait avec aisance. Le désarroi du jeune homme n'avait d'égal que celui qui s'était emparé de lui lors de son arrivée à Paris, deux années auparavant. Les regards qu'il devinait posés sur lui, inconnu accompagnant un personnage redouté, accentuaient encore son malaise. Il se sentait engoncé dans un habit qu'il portait pour la première fois. L'idée folle le saisit que quelqu'un allait soupçonner que la commande avait été passée pour un autre que lui. Il ne distingua rien de l'itinéraire emprunté et se retrouva dans une vaste pièce au milieu d'une douzaine de personnes qui faisaient cercle autour d'un homme de haute taille, qu'un valet aidait à retirer un habit bleu galonné d'or[1]. L'homme quittait sa chemise et se faisait essuyer. Un petit vieillard fardé et couvert de bijoux lui tendait la rechange. L'homme dictait quelques noms d'une voix morne à un huissier. Sartine poussa brutalement Nicolas du coude pour qu'il tire son chapeau. Il comprit alors qu'il se trouvait devant le roi. Il fut surpris des conversations qui continuaient à voix basse entre les quelques assistants présents. Un homme qu'il ne reconnut pas sur-le-champ s'approcha de lui et lui parla à l'oreille.

— Je suis fort aise de vous revoir, monsieur. Vous voilà au débotté du roi. Mes compliments. Sa Majesté est en train de désigner ceux qui auront l'honneur de souper avec lui.

Il salua aussi Sartine qui ne cacha pas son étonnement de voir Nicolas en pied d'amitié avec M. de La Borde, premier valet de chambre du roi. La mine de son chef réconforta le jeune homme. Il n'était pas le seul à éprouver des surprises. La voix du roi s'éleva.

— Richelieu, dit-il en s'adressant au petit vieillard, j'espère que vous avez fait la paix avec d'Ayen au sujet de savoir qui, de vous ou de lui, doit placer au bal du manège. Consultez Durfort[2].

— Je me conformerai aux ordres de Votre Majesté. Cependant, Sire, puis-je faire observer...

— Que la chasse n'était pas bonne, coupa le roi. Deux cerfs manqués à Fausse Repose. Un troisième réfugié dans l'étang aux biches. On a dû s'y reprendre à trois fois pour le tirer. Nous ne sommes guère heureux en ce moment.

Le vieux maréchal salua en grimaçant. Le roi ayant achevé de se changer se dirigea vers un petit escalier et disparut aux yeux d'une assistance inclinée. Nicolas n'avait pas eu le temps d'éprouver d'émotion que déjà La Borde les entraînait.

— Nous gagnons les petits appartements, lui expliqua-t-il. Le roi veut entendre, dans le secret de ses cabinets et de votre propre bouche, le récit d'une certaine enquête. L'humeur n'est pas bonne aujourd'hui, la chasse n'a pas réussi à faire oublier les soucis. Mais ne craignez rien, tout se passera bien. Parlez avec assurance, sans timidité, car si vous hésitez, le roi se refermera. Soyez plaisant sans être long, mais suffisamment pour soutenir l'intérêt. Le roi est bienveillant dans son intérieur, surtout avec la jeunesse.

Ils se retrouvèrent dans une antichambre assez basse de plafond, puis traversèrent une galerie décorée de grands tableaux. La Borde expliqua que le roi avait souhaité voir illustrer le thème des chasses exotiques. Il y avait représentés là des animaux et des personnages de contrées lointaines que Nicolas n'avait jamais eu l'occasion de voir[3]. Un valet les fit entrer dans un salon lambrissé en partie de boiseries blanches rehaussées d'or. La pièce donnait une impression d'équilibre heureux. Assis sur un fauteuil de damas rouge, le roi buvait un verre de vin qu'une dame venait de lui verser. Ils s'inclinèrent tous, le chapeau à la main. Le roi leur fit un petit geste. La femme tendit la main à Sartine, s'assit à son tour et répondit d'une noble inclinaison au salut des autres arrivants.

— Alors, Sartine, demanda le roi, comment va votre ville ?

Le lieutenant général de police déféra à la question du monarque et la conversation s'engagea. Nicolas se sentait étrangement serein. Il ne parvenait pas à croire qu'il se trouvait devant son souverain. Il voyait un homme de belle allure, à la silhouette dégagée, avec un regard doux accentué par la grandeur des yeux. Ce regard ne s'arrêtait pas sur les assistants, mais fixait le plus souvent le vide. Du visage, au front dégagé, émanait une grande dignité. L'âge et la fatigue se lisaient pourtant dans les bouffissures et l'affaissement des joues. Le teint livide était marqué par endroits de taches olivâtres. Il parlait à voix basse, l'air languissant, presque abattu. Parfois Nicolas sentait ce regard se poser sur lui avec une sorte d'interrogation muette, puis aussitôt se détourner.

Assis à côté du roi, la dame, que Nicolas supposa être la marquise de Pompadour, offrait une apparence qui correspondait assez peu à l'idée qu'il pouvait se faire de la favorite. Il fut étonné par l'espèce d'habit enveloppant, fermé jusqu'au cou, dont elle était vêtue. Les manches pendaient jusqu'aux poignets et cachaient les mains. Il se souvint de méchants propos entendus et selon lesquels ce vêtement était celui d'une dame peu réputée pour la beauté de ses mains et l'agrément de sa gorge. La chevelure cendrée était à demi enveloppée dans un capuchon qui tenait au mantelet de la robe. Sa couleur, gorge-de-pigeon tirant sur le gris, était à l'unisson de celle de l'habit du roi sur lequel tranchait le bleu du Saint-Esprit. Le visage, qui conservait son ovale parfait et ses yeux bleus bien fendus, parut cependant trop couvert de rouge au goût de Nicolas. Pourtant l'ensemble était presque austère. Lui revinrent en mémoire les rumeurs qui prêtaient à la marquise la volonté de prendre Mme de Maintenon pour modèle. Elle souriait, mais son expression demeurait figée. Il en conclut que cette apparence dissimulait une inquiétude et une souffrance. La marquise portait de temps en temps un regard à la fois adorant et angoissé sur le roi qui, de son côté, lui témoignait son attachement par une multitude de petites attentions. Nicolas respirait mieux, il avait l'impression de se trouver dans une réunion de famille.

— Voilà donc votre protégé, Sartine, auquel nous avons bien des obligations. La Borde m'en avait parlé.

Le lieutenant général ne dissimula pas son étonnement.

— Je ne savais pas M. Le Floch aussi couru, Sire.

Le roi fit un geste vers Nicolas.

— Monsieur, je veux entendre de votre bouche le récit d'une affaire qui intéressait une cause bien précieuse. Je vous écoute.

Nicolas se jeta à l'eau sans réfléchir. Il jouait sans doute son avenir et d'autres, à sa place, eussent saisi leur chance en usant de toutes les facilités et en déployant toutes les séductions. Il choisit d'être simple, clair, pittoresque sans excès, suggérant plus que décrivant, évitant de se mettre en avant et rendant à M. de Sartine beaucoup plus qu'il ne lui devait. Le roi l'interrompit à plusieurs reprises pour des précisions sur l'ouverture des corps, avant d'y renoncer sur la prière de Mme de Pompadour que ces détails morbides effrayaient. Nicolas sut être modeste avec éclat et plein de feu quand l'action l'exigeait. Il intéressa sans lasser. Le roi, tout à ce récit, semblait avoir rajeuni ; son regard brillait d'un éclat renouvelé. Nicolas conclut et s'effaça d'un pas. La marquise, avec un sourire charmant, lui tendit à baiser une main qui parut au jeune homme bien fiévreuse.

— Merci, monsieur, dit-elle, nous vous devons beaucoup. Sa Majesté, j'en suis sûre, n'oubliera pas vos services.

Le roi se leva et fit quelques pas.

— Le roi est le premier gentilhomme du royaume, comme disait mon aïeul, Henri le quatrième, et saura récompenser le fils d'un de ses plus fidèles serviteurs, un de ces nobles Bretons qui, il y a trois ans, ne ménagèrent pas leur zèle et leurs peines contre l'Anglais[4].

Nicolas ne comprenait rien à ces paroles qui lui semblaient s'adresser à quelqu'un d'autre. Sartine demeurait impassible. La Borde avait la bouche ouverte. La marquise regardait le roi d'un air surpris.

— Je dis bien le fils d'un de mes serviteurs, reprit le roi. Monsieur, dit-il en regardant Nicolas, votre parrain, le marquis de Ranreuil qui vient de nous quitter et dont je n'oublie pas les services, m'a fait tenir une lettre par laquelle il vous reconnaît et légitime comme son fils naturel. C'est mon bon plaisir de vous l'apprendre et de vous restituer le nom et les titres qui sont les vôtres.

Un silence profond suivit ces paroles. Nicolas se jeta aux pieds du roi.

— Sire, je supplie Votre Majesté de me pardonner, je ne puis accepter.

Le roi eut un mouvement de la tête en arrière.

— Et pour quelles raisons, monsieur ?

— Accepter, Votre Majesté, serait être peu fidèle au souvenir de mon... de mon père, et priverait Mlle de Ranreuil d'un héritage qui lui revient de droit. J'y renonce, ainsi qu'à mon titre. J'ai déjà eu le bonheur de servir Votre Majesté. Je la supplie de pouvoir continuer à le faire sous mon nom.

— Qu'il en soit ainsi, monsieur.

Il se tourna vers la marquise.

— Voilà un exemple bien rare et bien réconfortant sur la nature humaine.

Puis, se tournant de nouveau vers Nicolas :

— Le marquis m'écrivait, monsieur, que vous excelliez à la chasse, comme lui-même.

— Sire, j'ai fait mes apprentissages avec lui.

— Vous serez toujours le bienvenu dans mes équipages. La Borde, M. Le Floch a privilège de courre le cerf. Il est dispensé de la tenue des débutants [5]. Pour le reste, M. de Sartine fera connaître mes volontés à M. Le Floch.

L'audience était finie. Ils se retirèrent. Dans la galerie, le premier valet de chambre félicita Nicolas.

— Le roi vous admet à sa chasse. Il vous sait Ranreuil et vous honore comme tel. Vous avez les honneurs de la Cour et le droit de monter dans les carrosses du roi.

Nicolas suivit M. de Sartine comme dans un rêve, dont il ne savait pas s'il souhaitait qu'il s'achevât. Ils reprirent place dans le carrosse. Sartine se tut jusqu'à la sortie du château.

— J'avais prévenu le roi que vous refuseriez. Il ne me croyait pas.

— Vous avez toujours su ?

— Toujours, depuis votre arrivée à Paris. M. de Ranreuil vous aimait. Il a été très malheureux d'une situation dont il était responsable. Concevez son angoisse devant l'attachement qui vous rapprochait de Mlle de Ranreuil, votre sœur, et pardonnez à sa mémoire des décisions qu'alors vous ne pouviez comprendre.

— J'avais pressenti un mystère.

— Voilà bien votre si utile intuition !

— Et ma mère ?

— Morte en vous donnant le jour. Il importe peu que vous en sachiez plus. Le marquis était marié. Elle était fille noble et le déshonneur eût été son lot.

— Puis-je vous demander, monsieur, pourquoi vous pensiez que je refuserais ?

— Je vous observe depuis que votre père vous avait donné à moi. Vous lui ressemblez beaucoup. Mais ce qu'il avait acquis de naissance, vous avez dû l'obtenir par votre talent. Vous avez déjà prouvé que vous étiez capable de dépasser vos faiblesses en dépit du malheur de vos origines. Si j'ai quelquefois usé avec vous d'un ton de méfiance qui a pu vous blesser, il marquait davantage mon inquiétude qu'un jugement sur votre valeur. Je puis vous comprendre, Nicolas. Orphelin à quinze ans, sans fortune ni appuis, Espagnol par mon père qui était intendant de Catalogne, jeté au collège d'Harcourt, j'ai été abreuvé dès l'abord de mépris et de hauteurs. L'humiliation est le plus puissant ressort des sociétés. La noblesse ouvre les portes, mais c'est souvent un leurre.

Et, si nous en croyons nos amis les philosophes, il vaudra peut-être mieux être plébéien, par les temps qui s'annoncent. Quoi qu'il en soit, ajouta-t-il en riant, ce n'était pas bien courtisan de refuser un titre auquel on a droit devant une favorite née Poisson. Heureusement pour vous, elle n'a pas paru en prendre ombrage.

Il sortit de son habit une liasse de papiers et la tendit à Nicolas.

— Lisez.

Le jeune homme n'était pas certain de comprendre les phrases qui se succédaient devant ses yeux, et Sartine dut l'éclairer.

— Sa Majesté, dans sa grande bonté, a voulu vous offrir en gage de sa satisfaction un office de commissaire de police au Châtelet. Son prix a été réglé, vous trouverez quittance des droits. La seule condition que met le roi à cette faveur est que vous demeuriez sous mon autorité directe. Il entend pouvoir vous employer sans intermédiaire aux affaires particulières de son service. J'ose penser, monsieur le commissaire Le Floch, que cette condition ne vous sera pas trop pesante.

— Monsieur, sans vous...

— Laissons cela, Nicolas. C'est moi qui demeure votre débiteur.

Tout le reste du chemin, Nicolas ne parvint pas à maîtriser le flot de sentiments mêlés qui l'agitait. Lorsque le carrosse fut entré dans Paris, il demanda à M. de Sartine la permission de descendre devant le collège des Quatre-Nations[6] ; il souhaitait regagner à pied la rue Montmartre. Le magistrat y consentit en souriant. Les feux du crépuscule inondaient la Seine et, sur l'autre rive, le jardin de l'Infante et le Vieux Louvre. L'air était léger, embaumé de senteurs d'herbes et de fleurs. Le vent chassait les miasmes des berges. De petits nuages roses, gris et dorés, dérivaient au-dessus de la ville. Des cris perçants annonçaient l'arrivée des hirondelles.

L'heure était à la paix. L'épine plantée depuis si longtemps dans la chair et dans le cœur de Nicolas ne le tourmentait plus. Dans le désordre du monde, il avait trouvé sa place. Il avait écarté la tentation de revêtir une dignité dont la valeur ne tenait qu'aux préjugés ; il serait désormais sa propre référence. Le passé soldé, une autre existence commençait, qu'il bâtirait de ses propres mains. Il songea avec tendresse au chanoine Le Floch et au marquis. Leurs mânes pouvaient être satisfaits. Il s'était montré digne de leur amour et de leur enseignement. Douce-amère, l'image d'Isabelle resurgit comme le souvenir heureux de l'enfance partagée. Longtemps, il regarda vers le couchant. Là-bas, très loin, le libre océan battait sa terre natale. Il remonta les quais jusqu'au Pont-Neuf, en sifflant un air d'opéra.

*Sofia, janvier 1996-mai 1997*

# Notes

*CHAPITRE I*

1. Le jeu. L'origine de ce terme provient de la demi-noix de coco qui servait à un joueur clandestin pour des paris s'apparentant au jeu du bonneteau.

*CHAPITRE III*

1. On nommait ainsi la morgue située dans les sous-sols du Châtelet.
2. Jeu de cartes où le banquier est seul contre un nombre indéterminé de joueurs.
3. Repas où l'on sert à la fois la viande et le dessert.

*CHAPITRE IV*

1. Le Christ à bras non ouverts était celui des jansénistes.
2. Fondé en 1689, le service de santé de la Marine comprenait notamment des chirurgiens. Les médecins, titulaires de lettres de docteurs, sont formés à l'université alors que les chirurgiens de marine le sont dans les écoles de chirurgie de Rochefort, Toulon et Brest. Tout au long du siècle, les docteurs ont tenté d'interdire aux chirurgiens l'exercice de la médecine et même le droit de panser les malades.
3. Examinées soigneusement.
4. L. Batalli. Médecin italien, auteur du *De Curatione per sanguinis missionem* (1537).
5. G. Patin (1605-1672), professeur au Collège de France.
6. Cellule de personnes privilégiées qui payaient pour les occuper et pouvaient se faire apporter leurs repas de l'extérieur.

## CHAPITRE V

1. Mentionné la première fois en Europe en 1533, ce tubercule fut introduit en Espagne en 1570 ; plus tard en Italie, en Allemagne et en Irlande. Présente en France dès 1616, la pomme de terre déclenche des polémiques. On l'accuse de donner la lèpre. C'est Parmentier (1737-1813) qui vulgarisera ce légume sous le règne de Louis XVI. Le monarque, dit-on, en mangeait à tous ses repas.

2. Les médecins et chirurgiens des cours criminelles du Châtelet étaient de service une semaine sur quatre.

3. Damiens, Robert, François (1715-1757). Soldat puis domestique, il frappa Louis XV d'un coup de canif inoffensif, pour lui rappeler les devoirs de sa charge. Son supplice fut à la mesure de la peur éprouvée par le souverain, qui s'était cru perdu dans les premiers instants après l'attentat. L'auteur a emprunté nombre de détails à l'ouvrage très documenté de Martin Monestier, *Peines de mort. Histoire et techniques des exécutions capitales des origines à nos jours*, Paris, 1994.

4. Casanova, qui assista au supplice, à partir d'une fenêtre donnant sur la place de Grève, a laissé à ce sujet un témoignage éloquent.

5. Les propos de Charles Henri Sanson sont d'autant plus remarquables que c'est lui qui exécutera Louis XVI le 21 janvier 1793. Il renoncera d'ailleurs à sa charge immédiatement après ce supplice et établira une fondation pour la célébration annuelle d'une messe expiatoire en l'église Saint-Laurent.

6. Il s'agit des hôtels symétriques des Ambassadeurs Extraordinaires qui deviendront, par la suite, l'hôtel de Crillon et l'hôtel de la Marine.

## CHAPITRE VI

1. Singe habillé de vêtements.

2. Personne courte et grasse.

3. Faciliter les choses.

4. Affaire célèbre au XVIIIᵉ siècle. La duchesse de Gesvres tenta de faire casser son mariage en raison de l'impuissance de son mari. L'affaire n'était toujours pas tranchée en 1717 quand elle mourut.

5. Avoir mené une vie dissolue.

6. Aphrodisiaques utilisés au XVIIIᵉ siècle. L'excès de poudre de cantharide (mouche tropicale) pouvait être mortel.

## CHAPITRE VII

1. En tenue déshabillée.
2. Le café devient rapidement, au XVIIIe siècle, une boisson très populaire, notamment mélangé avec le lait.
3. Général français, d'origine irlandaise (1702-1766). Après avoir échoué devant Madras, il capitulera à Pondichéry, après une défense héroïque. Accusé de trahison, il fut condamné à mort et exécuté. Son fils obtiendra sa réhabilitation, avec l'aide de Voltaire.
4. Chancelier d'Autriche (1711-1794).
5. Jeanne Poisson, marquise de Pompadour.
6. Frédéric II, roi de Prusse.
7. Défaite française où Frédéric II écrase le maréchal de Soubise et les Impériaux.
8. Financier (1684-1770), ami de Mme de Pompadour.

*CHAPITRE VIII*

1. Expression populaire. Un onguent fait de mie de pain et qui n'a aucun effet.
2. Décoction ou infusion d'une ou plusieurs substances végétales.
3. Aubergiste parisien à la mode.
4. Parler argot.
5. Des écus.

*CHAPITRE IX*

1. 1,949 mètre.
2. Sous l'Ancien Régime, le suicidé était quelquefois jugé et même pendu aux fourches patibulaires et sa famille déshonorée. Même si cette pratique avait peu à peu disparu, il en restait des traces dans la mentalité populaire.
3. Vivre de son reste.
4. « Puisque tu es grand juge, monseigneur Saint-Yves de la Vérité, entends-moi. »
5. Violoniste et compositeur (1713-1797). Il fut surintendant de la musique royale en 1764 et membre de l'Académie royale de musique, qu'il dirigea à trois reprises.

*CHAPITRE X*

1. « Achever le sanglier », en termes de vénerie.

2. Produit utilisé pour la lessive en guise de savon.

3. Bien jugé. « Il méprisait la richesse, était entêté dans le bien et inaccessible à l'intimidation » (Tacite, *Histoires*, Livre IV, 5).

4. Compositeur et organiste français (1727-1799).

5. Les plus célèbres fosses du Châtelet. Dès 1670, Louis XIV avait édicté que « les prisons du Châtelet soient saines », mais c'est Louis XVI, en 1780, qui décida de les supprimer.

6. Armoiries d'Antoine Gabriel de Sartine qui, récemment anobli (comte d'Alby), avait tenu à faire figurer dans celles-ci l'image de ce poisson vendu jadis par un de ses aïeux, épicier, et qui faisait écho à son patronyme.

## Chapitre XI

1. Verre dans lequel étaient incluses des paillettes de cuivre.

2. Pâte de verre imitant les pierres précieuses.

3. 1709-1767. Contrôleur général des Finances en 1759. Il lança la mode des portraits découpés en contour sur ombres portées.

4. 1709-1777. Poète et dramaturge, auteur du poème comique *Vert-Vert*.

5. Les enfants avaient coutume, durant le carnaval, de marquer les passants d'un morceau de drap découpé en forme de rat et frotté avec de la craie.

6. 1697-1764. Violoniste et compositeur.

7. 1734-1794. Premier valet de chambre de Louis XVI, puis fermier général. Il périt guillotiné sous la Terreur.

8. Personnage du théâtre de foire.

9. Semblable au cadavre.

## Chapitre XII

1. Équipage de chasse pour le sanglier.

2. 1725-1793, fils du comte de Toulouse, lui-même fils légitime de Louis XIV. Il succéda à son père dans cette charge en 1734.

3. Voler dans la poche.

4. Avoir peur.

5. Jeune homme élégant.

6. En vocabulaire du Palais de Justice, affaire perdue d'avance.

7. Charroi d'artillerie.

8. Personne qui use de détours.

CHAPITRE XIII

1. L'auteur précise qu'il s'agit de l'état de la question en 1761. Au début du siècle suivant, les travaux d'Esquirol et d'Orfila nuancèrent la doctrine traditionnelle, notamment celle des écrits de Michel Alberti.
2. Où était donnée la question préalable lors de l'instruction d'un procès criminel.
3. Où étaient emprisonnés les prévenus dans une affaire criminelle.
4. Lieu d'arrivée des bêtes sur pied pour la subsistance de la capitale.
5. Personne courte, grosse et mal faite.
6. Étoffe de laine légère de bas prix.
7. Inflammation de la peau, boutons.
8. Condition des prisonniers qui ne pouvaient payer leur séjour dans des cellules plus confortables.
9. *Pensées*, I-23.
10. L'une des classes de la prostitution parisienne.
11. Donner une maladie vénérienne.
12. Pourboire.
13. Obligation de doubler la mise.


CHAPITRE XIV

1. Roi légendaire de Salmydessos en Thrace. Il avait reçu d'Apollon le don de divination. Pour avoir maltraité ses fils, il fut privé de la vue. Il était en permanence tourmenté par les Harpyes, monstres ailés au visage de femme et au corps de vautour.
2. Deux frères membres de l'expédition des Argonautes.
3. Vieille expression populaire parisienne. Souvent un enfant, que l'on envoyait porter un message contre récompense.
4. Couvent du faubourg Saint-Antoine, rue de Charenton, dans lequel étaient élevées des jeunes filles étrangères de qualité.
5. Bouquet garni.
6. Roux, base de nombreuses sauces.


CHAPITRE XV

1. Philosophe français (1715-1771). Fermier général, il collabora à l'*Encyclopédie*.
2. De nombreuses rumeurs couraient alors sur des tentatives de corruption de Mme de Pompadour, favorite de Louis XV, soit par

l'Autriche, soit par la Prusse. Frédéric II avait chargé sa sœur, la margravine de Bayreuth, de faire approcher la dame à Versailles par un émissaire, le chevalier de Mirabeau, son grand chambellan.

*ÉPILOGUE*

1. Habit de chasse porté à Versailles. Chaque lieu de chasse ou chaque type de chasse pouvait avoir un habit particulier.

2. Introducteur des Ambassadeurs.

3. Il y avait là deux Van Loo (chasses à l'autruche et à l'ours), deux Parrocel (chasses à l'éléphant et au buffle), deux Boucher (chasses au tigre et au crocodile), un De Troy (chasse au lion), un Lancret (chasse au léopard) et un Pater (chasse chinoise). La plupart de ces tableaux sont aujourd'hui exposés au musée d'Amiens.

4. La noblesse bretonne se mobilisa, en 1757, contre les descentes anglaises.

5. Habit gris de chasse porté par les débutants.

6. Palais Mazarin.

# Remerciements

Ma gratitude s'adresse d'abord à Jacqueline Herrouin, qui a déployé compétence, vigilance et patience pour la mise au point du texte. Elle va aussi à Monique Constant, conservateur général du Patrimoine, pour son aide, sa confiance et ses encouragements. Ma reconnaissance est aussi acquise à Maurice Roisse pour sa relecture intelligente et typographique du manuscrit. Infatigable piéton de Paris, il y fut mon enquêteur. Merci également à Xavier Ozanne pour la touche technique indispensable. Enfin, je salue les historiens dont les ouvrages m'ont entouré et porté dans le travail quotidien de rédaction de ce livre.

*Imprimé en France par* CPI

N° d'impression : 3024719
Dépôt légal : mars 2001
Suite du premier tirage : octobre 2017
X03177/28